COMO FINGIR EM
HOLLYWOOD

AVA WILDER

COMO FINGIR EM HOLLYWOOD

Tradução
Laura Folgueira

Rio de Janeiro, 2022

Título original: How to Fake It in Hollywood

Todos os personagens neste livro são fictícios. Qualquer semelhança com pessoas vivas ou mortas é mera coincidência.

A Harlequin é um selo da HarperCollins Brasil.

Contatos: Rua da Quitanda, 86, sala 218 — Centro — 20091-005
Rio de Janeiro — RJ
Tel.: (21) 3175-1030

Diretora editorial: *Raquel Cozer*
Editora: *Julia Barreto*
Copidesque: *Sofia Soter*
Revisão: *Isis Pinto e Daniela Georgeto*
Ilustração e design de capa: *Raquel Euzébio*
Diagramação: *Abreu's System*

CIP-Brasil. Catalogação na Publicação
Sindicato Nacional dos Editores de Livros, RJ

W664c
Wilder, Ava
Como fingir em Hollywood / Ava Wilder ; tradução Laura Folgueira. – 1. ed. – Rio de Janeiro : Harlequin, 2022.
320 p. ; 23 cm.

Tradução de: How to fake it in Hollywood.
ISBN 978-65-5970-199-5

1. Ficção americana. I. Folgueira, Laura. II. Título.

22-79475 CDD: 813
CDU: 82-3(73)

Gabriela Faray Ferreira Lopes – Bibliotecária – CRB-7/6643

PARA WALKER:
OBRIGADA POR TORNAR ESTE LIVRO —
E MINHA VIDA — MUITO MELHOR.

1

— LUCY?

Grey Brooks quase não escutou a voz tímida atrás dela. Tinha entrado em um estado de transe olhando o cardápio, diante da difícil escolha entre um café gelado médio ou grande: queria apenas passar poucas horas desconfortavelmente agitada ou estava buscando um ataque de pânico completo induzido pela cafeína?

Ela mudou o peso de um pé para o outro sobre seus tamancos e não reagiu. Provavelmente não era com ela. Lucy era um nome relativamente comum. Ela enfim tinha parado com o hábito vergonhoso de se virar cheia de expectativa sempre que o ouvia, e não estava prestes a recair.

Grey olhou de relance para os outros clientes do café. O espaço estava vazio, apenas algumas mesas ocupadas. Ainda assim, era possível que Lucy fosse a mulher estilosa bebericando um café americano e folheando a *Variety* ao lado da figueira.

A voz falou de novo, mais alto e mais perto.

— Lucy LaVey?

Bom, então, era isso. Grey empurrou os óculos escuros para o topo da cabeça e abriu um sorriso cheio de dentes ao se virar para a voz: uma adolescente de óculos agarrada a um mocaccino gelado (com chantilly extra). A menina ficou boquiaberta quando seus olhos se encontraram.

— Oi! Tudo bem?

Grey usou o tom mais afetuoso possível. A garota cobriu a boca com a mão livre e deu um gritinho. Algumas cabeças se viraram com o rompante.

— Meudeusdocéu, é você mesmo! Miiil desculpas por te incomodar, eu sei que você está só, tipo, tentando viver sua vida e tal. É que eu literalmente sou obcecada por *Paraíso envenenado*. Sou muito sua fã.

Na primeira vez que Grey fora chamada pelo nome da personagem, tinha ficado animadíssima. Nas vezes seguintes, aquilo havia machucado um pouco seu ego. Depois de seis temporadas e 132 episódios de *Paraíso envenenado*, ela não se abalava mais. Era melhor do que simplesmente não ser reconhecida.

— Obrigada! Que amor! Quer uma selfie?

Os olhos da fã pareciam que iam saltar da cabeça enquanto ela fazia que sim, revirando a bolsa atrás do celular e abrindo a câmera. Grey passou o braço pelo ombro da menina, e as duas sorriram para a tela. Ela tirou algumas fotos, depois as passou para garantir que estavam satisfatórias.

— Quer fazer uma divertida? — sugeriu Grey.

A garota fez que sim de novo e mostrou a língua enquanto Grey ficava vesga.

— Muuuuito obrigada — suspirou a fã, maravilhada, e guardou o celular de volta na bolsa.

— Imagina. Como você se chama?

— Kelly.

— Prazer em te conhecer, Kelly. Eu sou Grey.

Kelly ficou vermelha.

— Grey. Aimeudeus. Claro! Desculpa!

Grey riu.

— Não se preocupe.

— É que, tipo, eu sinto que cresci com Lucy, sabe? Tipo assim, comecei a assistir à série quando eu estava, tipo, no ensino fundamental. Você era, tipo… minha irmã mais velha.

Kelly levantou o rosto com uma expressão de vulnerabilidade tão pura que o coração de Grey doeu um pouco. Ela se sentiu culpada por ficar irritada com a interrupção.

— Obrigada. É muito bom saber. Ela também meio que parecia minha irmã.

— Então, o que você vai fazer agora que acabou?

Acabou. Fazia oito meses que o último episódio de *Paraíso envenenado* fora ao ar, mas o lembrete ainda transmitia um choque de ansiedade pelo corpo de Grey. A novela adolescente tinha sua cota de fãs dedicadas e conseguia uma audiência sólida o suficiente no pequeno canal a cabo para continuar sendo renovada, mas nunca chegara a fazer a passagem para o sucesso popular que Grey ingenuamente esperara ao gravar o piloto. Claro, ela tinha trabalhado um pouco entre temporadas — um longa de terror ruim aqui, um filme de Natal cafona ali —, mas os últimos testes não haviam dado em nada. Nos piores momentos de lamentação, suando na cama de madrugada, ela temia que sua carreira estivesse no mesmo lugar pré-*Paraíso envenenado* — só que agora Grey estava sete anos mais velha. Sete anos que não podia se dar ao luxo de perder.

Ela forçou um sorriso despreocupado.

— Ah, sabe, estou só tirando um tempo para mim no momento.

Ela viu a decepção chegando ao rosto de Kelly e adicionou, às pressas:

— Mas tenho alguns projetos futuros dos quais ainda não posso falar. Cedo demais.

Ela deu uma piscadela e imediatamente ficou com vergonha. Quem piscava assim? Mentir a deixava brega.

Pelo menos funcionou, e Kelly abriu um sorrisão.

— Que incrível! Literalmente mal posso esperar. Você é *tão* talentosa!

Grey de repente se sentiu muito cansada. Ainda não tinha pedido o café.

— Obrigada. Foi muito bom te conhecer, Kelly.

Ela deu mais um sorriso e se voltou para o cardápio. Kelly soltou mais algumas palavras de gratidão antes de correr de volta para as amigas numa mesa do canto, que estavam disfarçando muito mal os olhares fixos na direção de Grey. O grupo irrompeu em risadinhas animadas e cochichos assim que Kelly voltou. De vez em quando, uma se virava para olhar Grey antes de rapidamente abaixar a cabeça para se comunicar com as outras. Elas a lembravam um bando de esquilos agigantados.

Antes de Grey ter a chance de abordar a barista, outro desconhecido se aproximou furtivamente e bloqueou o caminho. Era um cara magricela de quase 40 anos, que observara a interação dela com Kelly de uma mesa próxima.

— Oi! Posso tirar uma foto também? Sou muito fã.

— Hã... Claro, sem problema.

Grey tinha aprendido havia muito tempo a não se surpreender com a variedade de pessoas fora do público-alvo adolescente que assistia a *Paraíso envenenado* — e que não conseguia resistir à oportunidade de contar a ela, em detalhes, como tinha vergonha de gostar daquilo. Ainda assim, não era grande a probabilidade de ela encontrar dois fãs quase ao mesmo tempo. Talvez ele a conhecesse daquele filme de terror idiota em que ela ficava de biquíni o tempo todo, mas esses caras em geral direcionavam toda a conversa para os peitos (não particularmente substanciais) dela.

Ela sorriu e se inclinou enquanto ele tirava a foto. Grey se preparou para mais conversa fiada, mas ele só a agradeceu e logo atravessou o café até o amigo que esperava na porta.

Eles falaram em voz baixa, mas Grey ouviu a conversa claramente enquanto saíam.

— Quem era?

— Cara, não faço ideia.

Grey ficou vermelha. Sentiu o peito apertado com a humilhação. Permitiu-se exatos três segundos para ficar chateada: *Três. Dois. Um.* Respirou fundo, endireitou os ombros e foi até a barista.

— Café gelado grande, por favor. Preto.

Com o café em mãos, Grey se acomodou em uma das poltronas turquesa estofadas e pegou o notebook. Kamilah lhe enviara a nova versão do roteiro delas de madrugada, e Grey ainda não tinha conseguido ver as revisões. Ela abriu o arquivo na página do título.

A CADEIRA VAZIA

Escrito por Kamilah Ross & Grey Brooks

Baseado no romance de P. L. Morrison

Antes de Grey conseguir avançar, seu celular vibrou. Era a agente dela, Renata. Ela rapidamente deslizou para atender a ligação, tomando o cuidado de manter a voz baixa no café silencioso.

— Alô?

A voz de Renata estourou pelo telefone tão alto quanto se estivesse no viva-voz.

— Cadê você, querida? Está sozinha? Pode falar?

Grey tinha assinado o contrato com Renata depois de alguns meses morando em Los Angeles. Seu agente anterior em Nova York era velho como as montanhas, careca como um recém-nascido e dava todas as notícias, boas ou ruins, com a inflexão compungida de alguém informando a morte de toda a família dela.

Renata, por sua vez, era espalhafatosa e glamorosa de um jeito meio Gata de Negócios dos anos 1980, com uma nuvem de cabelo ruivo cheio cercada de uma nuvem ainda maior de fumaça de Marlboro Light. Ela tinha dado a Grey mais apelidos carinhosos durante a primeira reunião do que Grey escutara da própria mãe a vida inteira. Grey a adorara instantaneamente, e o sentimento era recíproco. Ao longo dos anos que a conhecia, Renata havia largado o cigarro, mas ainda tinha dificuldade de controlar o volume da voz.

Pelo jeito, não ia rolar trabalhar um pouco.

— Posso ficar sozinha, sim. Me dá dois minutos.

Grey fechou o notebook e o guardou de volta na bolsa. O café ainda estava vazio o suficiente para que ela conseguisse recuperar a mesa ao voltar.

Contornou a lateral do prédio até o estacionamento e achou uma árvore isolada embaixo da qual ficar. Levou o celular de novo ao ouvido.

— Ok, estou pronta. O que está rolando?

— Acabei de desligar com o diretor de elenco de *Cidade Dourada*. Eles te amaram.

O estômago dela deu uma cambalhota. Fazia quase dois meses desde a terceira rodada de testes para a adaptação da mais nova franquia distópica dominando a lista de best-sellers. Apesar de Renata garantir que esses carros-chefes dos estúdios, com grandes orçamentos, se moviam a passos de tartaruga e que não ter notícia era uma boa notícia, Grey praticamente perdera as esperanças. Por muito tempo, seu cronograma de gravações em *Paraíso envenenado* a impediu de ser até considerada para algo assim: três grandes épicos de ficção científica, gravados um em seguida do outro.

Renata continuou, alheia às batidas fortes do coração de Grey.

— Querem que você conheça o diretor e faça uma leitura com Owen para os chefes do estúdio verem a química. A má notícia é que eles só vão estar na cidade ao mesmo tempo daqui a seis semanas.

Grey suspirou. Mais espera.

— Tudo isso para o papel da namorada?

Ela sabia que parecia mimada, mas Renata, àquele ponto, era quase sua mãe. Ela e Kamilah eram as únicas pessoas na vida de Grey que não a faziam sentir que era preciso questionar cada palavra antes de falar.

— Você sabe que o importante não é o papel, meu bem. É aonde ele pode te levar.

Grey fechou os olhos e se recostou na árvore.

— Eu sei. Você tem razão. É uma ótima notícia.

A decepção inicial de mais um obstáculo tinha se dissipado, e ela sentiu a animação nascendo. Não tinha acabado. Ela ainda estava no páreo. O papel para o qual estava sendo considerada, Catalin, era relativamente pequeno, mas ainda era o maior papel feminino do livro. Ficção científica em geral não era a praia de Grey, mas ela tinha devorado o primeiro livro da série praticamente em uma noite na preparação para o teste. O segundo, *Reino dourado*, era um tijolo constante no fundo da bolsa dela durante o mês inteiro. Ela não havia conseguido começar depois de pensar que tinha perdido o papel. Grey enfiou a mão na bolsa e acariciou a capa em alto relevo, como se para pedir desculpas por desprezar o livro prematuramente.

— Essa é minha garota. Vou te enviar as novas cenas de teste assim que as receber, mas, conhecendo esse tipo de projeto, pode ser só na noite anterior.

— Saquei. Obrigada, Renata. Estou bem animada.

Grey esperou que Renata se despedisse e desligasse, mas, em vez disso, ouviu-a inspirar e hesitar.

— O que foi? — perguntou. — Tem mais alguma coisa?

Renata ficou em silêncio por mais um segundo.

— Também tive uma conversa interessante com Audrey Aoki hoje de manhã.

A nova assessora de imprensa de Grey. A maior parte da lista de clientes de Audrey era de um nível bem acima de Grey, mas ela tinha ido com a cara de Grey, que estava no lugar certo na hora certa (o banheiro feminino do MTV Video Music Awards) para dar a assistência certa (um alfinete bem escondido para consertar a alça rasgada do vestido de Audrey).

Tanto Grey quanto Renata tinham ficado surpresas quando Audrey concordara em trabalhar com ela, mas Audrey agira como se não fosse nada de mais:

— Você tem talento, trabalha duro, não se mete em encrenca. Merece ser enorme, e posso te ajudar com isso.

Claro, não era uma oferta puramente magnânima — o cachê dela era exorbitante. Por enquanto, tinha conseguido para Grey alguns publis modestos no Instagram e uma matéria na seção "O que tem na minha bolsa?" da *US Weekly*, mas, pela voz de Renata, havia algo maior sendo preparado.

— O que ela falou?

Outra pausa.

— Você não está namorando ninguém, né? Não te ouço falar de alguém desde Callum.

O nome a fez estremecer. Grey tinha se apaixonado por Callum Hendrix — que fazia o par romântico com quem Lucy LaVey vivia terminando e voltando — na primeira vez que ele levantara uma sobrancelha impecavelmente esculpida para ela durante a primeira leitura de *Paraíso envenenado*. Fora o primeiro amor dela e, por quatro anos, eles viveram praticamente grudados. Isto é, até o intervalo de três meses antes de começarem a filmar a quinta temporada, quando ele implorara que ela recusasse um papel *indie* suculento para pegar um avião e ir visitá-lo no set do trabalho em que ele estava: um thriller de orçamento médio gravado em uma ilha grega paradisíaca.

Ela tinha descido do avião com visões de um verão *Mamma mia!* dançando na cabeça, mas deparou com o set todo rindo e fofocando pelas costas dela sobre como ele estava secretamente transando com a outra protagonista. O segredo não tinha durado. Bem *Mamma mia* mesmo. Ao longo dos anos, a devastação dela tinha se aliviado e virado uma vaga irritação — ajudava o fato de o namoro de Callum com a tal atriz ter dado espetacularmente errado antes mesmo de o filme sair da pós-produção —, mas, ainda assim, ouvir o nome dele de forma inesperada às vezes era como bater sem querer em um roxo que ela esquecera que existia.

Para adicionar sal à ferida, o filme que ela recusara tinha ido bastante bem no circuito de festivais e ganhado alguns prêmios menores, incluindo um para a atriz que a substituíra. Desde então, toda vez que ela abria o aplicativo de encontros para deslizar pelas hordas infindáveis de DJs de música eletrônica sem camisa e executivos de agência com sorrisinhos cretinos, só conseguia ver sua substituta aceitando aquela porcaria de Independent Spirit Award. Grey não cometeria o mesmo erro outra vez. Namorar era uma distração.

— Hã, não. Não. Não tem ninguém.

— Ótimo. — Renata soltou um suspiro. — Olha, eu disse para ela que você provavelmente não ia topar, mas ela achou que era melhor eu mencionar, porque sabe que somos próximas.

— Como assim? Topar o quê?

— O que você acharia de ser apresentada a alguém?

Não era o que Grey esperava.

— Apresentada? Tipo um encontro às cegas?

— Mais ou menos. Audrey tem outro cliente que também precisa dar um *up* no perfil. Ela deu a ideia de vocês dois possivelmente começarem algum tipo de… acordo pessoal mutuamente benéfico.

Grey passou os dedos pelo cabelo.

— Então você agora é minha cafetina. Excelente. Pelo jeito, minha carreira está ainda mais morta do que eu achava.

O amargor na voz foi minado por um tremor que ela não conseguiu esconder, e lágrimas se acumularam em seus olhos. Ela desejou que fossem embora. Chorar fácil era um ativo no set, mas era uma desvantagem em literalmente qualquer outro momento.

— Claro que não — disse Renata, magoada. — Não precisaria ter… intimidade. Só a ilusão. A gente acertaria o acordo para garantir que todo mundo ficasse feliz.

Grey ficou em silêncio. Chutou a terra na base da árvore e a viu se espalhar em um pó satisfatório. Renata suspirou outra vez.

— Grey. Escuta. Não seja dramática.

Grey sabia que Renata estava falando sério quando a chamava pelo nome verdadeiro. Quer dizer, o nome verdadeiro falso.

— Você está neste meio há bastante tempo — continuou a agente. — Sabe como funciona. Não te culpo por ficar ofendida. Eu também não amo a ideia. Mas você está pagando uma puta grana pela ajuda de Audrey e, se é isso que ela acha que vai ser necessário para ter a vantagem em *Cidade Dourada* ou para ajudar você e Kamilah a entrarem nas salas certas com o roteiro, acho que vale a pena explorar.

Era um bom argumento. Grey detestava que seu desejo de ser *low profile* fora do trabalho — principalmente depois da humilhação que tinha passado com Callum — pudesse contar contra sua contratação. Mas bem feito para ela, que tinha escolhido uma profissão em que sua habilidade, sua experiência e sua motivação sempre seriam secundárias ao número de pessoas que sabiam seu nome. Mesmo que só o nome da personagem.

Depois de superar o choque inicial, ela se sentia mais aberta à ideia, mas não disse nada, bebericando o café através do canudo de papel úmido enquanto revirava mentalmente as palavras de Renata. Um relacionamento não ia prejudicar a carreira dela se fosse *para* a carreira dela, certo?

— Você aceita pelo menos encontrá-lo? Vocês dois podem almoçar em particular no escritório de Audrey e se conhecer um pouco antes de decidir o que fazer. Que tal, docinho?

Grey percebeu que Renata estava escondendo a informação mais importante: a identidade do outro cliente. Talvez houvesse uma razão. Ela ficou gelada com a possibilidade de Audrey pedir para ela ajudar a recuperar a imagem de algum babaca pego transando com a babá dos filhos, mandando DMs escrotas para fãs menores de idade, apalpando atrizes — ou coisa pior. Havia candidatos mais do que suficientes em uma indústria lotada de homens que sabiam que riqueza, fama e poder os protegeriam de enfrentar as consequências de seus atos. Nenhum impulso na carreira valia vender a alma desse jeito.

Grey se preparou para o pior, com uma rejeição na ponta da língua.

— Quem é ele?

Ela ficou tão chocada com a resposta de Renata que quase derrubou o celular no chão terroso.

2

ETHAN ATKINS ESTAVA SE SENTINDO BEM. Ou, pelo menos, não estava se sentindo mal, o que dava quase na mesma. A melhora de humor provavelmente não podia ser atribuída ao ambiente. Letreiros de cerveja em luz neon zumbiam e piscavam, bolas de bilhar se batiam, partidas de esportes diferentes berravam em múltiplas televisões e tanto o balcão quanto o chão do bar estavam pegajosos com décadas de cerveja derramada.

Talvez fosse só a novidade de estar perto de outras pessoas. Além do fim de semana mensal que passava com Elle e Sydney, limitado pelo acordo de guarda com a ex-mulher, Ethan passava dias sem ver vivalma. Mas, até aí, isso era por escolha. E, mesmo no bar, não estava socializando tanto assim.

Ainda era relativamente cedo, mas nunca tinha visto mais de um punhado de pessoas naquele bar, qualquer que fosse a hora. Havia um ou dois grupinhos de homens nas cabines, aplaudindo e xingando a TV; alguns caras jogando bilhar e dando em cima da única mulher ali com menos de 60 anos; e uns poucos clientes solitários, tristes e cansados, espalhados nas banquetas do bar. Ethan supôs que devesse se incluir nesta última categoria.

Ele pegou o terceiro copo de uísque da noite e tomou um longo gole. O calor se espalhou através dele, fazendo o corpo formigar agradavelmente até a ponta dos dedos. Quando Ethan se permitia sair para beber em público, escolhia passar um ou dois dias antes sem bebida nenhuma. Queria a cabeça limpa, os nervos à flor da pele, para poder saborear totalmente a descida ao esquecimento. A primeira bebida suavizava as bordas, e a segunda acrescentava um filtro sonhador e nebuloso. Na terceira, Ethan se sentia à deriva, fora do corpo, flutuando lá em cima, perto do teto de espuma manchado de infiltração, olhando para baixo. Talvez a fonte do bom humor não fosse tão misteriosa, afinal de contas. Ele pegou uma batata frita gordurosa e salgada demais do prato e a mergulhou em ketchup. As batatas também não caíam mal.

Uma ou duas vezes por mês, ele fazia o motorista levá-lo de casa, em Pacific Palisades, até o Johnny's, um boteco meio merda escondido nas profundezas do Vale de São Fernando, e o deixar lá por algumas horas. O longo percurso pela rodovia 405 valia a pena, pois ele acampava nos cantos do bar, o mais sozinho possível que podia ficar enquanto ainda estava cercado de pessoas. Ninguém o reconhecia. Ninguém o incomodava. Ninguém queria nada dele. Ninguém tinha pena dele. O que era bom, porque Ethan tinha o monopólio no mercado da autopiedade.

Talvez fosse exagero dizer que *ninguém* o reconhecia. Ethan provavelmente precisaria viajar para a Lua para achar um lugar completamente livre de gente olhando duas vezes para ele, daquele apertar de olhos que denunciava as pessoas quebrando a cabeça para entender onde o tinham visto antes, do suspiro e dos olhos arregalados de reconhecimento quando, finalmente, caía a ficha.

Largado em um canto isolado, com o boné do Mets abaixado para esconder os olhos e uma sombra pesada de barba grisalha cobrindo a mandíbula, Ethan estava o mais perto que conseguia de invisível. O contexto estava a seu favor. Ninguém esperava vê-lo ali, então, não via.

Apesar disso, o grupo da mesa de bilhar tinha começado a lhe lançar olhares furtivos com cada vez mais frequência, a conversa antes barulhenta caindo para sussurros. Ethan tomou mais um gole demorado do copo, esvaziando-o em preparação para o passo inevitável que viria a seguir.

De fato, ele viu alguém se aproximar pelo canto do olho. O homem claramente também já tinha bebido algumas, como indicado pelo movimento oscilante e pelos olhos desfocados. Ele se debruçou na frente de Ethan, seu conceito de limites obviamente tão prejudicado quanto a coordenação motora.

— Ei. *Ei* — cochichou teatralmente, cuspindo bafo de cerveja na camisa de Ethan. — Eu sabia que era você esse tempo todo... mas fica tranquilo. Seu segredo está a salvo comigo.

Ethan enfiou mais algumas batatinhas na boca, o olhar grudado na televisão acima.

— Acho que você está me confundindo. Desculpa.

O homem fez que não com a cabeça, chegando ainda mais perto de Ethan.

— É você, *sim*. Você é Ethan Atkins. O que está fazendo num lugar de merda que nem este, cara?

A voz do homem ia ficando mais alta. Mais algumas pessoas viraram a cabeça.

Ethan enfim se virou para o homem, abrindo devagar um sorriso desanimado.

— Não, eu não sou ninguém. Só estou tentando tomar um uisquinho tranquilo, que nem todo mundo.

Ele levantou o copo vazio para pontuar a frase, chamando a atenção do barman, que pegou a garrafa de Maker's Mark e foi servir mais uma dose. O barman olhou o novo amigo de Ethan com as sobrancelhas levantadas. Ethan balançou a cabeça, um movimento pequeno, quase imperceptível. *Está tudo bem.*

Ethan levantou o copo recém-cheio na direção do homem, que piscou algumas vezes para ele.

— Tim-tim. Boa noite, cara. A próxima é por minha conta.

Ele tomou metade de um gole só e virou-se para as batatinhas com ênfase.

O homem parecia querer dizer mais alguma coisa, mas o barman interrompeu, perguntando o que ele e os amigos estavam bebendo e garantindo que logo mandaria outra rodada. Ethan fechou os olhos enquanto a conversa murmurada entre o barman e o homem desaparecia no éter vago e ondulante que o envolvia. Ia ficar tudo bem. Ele quase sentia as vibrações do universo pulsando no corpo.

Espera, talvez fossem as vibrações do celular. Ele procurou no bolso da calça jeans e apertou os olhos para ver o nome. Audrey Aoki. Como estava em público, normalmente deixaria cair na caixa postal, mas, depois da última rodada, estava se sentindo um tanto tagarela.

— Audrey. Queridaaa.

Audrey soltou uma risada pelo nariz, o sotaque britânico claro vazando pela linha.

— Por que estou achando que daria para colocar fogo no seu hálito?

— É isso que dá ligar tão tarde.

— São oito e meia.

Ethan sentia a atenção renovada vinda da mesa de bilhar. Engoliu a outra metade da bebida e desceu relutante da banqueta, tirando um momento para recuperar o equilíbrio antes de sair arrastando os pés porta afora.

Era janeiro, então o Vale de São Fernando estava o mais frio que podia ficar. Não fazia frio o bastante para ele desejar ter levado uma jaqueta, mas era um alívio bem-vindo do calor sufocante do bar. Tudo estava imóvel e silencioso. Até o carro solitário no drive-thru da lanchonete Jack in the Box do outro lado da rua parecia estar em câmera lenta. Algumas folhas de grama tinham nascido, otimistas, entre as rachaduras do asfalto, a única coisa verde que dava para ver em qualquer direção.

Ethan se apoiou em um muro baixo de cimento e puxou um maço amassado de American Spirits do bolso traseiro. Enquanto caçava o isqueiro, certificou-se de enunciar cada palavra:

— A que devo o prazer?

— Você pode vir almoçar aqui no escritório na sexta? Quero te apresentar a uma pessoa.

Com o isqueiro em mãos, Ethan puxou um cigarro do maço com a boca.

— Humm? — respondeu com a voz abafada enquanto acendia.

Fazia anos que ele não ia ao escritório de Audrey. Tinham crescido em Hollywood juntos e se conheciam havia quase vinte anos; ele e seu melhor amigo, Sam, foram dois dos primeiros clientes dela. A ascensão meteórica deles tinha ajudado a alçá-la à elite das relações públicas de Los Angeles, e ela, por sua vez, os ajudara a ficar no topo. Ethan, por enquanto, havia resistido às tentativas regulares dela de arrastá-lo de volta a algo parecido com sua antiga carreira, mas, por algum motivo, continuava atendendo às ligações. Ele detestava admitir, mas ela era a coisa mais próxima de um amigo que ele tinha naquele momento. Uma amiga que ele pagava para ficar de olho nele.

O que, pensando bem, descrevia basicamente a maior parte de seus relacionamentos desde a morte de Sam.

A voz de Audrey o arrancou do devaneio.

— E aí? O que me diz?

Ethan tragou o cigarro, curtindo a onda de nicotina colidindo com o cérebro ensopado de álcool.

— Como assim, me apresentar alguém?

— O nome Grey Brooks te diz alguma coisa?

Ethan franziu as sobrancelhas.

— É aquela marca que faz os sapatos de que eu gosto?

— Muito engraçado. Ela é atriz. Uma fofa. Você vai adorá-la.

Ethan fechou os olhos. As engrenagens em sua mente estavam girando, lenta mas firmemente. Formava-se uma lembrança de uma conversa que haviam tido na semana anterior, as fronteiras borradas se fundindo em algo tangível. Ele gemeu.

— É aquela palhaçada de namorada de mentira? Achei que fosse piada.

— Não é palhaçada. É o primeiro passo para te colocar no caminho de volta. As pessoas querem te ver estável. Querem te ver feliz.

— Eu *estou* feliz.

Mesmo enquanto falava, ele soube que não fora convincente.

— Aham, falou. Mas, se quiser voltar, tem que entrar na ofensiva.

— Talvez eu não queira voltar ainda.

Audrey suspirou.

— Quando, Ethan? Faz cinco anos — disse ela, com a voz mais suave, perdendo o tom de relações públicas durona e agressiva. — Você não quer trabalhar? Não quer ver suas filhas mais vezes?

Ela pausou, e Ethan percebeu que estava pensando se ia forçar o assunto. Ele ficou surpreso de ouvir o que parecia dor genuína na voz dela.

— Você ainda não enjoou de afogar as mágoas? — insistiu Audrey.

O estômago de Ethan se revirou. Ele estava enjoado, sim. As batatas não tinham caído tão bem quanto ele gostaria. Ele as imaginou dentro dele, minúsculas boias salva-vidas amarelas balançando no oceano de uísque em que as afogara. Agachou-se ao lado do muro, desejando que tudo ficasse lá dentro na jornada infinita de volta para casa.

A voz de Audrey o assustou. Ele havia esquecido que ainda estava ao telefone. Ela falou com aquele mesmo tom suave, como se estivesse tentando acalmar e domar um animal ferido antes de levá-lo ao quintal e dar fim à agonia dele.

— É só um almoço. Só isso. Você não tem que aceitar mais nada.

A boca de Ethan se encheu de saliva. Ele ficou olhando os sapatos, tentando lutar contra a náusea crescente.

— Tá. Sexta. Estarei lá.

E imediatamente vomitou nos pés.

3

GREY PAROU O PRIUS NA FRENTE do intimidante arranha-céu em Century City que abrigava a agência de relações públicas Greenfield & Aoki e respirou fundo. Resistiu à vontade de baixar o visor e checar o reflexo mais uma vez antes de sair do carro e entregar as chaves ao manobrista.

Ela tinha tentado se impedir de pensar muito nas coisas enquanto se aprontava naquela manhã, na intenção, como sempre, de caminhar na corda bamba finíssima entre se esforçar demais e não se esforçar o suficiente. Havia trançado o cabelo e prendido em uma coroa na cabeça, deixando alguns cachos soltos atrás da orelha. No início, planejara usar seu vestidinho estilo camponesa floral favorito, mas, ao se olhar no espelho, achou o efeito um pouco *A noviça rebelde* demais. Ela trocou o vestido por uma camisa Oxford branca bem passada, aberta até o esterno, amarrada na cintura, de mangas arregaçadas, e calça jeans vintage de cintura alta.

Assim que entrou pelas portas giratórias e sentiu o sopro do ar-condicionado, Grey ficou feliz por ter escolhido a calça. Por algum motivo, sempre esquecia que, quanto mais chique o escritório, mais era parecido com uma geladeira. Dentro de segundos, seus mamilos estavam duros o suficiente para cortar vidro. Ela foi até a mesa de segurança e entregou a identidade ao guarda. Enquanto ele checava a lista no computador, Grey sorrateiramente olhou para baixo, verificando se os mamilos não estavam visíveis. Por sorte, estavam camuflados pela camisa larga.

O guarda devolveu o documento e apertou o botão para abrir o portão eletrônico. Grey lhe agradeceu e caminhou até os elevadores, dez elegantes cabines uma de frente para a outra no corredor: um lado para os andares de um a quinze, o outro, de dezesseis a trinta. Os funcionários e clientes das empresas do arranha-céu eram importantes demais para sofrer o incômodo de esperar mais de cinco segundos por um elevador. Ela apertou o botão do lado de dezesseis a trinta, e no mesmo instante um dos elevadores se abriu na ponta.

As paredes espelhadas deram a Grey uma última chance de checar a aparência. Ela preferia não usar maquiagem quando não estava no set, para deixar a pele respirar, mas também não queria ser consistentemente recebida com: "Você está bem? Parece... cansada". Pelo menos não era famosa o bastante para já ter tido uma foto espontânea dela comprando Coca-Cola Zero no posto de gasolina publicada em um tabloide com uma manchete do tipo: ESTRELAS SEM MAQUIAGEM: ELAS SÃO HORRENDAS... IGUAL A VOCÊ!

Em geral, Grey chegava a um meio-termo com um pouco de rímel e a santa trindade de hidratante com cor para o rosto, hidratante labial colorido e blush líquido. Examinando-se à luz fluorescente implacável do elevador, ficou satisfeita por ter conseguido o visual desejado de "mulher que definitivamente está viva e definitivamente não está sofrendo de uma doença debilitante", ao mesmo tempo que parecia charmosa e desencanada, pois a maquiagem não era visível para o olhar desatento. Grey deu piscadelas para seu reflexo. *Quem, eu? Acordei assim.*

O elevador apitou ao se abrir no trigésimo andar. Grey sentiu o estômago afundar como se um cabo tivesse sido cortado e a cabine tivesse mergulhado até o porão. Pela primeira vez, o peso total do que estava prestes a acontecer caiu sobre o peito (ainda com mamilos desconfortavelmente arrepiados) dela. Focar toda a atenção na aparência nas horas anteriores à reunião lhe permitira esquecer por um momento para que ela estava tentando ficar bonita. Ou, mais precisamente, para *quem.*

Ou seria *por* quem? Ah, tanto faz.

Ignorando o coração acelerado, Grey se aproximou do recepcionista com cara de entediado e deu seu nome. Mal levantando os olhos, ele a direcionou para uma das cadeiras ultramodernas da sala de espera. Ela mudou de posição, tentando, sem sucesso, achar um jeito confortável de se sentar na cadeira reta e angular, que parecia ter sido projetada por alguém que só tinha uma familiaridade passageira com a anatomia humana. Felizmente, Audrey Aoki se materializou rapidamente, elegante como sempre, com o batom vermelho que era sua marca registrada e sapatos altíssimos de salto agulha. O cabelo preto brilhante estava preso em um coque impecável — se algum fio ousasse sair do lugar, Grey não tinha dúvidas de que seria imediatamente demitido. Algo na combinação da aparência imaculada de Audrey com o sotaque britânico chique sempre tinha um efeito calmante em Grey, como se nada menos que uma invasão alienígena fosse capaz de perturbá-la. E, mesmo nesse caso, Audrey provavelmente só iria até a nave e lhes entregaria um cartão de visitas.

Ela abriu um sorrisão para Grey.

— Grey! Muito obrigada por vir. Vem comigo.

Grey seguiu obediente, caminhando ao lado de Audrey, que a levou pelo escritório primorosamente minimalista de plano aberto. Para surpresa de Grey, passaram pela sala de Audrey, revestida de janelas de vidro do chão ao teto, e seguiram até uma sala com paredes opacas e fora de moda. Como se lesse a mente dela, Audrey cochichou em um tom exagerado de conspiração:

— Achei que vocês dois poderiam querer um pouco de privacidade.

O coração de Grey praticamente saiu pela boca. Ela queria correr o mais rápido que suas botinas permitissem, passar pelos assessores júnior e pelo recepcionista entediado, descer pelo elevador elegante e sair pela porta do prédio. Ou quem sabe só evitar esses intermediários e pular direto pela janela. Não estava pronta para aquilo. Precisava de mais tempo. Apesar do ar-condicionado agressivo, sentiu um filete de suor escorrendo pela lombar. *Ethan Atkins estava do outro lado daquela porta.*

Quando era pré-adolescente, Grey tinha arrancado uma página da revista *Seventeen*, tomando muitíssimo cuidado para não rasgar mais do que o necessário sem querer, e colado na parede ao lado do travesseiro. Por dois anos, Ethan Atkins tinha sorrido tímido para ela, o cabelo caindo em cima de um olho, o polegar inocentemente enganchado no bolso do jeans. A outra mão casualmente levantava a camiseta por cima de uma faixa de barriga lisa, revelando a sugestão de um ou dois gominhos dourados de abdome, além do tentador V definido do osso do quadril descendo até a cintura da calça.

Ela tinha tirado o cartaz ao entrar no ensino médio, quando lhe ocorrera a possibilidade de garotos de verdade um dia entrarem no quarto. Contudo, naquele ponto, já havia relido o texto em rosa neon tantas vezes que estava quase gravado na parte de trás das pálpebras.

QUEDINHA DO MÊS: Ethan Atkins, 22

Aniversário: 3 de setembro

Cidade natal: Queens, NY

Gosta nas garotas: Confiança

Não gosta nas garotas: Falsidade

Por enquanto, ela não tinha marcado nenhum ponto.

O tempo pareceu desacelerar enquanto Audrey virava a maçaneta. Grey só escutava o sangue martelando em seus ouvidos quando Audrey empurrou a porta e a abriu, revelando... uma sala vazia.

Grey suspirou audivelmente. Audrey olhou para trás, e Grey achou ter visto uma expressão de empatia passar por seu rosto. Ela ficou vermelha.

— Ethan está meio atrasado, mas achei que você ficaria mais confortável esperando aqui. Seu almoço já está pronto, traremos assim que ele chegar.

Grey se forçou a sorrir, balançando um pouco no lugar enquanto a adrenalina era drenada de seu corpo. Ela assentiu com a cabeça, distraída, e se sentou em uma das poltronas de couro macio.

— Obrigada, Audrey.

— Sem problemas. Quer alguma coisa? Água? Café?

Grey fez que não e puxou a garrafa d'água de aço inoxidável da bolsa.

— Não precisa. Mas obrigada.

— Claro. Não deve demorar muito.

Audrey fechou a porta com um estalido, e Grey escutou os saltos agulha baterem em retirada pelo corredor. Ótimo. Seria um alerta quando ela voltasse.

Grey se recostou na cadeira e a girou de frente para as janelas do chão até o teto que davam para a cidade. Tinha conseguido mais tempo, mas agora isso parecia uma maldição. Não havia como ela se concentrar em nada até o momento em que Ethan entrasse pela porta. Grey pegou o celular, mas não o destravou. Olhou pela janela, observando os padrões do trânsito ondularem muito abaixo. Os minutos se arrastaram.

Sem ser chamada, saltou em sua cabeça uma visão dele entrando na sala enquanto ela ainda estava de frente para a janela. Ela virava a cadeira lenta e dramaticamente, as sobrancelhas arqueadas, os dedos unidos em sua melhor imitação de vilão de filmes do James Bond.

Ora, ora, ora. O infame sr. Atkins. Estava esperando por você. Por favor, sente-se. Creio que temos alguns assuntos a discutir.

A imagem foi suficiente para aliviar um pouco seu nervosismo. Aquilo não era nada de mais. Ela já havia conhecido várias celebridades importantes. *Definitivamente* já havia almoçado. Tinha almoçado ontem mesmo! Seria exatamente que nem o almoço do dia anterior, só que, em vez de comer *pad thai* requentado, sozinha, de calcinha, vendo um velho episódio de *True Life,* da MTV, ia comer comida vegana da moda com sua antiga paixonite pré-adolescente transformada em figurão celebrado, transformado em misterioso recluso torturado, transformado em futuro namorado de mentira.

Grey engoliu em seco. Ok, ela estava nervosa outra vez. Tirou *Reino dourado* da bolsa e o abriu no marca-página. Tinha feito um bom progresso desde a conversa com Renata, e parecia que Catalin já tinha um papel muito mais importante naquela parte do que na primeira. Grey releu a mesma frase pelo menos dez vezes antes de enfim conseguir processar o significado. Quando ficou claro que Ethan não estava prestes a irromper pela porta em nenhum momento, ela relaxou um pouco e se afundou na narrativa.

Cerca de quinze minutos depois, ouviu a porta se abrir e fechou o livro com força. Audrey colocou a cabeça para dentro.

— Sou eu de novo. Desculpa pela espera, não deve demorar muito. Ele está a caminho.

— Ah. Hã, tudo bem. Obrigada por me avisar.

Ela voltou ao livro. Mais meia hora se passou, e Audrey, parecendo cada vez mais perturbada, apareceu mais duas vezes para garantir que Ethan chegaria a *qualquer* minuto e agradecer *demais* por ser paciente. A barriga de Grey roncou, e seu humor começou a azedar.

Grey escutou passos se aproximando de novo. Deslizou o livro de volta para a bolsa e se levantou. Era ridículo. Ela ia simplesmente dizer a Audrey que obrigada, mas não vai rolar, ela não ia de jeito nenhum abrir mão de seu tempo e sua dignidade em troca de um relacionamento que não apenas era mentira, mas que, por enquanto, só tinha uma participante (mal) disposta. A porta se abriu, e Grey abriu a boca. Então, viu quem estava atrás de Audrey e esqueceu como fechá-la.

A primeira coisa que notou foi como ele era alto. Tudo parecia maior na tela, e Grey tinha conhecido estrelas de cinema o suficiente para saber que a maioria inflacionava as alturas oficiais em pelo menos um ou dois centímetros. Ethan, não. Ele era bem mais alto do que Audrey, mesmo com a ajuda dos saltos dela.

A segunda coisa que notou foi aquele meio-sorriso de menino, tão familiar que ela quase ficou tonta, sua mente o sobrepondo automaticamente àquela página de revista havia muito perdida. Talvez "menino" fosse a palavra errada: o cabelo escuro estava ficando grisalho, assim como a barba por fazer, e os olhos, verde-claros como vidro marinho, pareciam enrugados e cansados atrás dos óculos de tartaruga. Por algum motivo, os sinais de envelhecimento só contribuíam para deixá-lo mais atraente, transformando-o de menino bonito e limpo em algo mais duro e interessante. *Que inferno*. Era muito injusto os homens terem permissão de ficar mais gostosos à medida que envelheciam, enquanto Grey muitas vezes sentia que um relógio fazia tique-taque acima da cabeça dela, contando os anos até ter que escolher entre ser recusada em papéis por envelhecer naturalmente ou ser recusada por encher o rosto de preenchimento.

Ele exalava uma aura que ela só havia encontrado pessoalmente algumas poucas vezes, a aura dos Muito Famosos. Mais efêmera do que a beleza física, mais poderosa e precisa do que o carisma. A postura dele era desleixada, sem pretensões, como se estivesse tentando se desculpar antecipadamente por ser uma lenda viva. Não ajudava. A única coisa que

Grey sabia era que sua boca secou na hora e suas pernas pareciam estar prestes a ceder. Ela se encostou discretamente na mesa para se estabilizar.

Grey percebeu que Audrey estivera falando aquele tempo todo. Arrancou o olhar do rosto de Ethan para se concentrar de novo nela. O olhar dele estava preso no de Grey com uma expressão ilegível, a testa levemente franzida.

—... só vou lá checar a comida — disse Audrey, correndo porta afora e os deixando a sós.

A sós.

Grey o olhou. Engoliu em seco. Devia dizer alguma coisa. Estendeu a mão.

— Prazer, Grey.

Ethan deu de novo aquele meio-sorriso e pegou a mão dela. O cérebro de Grey entrou em curto-circuito. O salto de *Ethan Atkins está na minha frente* para *Ethan Atkins está me tocando* foi demais para processar em tão pouco tempo.

— Com esse nome, seu cabelo devia ser mais cinza do que loiro — disse ele, seco.

Grey piscou para ele, muda. Era uma piada com o significado do nome dela em inglês? A sensação da mão dele em torno da dela estava fritando suas sinapses.

— Quê?

Ele balançou a cabeça.

— Desculpa. Não sei por que falei isso. — Puxou a mão abruptamente e enfiou no bolso, pigarreando e desviando o olhar. — Idiota — murmurou para si, baixinho. Para ela, falou: — É... é ótimo. É um ótimo nome.

— Ah. Obrigada.

Ela percebeu algo: *ele também estava nervoso*. Grey teve vontade de rir. A irritação com o atraso dele começou a se retrair.

Ethan passou as mãos pelo cabelo.

— Eu sou o Ethan.

— É, eu sei — disse ela, sem saber o que mais poderia responder.

Ela cruzou os braços e olhou para as botas, de repente incapaz de suportar olhar para ele. Bem na hora, Audrey e uma assistente irromperam pela porta, carregando uma bandeja com os pratos deles e equipamentos variados para a refeição. Elas ocuparam-se dispondo a comida, que surpreendentemente ainda parecia apetitosa, apesar de estar largada por quase uma hora, e saíram apressadas pela porta antes de Grey se dar conta.

Os dois se acomodaram nas cadeiras, um diante do outro. Não se olharam nos olhos. Grey pegou o garfo, sentindo como se fosse a primeira vez que manejava um, e avaliou a salada. À sua frente, Ethan levantou o pãozinho de cima do hambúrguer vegetariano, fazendo sua própria inspeção.

O silêncio entre eles se estendeu. Grey virou o copo de molho verde na salada e concentrou toda a atenção em cobrir igualmente cada ingrediente individual. Ele podia ser rico e famoso, e, tá, ainda lindo pra caralho, mas a tinha deixado esperando por quarenta e cinco minutos. Ela não ia fazer o que sempre fazia, jogar conversa fora para preencher o silêncio, amenizar o desconforto.

Depois do que pareceu uma eternidade, ele pigarreou. Ela levantou os olhos para ele, esperando.

— O que você pediu?

Grey olhou a salada.

— Estou Dando meu Melhor.

Ethan franziu a testa.

— Oi?

— Estou Dando meu Melhor — repetiu ela, e ele a olhou como se estivesse falando em código. — Sabe? O Café Gratidão? É o que eles fazem. Todos os pratos têm nomes assim. Tipo "Sou um Presente Para o Mundo" ou "Sou Perfeito como Sou" ou "Rezando Para a Terra se Abrir e me Engolir Porque Fazer Este Pedido É Muito Humilhante".

Ethan riu, uma risada de verdade, e Grey se acalmou um pouco.

— Entendi. Geralmente só mando Lucas pegar o hambúrguer vegetariano para mim, não sabia que estava fazendo ele se humilhar desse jeito.

— Não é para isso que servem os assistentes? Proteger a pessoa das vergonhas mesquinhas da vida cotidiana?

O tom dela era leve, mas algo sombrio passou pelo rosto de Ethan.

— É, acho que sim.

Ele pegou uma batata-doce frita, a examinou e devolveu. Grey se inquietou. Deu uma garfada na salada. No silêncio, parecia que o crocante era alto o suficiente para fazer a sala tremer. Só a alface lisa registrava um 6.1 na escala Richter.

Ethan suspirou.

— Isto é ridículo — murmurou.

— Oi?

— Desculpa. Sem ofensa. Não é... Não é você. Essa ideia toda. É esquisita, né?

Grey mexeu uma cenoura em conserva pelo prato.

— Mais ou menos. Quer dizer, acho que acontece o tempo todo. Eu só... eu nunca...

Ela parou, desconfortável. Ethan apertou os lábios.

— Não entendo, sério. Como desfilar com uma loira jovenzinha vai fazer as pessoas torcerem por mim? Não é o tipo de coisa que todo mundo detesta? Eu não devia estar "namorando" alguém da minha idade?

Ele fez aspas preguiçosas com os dedos na palavra "namorando".

Grey deu um sorrisinho para si mesma e não disse nada.

— O que foi? — perguntou ele. — Qual é a graça?

— Nada. É só que... não lembro a última vez que alguém me chamou de jovem. Na semana passada, fiz teste para papel de esposa de um cara da idade do meu pai. Provavelmente no ano que vem vou interpretar sua mãe.

Ethan riu outra vez, surpreso.

— Quantos anos você *tem*?

Grey abriu a boca para protestar. Ele levantou a mão, na defensiva.

— Sei que é uma pergunta sensível no nosso meio. Mas, se você vai ser minha namorada, seria bom eu saber algo além do seu nome.

O sangue de Grey correu para as orelhas. *Ela ia ser namorada dele.* Namorada de mentira. De mentira.

— Vinte e sete. Prestes a fazer 28.

— Bem, pelo menos podemos usar seu desconto de idoso.

Grey riu, sem conseguir evitar.

— Sua próxima esposa provavelmente ainda nem nasceu. Dez anos não são nada.

Ethan levantou a mão.

— Com licença. Onze. Não faça pouco da minha senioridade.

Ela riu outra vez, sentindo-se relaxar.

— Não entendo por que você precisa de mim — admitiu ela. — Se quiser, não pode só reaparecer sozinho? Achei que, quando se chegava a certo nível de homem branco rico, basicamente se virava incancelável. Quer dizer, até o Mel Gibson continua sendo contratado.

Ethan fechou a cara. Não a olhou. O estômago de Grey se apertou. Será que ela tinha ido longe demais?

Ethan pegou o hambúrguer vegetariano e deu uma mordida gigante. Mastigou devagar, depois engoliu.

— Se eu quisesse ser legal com o estúdio e estrelar um *blockbuster* idiota de Natal que é diversão para a família toda, claro. Ou jogar meu próprio dinheiro em um projeto fútil que ninguém nunca vai ver. Mas, segundo nossa amiga Audrey, se eu quiser alguma coisa de verdade de novo, preciso provar que sou... como dizer? — Ele deu um gole na água com gás. — Estável? Confiável? São?

Grey ficou em silêncio. O subtexto pairava pesado entre eles.

Era impensável que o Ethan de uma década antes tivesse acabado naquela posição. Aos 30 anos, ele era intocável, tanto pessoal quanto profissionalmente. Ela não deveria ter se preocupado com esqueletos no armário: durante a maior parte de sua carreira, a reputação dele tinha sido imaculada. Ele gostava de uma farra quando era mais jovem, sim, mas já havia trocado aquela imagem pela de Marido e Pai Dedicado quando se tornara um nome de peso.

Ethan havia ganhado fama ao lado de Sam Tanner — melhores amigos de infância que deram certo. Os dois escreveram juntos quatro filmes, nos quais também estrelaram, cada um mais bem recebido que o anterior. A carreira solo de Ethan também floresceu, passando sem problemas da frente para trás da câmera e vice-versa. Ele tinha tido sua cota de fracassos e erros, como qualquer um, mas nada que não pudesse ser descartado diante do próximo sucesso esmagador.

Mas aí, cinco anos antes, Sam morrera em um acidente de carro e Ethan desmoronara.

Ele estava no meio da gravação de um remake de grande orçamento da franquia de super-herói *Sentinela solitário*, uma versão mais pesada, quando aconteceu. Rumores diziam que ele tinha tentado se demitir, mas o estúdio o havia aprisionado em um contrato inquebrável. Ele começara a aparecer no set atrasado, bêbado, e depois a faltar, até que não tiveram escolha senão mandá-lo embora. Os veículos de fofoca amaram, e publicavam foto após foto dele tropeçando em boates às quatro da manhã, seboso e de olhos vidrados.

Depois, tinha acabado no tribunal: primeiro quando o fotógrafo que Ethan havia nocauteado no funeral de Sam decidira dar queixa e, então, pela prolongada disputa de guarda com a (ex-)esposa durante o divórcio muito feio e muito público. Desde que resolvera os dois casos e sumira da mídia, Ethan mal tinha sido visto.

Até agora.

O homem que, nos últimos anos, só tinha sido visto de relance por fotografias borradas feitas com teleobjetivas, que nem a porra do Monstro do Lago Ness, estava sentado bem diante dela, em alta definição, comendo um hambúrguer vegetariano.

Ela o olhou bem nos olhos.

— E você é?

Ele olhou de volta.

— Não tenho certeza. Mas acho que estou pronto para descobrir.

Grey não sabia como reagir. Deu de ombros sem se comprometer e voltou à salada. Comeram em silêncio por alguns momentos. Ela ficou surpresa quando ele falou de novo espontaneamente.

— Mas é um ótimo negócio para você, né?

— Como assim?

— Quer dizer, você só precisa ser fotografada comigo algumas vezes para sua estrela começar a subir. Você pode só furar a fila, não precisa nem trabalhar. É bem joia, né?

O tom dele pingava condescendência.

Grey soltou o garfo no prato com um estrépito, o rosto vermelho.

Ela sabia que não deveria levar para o lado pessoal. Não deveria se surpreender que ele tivesse preconceitos misóginos sobre o tipo de mulher que concordaria com a proposta. Ele claramente desprezava a si mesmo por ter que recorrer àquilo; por que ela seria excluída do mesmo julgamento?

Mas, é claro, Grey *ficou* magoada. Não tinha como *não* levar para o lado pessoal. Foi forçada a admitir para si mesma que, por mais que tivesse tentado evitar pensar em como seria aquele encontro nos dias que o antecederam, pequena parte dela se agarrava a uma fantasia infantil estúpida de que, quando ele a visse, ele a veria *de verdade*. Veria seu talento, veria sua ética de trabalho, a veria como uma igual. Reconheceria que ambos estavam em estranhas conjunturas em suas respectivas carreiras e riria disso, concordando em avançar juntos nessa farsa com base em uma abundância de respeito mútuo (e também talvez eles se beijassem algumas vezes). Bem, isso aí já era.

Ela se forçou a manter a voz baixa e controlada. Se conseguisse segurar as lágrimas durante o monólogo, merecia todos os prêmios de atuação existentes e mais alguns novos criados especialmente para ela.

— Na verdade, eu trabalho como atriz desde os 8 anos. Não acho que tem nada de *joia* no fato de que, *aparentemente*, a única coisa que vai fazer alguém me levar a sério é minha associação com um homem cujo único "trabalho" nos últimos anos foi se esforçar ao máximo para destruir a própria carreira. Acho, sinceramente, que é bem escroto.

Ethan a olhou fixamente, boquiaberto. Grey ficou ainda mais vermelha. Recuou, gaguejando.

— Desculpa. Isso foi... Eu não falei sério. Foi mal. Não devia... Eu sei o que você passou... Desculpa.

Ele esfregou a mão na barba por fazer, como se estivesse avaliando o dano depois de um soco no maxilar.

— Está tudo bem. Justo, aliás. Eu não devia ter falado isso. Acho... — Ele fixou nela outro olhar penetrante, impenetrável. — Acho que pensei que você seria diferente.

Grey não tinha certeza do que achar disso.

— Desculpa decepcionar.

Ethan fez que não com a cabeça.

— Não. É... é uma coisa boa.

Ele dirigiu o comentário às batatas-doces fritas. Grey abandonou o fingimento de tentar comer a salada. Seu apetite tinha sumido. Quando ela voltou a falar, seu tom era estável e sarcástico, embora, por dentro, estivesse fervendo.

— Então, o que você esperava? Uma cabeça de vento interesseira que vai assentir e babar para tudo o que você disser? Fico honrada por ter me dado a graça de sua presença, então. Porque não tem como meu tempo valer alguma coisa, né? Não tenho nada melhor a fazer do que sentar e esperar você até minha bunda se fundir com esta cadeira.

Grey devia ter ficado perigosamente hipoglicêmica enquanto esperava por ele, o suficiente para desativar cada filtro entre o cérebro e a boca. Era a única explicação para estar falando com Ethan Atkins assim. Uma palavra dele e Audrey a largaria igual a uma batata quente. Ela havia se treinado até ser especialista em morder a língua, mas ele aparentemente havia pisado em um calo. Ou vários.

Ethan apertou o maxilar. Abriu a boca para retrucar, mas hesitou. O aborrecimento pareceu se drenar de sua expressão tão rapidamente quanto aparecera. Ele esfregou as mãos no rosto e deu um gemido frustrado.

— Não! Quer dizer, sim. Sim, você tem razão. Está saindo tudo errado. Eu não… Não consigo… — Ele espalmou as mãos na mesa e a olhou. Suas próximas palavras foram sinceras, quase suplicantes. — Não conheço muita gente nova hoje em dia. Não sou mais muito bom nisto. Desculpa… Desculpa pelo atraso. Sou um babaca. — Ele riu sem humor. — Provavelmente precisava ouvir tudo isso. Acho que Audrey me conhece melhor do que pensei — murmurou. Ele esfregou de novo a mão nos olhos, como se lutando contra uma dor de cabeça. Aí, para surpresa dela, soltou as mãos e riu baixinho. — Mas parece que ela não conhece *você*.

— Como assim? — perguntou Grey antes de conseguir se conter.

— Ela me disse que você era uma fofa.

Ele levantou os olhos para ela com uma expressão que beirava o divertimento.

Grey sentiu o peito expandir-se de alívio. Ela não o havia chateado. Mesmo assim, ficou calada. Não confiava no que sairia se abrisse a boca outra vez. Ethan parecia perdido em seus próprios pensamentos. Eles ficaram sentados imóveis, o diorama mais chato do mundo. Poderiam ter ficado ali por horas, até mesmo dias, se Audrey não tivesse entrado pela porta com um sorriso brilhante.

— Oi, oi, como está indo aqui?

Grey não conseguiu encarar Ethan. Ela olhou o prato, e depois Audrey. Ethan pigarreou.

— Só estamos nos conhecendo um pouco melhor.

O olhar de Audrey varreu a comida quase intocada. Ela franziu a testa de preocupação — ou o máximo que conseguia, com o Botox de bom gosto —, mas o tom não revelou nada. Ela era profissional.

— Que ótimo! É para isso que estamos aqui. Então... o que achamos? Temos algo?

Audrey balançou o dedo indicador de um para o outro. Grey se forçou a olhar de volta para Ethan.

Ele inclinou a cabeça na direção dela, sem quebrar o contato visual.

— Se ela me aceitar.

Um calafrio subiu pela coluna dela. Ele estava deixando a decisão para Grey. Ela podia apertar a mão dele, dizer que era um prazer conhecê-lo e voltar à sua vida como se aquele encontro surreal nunca tivesse acontecido. Audrey provavelmente tinha um exército de louras ambiciosas de 20 e tantos anos, idênticas a Grey, enfileiradas no corredor, mais do que felizes em tomar o seu lugar.

Mas, se ela fosse sincera, a opção de ir embora havia desaparecido no momento em que ele se materializara na porta.

Ela abriu e fechou a boca algumas vezes, que nem um peixinho dourado, abandonada pelas palavras que antes não conseguia parar rápido o suficiente.

Finalmente ela soltou, com a voz falhando:

— Sim. Está bem. Vamos nessa.

4

ETHAN ABRIU O NOTEBOOK, deu um gole na cerveja, fechou-o.

Deu mais um gole. Abriu. Levantou-se da cadeira e andou para lá e para cá no escritório. Voltou a se sentar. Deu mais um gole. Fechou.

Ele vinha repetindo o padrão havia tempo suficiente para estar a meio caminho da quarta cerveja. Àquela altura, já estava alegre o bastante para fazer o que se propusera ao abrir a primeira. Tomou um longo gole e abriu o notebook. De novo.

Ele abriu o navegador e hesitou sobre o teclado. Não era nada sinistro. Ela era uma figura pública. Definitivamente já sabia *muito* mais sobre ele. Ele estava apenas igualando as condições.

Antes de conseguir se convencer outra vez a não fazer aquilo, Ethan abriu o site de buscas e digitou um nome com o indicador direito: Grey Brooks.

Na mesma hora, abriu-se um menu com sugestões automáticas das palavras mais frequentemente buscadas com o nome dela. Ethan suspirou e virou o resto da garrafa. Levantou-se de novo e pegou outra cerveja do frigobar ao lado da mesa, tirando a tampa. Acomodou-se de volta na cadeira, de vez, e começou a descer a lista.

Grey Brooks Instagram

@greybrooksofficial, 650 mil seguidores. A tela se encheu de fileiras de cubos com imagens bem selecionadas: Grey sorrindo no tapete vermelho, Grey fazendo biquinho em uma sessão de fotos, Grey rindo com uma amiga em uma trilha. Em pessoa, ela era bonita, até mesmo marcante. Olhos azuis grandes, sobrancelhas escuras, nariz forte, lábios cheios. Estava claramente nervosa quando se encontraram, mas o arco das sobrancelhas e os cantos da boca naturalmente recuados faziam seu rosto em repouso parecer altivo, quase petulante. À medida que a conversa deles prosseguia, ela tinha suavizado, sua expressão mais aberta, amigável.

Quer dizer, até ele a insultar.

Ele calculara mal o apelo dela no início, casualmente vestida e sem maquiagem, mas, quando ela corara de emoção enquanto o repreendia, Ethan não conseguiu tirar os olhos dela. A cabeça dele devia estar muito fodida mesmo para ele se sentir mais atraído por ela quando ela mostrara que ele era um idiota condescendente.

A audácia dela com certeza fazia parte disso; ela tinha tudo a ganhar só sorrindo e acenando com a cabeça enquanto ele a menosprezava. Mas, acima de tudo, o que ele tinha visto no rosto dela quando Grey o fuzilara com o olhar, o que tinha desarmado Ethan completamente, era a confirmação de que ela enxergava através de seus escudos superficiais de fama, dinheiro e charme, chegando direto até o núcleo podre.

Ela tinha razão: ele havia esperado que ela fosse desesperada, vulgar, louca para agradar. Quando percebeu que subestimara a mulher sarcástica, afiada e reservada à sua frente, já era tarde. Ele tinha passado os dias anteriores à reunião deixando seu desgosto consigo mesmo aumentar até só conseguir vomitar tudo em cima dela, tentando purgar o ódio internalizado do corpo o mais rápido possível. Não tinha funcionado, mas, bom, nada funcionava.

Em todo caso, percorrer aquelas fotos confirmava o que Ethan suspeitara: ela era incrivelmente fotogênica. Ele clicou na miniatura de uma foto dela em alguma premiação, o cabelo caindo pelas costas claras em cascata de ondas brilhantes cor de mel, a boca vermelha e as bochechas brilhantes, com a travessura nos olhos de pálpebras pesadas, mas foi recebido com a solicitação de criar uma conta para ver mais.

Droga. Próxima.

Grey Brooks Paraíso envenenado

Ethan desceu pelas fotos promocionais de um grupo de sete ou oito jovens bonitos de 20 e poucos anos, braços e pernas torneados enrolados uns nos outros, olhando de forma ardente e dramática para a câmera. Com base nas fotos, o elenco tinha mudado ao longo dos anos, mas Grey era uma das poucas que aparecia em todas as encarnações. Havia algo sobrenatural no estilo dela combinado com o retoque pesado das fotos; ela parecia perfeita demais para ser humana. Todos pareciam.

Ele clicou nas fotos de divulgação da personagem dela vestida de uniforme de líder de torcida, rindo em um conversível, tocando guitarra na frente de uma plateia aos gritos, deitada no hospital se recuperando de algum ferimento sério-mas-não-permanentemente-deformador, enterrando um corpo e, se Ethan não estivesse enganado, concorrendo a presidente dos Estados Unidos. Ele franziu a testa. Sobre o que diabo era aquela série?

Grey Brooks namorado

A sugestão abriu um buraco no estômago de Ethan, mas ele se sentiu obrigado a clicar. A busca trouxe algumas dezenas de fotos de Grey em coletivas de imprensa abraçada com um garoto branco magrelo que ele reconheceu das fotos do elenco de *Paraíso envenenado*: jovem, bonito, pálido que nem cadáver, de cabelo comprido e desleixado e expressão arrogante. Ethan o detestou instantaneamente.

Uma manchete chamou sua atenção, acompanhada por uma foto de paparazzi de uma Grey aflita soluçando ao telefone. "PARAÍSO" PERDIDO: LINDO CASAL "ENVENENADO" POR RUMORES HORRÍVEIS DE TRAIÇÃO! O estômago dele deu um novo solavanco. Clicou na sugestão seguinte, em vez de investigar a sensação de enjoo que sentiu com a foto dela chorando.

Grey Brooks criança

Ethan franziu a testa. Será que ela tinha filhos? Ele não achava que Audrey tivesse mencionado isso, mas também não dava para ter certeza. Ficou aliviado quando a busca só trouxe fotos borradas de projetos em que Grey aparecera quando era mais nova. Ele lembrou: no almoço, ela havia mencionado ser atriz desde criança.

Ethan clicou no YouTube e assistiu ao vídeo em baixa resolução de um comercial em que uma Grey com cabelo castanho e com no máximo 10 anos falava maravilhas de uma boneca em tamanho real que vinha com acessórios combinando. As frases eram idiotas, e a boneca era meio sinistra, mas ela sabia vender.

Grey Brooks Kamilah Ross

Ethan sorriu ao ver fotos de Grey rindo e abraçando Kamilah, uma jovem negra lindíssima que ele reconheceu do Instagram de Grey. Aparentemente, a amizade delas datava de anos. Grey parecia mais feliz nas fotos com Kamilah do que ele vira até então.

Mais alguns cliques e ele se viu na página do IMDb de *Rainhas da beleza*, um filme *indie* com micro-orçamento que as duas haviam feito alguns anos antes. Tinham escrito e estrelado juntas, com Kamilah dirigindo. Ethan abriu o trailer. A trama era, na melhor das hipóteses, ambígua, e, sim, a coisa toda era meio pretensiosa, mas ele tinha que admitir que a estética era forte. E Grey, atraente em pessoa e intrigante em fotografias, na tela era francamente fascinante. Ele assistiu ao trailer três vezes seguidas.

Grey Brooks biquíni Não esqueça de gritar

Ethan mudou de posição na cadeira. Não *clique nisso, seu pervertido. Seu velho sujo.*

Grey Brooks pés

Ethan fechou com força o notebook e tomou de uma vez o resto da cerveja. Era mais do que suficiente por uma noite.

Ele esticou as pernas e foi até o frigobar, matando a última das seis. Pegou o celular e mandou uma mensagem ao assistente, Lucas, sabendo que, se esperasse mais cinco minutos, o pensamento voaria de sua mente: *mais Stella para o frigobar do escritório.*

Lucas era sobrinho de Ethan, filho mais velho de sua irmã Mary. Quando Lucas se mudara para Los Angeles havia alguns anos para fazer pós-graduação, ela tinha implorado para Ethan ajudá-lo a arrumar um emprego. A última assistente de Ethan acabara de dar aviso prévio, então Ethan relutantemente o contratara. Eles raras vezes se viam pessoalmente ou falavam ao telefone, mas a geladeira de Ethan sempre estava estocada, suas contas, pagas, e sua casa, administrada sem ele ter que pensar no assunto. Pensar o mínimo possível era sempre o objetivo.

Ethan andou sem rumo até a cozinha. Ultimamente, nunca sabia o que fazer consigo mesmo. Já fazia alguns anos que alugava aquele lugar, desde que saíra da casa em que morava com Nora e as meninas, alguns quilômetros para baixo na mesma rua, mas nunca parecera um lar de verdade. Fora profissionalmente decorada, fria e moderna, antes de Ethan se mudar, mas ele não conseguia se importar o suficiente para fazer alterações. Isso significaria admitir que era ali que ele morava. Ele passava a maior parte do tempo no escritório ou no quarto, de todo jeito. Ocasionalmente, nadava de manhã, se não estivesse com muita ressaca.

No caminho da geladeira, se assustou com uma batida abrupta na porta da frente. Suspirou e abriu a geladeira, inspecionando uma protuberância embrulhada em papel-alumínio que, se ele lembrava direito, continha metade de um excelente burrito de carne assada. Desajeitado, abriu o papel-alumínio a caminho da porta. Estava mais bêbado do que pensava.

Àquela hora da noite, só tinha mesmo uma possibilidade de quem poderia estar do outro lado da porta.

— Nora.

A ex-mulher dele estava parada na soleira, de braços cruzados.

— Você não atendeu o telefone, então pensei em vir até aqui. É uma hora ruim?

Ethan saiu do caminho e fez um gesto para ela entrar com o burrito parcialmente desembrulhado.

— É uma hora como outra qualquer. As meninas estão bem?

Nora andou à frente dele, marchando até a cozinha com propósito. Estava vestida com legging de corrida que parecia cara e um suéter largo, o cabelo preto curto puxado em um rabo de cavalo. Parecia chique sem esforço, mas, bom, ele nunca a vira parecer nada menos do que isso.

Meio tailandesa, meio sueca, Nora tinha uma estatura imponente e uma constituição esbelta que havia chamado a atenção de um caça--talentos de agência de modelo antes de ela terminar o primeiro ano do ensino médio. Seu time de basquete do colégio perdeu a fama rapidamente quando ela virou a figura carimbada na passarela de toda capital internacional da moda antes mesmo de poder beber na maioria delas. Quando ela chegou aos 20 e virou um fóssil aos olhos da indústria da moda, considerou voltar a Chicago, sua cidade natal, para fazer faculdade de direito, mas, em vez disso, foi convencida pelos empresários a se mudar para Los Angeles e tentar ser atriz.

Na primeira vez que Ethan a vira, achou que devia ser a mulher mais bonita a já ter pisado na face da Terra, mas de uma forma que ele não tinha certeza se queria colocá-la em um pedestal e admirá-la de longe ou levá-la para casa e arrebatá-la. Tinha ficado com o meio-termo, casando--se com ela.

Apesar de o divórcio ter se arrastado infinitamente e Ethan ter ficado devastado pelo resultado da disputa pela guarda, nos últimos anos a relação dos dois havia evoluído para algo que lembrava uma amizade. Um casamento de dez anos e filhos eram coisas que uniam uma pessoa a outra para toda a vida, quer elas gostassem ou não. No início, Nora só ia até a casa dele para deixar as meninas, mas ultimamente, de vez em quando, ia apenas para conversar. Ethan sabia que era mais por ele do que por ela, mas ainda sentia-se grato pelo gesto. Quer dizer, se estivesse no clima certo. Se estivesse numa espiral de desgosto, achava a gentileza dela insuportável.

Nora havia se casado novamente havia um ano, com um homem bondoso e confiável chamado Jeff, que trabalhava como operador de câmera no drama médico do horário nobre de Nora. Ela voltara a ser a mulher serena e segura de si com quem ele se casara, em vez da sombra melancólica que se esquivava pelos cantos para evitá-lo durante seus últimos meses juntos. Estava melhor sem ele.

Nora se empoleirou em uma das banquetas em volta do balcão da cozinha.

— Estão ótimas. Estão dormindo. Jeff está com elas.

Ethan se debruçou na bancada, finalmente saindo vitorioso na batalha com o papel-alumínio.

— Você já decidiu? Sobre talvez deixar eu ficar com elas a semana toda da próxima vez?

Ela enrugou o nariz arrebitado.

— Não acho que seja uma boa ideia. Você sabe que não é para ser assim.

O coração dele afundou. A voz de Audrey ecoou em sua mente: *Não quer ver suas filhas mais vezes?* Talvez ela tivesse alguma razão. Se Nora acreditasse que ele tinha colocado ordem na vida, talvez houvesse uma abertura para renegociar o acordo de guarda. Torná-la compartilhada, como ele queria. Embora o relacionamento deles tivesse melhorado a passos largos desde o divórcio, Nora ainda evitava todas as tentativas de debater o assunto. O subentendido estava claro, fosse justo ou não: *como você vai cuidar delas quando não consegue cuidar nem de si mesmo?*

Em retrospecto, ele compreendia a cautela dela quando se separaram, naqueles dias sombrios e enevoados após a morte de Sam. Mas, ultimamente, estava se comportando direitinho. Pelo menos perto das meninas. Nora só se recusava a ver, compreensivelmente cética depois de tantos anos vivendo ao lado da pior versão dele.

— Certo. Bom. Então, o que te traz aqui? — perguntou ele com a boca cheia de burrito.

Antes que Nora pudesse responder, ele tinha voltado à geladeira, caçando um molho de pimenta.

— Ah, sabe, o check-up de sempre — falou ela com um tom impassível.

Os dois sabiam que não era totalmente brincadeira.

Ethan jogou o molho de pimenta no burrito e deu mais uma mordida enorme, fechando os olhos com prazer. Quanto tempo fazia desde que ele tinha comido pela última vez? Ele não se lembrava direito. Gesticulou com o burrito, fazendo algumas poses de fortão exageradas, sentindo-se fortificado.

— Como estou?

Nora contorceu o rosto em um sorriso doloroso. Ele viu que ela olhava para trás dele, para a garrafa de cerveja abandonada na bancada.

— Essa é qual número?

Ele deu de ombros.

— Você veio contar minhas cervejas, Nor?

— Não exclusivamente. — Ela se mexeu nervosa, brincando com a manga do suéter. — Paul falou com você sobre a coisa do Lincoln Center? Entraram em contato com ele?

— Lincoln Center?

Nora evitou o olhar dele.

— Querem fazer uma mostra de décimo quinto aniversário de *Patifes* no verão. Parte de um dos festivais. Imprensa, tapete vermelho, perguntas e respostas, a coisa toda. — Ela se permitiu olhar para Ethan, avaliando a reação dele. — Acho que devíamos ir até lá e fazer. Acho... acho que pode ser uma boa.

Ethan baixou os olhos para o burrito.

Ele não gostava de pensar em *Patifes*. Só ouvir o título era como uma rede de pesca jogada no mar profundo de seu subconsciente, levantando todas aquelas memórias bizarras, sufocadas e deformadas que deviam ficar chafurdando no leito oceânico, onde era seu lugar. Tinha sido o primeiro filme dele e de Sam a fazer muito sucesso. O filme em que ele e Nora se apaixonaram. A primeira ida ao Oscar, a vitória de Ethan chocando todos eles. Os três no turbilhão da turnê midiática, mal acreditando na própria sorte, a vida toda à frente.

Se doía tanto só de pensar, como ele podia considerar assistir ao filme, quanto mais assistir junto a uma multidão? Ele fechou os olhos. *Hã, esta próxima pergunta é para Ethan. É, oi, grande fã aqui. Como é ver você e as duas pessoas que você mais amou no mundo como jovens ingênuos de 20 e poucos anos, sabendo que você acabaria arruinando a vida dos três e que nunca mais vai chegar nem perto de ser tão feliz assim?*

Ele estava tremendo. Não tinha certeza de quanto tempo já durava o silêncio. Ethan percebeu que apertava o burrito com tanta força que o recheio estava vazando e caindo no azulejo branco impecável. Droga. O responsável pela limpeza tinha ido, naquela manhã.

Nora já estava em modo mãe, correndo até a bancada e arrancando uma folha de papel-toalha do rolo. Ela se ajoelhou para pegar o recheio caído.

— Não precisa fazer isso — disse Ethan, impotente, sem se mexer.

— Já fiz — respondeu ela, levantando-se. Amassou o papel-toalha e pisou no pedal da lata de lixo, jogando antes de se virar para ele. — Não precisa decidir agora. Eu sei... sei que é difícil. — Ela mordeu o lábio, como se contemplasse dizer mais. Sua voz normalmente plácida ficou rouca de emoção. — É difícil para mim também, Ethan. Eu também tenho saudade dele. Todo dia. — Ela voltou a olhar a garrafa na bancada, e hesitou. — Mas isto... não é o que ele iria querer para você. Se isolar para sempre. Espero que você saiba disso.

Ethan não conseguiu olhar para ela. Dar a ela a validação de que ele sabia que ela precisava.

— Estou bem exausto. Acho que é hora de cair na cama. Você se importa de sair sozinha?

Nora franziu a testa de preocupação, mas ele sabia que ela estava ciente de que não devia expressar isso. Aquela noite já era uma causa perdida.

— Claro. Eu também devia voltar para casa. Se cuida.

Uma despedida genérica com um pouco mais de ênfase do que o tradicional.

Ethan escutou a porta se fechar. Estava sozinho de novo.

Devagar, foi ao quarto, como se em um transe. O burrito tinha ficado esquecido na bancada. No caminho, ele agarrou uma garrafa de uísque Macallan do carrinho de bar sem hesitar. Nada de copo.

Fechou a porta do quarto atrás de si.

5

GREY JÁ PRECISAVA FAZER XIXI. Tinha canalizado o nervosismo bebendo um monte de água com gás aromatizada com limão-siciliano e hortelã que o gerente do escritório de Audrey colocara à sua frente, mas o plano parecia ter saído pela culatra, pois tinha quase acabado o segundo copo antes mesmo de a reunião começar. Ela havia se vestido consciente do clima: calça jeans de novo, com um suéter preto curto e o sutiã mais grosso de todos por baixo. Não ia arriscar.

Surpreendentemente, Ethan tinha chegado adiantado e já estava sentado à mesa quando ela entrou. Estava vestido, como na última reunião, de jeans e camiseta desbotada, o tipo de look de celebridade que parecia simples, mas provavelmente custava quatro dígitos. Apesar disso, as roupas dele tinham um aspecto envelhecido que não parecia pré-fabricado. Grey tinha a sensação de que, se tocasse a camiseta dele, seria macia e fina após anos de lavagem. Ela fechou os dedos para se impedir de estender a mão e descobrir.

Ele estava sentado diante dela na mesa de reuniões longa e brilhante, passando um dedo pela condensação do próprio copo de água. Ao lado estava o agente de Ethan, Paul Blackwell, que intimidava tanto Grey que ela tinha medo de olhá-lo nos olhos. Eles nunca tinham se visto antes, mas a reputação dele o precedia. Ele não se dera ao trabalho de se apresentar ao chegar, simplesmente cumprimentando Ethan e enterrando o nariz no celular.

Ela sentiu uma onda de gratidão por Renata, sentada ao seu lado com os óculos de strass empoleirados na ponta do nariz, o celular estendido tão longe do rosto quanto seus braços chegavam. Grey viu Paul dar um sorrisinho irônico ao levantar os olhos do telefone e observar os esforços de Renata. Ele olhou de relance para Ethan, que, em seu favor, olhava diretamente para a frente, ignorando-o. Grey ficou surpresa por também se sentir grata por ele. Ela era cliente de Renata havia tempo suficiente para saber que aquela pose era parte da estratégia dela: fazer todo mundo acreditar que era inofensiva e atacar quando menos esperavam. Grey se concentrou na testa artificialmente bronzeada de Paul, tentando descobrir exatamente onde acabava o cabelo dele e começava o implante capilar.

Eles estavam em outra das salas de reunião particulares da Greenfield & Aoki, ampla e espaçosa, com uma mesa grande o bastante para trinta pessoas. No momento, porém, eram só os quatro. Paul se aproximou de Ethan e murmurou algo no ouvido dele. Ethan virou o rosto para ouvir, mas seu olhar estava preso em Grey. Ela rapidamente desviou o rosto e tomou mais um gole de água.

Audrey entrou na sala, acompanhada por um homem de meia-idade de terno. Ela sorriu enquanto os dois se sentavam à cabeceira da mesa.

— Obrigada mais uma vez por ter vindo, pessoal. Para quem não sabe, este é Kevin Singh, advogado-chefe da firma.

Kevin fez um aceno de cabeça como cumprimento quando Grey e Renata falaram oi. Ethan resmungou, e Paul o ignorou completamente, ainda olhando o telefone.

Audrey continuou:

— Agora, acho que nem é preciso dizer, mas o que discutirmos hoje nunca sai desta sala. Kevin preparou um acordo de confidencialidade *bem* completo para garantir isso, e agradeceria se todos assinassem antes de continuarmos.

Kevin entregou os contratos. Grey passou os olhos pelo dela. Parecia tudo bem padrão. Ela se deteve em uma frase em particular: *Cada parte reconhece e concorda que, havendo quebra material do Acordo, será devido reembolso de US$1.000.000,00 (um milhão de dólares) em danos pela parte* *divulgadora*. Ela engoliu em seco e olhou rapidamente para Ethan, que estava assinando sem hesitar. Claro. Para ele, aquilo provavelmente era troco que se acha nas almofadas do sofá. Grey gastara com prudência seu dinheiro de *Paraíso envenenado*, guardando a maior parte, mas ainda assim um milhão de dólares representava uma fatia enorme de seu patrimônio líquido. Além do mais, depois de um ano sem trabalho, ela não estava exatamente rolando na grana.

Ela olhou de relance para Renata, que também estava analisando o contrato, mexendo a boca em silêncio enquanto lia. A agente a olhou de volta e acenou com a cabeça para reassegurá-la. Grey pegou a caneta, rubricou, assinou, datou e passou o contrato de volta.

Kevin folheou todas as cópias e garantiu que tudo estivesse em ordem.

— Tudo ok.

— Maravilha. Vamos seguir. — Audrey sorriu para os quatro. — Acho que a coisa não precisa ficar feia, né? Gosto muito de vocês dois, e acho que vão gostar de se conhecer. — Grey pensou ver um brilho brincalhão nos olhos dela. — Então, antes de começarmos, vamos lembrar que somos todos amigos aqui e que este acordo é para beneficiar todo mundo. Se alguém achar os termos injustos ou... desconfortáveis, por qualquer motivo, por favor, fale. Não fiquem tímidos.

Grey olhou disfarçadamente para Paul, que estava recostado o máximo que a cadeira permitia, batucando a Montblanc impacientemente no prendedor de gravata de marfim. *Da parte deles, não há nada para se preocupar*.

Audrey folheou suas anotações.

— Vamos começar pela duração. Achei que seis meses era um bom ponto de partida, com a oportunidade de renegociar quando chegarmos lá e virmos onde estamos. Considerações?

Renata olhou para Grey, que deu de ombros.

— Funciona para nós — disse Renata.

— Seis meses não é meio longo? — questionou Paul, batucando a caneta na mesa.

— Queremos dar a impressão de que é sério, certo? Se as pessoas acharem que é só um casinho, podemos ficar pior do que no início. Acho que seis meses é o mínimo possível, não concorda?

— Seis meses está ok — murmurou Ethan.

Paul revirou os olhos.

— Seis meses, então.

Kevin registrou no notebook. Audrey continuou.

— Próximo item: frequência. — Ela virou a página das anotações. — Vocês dois precisam ser fotografados no mínimo duas vezes por semana. Uma saída pública e uma estadia noturna.

Grey ficou vermelha e rapidamente se serviu de mais um copo de água da jarra na mesa. Renata sentiu o desconforto dela e interrompeu para resgatá-la.

— Defina "estadia noturna".

— Um de vocês será fotografado entrando na casa do outro e saindo na manhã seguinte. O que acontecer no meio não é da nossa conta.

Audrey deu um sorrisinho. As palavras dela conjuravam imagens que Grey estava lutando para suprimir desde que a mão de Ethan se fechara na dela no almoço da semana anterior: as mãos de Ethan em seu corpo. A respiração quente de Ethan em seu pescoço. As pernas de Ethan entrelaçadas com as dela, o peso sólido do corpo dele a prendendo.

Grey ficou ainda mais vermelha e olhou para a mesa. A vergonha só a deixava com mais vergonha. Um ouroboros de vergonha.

— Audrey. — O tom de Ethan era suave, mas havia repreensão.

— Desculpa, desculpa. Não resisti. Onde estávamos?

— Essas saídas públicas — comentou Paul, rabiscando furiosamente o bloco de anotações amarelo. — O que se qualifica como "pública"? Meu cliente cultivou propositalmente uma imagem discreta. Se ele começar a aparecer na abertura de cada biboca da cidade, vai atrair o tipo errado de atenção. As pessoas não vão acreditar.

— É claro — respondeu Audrey. — Precisamos ir aos poucos. Pública significa mercado, café, talvez jantar em um restaurante de vez em quando. — Ela se virou para olhar Grey e Renata. — Moças? Considerações?

Renata anotou algumas palavras em seu bloco e deslizou para Grey. Grey olhou e assentiu. Renata ajustou os óculos.

— Minha cliente também é discreta. Mas acho que todos podemos concordar que certa quantidade de networking é necessária neste meio, certo? Pode ser uma mudança em relação ao que seu cliente está acostumado, mas esse não é o objetivo de todo o exercício? — Ela não esperou que nenhum deles respondesse antes de continuar: — Pelo menos uma dessas saídas públicas por mês tem que ser um evento formal com imprensa. Estreias, bailes de gala, lançamentos, qualquer coisa com um *backdrop*. Queremos deixar claro que *ninguém* é o segredinho sujo de *ninguém*. — Renata pigarreou antes de casualmente dar o golpe final: — Também gostaríamos de propor uma entrevista ou perfil exclusivo com um grande veículo de mídia.

As palavras "evento formal com imprensa" fizeram Ethan se encolher um pouco na cadeira e passar as duas mãos pelo cabelo; ele pareceu ainda mais perturbado com "grande veículo de mídia". Paul o olhou de soslaio, pronto para se opor em nome do cliente, mas Ethan fez que sim sem o olhar, a mão escorregando para os olhos.

Paul suspirou. A negociação claramente não estava indo como ele queria.

— Tudo bem.

— Excelente. Agora, como posso dizer isto delicadamente...? — Audrey pausou. — Não precisamos explicitar isso no contrato, mas acho que precisamos estar todos de acordo em relação a... demonstrações de afeto. Não estou sugerindo que apareçam no tapete vermelho com a língua na garganta do outro, mas não adianta saírem por aí com espaço suficiente para passar um caminhão entre vocês dois, entendem o que estou dizendo? Há pessoas por aí sem nada melhor para fazer do que analisar a linguagem corporal de casais famosos. Não queremos dar *qualquer* razão para *qualquer* pessoa acreditar que vocês dois foram unidos por *qualquer* coisa que não a porcaria da mão do destino. Senão, tudo isso vai ser a troco de nada.

Ninguém falou por um longo momento. À menção de línguas, Grey mais uma vez foi atormentada por imagens enxeridas de Ethan fazendo um passeio demorado por seu corpo. Tentou não se contorcer. Ethan finalmente rompeu o silêncio:

— Claro. Somos atores, certo? Acho que podemos fingir convincentemente que gostamos um do outro algumas horas por semana.

Ele olhou direto para Grey, e era como se conseguisse enxergar bem no fundo de suas fantasias mais sujas e depravadas. Ela não confiava em si mesma para fazer qualquer coisa além de assentir.

— Maravilha. Vamos seguir para o que não fazer. Sei que não demos muito tempo para vocês lerem os termos do acordo de confidencialidade, então vou dar a cola. Ninguém fora desta sala pode saber dos detalhes desse acordo. — Audrey apontou para Ethan. — Nem Nora. — Ela apontou para Grey. — Nem Kamilah. *Ninguém.* — Ela bateu a palma da mão na mesa para pontuar a última palavra. — Se perguntarem, vocês foram apresentados por uma amiga em comum. O que é verdade, de certa maneira. Além de revelar a verdadeira natureza do relacionamento, os únicos incidentes que se qualificariam como quebra de contrato são se ligar romanticamente a outra pessoa ou causar danos materiais à reputação do outro. — Audrey contou nos dedos. — Alguma pergunta sobre esses pontos? — Tanto Grey como Ethan negaram com a cabeça. — Amo quando vocês facilitam meu trabalho. Agora, tem alguma coisa que não mencionei que algum de vocês queira falar?

Paul se virou para Ethan como se para consultá-lo em particular, mas Ethan falou primeiro, a voz ríspida:

— Não quero minhas filhas envolvidas. Não quero que elas... — Ele engoliu em seco. — Não quero que elas se encham de esperança. Não é justo com elas.

Audrey assentiu.

— Claro. Podemos trabalhar com sua agenda com as meninas. Sei que Nora faz um trabalho excelente de protegê-las do que a imprensa fala de vocês dois. — Ela se virou para Grey. — Grey?

Grey deu mais um gole na água. Considerou a pergunta. Todos os olhos da sala se voltaram para ela, cheios de expectativa. Ela apoiou o copo na mesa. Precisava muito, muito, muito fazer xixi.

— Nada de fumar — respondeu ela.

Audrey baixou os olhos para os papéis para camuflar seu risinho.

Ethan arqueou as sobrancelhas, surpreso.

— Eu não...

Grey o cortou antes de ele conseguir terminar:

— Fuma, sim, dá para sentir o cheiro.

Ele fechou a boca, indignado. Ela percebeu que eram as primeiras palavras que falava diretamente a ele a reunião inteira.

Grey virou a atenção ao resto da sala.

— Não posso ficar agarrada com um fumante. Nem agarrada de mentira. Desculpa.

Ela deu de ombros.

A imaginação dela dizia o contrário, mas ninguém precisava saber disso.

Renata se debruçou na mesa.

— Posso te emprestar as fitas que usei, se quiser.

Grey quase riu alto com a expressão confusa de Ethan.

— Hã, não precisa, obrigado — murmurou ele.

Renata deu de ombros e voltou a se recostar.

— Como quiser. Mas os adesivos salvam vidas. Você devia experimentar.

Paul pigarreou impaciente.

— Acabamos aqui?

Audrey lhe deu um sorriso sereno.

— Parece mesmo que acabamos, não é? Vou finalizar os contratos e mandar amanhã até o fim do dia. Obrigada pela cooperação, pessoal. Acho que é o começo de uma linda… coisa.

Paul saiu voando pela porta assim que as últimas palavras deixaram a boca dela, o celular já pressionado contra a orelha. Audrey foi atrás, com Renata se apressando para pegá-la na porta e conversar sobre sabe-se lá o quê. Kevin fechou o notebook e saiu rapidamente, deixando Grey e Ethan como os retardatários solitários.

Grey andou no ritmo dele ao contornar para o outro lado da mesa. Os dois se olharam. Ela sentiu que devia dizer algo, mas as palavras lhe fugiam. Parecia que, perto dele, só conseguia vacilar entre dizer a coisa errada e perder completamente a capacidade de fala.

Ethan segurou a porta para ela. Quando ela passou, ele se inclinou sobre ela. Grey paralisou. De repente, teve o pensamento irracional de que ele ia beijá-la. Tinha mesmo um cheiro tênue de cigarro, era verdade, mas não era o fedor amargo e insuportável de um fumante inveterado. Por algum motivo, só aprimorava seu cheiro natural, que era limpo, apimentado e masculino.

Ele não a beijou, claro. Só roçou a boca na orelha dela e murmurou:

— Você fica fofa quando está corada de vergonha.

Grey piscou, ainda paralisada. Antes que o cérebro conseguisse processar o que acontecera, Ethan já tinha saído da sala sem olhar para trás. Provavelmente era melhor assim: com todo o sangue do corpo subindo para o rosto, ela não se sentia muito fofa. Teria que acreditar na palavra dele.

6

GREY ESTAVA EMPACADA. Sua assinatura da revista *Cosmopolitan* na adolescência, em que confiara para prepará-la para qualquer situação complicada que pudesse encontrar como adulta, não havia abordado aquela em específico.

O que a mulher moderna, sofisticada e sexualmente livre deve colocar na mala para dormir pela primeiríssima vez na casa do seu namorado de mentira?

Ela abriu a gaveta de cima da cômoda, revirou o conteúdo e atirou cinco ou seis camisas em cima da já enorme pilha de roupas na cama. Olhou para aquilo e gemeu, caindo de cara em cima de tudo. Ela sentia saudade de Kamilah. Claro que, mesmo que Kamilah estivesse ali, Grey não poderia ser sincera sobre o que estava acontecendo, então talvez fosse melhor que ela estivesse perambulando ao redor do mundo com a estrela *genderqueer* de art-pop mais promissora de Los Angeles, deixando Grey surtar em paz.

Depois de voltar da Grécia, Grey havia tirado todos os seus pertences do condomínio de luxo de Callum e dado entrada em um bangalô isolado dos anos 1920 em Silver Lake. Em um feliz acaso, o coletivo habitacional de Kamilah tinha implodido em uma enxurrada de drama relacionado a fermentação por volta da mesma época, e Grey praticamente implorara para que ela ficasse com o quarto de hóspedes.

Era o empurrão de que a amizade delas precisava. As duas tinham se afastado depois de Grey ser escalada para o piloto de *Paraíso envenenado* e abandonar a Universidade da Carolina do Sul no último ano. Ela se envolvera de tal forma no caos da agenda de filmagens, seguido pela paixão insaciável de seu primeiro relacionamento adulto, que deixara todos os outros relacionamentos caírem no esquecimento. Elas retomaram o contato quando os produtores de *Paraíso envenenado* estavam à procura de novos diretores para deixar de plantão e Grey tinha imediatamente jogado o nome de Kamilah na pilha.

Kamilah, filha de dois professores, havia sido criada em uma pequena cidade universitária do oeste de Massachusetts. Havia rejeitado uma bolsa de estudos numa faculdade de artes liberais para seguir o sonho de ser cineasta-atriz na Califórnia, que fora impulsionado pelo trabalho de meio período nos últimos anos de existência da minúscula locadora de vídeo de sua cidade. Inicialmente, as duas se uniram por serem refugiadas da Costa Leste, embora sua educação não pudesse ter sido mais diferente. Grey achava as histórias de Kamilah sobre piercing caseiro, vinho de caixa e pastos de vaca tão fascinantes quanto Kamilah achava as histórias de Grey sobre crescer em sets de filmagem e bastidores de peças.

Embora a experiência de Grey na indústria tenha facilitado a tarefa de encantar as pessoas em um nível superficial, ela também se sentia mais à vontade ao mantê-las a uma distância segura. O fato de ser regularmente afastada da escola e de saltar de um set para o outro a transformara em uma espécie de ermitã. Kamilah, por outro lado, tinha uma habilidade extraordinária de desarmar quase qualquer um, pois seu magnetismo discreto e sua curiosidade genuína atraíam as pessoas como um farol. No segundo ano, elas se tornaram inseparáveis, organizando jantares elaborados, vendo todos os DVDs da Coleção Criterion de Kamilah e fazendo planos grandiosos para suas carreiras quando saíssem da faculdade. Quando Kamilah se mudou para a casa de Grey, que elas encheram com os achados de feiras de antiguidades e vendas de garagem, foi como se nenhum tempo tivesse se passado.

Quer dizer, até Kamilah ser contratada para dirigir o novo clipe conceitual de Andromeda X. Três meses antes, ela tinha saído para a filmagem certa manhã e, desde então, Grey não a vira mais. Ao acordar, tinha recebido uma dúzia de áudios bêbados e risonhos de Kamilah falando sem parar que tinha encontrado sua alma gêmea e que, uma hora depois de chegar no set, Andromeda a havia convidado imediatamente para passar os meses seguintes em turnê.

Grey estava animada pela amiga, é claro, e seguia suas aventuras no Instagram apenas com uma leve pontada de inveja. Tinha passado pelas fotos de Kamilah e Andromeda nas baladas de Berlim, fumando baseados intimidantes de tão grandes em Amsterdã, experimentando roupas ousadas em Tóquio. O conteúdo do clipe que Kamilah estava criando de improviso, editando no avião e em quartos de hotel, era impressionante, entre seus melhores trabalhos da vida. Enquanto isso, Grey estava presa em casa, tragicamente desempregada, tentando sem sucesso manter vivas as plantas de Kamilah e se perguntando se deveria colocar na mala algo mais bonito do que sua camiseta de formatura do ensino fundamental esfarrapada para dormir na primeira noite emocionante de não romance com Ethan.

Ela verificou o horário no celular. Dezoito e quarenta. Merda. Precisava sair logo. Empurrou a torre de roupas para o chão para revelar a mala de mão vazia enterrada ali embaixo e jogou umas peças aleatórias dentro sem olhar. A única coisa de que ela realmente precisava era a escova de dentes.

Quase uma hora depois, ela seguiu o GPS pela sinuosa estrada das montanhas Santa Monica até o portão da casa de Ethan. No fim da rua, viu alguns carros espreitando. Deviam ser os paparazzi que Audrey havia chamado com antecedência. Grey digitou uma mensagem para ela só para ter certeza:

Cheguei.

Uma pequena onda de animação a percorreu. Não havia mais volta. O celular vibrou imediatamente com a resposta de Audrey:

Tudo certo.

As portas dos carros se abriram e vários homens de meia-idade começaram a se aproximar dela, carregando câmeras enormes. Apesar de tudo aquilo fazer parte do plano, ela não pôde deixar de se sentir um pouco assustada. Abriu a janela e inclinou o tronco para fora do carro, ajeitando o cabelo atrás da orelha para mostrar o rosto às câmeras enquanto digitava devagar o código de segurança de Ethan no teclado.

Click-click-click-click. Os obturadores de alta velocidade estalaram em ondas bruscas, os flashes fazendo pontos escuros dançarem diante de seus olhos. Quando conseguiram as fotos valiosas, os fotógrafos lhe agradeceram educadamente e voltaram correndo aos carros antes que o portão tivesse sido totalmente aberto. Grey olhou apreensiva para a longa extensão da entrada, envolta em sombra.

Querido, cheguei.

LÁ ESTAVA ELA. NA CASA DELE.

Pela primeira vez, Grey existia fora das paredes da Greenfield & Aoki ou da tela do computador (e, tudo bem, do celular também). Ela estava no corredor, inquieta, com uma mala de mão de couro pendurada no ombro, tendo dificuldade de olhar nos olhos de Ethan. Não que ele também estivesse tentando.

Ele estava mostrando a casa.

— Cozinha. Pegue o que quiser na geladeira e, se estiver a fim de outra coisa, pode mandar mensagem para Lucas, e ele te manda por delivery. — Ele se virou para a sala de estar e fez um gesto para o sofá modular enorme e macio em forma de U em frente a uma tela de projeção. — Ele também provavelmente pode te ajudar a entender os controles remotos, se quiser ver alguma coisa. Acho que tem streaming… do que você quiser. Eu basicamente só uso quando as meninas estão aqui, elas são melhores nesse tipo de coisa. Eu mesmo não entendo nada.

Grey estava em silêncio, absorvendo tudo. Ele a levou pelo corredor e abriu a porta de um dos quartos de hóspede.

— Normalmente, eu te colocaria na casa de hóspedes, mas está rolando alguma coisa com os canos. Lucas diz que o cara anda enrolando. O cara dos canos, quer dizer. Desculpa.

— Há, não, sem problemas. Vou tirar só uma estrela da sua avaliação.

Ethan virou a cabeça para olhá-la com um solavanco. Ela o olhou de volta inocentemente. Ele passou a mão pelo cabelo, um pouco nervoso.

Lá ia ela de novo, fazendo piadas, tornando-se impossível de ignorar. Ele desejava que ela parasse.

— Certo. Bom. Fique à vontade.

Ele tentou se afastar em um ritmo tranquilo.

Durante a hora seguinte, Ethan se escondeu no escritório, fazendo o que podia para ignorar os novos movimentos, passos e suspiros que permeavam a casa, e principalmente o que — melhor dizendo, *quem* — os estava causando. Ele se sentia um pouco culpado por abandoná-la tão sem cerimônia, mas Grey com certeza entenderia que era assim que tinha que funcionar. O foco da noite era a operação fotográfica quando ela entrasse e quando saísse. Tinha que ser. Ethan a vira perder qualquer ilusão sobre o tipo de pessoa que ele era naquela primeira reunião, e não estava prestes a mostrar em primeira mão todas as maneiras únicas e divertidas de como poderia decepcioná-la.

Havia um copo de uísque ao seu lado, mas mal tinha tocado na bebida. Algo naquela noite o fazia querer ficar alerta. Um livro estava aberto em seu colo, mas ele não conseguia se concentrar e, em vez disso, olhava para a piscina. A casa era ao estilo de rancho, contornando a piscina e a cercando por três lados, com todas as paredes traseiras substituídas por janelas do chão ao teto.

Ethan suspirou e deixou o livro de lado, olhando ao redor da sala, procurando outra coisa para fazer. *Não* queria ir ver o que ela estava fazendo. Pegou o violão de um canto e o afinou antes de se instalar na cadeira, dedilhando com calma, perdido em pensamentos.

Ethan estava tão fora do ar que não ouviu a porta do escritório, já entreaberta, abrir-se mais, rangendo.

— Sabe tocar alguma do Hole?

Grey estava parada na porta, com a mão na cintura, como se fosse dona do lugar. A expressão confiante vacilou quando ele a encarou, mas só por um milésimo de segundo.

— Oi?

— É Nirvana, né? — Ela franziu a testa, melodramática. — Você não é um daqueles caras que acham que a Courtney matou o Kurt, né? Porque, se for, vou assinar aquele cheque de um milhão de dólares para Audrey agora mesmo.

Ethan deu uma risadinha.

— Ah, é? Esse é seu ponto inegociável? "Tem que amar Courtney Love"?

— Estou pedindo demais?

— De jeito nenhum. Infelizmente, só sei tocar umas três músicas e meia, e Courtney não entrou na lista.

— Essa era uma das três, ou a meia?

Ele ofereceu o braço do violão para ela, fingindo estar ofendido.

— Consegue fazer melhor?

Ela aceitou o desafio e colocou a alça sobre o ombro, ainda apoiada no batente da porta. Debruçou a cabeça sobre o braço do instrumento, concentrada, alguns cachos loiros escorregando sobre os olhos enquanto organizava os dedos nas cordas. Grey fechou os olhos e jogou a cabeça para trás dramaticamente, trazendo o outro braço para baixo em um estrondo agressivo do acorde mais feio e dissonante que Ethan já havia ouvido.

Ele atirou a cabeça para trás e riu.

— Pelo jeito, não. — Grey deu de ombros, devolvendo o violão para ele. — Eu fiz algumas aulas há uns anos, precisei fingir para a série que eu fazia. Parece que não lembro de nada.

Ethan deixou o violão deitado no colo, descansando as mãos sobre as cordas. Ele a analisou.

Pela primeira vez, tentou colocar-se no lugar dela. Grey estava em um lugar desconhecido, em uma situação bizarra. Ele tinha todo o poder. E, mesmo assim, ela o procurara, apesar de ele ter tentado bloqueá-la e ignorá-la. Ele brincou com a ideia de conhecê-la de verdade, de permitir que ela o conhecesse. Só porque a relação deles não era de verdade não significava que tivessem que permanecer desconhecidos. Ela parecia, até o momento, ser pé no chão e tranquila; isto é, quando não queria arrancar a cabeça dele a dentadas. Talvez não tentasse abrir caminho para o coração dele com suas garras, exigir coisas que Ethan nunca poderia oferecer.

E, sim, vê-la ali, de legging, pés descalços, com uma nuvem de cabelo loiro ondulado e um sorriso ainda persistente nos cantos dos lábios agitou algo dentro dele que não sentia havia anos. Como se tivesse um vislumbre de algo que poderia ser dele, algo tão dolorosamente perfeito que o peito doía, algo que ele não tinha feito nada para merecer. Só o que tinha que fazer era estender a mão e pegar. Seria muito fácil abaixar o violão e puxá-la para o colo dele, enterrar o rosto no cabelo dela.

O fato de que Ethan queria fazer isso o aterrorizava.

Grey o estava olhando com uma expressão impossível de ler, esperando que ele respondesse. Precisava dizer alguma coisa. Não conseguia.

Enfim pigarreou.

— Hum. Acho que vou me deitar. Você está bem? Tem tudo de que precisa?

A decepção passou brevemente pelo rosto dela, mas Grey disfarçou como a profissional que era e sorriu com os lábios fechados.

— Aham. Estou bem. Boa noite.

Ela desapareceu da porta. Ele escutou os passos pelo corredor, a porta do quarto se fechando atrás dela.

GREY ACORDOU NA MANHÃ SEGUINTE SUANDO E FRUSTRADA. EMBORA O termostato de alta tecnologia em seu quarto mostrasse confortáveis vinte graus, ela tinha sido atormentada por uma noite de sonhos ansiosos sexualmente carregados em que, insuportavelmente excitada, ela se atirava de novo e de novo em cima de um homem sem rosto que estava sempre fora de alcance. Ela se espreguiçou na cama super king absurdamente grande e enterrou o rosto nos travesseiros macios, gemendo insatisfeita.

Virou-se de lado e olhou o celular, que estava tão cheio de notificações que ela teve que rolar e rolar só para chegar ao fim. Abriu uma DM de Kamilah no Instagram, enviada às quatro da manhã graças à diferença de fuso horário, que a acertou com maiúsculas e um exército de pontos de exclamação:

HÃ!!!!!!! EXPLIQUE!!!!! AGORA!!!!!

Kamilah tinha anexado um post de uma conta de fofocas. Grey olhou para o próprio rosto, saindo pela janela do carro na frente do portão de Ethan.

NO FLAGRA: Grey Brooks, de *Paraíso envenenado*, entrando na residência do recluso Ethan Atkins em Pacific Palisades.

Grey enviou de volta um emoji chocado e ruborizado, resistindo à vontade de clicar e ler os comentários. Nunca dava certo ler comentários.

O celular vibrou imediatamente com a resposta de Kamilah.

nem vem. eu saio por 5 minutos e você arruma um p de primeiro escalão?

sem me contar!!!!

vou te mandar pra cadeia da amizade.

Grey escreveu de volta:

rsrs

não é isso! a gente tá indo devagar.

não quero agourar. te conto tudo loguinho. prometo!!!

Ela completou com um emoji de anjo e jogou o celular na cama com a tela para baixo. Não gostava de mentir para Kamilah. Tudo que dissera era tecnicamente verdade, mas mesmo assim digitar aquilo a deixou enjoada. De repente, se sentiu muito, muito sozinha.

Ela se manteve atenta para escutar sinais de que Ethan estava acordado. Nenhum barulho. Tinha estado tão concentrada na noite em si que não tinha pensado no que aconteceria pela manhã. Com base no quanto ele parecera desanimado diante da ideia de passar tempo com ela na noite anterior, Grey não tinha esperança de fazerem palavras cruzadas juntos enquanto comiam ovos e bebiam mimosas. Ele provavelmente não se importaria se ela escapasse sem dizer adeus.

Provavelmente tinha esquecido que ela estava ali.

Grey remexeu na mala de mão e ficou aliviada ao descobrir que conseguiria montar um look quase normal. Ela jogou água no rosto, escovou os dentes e desembaraçou o cabelo com os dedos, puxando-o para trás e prendendo em um coque bagunçado.

Depois de desistir da batalha com a complicada (e aparentemente intocada) máquina de café de Ethan, Grey pegou uma maçã da geladeira e foi em direção à porta. Fez uma pausa. Não se sentira à vontade para explorar a casa à noite, mas aquela poderia ser a hora de fazer uma visita mais completa.

Deixou a bolsa na cozinha e seguiu pelo corredor. A primeira porta à direita era o escritório de Ethan. Depois, um banheiro. Aí, o quarto dela ("dela"). Depois, talvez, o quarto principal, a porta firmemente fechada. O cômodo ao lado era outro quarto: duas camas de solteiro, duas escrivaninhas. Devia ser o lugar onde as filhas dele dormiam quando estavam ali. O quarto era imaculado, seco, impessoal. Não parecia que elas passavam muito tempo lá.

Grey já tinha chegado ao lado oposto da casa, do outro lado da piscina. Deslizou a porta de vidro e encontrou uma enorme academia de última geração. Deparou-se com equipamentos que deviam valer dezenas de milhares de dólares: esteiras, máquinas de remo, cordas navais, *kettle bells*, bolas de Pilates e halteres suficientes para treinar um exército. Grey parou na frente de um saco de pancada. Se conseguisse o papel em *Cidade Dourada*, teria que passar por meses de treinamento físico. A ideia era meio emocionante. Ela sempre quis aprender a lutar, mas, fora umas aulas de *kickboxing* na academia de Kamilah ao longo dos anos, nunca fora atrás disso com seriedade.

Ela deu um empurrão experimental no saco. Ele balançou de volta, e ela o segurou antes de levantar os punhos, hesitante. Contornou o saco algumas vezes, abaixando-se e esquivando-se, e finalmente deu um soco. A dor disparou nos nós dos dedos e no pulso dela.

— *Ai!* Caralho!

Ela sacudiu o braço. Ouviu uma risada e se virou.

Ethan tinha deslizado a porta que levava à piscina, com uma toalha enrolada em volta da cintura. Gotículas de água escorriam por seu tronco nu, misturando-se com os poucos pelos escuros que cobriam o peito, e desciam pelo meio da barriga em uma trilha convidativa. Ele levou a mão à toalha e os olhos de Grey se arregalaram. Ele a tirou e revelou... uma sunga. É claro. Ele não ia simplesmente ficar pelado. Seria uma loucura.

Ele levou a toalha até a cabeça e esfregou vigorosamente o cabelo encharcado.

— Você sabe que é para usar luvas, né?

— Eu sei, eu só estava... testando. — Ela tentou mudar de assunto. — Este lugar é incrível. Eu não achava que você era rato de academia.

— Uau. Valeu — declarou ele sem expressão, baixando os olhos para o torso nu quase com vergonha.

— Não! Quer dizer... você é... você tem... — gaguejou ela.

Quando ele conseguira o papel em *Sentinela solitário*, os tabloides haviam documentado obsessivamente sua jornada para ganhar treze quilos de músculo, partindo do porte esguio que tinha aos 20 e poucos anos. Hoje em dia, ele obviamente já tinha largado havia vários anos o estilo de vida de treinos duas vezes por dia e planos alimentares otimizados em macronutrientes, mas o corpo ainda parecia carregar a memória. Ele era sólido e forte, com uma camada extra de maciez que Grey achava mais atraente que uma vascularização exagerada e saliente — para não mencionar a vaidade que costumava acompanhar. Embora o tanquinho do pôster dele da *Seventeen* não estivesse ali, os braços e peito eram largos e bem definidos. Ela andava pensando muito nos braços dele, para falar a verdade, e vê-los nus e brilhando com gotas de água não estava ajudando.

Depois do que pareceu uma eternidade, ele veio ao resgate dela.

— O estúdio que mandou tudo isso. Quando eu estava treinando para... bom. Você sabe. — Ele pigarreou. — Eu queria só ter deixado tudo na minha... na casa de Nora, mas ela me obrigou a trazer quando me mudei. Ela só usa os aparelhos assustadores de Pilates. — Ele olhou pelo cômodo. — Sinceramente, continuo esperando que a qualquer momento eles venham levar tudo embora.

Ele estava com uma expressão distante e vidrada. Grey tentou redirecionar a conversa.

— Estou concorrendo a um papel em um filme em que teria que fazer toda aquela coisa de campo de treinamento, aprender a lutar, tudo. Do jeito que estou agora, acho que nunca conseguiria fazer uma flexão, a não ser que esteja sendo paga.

A boca de Ethan se contraiu.

— Vamos ver como você se sai, então. Mãos para cima.

— Achei que precisasse de luvas.

— Primeiro, precisa consertar a forma. O saco vem depois.

Pode consertar minha forma quando quiser. Grey quase sacudiu a cabeça para arrancar o pensamento de lá. Ela pôs a perna direita para trás e levantou os punhos. Ethan inclinou-se para a frente e, com um roçar das pontas dos dedos, guiou o cotovelo de trás dela para cima até o punho estar quase tocando o maxilar.

— Mãos protegendo o rosto. Sempre. — Ele foi para trás dela. — Deixe os quadris retos.

O toque dele em seu quadril, leve como pena, quase a fez pular. Ela tremeu. Merda. Não tinha como ele não ter notado. Ele ficou imóvel, mas não tirou as mãos. Talvez ela estivesse imaginando, mas pareceu que a pressão aumentou, agarrando-a mais forte por um milésimo de segundo, antes de as mãos dele desaparecerem.

Quando ele falou, sua voz estava grossa.

— Ótimo. Bom começo. — Ela se virou para olhá-lo, abaixando as mãos, mas ele já havia começado a se afastar. — Manda uma mensagem para o Lucas sobre o jantar de amanhã. Não podemos perder tempo em te mostrar por aí se você quer conseguir seu grande filme de ação, né? — A voz dele estava leve, mas contaminada de amargura. Ethan pegou a toalha e foi na direção da porta.

A irritação a perpassou. Por que ele conseguia abalá-la tão facilmente?

— Então vou só me comunicar com Lucas esse tempo todo?

Ele parou. Virou-se. Deu de ombros.

— Sou ruim de logística. É mais fácil assim.

Grey levantou as sobrancelhas.

— Saquei. Desculpa te incomodar.

— É o trabalho dele.

— Então de repente eu deva sair com ele.

— Desde que não saia nos tabloides. Vocês seriam um casal fofo.

Grey cruzou os braços e apertou a mandíbula.

— Em algum ponto deste processo vou ter o *seu* telefone?

Ethan baixou os olhos, balançando a cabeça de leve.

— Não vejo necessidade.

Grey bufou.

— É para a gente estar loucamente apaixonado e você não quer nem me dar seu telefone? Você se ressente tanto assim desta ideia? Se ressente tanto assim de *mim*? Já assinamos a porcaria do contrato, é meio tarde para ter dúvidas. — Ethan não disse nada, só levantou os olhos para ela com uma expressão inescrutável. Ela suspirou, frustrada. — Não entendo. Você me ignora. Você flerta comigo. Você me afasta. Não precisa ser tão complicado. Não podemos só reconhecer a estranheza da situação e superar? Sermos amigos, talvez? Ou, pelo menos, ami*gáveis*? Senão, os próximos seis meses vão ser uma porra de um pesadelo. Eu não quero isso. Você quer?

Ele a olhou por um longo momento, depois andou lentamente de novo na direção dela. Grey precisou se plantar no lugar para não se afastar por instinto.

— Tem razão. Desculpa. Eu ando tendo... sentimentos conflitantes com essa coisa toda.

Grey riu pelo nariz.

— É, eu percebi.

Ele deu aquele meio-sorriso, e ela sentiu um frio na barriga involuntário.

— Eu não devia descontar em você. Você não fez nada de errado. Eu quero... ser seu amigo. Seria bom.

Ele estendeu a mão com a palma para cima. Grey olhou, confusa. Ele queria selar com um aperto de mãos? Ela começou a colocar a mão na dele, mas ele fez que não com a cabeça.

— Seu celular.

O coração dela deu um salto. Ela puxou o celular do bolso de trás, desbloqueou e abriu a lista de contatos. Ele digitou o número e devolveu a ela. Ela olhou para baixo e explodiu numa gargalhada surpresa. Ao lado do nome, ele tinha adicionado um emoji com coração no lugar dos olhos.

— Belo toque.

— Os detalhes fazem a diferença. — Ele se virou para a porta e saiu da sala. Um momento depois, colocou a cabeça de novo lá dentro, sorrindo maliciosamente. — Até amanhã, *meu bem*.

7

Vc é vegetariana

?

Ou vegana

não, eu como de tudo! sou de boa.

Legal

Vamos no Carlo's

Te pego 7

A RETICÊNCIA DE ETHAN em mandar mensagens fazia sentido: ele não era muito bom naquilo. Eles haviam trocado exatamente três mensagens no total, planejando a próxima saída, e ele era propenso a comer palavras da maneira que homens adjacentes à geração X gostavam inexplicavelmente de fazer. Por alguma razão, quanto menos entendido de tecnologia um cara era, mais provável que ele escrevesse como um daqueles panfletos de propaganda de meados dos anos 2000, feitos para assustar os pais: "Seu filho está secretamente fazendo sexo on-line?".

Como estava se tornando um hábito assustadoramente frequente, Grey estava agoniada por causa da roupa. Por sorte, Kamilah estava em um fuso horário acessível o suficiente com Wi-Fi confiável o suficiente para um FaceTime de emergência. Grey havia contado a ela o máximo que podia, esquivando-se das perguntas mais incisivas. Ela percebeu que Kamilah não estava apaziguada com as respostas, mas aproveitou a distância física para manter a conversa vaga ("Quê? Desculpa, você congelou, não entendi"). Na medida do possível, ela devolvia as perguntas para Kamilah, que, como sempre, estava cheia de aventuras sobre as quais atualizá-la.

Elas acabaram concordando que era melhor manter as coisas simples: minivestido preto e fino, joias delicadas de ouro, botinas de salto alto, o cabelo solto e bagunçado. Grey demorou passando maquiagem, pesando um pouco mais a mão do que o normal. Sua política habitual era evitar o batom em situações em que houvesse a menor chance de uns beijinhos. *Acho que não tenho que me preocupar com isso*, Grey pensou com pesar, pintando a boca com um tom carmim meio *vamp*.

A chamada terminou abruptamente quando Kamilah teve que sair para lidar com uma emergência de projetor pifado. Assim que Grey fechou o notebook, seu celular apitou. Ela não conseguiu conter o frio na barriga quando viu o nome de Ethan, com aquele maldito emoji de olhos com coração ao lado. Ela abriu a mensagem, revelando uma única palavra, sem pontuação:

Aqui

Pelo menos, ele ia direto ao ponto. Ela pegou a bolsa-carteira e foi para a porta.

Lá fora, um Bentley preto estava parado em frente à casa. Grey abriu a porta do carona e começou a entrar ao lado de... um total estranho. Ela paralisou.

— Hã, desculpa, acho...

Ela escutou Ethan dando uma risadinha no banco de trás. O motorista sorriu.

— Você deve ser Grey. Eu sou Ozzy. Não que eu não fosse gostar da companhia, mas talvez você fique mais confortável no banco de trás.

Grey tentou esconder o embaraço.

— Claro. Obrigada. Prazer. Vou só...

Ela fechou a porta e abriu a traseira, grata pela escuridão camuflar as bochechas avermelhadas. Ao escorregar ao lado de Ethan, ela o pegou olhando para ela, com a boca levemente aberta. Sentiu-se insegura de repente. Será que o batom estava borrado?

— O que foi?

Ele fechou a boca e engoliu.

— Nada. Você está... você está bonita.

— Obrigada. Estou me sentindo meio jeca.

Ele riu.

— Acho que o mais cavalheiresco teria sido sair e abrir a porta para você. Evitar qualquer confusão.

Ela fingiu pegar a maçaneta de novo, embora o carro já estivesse se movimentando.

— Vamos tentar de novo? Do começo?

Ele abriu um sorriso.

— Podemos consertar na pós-edição.

— Um verdadeiro profissional.

Grey olhou pela janela enquanto Ozzy entrava na rodovia 101 na direção de West Hollywood. Um silêncio levemente desconfortável se acomodou entre eles. Ainda não estavam em público, mas mesmo assim tinham plateia. Precisavam tomar cuidado com o que diziam.

O que, por enquanto, não seria um problema, já que não disseram nada.

OZZY PAROU O CARRO EM FRENTE AO CARLO'S, UMA CANTINA ITALIANA da velha guarda, famosa por ser ponto de encontro de celebridades. O restaurante vivia lotado de paparazzi; Audrey provavelmente nem tinha precisado ligar para ninguém com antecedência.

Ethan olhou disfarçadamente para Grey, que olhava com trepidação pela janela escura para o amontoado de fotógrafos. Ele também se sentia nervoso. O que parecera abstrato na semana anterior, olhando os contratos no escritório de Audrey, estava começando a tomar forma real. Estava prestes a reaparecer formalmente em público pela primeira vez em anos. Tinha dado o alerta ao gerente do restaurante, um velho amigo, de que viriam, e reservado a sala de jantar privativa. Só precisavam passar pelo corredor polonês de paparazzi ao entrar e, então, estariam livres.

Ele se inclinou e pegou a mão dela, que se virou com olhos arregalados.

— Está pronta?

Grey fez que sim.

— Está bem. Espera aqui.

Ele soltou a mão dela e saiu do carro, contornando por trás para abrir a porta para ela. Os fotógrafos o viram na hora e começaram a gritar seu nome, flashes estourando como fogos de artifício.

— Ethan! Ethan! Aqui! Como vai, cara?

As vozes dos paparazzi se sobrepunham em um rugido incoerente. Ao puxar a porta de Grey, o barulho ficou em segundo plano quando ela o olhou com aqueles grandes olhos azuis. Meu Deus, ela era mesmo linda. A expressão hesitante que ele vira apenas alguns momentos antes havia desaparecido. Ela parecia calma, até régia. Ele estendeu a mão para ajudá-la a sair do carro, e ela fechou os dedos macios nos dele.

— Que cavalheiro — murmurou ela, com um sorriso travesso.

Ela deixou que ele a levasse através dos fotógrafos para o restaurante. A hostess os cumprimentou e os conduziu por uma porta escondida para o salão privativo. O barulho do restaurante virou um sussurro quando a porta se fechou atrás deles. Quando a hostess os sentou e entregou os cardápios, Ethan suspirou. Tinha conseguido. Agora só precisava aguentar um jantar íntimo a dois com uma mulher linda e charmosa pela qual sentia uma atração inegável e perturbadora. Moleza.

Grey estava analisando o cardápio.

— Você já veio aqui antes? — perguntou Ethan.

Ela levantou os olhos.

— Já, faz alguns anos. Com, hum. Com o meu ex.

Ela torceu a boca e desviou o olhar. Ele se lembrou das fotos dela chorando e sentiu uma pontada de raiva.

Precisava de uma bebida. Imediatamente.

— Vamos pedir uma garrafa de vinho?

— Claro. Pode ser. Mas eu sou meio fraca para bebida — admitiu ela.

Ele assentiu, apertando os lábios para fingir seriedade.

— Ah, sim. Eu também.

Ele achou que fosse fazê-la rir, mas, em vez disso, os olhos dela brilharam com uma expressão que quase parecia preocupação. Antes que ele conseguisse processar, ela voltou ao cardápio.

A garçonete veio pegar os pedidos de bebida, e ele pediu um cabernet.

— Tem uma coisa que estou querendo te perguntar — falou Ethan quando a garçonete saiu.

Ela levantou os olhos arregalados para ele.

— O quê?

— Grey é seu nome verdadeiro?

O nervosismo no rosto dela se dissolveu quando ela riu.

— Não. Bom, mais ou menos. É meu nome do meio. Sobrenome da minha mãe. Meu primeiro nome é Emily.

— Qual o problema de Emily?

Ela deu de ombros.

— Nenhum. Renata sugeriu que eu mudasse, achou que fosse ser mais vendável. Consegui o papel na série logo depois, então, acho que ela tinha razão.

— Alguém ainda te chama de Emily?

Ela o olhou com atenção, como se tentando descobrir o que ele queria com aquilo.

— Hã, minha mãe e meu irmão. Minha amiga Kamilah, às vezes. Acho que só.

— Como eu devia te chamar?

Ela parou um momento para pensar.

— Você que sabe, acho. Mas nunca fui tão apegada a Emily. Não me importo quando pessoas que me conheciam antes usam, mas… acho que hoje em dia me sinto mais Grey. — Ela revirou os olhos, mas estava sorrindo. — Apesar de ser loira.

— Você nunca vai esquecer essa, né?

— Sinceramente, fico meio chocada de não ouvir mais.

A garçonete voltou com a garrafa de vinho, servindo um pouco na taça de Ethan. Ele girou a bebida, deu um gole e assentiu com a cabeça. Ela serviu duas taças generosas.

— Estão prontos para pedir? Precisam de mais tempo?

— Vou querer a salada verde e o *rib eye*, ao ponto para menos. E você, meu bem?

Ele colocou a mão com ternura em cima da de Grey. Ela não perdeu tempo, encontrando o olhar dele com uma adoração aberta. A garçonete sorriu para os dois.

— Vou querer a salada de beterraba e burrata e as vieiras, por favor.

Grey devolveu o sorriso da garçonete, depois entrelaçou os dedos com os de Ethan, voltando o olhar meloso para ele.

— Ótimas escolhas. Já venho com as saladas.

Quando a porta se fechou, Ethan se debruçou e fingiu sussurrar:

— Aposto que ela já está falando com a *TMZ*.

— Será? Aqui todo mundo deve ser muito discreto.

— Conhecendo Audrey, ela deve ter todos os garçons na folha de pagamento.

Quase ao mesmo tempo, eles perceberam que estavam de mãos dadas. Congelaram, olhando os dedos entrelaçados. Ethan não queria ser o primeiro a tirar a mão. Não queria ofendê-la. Por fim, Grey puxou a mão com suavidade e pegou a taça de vinho em um só movimento. Fez um barulhinho de aprovação ao provar. Quando pousou a taça, o batom tinha deixado duas meias-luas vermelhas perfeitas na borda. Ele as olhou, hipnotizado, imaginando as marcas que podia deixar em outros lugares.

Ele se forçou a sair do transe.

— Falando em Renata, ela é séria? Ela parece uma personagem. Você já pensou em trocar de agente? Pode ser parte do seu problema. Posso te conseguir uma reunião com Paul, se quiser.

Grey fechou a cara.

— Não — respondeu, direta. — Não estou interessada.

Ethan ficou surpreso com a veemência da reação dela.

— Desculpa. Não quis ofender.

Grey deu outro gole despreocupado de sua taça. Ethan estava hipnotizado pela longa linha de seu pescoço quando ela inclinava a cabeça para beber. Caralho. Ele estava encrencado.

Ela parecia estar debatendo algo internamente. Enfim, falou:

— Quando fiz minha primeira prova de figurino de *Paraíso envenenado*, o figurinista me disse que eu precisava perder sete quilos. Imediatamente. Ele ficava... não parava de me *beliscar*. Em todos os lugares em que eu era... saliente. — Ela brincou com a haste da taça. — Renata me ligou para checar como tinha sido meu primeiro dia, e eu não conseguia parar de chorar. Não queria contar a ela, porque estava com muito medo de ser demitida. Ela me disse que ia resolver. No dia seguinte, os produtores me chamaram. Achei que tivesse acabado. Que eu estava fora. Nunca mais ia trabalhar. Não sei o que ela disse a eles, mas... eles demitiram o figurinista. Pediram *desculpas* para mim. — Ela fechou os olhos. — Nunca vou esquecer.

Ethan estava chocado.

— Sinto muito. Que coisa horrível.

Ela deu de ombros, claramente desconfortável com a compaixão dele.

— Não é nada. Foi há muito tempo. Quer dizer, no fim das contas, ainda sou uma garota loira, branca, mais ou menos magra e mais ou menos jovem. Em geral, as coisas neste meio são bem fáceis para mim. E no mundo.

Ethan tomou um gole de vinho.

— Acho que só devem ser mais fáceis para mim, mesmo.

Ela encontrou o olhar dele, a expressão plácida e estável.

— Pois é.

A garçonete voltou com as saladas.

— E você? — perguntou Grey depois de a garçonete desaparecer outra vez.

— Como assim, e eu?

— Sei lá, qualquer coisa. — Ela apertou a burrata com a lateral do garfo e viu o queijo escorrer pelo resto do prato. — Eu sinto que sei tudo de você e nada ao mesmo tempo.

Ele arqueou uma sobrancelha.

— Tudo?

Ela corou e terminou o vinho da taça. Se era tão fraca quanto alegava, ia estar no chão quando acabasse o jantar.

— Quer dizer. Sei o normal. Não sei se você sabe, mas é *muito* famoso. É difícil não saber.

— Conta.

Ela espetou uma beterraba com o garfo e mordiscou, com o cuidado de evitar borrar o batom.

— Bom. Você é do Queens. Começou fazendo filmes adolescentes ruins. Escreveu e estrelou um filme com seu amigo Sam Tanner, que deixou os dois superfamosos. Ganhou um Oscar. Se casou com sua colega de elenco, Nora Lind, e tiveram duas filhas. Vocês três fizeram mais alguns filmes juntos e alguns separados. Você foi escalado para a nova versão de *Sentinela solitário*. Você...

Ela parou de falar. O ar no salão pareceu ficar mais pesado. Ethan deu uma mordida alta e crocante na salada.

— Não pare agora — disse, com a voz leve. — Estava começando a ficar interessante.

Grey olhou de um lado a outro. Ela se serviu de mais uma taça de vinho para enrolar. Suspirou e voltou a encontrar os olhos dele.

— Você... Sam... sofreu um acidente. Você e Nora se divorciaram. Você... você não fez o filme.

— Por que eu não fiz o filme?

— Você foi demitido. Foi demitido do filme.

— E aí?

Os olhos dele estavam fixos nela. Grey ficou em silêncio por um momento.

— E aí... você foi colocado neste esquema comigo?

Ela piscou várias vezes e jogou o cabelo. A tensão se evaporou no mesmo instante.

Ele riu, balançando um pouco a cabeça, como se tentando limpar os últimos resíduos de melancolia que ameaçavam sufocar a noite.

— Então, o que você está dizendo é que foi a melhor coisa que me aconteceu nos últimos cinco anos?

Ela deu de ombros, tomando mais um gole de vinho, aparentemente aliviada por sua tentativa ter funcionado.

— A não ser que eu tenha perdido alguma coisa.

Ele balançou a cabeça devagar, sem nunca tirar os olhos do rosto dela.
— Não. Não, você não perdeu nada.

NÃO TINHA COMO NEGAR: GREY ESTAVA BÊBADA. ELA APOIOU A BOCHECHA na janela fria do Bentley, fechando os olhos contra o brilho vertiginoso dos postes de luz que passavam. Ela normalmente precisava limitar o consumo de vinho a duas taças antes de o mundo começar a girar. Os dois haviam acabado com a primeira garrafa antes de os pratos principais chegarem, e terminado a segunda depois de ela demolir quatro quintos do bolo de chocolate sem farinha que "dividiram".

Ethan estava em silêncio ao seu lado, seus dedos cobrindo os dela de leve. Pareciam ser a única coisa a ancorando, como se, se ele levantasse a mão, fosse sair flutuando pela janela para a neblina. A segunda metade do jantar havia passado em uma névoa calorosa. Grey se lembrava de rir muito, mas já não sabia o que era tão engraçado.

Ethan. Era Ethan que era tão engraçado. E carismático. E cativante. E lindo. Lindo pra caralho. Pela primeira vez desde que o conhecera, ela sentia ter tido um relance do verdadeiro Ethan. O homem doce e sensível escondido atrás da condescendência, da frieza, do egocentrismo. Durante a noite, ele quase parecia brilhar, especialmente quando a olhava. Por outro lado, talvez fosse só o vinho.

O carro desacelerou, e Grey voltou a abrir os olhos. Estavam na frente da casa dela. Ethan deu uma apertadinha em seus dedos antes de se debruçar para colocar uma mão no ombro de Ozzy.

— Já volto.

Ele abriu a porta e saiu. Grey abriu a dela também, cuidadosamente desdobrando as pernas para o chão, uma de cada vez. Ethan apareceu na frente dela e ofereceu a mão.

— Está bem aí, equilibrista?

Ela pegou a mão dele com suas duas mãos, e ele a ajudou a ficar de pé. Por um momento, ela ficou tentada a deixar o impulso a levar inteiramente para o peito dele, mas os últimos restos encharcados de seu orgulho a forçaram a ficar ereta. No entanto, continuou segurando a mão dele.

— Estou bem. Ótima. Nunca estive melhor.

Eles foram até a porta da frente, escondida da rua por algumas árvores bem-posicionadas. Ela vasculhou a bolsa atrás das chaves, cambaleando um pouco quando seu foco mudou. Ele estendeu um braço para estabilizá-la.

— Hoje foi muito legal. Você é... você é muito legal — balbuciou ela, aparentemente com o vocabulário de férias.

Ethan riu.

— Obrigado. Você também é muito legal.

Ela achou a chave e o olhou de novo. Ele baixou os olhos para ela, o rosto listrado de sombras da luz da varanda. Seu olhar desceu para a boca de Grey.

— Tem uma sujeirinha... — Ethan passou os nós dos dedos embaixo do queixo e inclinou o rosto dela para a luz, traçando o lábio inferior com o polegar. Ela tremeu. — Batom — murmurou, e não tirou a mão, deixando o dedo descansar no canto da boca dela.

Ele ia beijá-la. Ela ia beijá-lo. Eles iam se beijar, o batom que se danasse. O coração dela começou a acelerar. Ela se inclinou para Ethan, apertando o corpo contra todo o dele e dando um suspirinho. Fechou os olhos e esperou.

E esperou.

Ele abaixou a mão e pigarreou.

— Grey.

Ela abriu os olhos. Ele a olhava com uma expressão perturbada. Ela deu um passo para trás e cobriu o rosto com as mãos, envergonhada demais até para olhar para ele.

— Desculpa. Eu só achei... desculpa.

— Não, não tem problema, quer dizer, você é muito... você é... eu bem que queria... — Ele parou, reunindo os pensamentos. — Você tinha razão. Antes. A gente... a gente não deveria complicar esta situação.

Grey já tinha se virado para a porta, tentando manobrar as mãos trêmulas para inserir a chave na fechadura com a concentração de um arrombador de cofres. Ainda não conseguia olhá-lo.

— Claro. Você tem razão. *Toda* a razão. Esquece. Eu com certeza vou esquecer! — Misericordiosamente, ela conseguiu destrancar a porta.

Entrou apressada, grudando um sorriso largo no rosto. — Obrigada pelo jantar! Boa volta!

Ela bateu a porta na cara dele antes que Ethan conseguisse responder. Apoiou as costas na porta, escorregando em cima dos saltos, enterrando a cabeça nas mãos e meio gemendo, meio gritando de frustração.

Por algum motivo, ela sabia que, não importava o que prometessem um ao outro, as coisas só ficariam cada vez mais complicadas.

8

ETHAN SABIA QUE TINHA FEITO MERDA. Percebeu assim que viu a mágoa e a vergonha nos olhos de Grey ao se afastar dela. Mesmo que tivesse sido necessária a última gota de autocontrole que lhe restava. Quando ela pressionara o corpo quente e macio contra o dele e suspirara, cheirando levemente a vinho e flores tropicais, o cérebro de Ethan havia chegado perigosamente perto de entrar em curto-circuito. Ele não sabia o que era pior: a certeza de que a magoaria com a rejeição ou a incerteza do que teria acontecido se tivesse cedido à tentação, a puxado para um abraço e a engolido.

Foi a incerteza que o assombrou durante os dias seguintes. Na hora, pareceu que afastá-la era a única opção, mas, assim que fez isso, ele se arrependeu. Não foi apenas a decepção dela que o atormentara — foi a surpresa dele com a própria necessidade intensa.

Ele a tinha visto mais uma vez desde então. Os dois haviam saído para tomar café, e Audrey telefonara com antecedência para garantir que o lugar não estivesse muito cheio. Eles haviam passado menos de vinte minutos juntos, do início ao fim.

Grey tinha sido amigável e cordial, fingido ser sua namorada dedicada sem o menor problema, mas a vulnerabilidade havia desaparecido, e seus olhos estavam gelados e desinteressados. De certa forma, era um alívio: ela entendera o recado. Era preciso mantê-lo à distância. Ethan só a machucaria e decepcionaria. Estava aliviado por ela só ter precisado de algo tão mínimo quanto um beijo rejeitado para descobrir.

O café era mais um passinho em sua trajetória de volta à vida pública. Quando eles entraram de mãos dadas, todas as cabeças do lugar se viraram com força para encará-los. Depois de anos desprezando e se esquivando cada vez que alguém o reconhecia, ele estava um pouco enferrujado na interação com os fãs. Grey tinha assumido a liderança com graça, guiando-os em cada encontro, proporcionando a delicada ilusão de conexão genuína, sabendo exatamente quando cortar as coisas sem parecer mal-educada. Ele era grato por ela. Não a merecia, mesmo na capacidade limitada em que a tinha.

Quando chegou em casa, Ethan finalmente se forçou a pegar o último roteiro em que ele e Sam estavam trabalhando: *Pílula amarga*, uma adaptação de um filme independente coreano de duas décadas antes, pelo qual tinham ficado fascinados. Haviam adquirido os direitos pouco antes da morte de Sam, mas o contrato estava prestes a vencer.

Olhar para a folha de rosto o encheu de vergonha. Ele teria decepcionado Sam ao deixar aquilo definhar por tanto tempo. Embora tivesse atuado em muitos filmes sem Sam, aquela seria sua primeira vez escrevendo e produzindo sem o amigo. A perspectiva tornava a ausência de Sam aguda, como se Ethan tivesse perdido um pedaço do corpo, talvez até a cabeça.

Para eles, o produto final era secundário ao deleite eletrizante do processo criativo. Noites em claro fazendo brainstorming no escritório de Sam, movidos puramente a adrenalina (e um teco ou outro), jogando ideias para lá e para cá até o nascer do sol.

No entanto, o processo naquele caso havia sido mais lento. Mais trabalhoso. Não ajudava o fato de Sam estar preocupado com a dissolução do casamento de três anos com Beth Jordan, uma socialite cujo pai havia dirigido a série mais popular de filmes de ação e comédia de quando Sam e Ethan eram crianças. Nem Ethan nem Nora eram tão afeiçoados a Beth — ela tinha aquele brilho de nepotismo de alguém que nunca havia vivenciado o mundo além de Beverly Hills e não tinha o menor interesse —, mas ela fazia Sam feliz, até deixar de fazer. O relacionamento de Ethan e Nora começava a mostrar sinais de tensão também àquela altura, e suas sessões de trabalho, na maior parte das vezes, acabavam virando reflexões embriagadas de autocomiseração sobre suas vidas íntimas.

Eles mal tinham terminado o primeiro rascunho antes da morte de Sam, e Ethan sabia que ainda havia muito trabalho a ser feito. Mas precisava terminá-lo. Era o único pedaço de Sam que lhe restava. Forçar-se a voltar ao mundo nos braços de uma mulher que não queria ter nada a ver com ele era o primeiro passo, ainda que tortuoso, para que isso acontecesse.

Mas ele pararia de pensar em *Pílula amarga* e na dor nos olhos de Grey por enquanto. Ele cuidaria das filhas no fim de semana, portanto ficaria alguns dias sem vê-la.

Ele parou o carro na entrada da casa que ele e Nora haviam compartilhado. Embora sua própria casa definitivamente não parecesse um lar, esta também não, não mais. Enquanto andava pelo caminho ajardinado impecável, lampejos de memória o assaltaram: trazendo Elle da maternidade para casa; Sydney aprendendo a andar de bicicleta; acordando com Nora em pé acima dele depois de Ethan ter desmaiado no gramado. O tempo o havia entorpecido o suficiente para que as pontadas que sentia não fossem amargas nem doces. Apenas existiam.

Nora abriu a porta antes mesmo que ele tivesse a chance de bater.

— As meninas estão prontas?

— Precisam de mais uns minutos. Entra.

Ele entrou na cozinha atrás de Nora, recusando uma garrafa de água.

— Você e Jeff têm grandes planos para o fim de semana?

— Não, na verdade. *Você* tem? — perguntou ela, de braços cruzados.

— Hã... tenho... Cuidar das meninas — respondeu, inexpressivo.

Ela suspirou, batucando os dedos na bancada.

— E alguém mais vai encontrar vocês?

— Não estou planejando, não.

Ele poderia estender aquilo o dia todo. Nora suspirou mais uma vez, derrotada.

— Você não me deve nada. Mas acho que mereço mais do que descobrir que você está namorando na porcaria do Instagram.

Ele evitou o olhar dela.

— Desculpa. É… ainda é novo. Eu devia ter te contado. É que… estamos entendendo as coisas.

Ela relaxou um pouco.

— Não tem problema. Eu só quero te ver feliz.

Sem saber, ela tinha quase repetido as palavras exatas que Audrey dissera menos de duas semanas antes: *As pessoas querem te ver estável. Querem te ver feliz.* Ela falou de desconhecidos, é claro, mas até sua ex-esposa, a mulher que em teoria o conhecia melhor do que qualquer um, estava tão desesperada para acreditar naquilo que estava disposta a fazer vista grossa para o batalhão de sinais indicando que havia algo suspeito na situação.

— Eu aprovo, aliás — continuou Nora. — Eu via a série dela, sabe? Você já viu? É bem boba, mas fiquei viciada. Prazer secreto total. Ela parece uma menina bacana. E talentosa. Aqueles roteiristas jogavam umas coisas loucas em cima dela.

Ethan pigarreou.

— É, ela é muito… — Ele quebrou a cabeça atrás da palavra certa. — Simétrica — terminou, meio idiota. Nora franziu o cenho. Ele continuou falando antes de ela conseguir dizer alguma coisa. — Mas, enfim, ainda não estou pronto para ela conhecer as meninas. Ainda é cedo. Quero garantir que seja sério. E seria bom você também não mencionar a elas.

Nora concordou com a cabeça.

— Claro. Mas você sabe que só consigo protegê-las até certo ponto. Crianças falam. — Ela se debruçou na bancada, apoiando o queixo na mão. — Então. Como vocês se conheceram?

Como se para resgatá-lo, Sydney e Elle irromperam na cozinha, com mochilas enormes subindo e descendo nos ombros.

— Papai! — gritou Elle, se jogando nele. Ethan pegou a menina de 7 anos e a apoiou no quadril. — Quer ver meu desenho? Está na minha mochila. É um dragão que é uma princesa.

Sydney, de 9 anos, um pouco velha demais para ser carregada no colo, mas ainda louca pela atenção dele, pairou perto dos dois.

— Pai! Você viu *Beetlejuice*? É meu filme favorito da vida. Podemos ver hoje à noite?

— Achei que seu favorito fosse *Minions* — comentou Ethan, colocando Elle no chão e bagunçando o cabelo dela.

Sydney revirou os olhos atrás dos óculos cor de violeta.

— *Paaai. Minions* é filme de bebê.

— Eu gosto de *Minions* — protestou Elle.

— Bom, você é um *bebê.*

Elle bateu o pé.

— *Não* sou.

— É *sim.*

Nora levantou as sobrancelhas para ele por cima da cabeça das meninas.

— Divirta-se com elas.

— Eu sempre me divirto. — Ele se agachou na altura delas. — Acho que temos tempo de ver *Beetlejuice* e *Minions*. Que tal?

Elle fez biquinho.

— *Beetlejuice* me dá muito medo. Eu tive pesadelo.

— É, porque você é um bebê.

— Tá legal, chega — disse Ethan, voltando a ficar de pé. — Chega de implicar com sua irmã, Syd. Vamos entrar no carro e podemos decidir no caminho de casa. O que acham de uma pizza hoje à noite?

As duas soltaram gritinhos e fizeram que sim vigorosamente. Ele começou a levá-las ao carro. Nora os acompanhou até a porta. Ela se inclinou para ele, cochichando para as meninas não escutarem:

— Eu adoraria conhecê-la. Quando você estiver pronto, claro.

Ethan sacudiu a cabeça em algo que lembrava um gesto de concordância.

— Pode deixar.

GREY EMPURRAVA O CARRINHO DE COMPRAS PELO SUPERMERCADO Gelson's, parando para dar uma olhada no balcão de antepastos. Pilhas enormes de azeitonas recheadas, queijo feta marinado e cebolas *cipollini* caramelizadas no vinagre balsâmico brilhavam ali. A barriga dela roncou. Ela tinha cometido o erro clássico de ir às compras sem comer antes. No entanto, como o objetivo era estocar comidinhas para um fim de semana no sofá acompanhada da filmografia completa de Nora Ephron, talvez fosse melhor deixar que seus caprichos a guiassem. Ela pegou um pote de plástico e começou a encher de charutinhos de folha de uva.

Estava aliviada por ter alguns dias sem Ethan enquanto ele estava ocupado com as filhas. É claro que, mesmo que não estivesse *fisicamente* na presença dele, isso não significava que estava completamente livre. No dia seguinte ao jantar, enrolada na cama com uma ressaca debilitante, ela não havia conseguido pensar em mais nada. Entre tirar uma soneca, beber água de coco, correr para o banheiro e questionar cada coisinha que tinha dito e feito na noite anterior, Grey se aconchegou debaixo do edredom com o celular. Mesmo estando totalmente sozinha em casa, sentia que alguém estava prestes a invadir a qualquer momento, arrancar as cobertas e a expor vendo sem parar o discurso de aceitação de Ethan no Oscar. Talvez fosse isto que a fama fazia: tornava a pessoa paranoica, com medo de que seus momentos particulares jamais voltassem a ser particulares.

É claro que ela ainda não podia se chamar de "famosa". Sim, seus seguidores do Instagram já tinham quase dobrado, e a ida dos dois ao café teria se transformado rapidamente em uma aglomeração se houvesse mais de cinco pessoas lá na hora. Renata tinha inclusive enviado alguns roteiros para ela olhar no fim de semana; não era uma montanha, mas, mesmo assim, mais do que as sobras que ela andava recebendo. No entanto, Grey não se iludia; sabia que era resultado apenas da proximidade com a fama de Ethan. Ele era o sol, e ela apenas orbitava ao redor dele, refletindo sua incandescência.

Tudo estava funcionando exatamente de acordo com o plano. A sensação estranha que tinha ao observar aquele Ethan de 24 anos de idade, cabelo desgrenhado caindo sobre os olhos incrédulos, abraçando Sam, depois Nora, antes de saltar para o palco do Teatro Kodak, não era motivo de preocupação. Provavelmente era apenas ressaca. Ele tinha deixado bem claro que, embora a achasse agradável o suficiente para passar o tempo com ela, qualquer sentimento mais forte do que indiferença educada era decididamente indesejável. Por ela, tudo bem.

Grey contornou o balcão, dividida entre as azeitonas recheadas com alho e as com gorgonzola. Ela pegou um movimento pelo canto do olho: uma mãe de meia-idade empurrando um bebê no carrinho, que imediatamente se virou para inspecionar as linguiças congeladas a fim de esconder o fato de que tinha ficado olhando boquiaberta para Grey. Grey lhe deu um caloroso meio-sorriso, o que a incentivou a abandonar as linguiças e se aproximar.

— Desculpa, eu não queria ficar olhando. É que... Você é a nova namorada do Ethan Atkins, não é?

Grey fez que sim, ainda sorrindo, embora seu coração tivesse acelerado.

— Eu mesma! Meu nome é Grey. Como vai?

Em vez de devolver o sorriso dela, a mulher apertou os olhos e fechou a cara.

— Acho bom você tratar ele direito. Ele já passou por tanta coisa... não merece se magoar de novo.

Grey ficou chocada. Achou que tivesse entendido mal.

— Hã... Desculpa? Você... é amiga dele?

A mulher chegou tão perto que Grey instintivamente apertou o pote de azeitonas. Ela sacudiu o dedo na cara de Grey.

— Não vem dar uma de engraçadinha. A última coisa de que ele precisa é uma vaca interesseira atrás de fama se agarrando nele que nem uma sanguessuga. É melhor tomar cuidado.

A cabeça de Grey ficou a mil. Obviamente, a mulher estava passando de qualquer limite — mas, também, tão próxima da verdade que era perturbador. Ela estava louca para mandar a mulher cuidar da própria vida e voltar ao celeiro em que claramente tinha sido criada, mas precisava ser fofa. Audrey a mataria se ela fizesse escândalo. Embaixo da indignação, contudo, havia uma vibração de medo: *Todo mundo sabe. Você está ferrada.*

Grey se virou para o balcão do antepasto, pegou uma colherada de azeitonas com gorgonzola, encheu o pote de plástico e tampou. Ela olhou a mulher.

— Fico feliz por você gostar tanto de Ethan. Eu também gosto. Ele é... uma pessoa muito especial. Vou dizer que você mandou um abraço, com certeza ele vai ficar muito feliz de todo mundo estar tão preocupado com o bem-estar dele. — Para seu alívio, ela conseguiu impedir que a voz tremesse.

Grey colocou as azeitonas no carrinho e o empurrou com autoridade para longe, antes que a mulher conseguisse responder, até que enfim chegou a um corredor deserto antes de cair em um choro de raiva.

Dez minutos depois, segura de volta no Prius depois de passar no caixa às pressas, seu celular tocou. Saindo do estacionamento, ela tocou no botão do console para atender. A voz de Renata encheu o carro.

— Oi, gatinha. Está ocupada?

— Não, pode falar.

Grey percebeu tarde demais que ainda estava com voz de choro.

— O que aconteceu? Está tudo bem? Preciso mandar alguém para matar aquele filho da puta? Farei discretamente, ninguém nunca vai saber que foi você.

A voz já alta de Renata se amplificou em vários decibéis. Grey correu para abaixar o volume da chamada.

— Não, não é Ethan. Bom, não de verdade.

Ela contou o que acontecera no mercado. A resposta de Renata foi instantânea.

— Ela que se *foda*. Você sabe que isso não tem nada a ver com você, né? Ela provavelmente é namorada dele desde o divórcio, naquela cabecinha perturbada. Tenho certeza de que questionaria as intenções da porra do papa se eles começassem a namorar.

Grey conseguiu rir.

— Bom, eu também desconfiaria um pouco desse casal.

— Não importa. Não acho que você deveria se preocupar demais de ela ser a voz do público sobre vocês dois. Audrey me disse que, até agora, estão muito felizes com como tudo está indo. Falando nisso, estou em uma troca de e-mails *muito* irritante com ela e aquele escroto do Paul sobre a semana que vem. Ele está causando, mas vai dar certo.

Elas haviam decidido que o primeiro tapete vermelho de Grey e Ethan seria na estreia de *Embreagem*, um filme de ação e comédia muito esperado, o primeiro projeto de grande orçamento de um diretor cult bem-conceituado. Uma das ex-colegas de elenco de Grey em *Paraíso envenenado*, Mia Pereira, era a protagonista. Grey também fizera um teste para o papel, mas quase sem esperança. Ela nunca tivera sorte em ser chamada para o papel de *femme fatale* sexy, embora se solidarizasse com Mia (que, na série, fazia um tipo similar), que vivia lamentando por nunca lhe enviarem nada além disso. Ela e Mia nunca tinham sido tão próximas, mas Grey não sentia inveja por ela ter conseguido uma grande oportunidade. Se *Embreagem* fizesse sucesso, ia catapultar Mia para fora do purgatório do estereótipo — a não ser que fizesse sucesso *demais* e a prendesse lá para sempre.

O evento teria grande visibilidade, mas não muita pressão, e a ligação de Grey com Mia era a desculpa perfeita para eles aparecerem lá.

— Qual é o problema do Paul?

— Ele acha que ainda é cedo demais para vocês dois aparecerem em um evento tão grande. Diz que vai ser suspeito.

— Até acho que ele talvez tenha razão. Mas Audrey acha que não?

— Não, eles estão monitorando de perto a reação do público. Ela diz que é o momento perfeito.

— Ótimo, estou ansiosa.

Grey exagerou a animação na voz, mas Renata não jogou na cara dela. Em vez disso, falou um pouco mais baixo:

— Como você está com tudo isso? Ele está te tratando bem? Está bebendo muito?

— Hã, acho que está tranquilo, na verdade. Por enquanto, eu é que ando bebendo mais.

Renata fez um barulho de desaprovação.

— Hum. É para você passar sua influência para ele, não o contrário.

Na verdade, ninguém está passando nada para ninguém.

— Vou me esforçar.

9

GREY E ETHAN FORAM EM SILÊNCIO no carro até a estreia. Tanta proximidade com Ethan normalmente deixava Grey tonta, mas, naquela noite, sua mente estava cristalina. Estar em público com ele era fácil. Ela estava desempenhando um papel: a nova promessa ingênua encantada com seu amante mais velho de primeiro escalão. Não era um papel dos mais originais, claro, mas ela havia tido piores. Ethan era só um colega de elenco, e ela, uma profissional consumada. Os limites do que era exigido dela eram claros. Era quando eles estavam sozinhos que as coisas começavam a ficar confusas.

Ela sabia que o tapete vermelho era menos interessante para Ethan. Ele estava olhando pela janela, apertando a boca em uma linha fina, com as olheiras mais fundas do que de costume. Fora isso, porém, ela tinha que admitir que, pela primeira vez desde que o conhecera, cada centímetro dele parecia o ídolo de matinê de outrora. Ele usava um terno cinza-escuro perfeitamente cortado, sem gravata, e havia raspado a barba que sempre deixava por fazer, revelando os contornos das maçãs do rosto e os ângulos duros do maxilar. Tinha aberto as pernas compridas no banco, com um dos tornozelos frouxamente cruzado no joelho oposto, e balançava o pé com uma energia nervosa mal disfarçada.

Ela aceitara a oferta de Audrey de um *stylist* profissional, e passara cinco horas sendo enfeitada, cutucada, polida e suavizada. O produto final valia a pena. Depois de debater com a cabeleireira se deveriam ou não passar chapinha em suas ondas, que enfim haviam começado a se recuperar após anos sendo queimadas todos os dias em *Paraíso envenenado*, Grey havia cedido, permitindo que alisassem o cabelo e o puxassem em um rabo de cavalo baixo e brilhante. O *stylist* tinha levado duas araras de roupas que provavelmente custavam mais do que o carro de Grey. Haviam se decidido por um macacão azul-escuro de seda, cujas modestas mangas compridas eram compensadas pelo fato de o decote ir praticamente até o umbigo. A cor do macacão, combinada com qualquer feitiçaria que a maquiadora tivesse feito em seu rosto, dava um tom sobrenatural ao azul dos seus olhos.

Ela não resistiu à tentação de ficar se admirando na frente do espelho depois que terminaram a preparação. Já fazia meses que não era arrumada por profissionais, e havia esquecido que podia ficar tão bonita. Tinha quase desfilado até o Bentley quando Ethan chegou para buscá-la, mas voltou a ficar desanimada quando ele mal virou os olhos para vê-la. Não importava o que ele pensava. Grey já estava na personagem.

Enquanto Ozzy entrava na longa fila de carros de luxo esperando para ejetar os famosos no tapete vermelho, Ethan se virou para ela pela primeira vez. Ele a olhou da cabeça aos pés. Ela o encarou, de queixo erguido, recusando-se a se deixar abalar pela intensidade do olhar. Os dois se encararam durante o que pareceu minutos. Embora ela se sentisse um pouco infantil com aquela disputa improvisada de quem piscava primeiro com um homem de quase 40 anos, Grey se recusou a desviar o rosto.

Por fim, Ethan sorriu, levantou as sobrancelhas e olhou pela janela. Grey fez o mesmo. Uma pergunta subiu em sua garganta e ela considerou engoli-la, mas o decoro venceu o orgulho.

— Precisamos de um plano? — murmurou ela, baixo o suficiente para Ozzy não escutar.

Ethan voltou a olhá-la. Ele descruzou as pernas preguiçosamente e inclinou-se devagar para ela, os lábios roçando sua orelha. Ela ficou paralisada, a pele vibrando por saber que, se virasse o rosto um milímetro à esquerda, a bochecha lisa dele seria pressionada contra a dela. Pelo visto, ela só não ficava mais desconcertada perto dele quando havia espaço o bastante entre os dois para o Espírito Santo. Quando Ethan chegou perto, contudo, ficou evidente que a única relação dele com espíritos ultimamente era virando uma dose para o santo.

— Eu estava pensando — falou ele devagar, a respiração quente no pescoço dela, inegavelmente transpirando uísque. — A gente sai do carro... entra naquele prédio... vê o filme... e vai para casa. Que tal, *meu bem*? — O apelido carinhoso pingava sarcasmo, fazendo o estômago dela se revirar.

Ela recuou, se encostando na porta e tentando comunicar o grau de sua desaprovação apenas através do olhar, enquanto falava sem som: "Você está *bêbado?*".

Ele olhou para baixo e voltou a se recostar no seu canto. Grey revirou os olhos. Puta que pariu.

Naquele momento, um assistente de produção com prancheta abriu a porta, e Grey se perdeu em um campo de flashes. Sem que ela se desse conta, seu corpo estava encostado ao de Ethan, o braço dele apertando a cintura dela, e os dois estavam sorrindo e posando em frente a um abismo sem rosto que uivava seus nomes. Bem, principalmente o dele. Grey sorriu e se apoiou nele, ficando na ponta dos pés como se fosse sussurrar bobagens amorosas no ouvido dele.

— Você andou fumando de novo.

Ele riu e a olhou com algo que podia facilmente ser interpretado como adoração genuína. Com um sorriso de dentes apertados, respondeu:

— E o que você vai fazer? Me dedurar para Audrey?

Grey jogou a cabeça para trás e riu como se fosse a piada mais engraçada que ela já tinha ouvido, certificando-se de inclinar o rosto de modo que as câmeras capturassem seu melhor lado. Ethan se afastou para dar a Grey um momento para posar sozinha, exibindo o trabalho de seu esquadrão de glamour. Então, pegou a mão dela e a levou pelo tapete em direção ao amontoado de correspondentes de TV, que praticamente começaram a se pisotear para chegar até ele. Sadie Boyd, a tenaz apresentadora do *Hollywood Tonight*, abriu caminho empurrando a multidão, toda cotovelos afiados e dentes brilhantes de porcelana.

— Ethan! Há quanto tempo! Tem um minuto?

Ethan sorriu para ela.

— Para você, Sadie? Até dois.

Sadie gargalhou ainda mais alto do que Grey fingira um momento antes. O câmera finalmente a alcançou, e ela contorceu o corpo para ficar de frente para os três de uma vez.

— Então, Ethan! Nos últimos anos, foi muito difícil te encontrar. Acho que falo por todos quando digo que estou *emocionada* de te ver de volta ao tapete vermelho.

Ethan se virou para a câmera, praticamente reluzindo. Parecia dez anos mais jovem do que no carro. Grey não conseguia acreditar no que via. Não precisava ter se preocupado.

— Obrigado, Sadie. Estou muito feliz de estar aqui.

— Me conta, acho que estamos todos *morrendo* de curiosidade: a que devemos sua reaparição milagrosa?

Ethan se virou para Grey e envolveu seus ombros. Instintivamente, ela passou os braços pela cintura dele.

— A essa garota aqui. *Mulher*. Desculpa. A essa... mulher incrível.

Os olhos dele brilharam ao se virar para ela, enrugando nos cantos. Cacete. Ele era mesmo bom ator.

Ele voltou-se para Sadie.

— Você conhece Grey, certo?

Sadie se concentrou em Grey sem perder um segundo.

— Grey Brooks, é claro! *Paraíso envenenado*! Sou muito fã. E sua ex-colega de elenco, Mia Pereira, está tendo uma grande noite hoje. Mas e você? Tem alguma coisa bacana chegando?

Grey sorriu com timidez.

— Nada de que eu possa falar por enquanto. Agora, estou só... me divertindo.

Ela estendeu o braço e fez um carinho na bochecha de Ethan. Ele virou o rosto para ela e plantou um beijo suave na palma de sua mão, sem nunca desviar os olhos dos de Grey. O roçar dos lábios dele fez um delicioso choque de eletricidade passar pelo corpo dela.

— Ai, vocês dois são fofos *demais* — falou Sadie, efusiva. — Mal posso esperar para ver o que vão fazer no futuro. Talvez um trabalho juntos esteja nos planos?

— Eu adoraria — respondeu Ethan na mesma hora. — Ela é incrivelmente talentosa.

Grey baixou os olhos, envergonhada.

— Ah, para — disse, dando um empurrãozinho brincalhão nele.

Ethan riu.

— Melhor a gente ir, antes que eu envergonhe ela demais. Foi ótimo falar com você, Sadie.

Ele pegou de novo a mão de Grey e passou com ela pelo resto dos repórteres até uma entrada VIP no saguão do cinema, interditado com uma corda. Havia dezenas de pessoas por ali, tomando champanhe grátis, mas, milagrosamente, ninguém tentou abordá-los. Eles se retiraram para um canto.

— Está exagerando um pouco, não acha? — murmurou Grey.

Ethan esticou o pescoço, como se procurando alguém.

— Não faço ideia do que você está falando.

— Como você sabe se eu sou talentosa? Já viu alguma coisa que eu fiz? — As palavras saíram mais mimadas do que ela pretendia, revelando por baixo um relance de ego machucado.

— Claro que vi. Agora mesmo. Você foi perfeita.

Ethan encontrou seu alvo, chamando um garçom e pegando duas taças de champanhe da bandeja. Ofereceu uma a Grey, que fez que não com a cabeça. Ele deu de ombros e colocou o conteúdo de uma na outra, descartando a taça vazia em um parapeito próximo. Antes de ele poder dar um gole, Grey pegou a taça da mão dele.

— Isso não tem graça nenhuma, porra — sibilou ela, sacudindo a taça para ele, algumas gotas saindo pela borda precariamente cheia. — Você não pode passar dos limites hoje. Eu não vou arrumar sua bagunça.

Ele se virou para ela com os olhos semicerrados. Ela esperou que Ethan retorquisse, mas ele olhou para o lado, para algo atrás de Grey. Ela se virou para ver o que era, e um buraco se abriu em seu estômago.

Callum Hendrix apareceu em meio à multidão, com o braço esticado possessivamente ao redor de Peyton — sem sobrenome —, uma estrela pop de olhos arregalados e insuportavelmente certinha, infame por lavar a roupa suja de seus ex em letras mal veladas. Por sorte, parecia que nenhum dos dois tinha visto Grey e Ethan espreitando no canto. Grey considerou por um momento encontrar uma maneira de avisar a Peyton no que ela estava se metendo, mas pensou melhor. Não havia como Peyton não estar ciente da reputação dele. Ela devia estar atrás de material. Se havia alguém que merecia ser tema de um ou dois discos mordazes, era Callum.

Ela rapidamente se virou para Ethan, bloqueando a visão de ambos.

— Puta que pariu — murmurou.

É claro que ele estaria ali; praticamente todo o elenco tinha vindo. Ela tomou um longo gole de champanhe e fechou os olhos, concentrando-se na sensação da efervescência gelada escorregando pela garganta, as bolhas subindo para acalmar o cérebro em frangalhos.

Ela havia se preparado para voltar à quinta temporada de *Paraíso envenenado* de cabeça erguida e boca fechada, sem sequer mencionar seu desânimo diante da perspectiva de trabalhar todos os dias com Callum pelos nove meses seguintes, mas descobrira, ao receber o roteiro do primeiro episódio, que o personagem dele sofreria um acidente trágico (e fatal) envolvendo a moto e um lago não exatamente congelado na cena de abertura. Ela se sentiu um pouco culpada por deixar a vida pessoal contaminar o trabalho — mas ainda assim enviou uma cesta de agradecimento *extremamente* cara para a sala de roteiro no dia seguinte.

Callum tinha deixado claro que a culpava por ele ter sido tirado do programa, e seus fãs a assediaram por meses na internet. Não importava que o comportamento cada vez mais difícil dele durante as duas temporadas anteriores já o tivesse tornado impopular com os produtores. Em um final que relembrava a primeira vez que tinham se encontrado, a última vez que ela o vira fora na leitura do último episódio dele, fingindo não notar que ele a olhava feio por trás do roteiro.

Grey abriu os olhos e viu que Ethan a observava. Ele estendeu uma mão para ela.

— Vamos achar nossos lugares?

Ela aceitou a mão dele com gratidão.

— Por favor.

ETHAN NÃO CONSEGUIA FICAR PARADO. TINHA PASSADO MAIS OU MENOS metade dos cento e dez minutos de filme inquieto, se contorcendo e suspirando na cadeira. O debate interno entre sair de fininho para pegar mais uma bebida no bar e respeitar os desejos de Grey e ficar um pouco mais sóbrio estava escapando pelos dedos que batucava e pelos pés que balançava. Ele via que Grey estava prestes a assassiná--lo. Quando o filme estava chegando ao fim, ela já tinha colocado firmemente a mão sobre a dele e o ancorado no apoio de braço entre os dois. Surpreendentemente, funcionou. Alguma coisa dentro dele se aquietou com a pressão do antebraço dela cobrindo o dele, sem que Grey tirasse a atenção da tela.

Ele a olhou de soslaio, a luz cintilante da tela jogando sombras em seu perfil elegante, seu longo pescoço nu graças ao rabo de cavalo. Ele não conseguia se lembrar da última vez que havia achado algo inocente como o pescoço de uma mulher tão profundamente erótico. Mas não era o pescoço de uma mulher qualquer: era o pescoço de Grey. Ele se imaginou inclinando e tocando a boca no ponto tenro logo abaixo do encontro entre o maxilar e a orelha. Ethan já sabia como ela reagiria; arregalaria os olhos, prenderia a respiração. Ele abriria a boca um pouco para sentir na língua a pulsação acelerada dela, e talvez ela soltasse um pequeno gemido rouco, o mesmo barulho que havia feito ao provar o vinho no jantar. Ele voltou a se mexer no assento, por uma razão diferente.

Como se sentisse o calor do olhar dele, Grey se virou para ele, apertando os olhos. Ele rapidamente se virou para a tela. O filme não era tão ruim, na verdade, quando ele era capaz de se concentrar. Entretanto, sua atenção renovada chegou tarde demais, porque os créditos começaram a rolar e a plateia aplaudiu.

Ethan soltou um suspiro de alívio. Tinha conseguido. Só precisava deixar Grey e seu pescoço provocante em segurança, ir para casa, bater uma punheta e beber até dormir sem decepcionar ninguém. Mais uma noite de sucesso.

Seus planos bem elaborados foram imediatamente interrompidos quando Grey se voltou para ele e disse com grande determinação:

— Vamos à festa da estreia.

— Nem fodendo — murmurou ele enquanto se levantavam e começavam a andar com a massa lenta de pessoas tentando sair do cinema.

— Precisamos fazer networking — sussurrou ela com um sorriso, baixinho o bastante para só ele ouvir. — Podemos nos trancar na sua caverninha da depressão o resto do mês, se quiser. Hoje, temos que *conversar* com pessoas.

— Vai você, então. Eu vou para casa.

— Tá bom. Espero que você esteja pensando no que vai dizer a Audrey amanhã quando ela vir fotos minhas sozinha lá.

Tinham chegado de volta ao saguão. Ele pegou o braço dela e a puxou para outro canto isolado, para poderem falar mais livremente.

— Não é uma quebra de contrato.

— Não, só faz você parecer um babaca.

— Eu *sou* um babaca, você ainda não percebeu?

Ela levantou olhos impossivelmente azuis para ele.

— Não acho que você seja um babaca. Acho que você está com medo.

Ele se encolheu. Como sempre, ela tinha razão. Será que ela era tão observadora assim ou Ethan só era completamente transparente? Não sabia qual opção o deixava mais nervoso.

— Meia hora. Quarenta e cinco minutos, no máximo. Aí, vou embora.

Grey pareceu perceber que a linguagem corporal deles no momento não gritava "amor verdadeiro", então, estendeu o braço e pegou as mãos dele, puxando-o mais para perto.

— Obrigada — murmurou, inclinando-se e roçando os lábios em sua bochecha.

Ela tinha um cheiro fresco e doce, como um jardim depois de uma tempestade de verão. Ele apertou as mãos dela, esforçando-se para se comportar e não soltar para explorar o corpo, o cabelo, o rosto dela. Precisava tocá-la, fazia parte do acordo. Mas não podia tocá-la do jeito que queria. Era uma puta tortura. Ela o olhou, questionadora, e ele a soltou antes que quebrasse seus dedos. Enfiou uma mão traiçoeira no bolso e tirou o celular com a outra, virando o corpo para longe dela.

— Vou pedir para Ozzy trazer o carro.

A FESTA ERA ALI PERTO, EM UM BAR *ART DÉCO* DA MODA, DECORADO COM cabines de veludo cor-de-rosa e ferragens douradas. Já estava a pleno vapor quando os dois chegaram. Depois de posar para fotos na entrada, Ethan se descolou de Grey e foi direto para o bar. Grey pegou um espeto colorido e complicado da bandeja de um garçom e analisou o salão. Viu Mia em uma cabine de canto, rodeada de admiradores maravilhados.

Assim que Mia a viu se aproximar, seu rosto se iluminou, e ela mandou as pessoas sentadas ao seu lado se levantarem para ela poder sair e cumprimentar Grey. Mia se desvencilhou com sucesso e se atirou para os braços de Grey. Pelo entusiasmo da saudação, percebeu que Mia já estava bebaça, mas, mesmo assim, ficou contente.

— Parabéns! Foi *ótimo*! *Você* estava ótima! Arrasou ! — elogiou Grey, balançando para a frente e para trás nos braços de Mia. Ela se afastou para admirar a colega. — E você está *gata* pra *cacete*.

As curvas cor de bronze de Mia tinham sido enfiadas em um minivestido de látex cor-de-rosa que era como uma segunda pele, complementando perfeitamente a decoração do restaurante.

— Obrigadaaa — cantarolou Mia. — Mas e *você*, chegando com a porra do *Ethan Atkins*? Se eu não te conhecesse, acharia que está tentando chamar mais atenção que eu na minha própria estreia.

Grey riu, colocando a mão no peito, fingindo estar ofendida.

— Quê? Jamais!

— Mas é *muito* sua cara. Você nunca sai, mas, quando sai, sai *mesmo*.

Grey estava prestes a protestar, mas percebeu que Mia tinha razão. Depois que ela e Callum se separaram, ela tinha parado de sair para curtir com o elenco — na verdade, tinha parado totalmente de sair. No início, só queria ficar deitada lambendo as feridas sozinha, mas logo se acostumara às noites tranquilas em casa. Depois de um tempo, sair parecia irresponsável, mais uma oportunidade de ser fotografada fazendo algo idiota. Mais um dia desperdiçado cuidando da ressaca. Às vezes, ela saía com os amigos de Kamilah, mas, mesmo na faculdade, as duas tinham sido mais amigas de ficar em casa do que amigas de balada. Desde que ela viajara, Grey tinha passado a maioria das noites sozinha em casa. Sentiu uma pontada de culpa de acusar Ethan de se esconder e evitar o mundo: em menor grau, havia feito a mesma coisa.

Alguns homens de terno vieram parabenizar Mia, que os apresentou a Grey como os produtores de *Embreagem*. Grey entrou em uma conversa fácil com eles enquanto Mia se afastava para cumprimentar mais alguém que vinha elogiá-la. Um drinque cor-de-rosa elaborado encontrou a mão dela, depois outro, enquanto o grupo ao redor ia e vinha. Grey ficou surpresa com o quanto estava se divertindo. Ela se deixou flertar com um dos produtores, descansando levemente a mão no peito dele, rindo um pouco alto demais. Por mais que odiasse admitir, aquilo *fazia* parte de sua carreira, uma parte que ela andava negligenciando.

Durante tudo isso, Ethan permaneceu ausente. Grey estava meio aliviada. Embora ele tivesse se comportado da melhor maneira possível (até então) enquanto estavam à vista de todos, todo o resto que fizera naquela noite parecia pensado para tirá-la do sério, irritá-la, forçá-la a castigá-lo e mantê-lo na linha. Quando ela o pegara a olhando durante o filme, a expressão dele era de dor e… ressentimento? Hostilidade? O que quer que fosse, não era problema dela.

Ela estava em uma conversa profunda com Mia e uma das atrizes de *Paraíso envenenado* quando ouviu uma voz muito conhecida atrás de si.

— Estão fazendo um reencontro sem mim?

Grey ficou tensa. Ela não se deu ao trabalho de olhar para ele, mas Callum se juntou ao grupo mesmo assim. Meu Deus, como ele era escroto. Não conseguia acreditar que alguma vez se sentira atraída por ele, muito menos que o tivesse amado. O cabelo oleoso, puxado para trás, e o sorriso forçado faziam o estômago dela se revirar.

— Cadê seu namorado, Grey? Ele não estava lá no bar? — disse Callum, arrastado.

— Parece que você acabou de responder a própria pergunta — falou ela, mantendo a voz impassível.

— Ah, não fala assim. Achei que já estivesse tudo bem com a gente.

Ele tentou colocar o braço nos ombros dela, mas ela instantaneamente se soltou com um movimento de ombro, ainda se recusando a olhá-lo.

— E aí, Mia, você fez todas as cenas sem dublês? Aquela luta em cima do caminhão foi insana. — A voz de Grey estava alta demais, implorando para Mia resgatá-la.

— Ahã, na verdade, eu… — começou Mia.

Callum voltou a falar, interrompendo-a. Ele obviamente também estava bêbado, o hálito quente e rançoso.

— Você está linda demais hoje. Foi presente dele?

Ele estendeu um dedo na direção do seio dela para roçar o pedaço grande de pele exposta pelo macacão, como se estivesse tentando escorregar para dentro do decote. Grey deu um pulo para trás como se o toque a tivesse queimado. Ela olhou para a multidão atrás dele.

— Aquela ali não é a Peyton? Por que você não está lá incomodando ela?

— Falei que precisava de uns minutos para reencontrar umas velhas amigas.

— Bom, não deixa a gente te atrapalhar. Espero que você encontre elas!

Grey deu um sorriso enjoativamente fofo e tentou voltar as costas para ele da maneira mais enfática possível.

Mia riu pelo nariz. Callum chegou perto demais, tentando falar com ela sem que os outros escutassem. Ela se encolheu. Ele contorceu o rosto em algo que provavelmente achava ser uma expressão de sinceridade, mas na verdade parecia prisão de ventre.

— Escuta. Grey. Eu nunca te falei... eu fui babaca pra caralho.

— Você não precisava me falar, eu descobri sozinha.

— Não, quer dizer... Eu nunca deveria ter te tratado daquele jeito. Foi um puta erro.

— Legal. Valeu. — Grey tentou de novo dar as costas, mas ele agarrou seu braço e a girou. Ela se soltou com força, a raiva subindo. — Juro por Deus, se você *encostar* de novo em mim, Callum...

Ele levantou as mãos, se afastando como se ela tivesse explodido.

— Uou. Calma. Eu estava só tentando pedir desculpas.

— Ah, é? Porque eu não escutei "desculpa" nenhuma vez. Pode guardar para o seu aplicativo de notas.

Callum abriu a boca para responder, mas as palavras pareceram fugir, deixando-o boquiaberto para algo atrás dela.

Grey sentiu Ethan antes de vê-lo. Uma parede sólida em seu ombro, uma mão esquentando a seda em seu quadril. Antes que ela tivesse tempo de processar o que estava acontecendo, os dedos da outra mão dele estavam segurando o queixo dela, inclinando seu rosto para trás para pressionar seus lábios nos dele.

Não foi um beijo apaixonado e, de uma perspectiva externa, devia parecer completamente comum. Era o tipo de beijo que sugeria intimidade fácil, não diferente das centenas que o precediam e das centenas que se seguiriam. Para Grey, porém, foi um evento cósmico, fazendo fogo líquido ondular em sua barriga. Ela ficou agradecida pela presença robusta atrás de si enquanto se apoiava nele para impedir que seus joelhos cedessem, mais de surpresa do que de qualquer outra coisa. Instintivamente, levantou a mão até o rosto dele, acariciando de leve o maxilar com a ponta dos dedos.

Durou apenas um momento: um roçar firme daqueles lábios macios. No entanto, na fração de segundo antes de se afastar, ele gentilmente puxou o lábio inferior dela entre os dentes em uma mordida pequena, mas inconfundível, o que fez outro choque de prazer se espalhar diretamente entre as pernas dela.

Grey levantou os olhos para ele, o rosto quente. Ele apertou a testa na dela e murmurou:

— Vamos embora.

Ela só conseguiu fazer que sim. Ele tirou a mão da cintura dela, que sentiu a ausência com a onda repentina de ar frio que veio no lugar. Esperava que ele desse a mão para ela, mas, em vez disso, ele a apoiou em sua lombar. Começou a levá-la embora antes de se virar para dar um "parabéns" seco para Mia.

Enquanto os dois saíam do bar, a pressão da mão dele fazendo a espinha dela formigar, um pensamento surgiu na mente de Grey com uma clareza alarmante, e se sentiu uma idiota por não ter percebido antes.

Ethan não estava sendo difícil porque não gostava dela.

Ele estava sendo difícil porque gostava dela um pouco demais.

10

PELO MÊS SEGUINTE, eles se acomodaram em algo que parecia uma rotina. Uma vez por semana, faziam uma aparição pública breve e cordial: caminhando no cânion, rindo enquanto tomavam um suco, navegando pela feirinha de orgânicos, vendo um jogo dos Lakers de camarote. Eles apareciam em todos os lugares onde era de se esperar que o casal hollywoodiano mais quente do momento fosse visto, tirando fotos, dando autógrafos, olhando apaixonados um para o outro.

Nas outras noites contratualmente obrigatórias, Grey entrava sozinha na casa de Ethan. Na maioria das vezes, ele já estava trancado no escritório. Às vezes, ela saía na manhã seguinte sem nem o ter visto. Estranhamente, porém, começava a se sentir mais em casa. Passava o tempo lendo, trabalhando no roteiro, vendo filmes na televisão complicada demais dele, cuja operação ela *quase* havia dominado, ou criando seus próprios desafios de *MasterChef* a partir das bizarras combinações de ingredientes que tirava da geladeira e da despensa.

Eles raramente se falavam quando não estavam em público, tendo abandonado as tentativas iniciais de amizade; e, quando se falavam, era conversa fiada sem graça. Nunca mencionaram o beijo. Depois de terem saído da festa de estreia e voltado para o carro, Ethan havia imediatamente se encostado na janela do banco de trás, de olhos fechados, recusando-se a reconhecer que Grey estava lá. Porém, sua evasão não a atormentava da mesma forma que no início. Na verdade, ela sentia uma pontada arrogante cada vez que ouvia os passos dele no corredor, as portas do escritório e do quarto abrindo e fechando, como se estivesse sendo assombrada pelo Fantasma da Frustração Sexual Passada.

Ele está me evitando porque me deseja.

Claro, não estava lidando com aquilo da maneira mais madura, mas ele era uma celebridade. Todo mundo sabia que o desenvolvimento mental das celebridades ficava permanentemente parado na idade em que se tornaram famosas. Dados o grau e a longevidade da fama dele, Grey estava era grata por ele não estar puxando o cabelo dela e a empurrando no parquinho.

Na verdade, fora a parte do parquinho, não parecia tão ruim.

Mas, sério, qual era a alternativa? O acordo deles terminaria em alguns meses. A ideia de que aquilo se tornaria um relacionamento de verdade era risível. Por mais que odiasse admitir isso para a jovem deslumbrada de 13 anos que ainda morava em algum lugar dentro dela, não podia ignorar a pilha de provas de que Ethan Atkins era um alcoólatra egocêntrico e emocionalmente atrofiado que odiava a si mesmo. Nada de bom poderia vir de consumar aquela atração. Além disso, a maior parte da atração decerto estava na tensão, nos olhares calorosos e proibidos, em saber que nada poderia — ou deveria — acontecer entre eles. Desde que ele estivesse se afastando dela porque tinha medo da tentação que Grey representava, e não porque a achava completamente nojenta, ela não se importava de ele nunca mais lhe dirigir uma palavra em particular. Sério, não se importava mesmo. Era mais fácil assim.

Não que isso a impedisse de relembrar o beijo sem parar. Ela tinha rapidamente substituído o discurso de aceitação do Oscar dele como fantasia preferida na hora de dormir. Em sua versão, em vez de soltá-la rápido, ele a puxava para um abraço, aprofundava o beijo, cumprindo a promessa daqueles olhares famintos que lhe dava quando pensava que ela não estava vendo. Ele a pegava pela bunda e a sentava em uma mesa como se ela não pesasse nada, e ela enroscava as pernas nele, se esfregando no calor duro de sua excitação. O decote do macacão dela era tão fundo que ela não usara sutiã naquela noite. Teria sido fácil para ele escorregar a mão lá dentro e deixar o seio dela à mostra, mergulhando para cobrir com a boca o mamilo já duro e ansiando pelo toque dele.

É melhor não… todo mundo está olhando, arquejava ela.

Ele levantava o rosto de volta para o dela, agarrando seu maxilar com as duas mãos, enfiando a língua encharcada de uísque na boca dela com tanta força que ela sentia nos dedos dos pés.

Estou pouco me fodendo, rosnava ele. *Que vejam. Preciso de você. Agora.*

Grey já tinha acabado com dois pares de pilhas no vibrador nas duas semanas desde então. O que precisava mesmo era transar, de preferência com alguém que não estivesse apavorado com o que aconteceria se passasse mais de cinco minutos sozinho com ela. Fora uma transa casual medíocre quase dois anos antes, em uma tentativa bêbada de se recuperar do fim do relacionamento, não ficara com ninguém desde Callum. Infelizmente, aquele desejo custava um milhão de dólares. Substituir as pilhas era mais barato — por enquanto.

CERTA MANHÃ, MAIS OU MENOS UM MÊS E MEIO DEPOIS DO ACORDO, GREY estava revirando a geladeira de Ethan, mais vazia do que o normal, tentando decidir se teria mais sorte tentando fazer um omelete ou uma vitamina para o café da manhã. A porta da frente bateu, surpreendendo tanto Grey que ela quase derrubou o vidro de cebola-pérola vencida que estava segurando.

O invasor — um homem alto e desengonçado que parecia ter 20 e poucos anos — também pareceu assustado, mas rapidamente se recompôs.

— Ah. Oi. Desculpa, não achei que… Você deve ser Grey. — Ele entrou na cozinha, largando duas sacolas de mercado reutilizáveis lotadas na ilha, e estendeu a mão a ela. — Eu sou o Lucas.

Grey levantou as sobrancelhas, apertando a mão dele.

— Lucas! Que bom finalmente te conhecer fora do celular.

Lucas sorriu, começando a tirar as compras das sacolas. Grey foi ajudar, puxando um filão de pão *sourdough* cascudo e um tablete de queijo de cabra com ervas chique. Ela ficou com água na boca.

— Ethan prefere que eu não apareça muito. Você sabe como ele é.

— Ah, sei. Mas este lugar desmoronaria sem você.

Lucas fez uma mesura profunda, de braços bem abertos. Grey riu e aplaudiu diligentemente.

— É bom ser valorizado. Espera, preciso fazer mais uma viagem.

Ele disparou para a porta da frente e voltou rápido, equilibrando várias caixas de cerveja nos braços.

— Pelo jeito, vai ter festa — murmurou Grey baixinho. Lucas a olhou rápido. Ela brincou com a ideia de comentar algo com ele, ver quanto ele sabia, o que achava da situação. Sua coragem falhou e, em vez disso, ela perguntou: — E aí, como você conseguiu este emprego dos sonhos?

Lucas voltou a desembalar as compras.

— O bom e velho nepotismo, na verdade. Ethan é meu tio.

Grey não conseguiu esconder o choque.

— Ah! Ah. Eu não fazia ideia. Ele nunca comentou. Ele, hã, não fala muito da família.

Nem de mais nada. Sabendo o que procurar, porém, viu a semelhança inegável entre os dois.

Ele deu de ombros.

— Eu não levo muito para o lado pessoal. Devo ser o único parente com quem ele fala regularmente. Eu meio que acho que minha mãe obrigou ele a me contratar só para eu poder ficar de olho nele.

— Eu sabia — proclamou a voz de Ethan, seca, atrás deles. Grey se virou e o viu vindo, descalço, de cabelo ainda molhado do banho e camiseta agarrada ao tronco úmido. — Uma vez irmã mais velha, sempre irmã mais velha. O que tem no relatório desta semana?

Ele estava de bom humor. Grey nunca sabia qual Ethan apareceria: mal-humorado, galanteador, charmoso, distante. Às vezes, via todos na mesma noite. Não levava mais para o lado pessoal. Os problemas dele vinham de antes dela e ainda estariam lá quando ela saísse de sua vida. Mesmo assim, quando ele pegou o rosto dela nas mãos e deu um beijo suave em sua testa — obviamente por causa de Lucas —, desejou que aquele Ethan aparecesse mais vezes.

— Ela vai adorar saber que finalmente conheci sua nova namorada. Está me atazanando com isso há semanas.

Ethan soltou Grey e contornou a ilha, abrindo um pote plástico de tomates-cerejas e colocando um na boca.

— E?

— Boa demais para você.

Ethan deu de ombros.

— Ele tem razão.

Grey girou uma maçã de uma mão para outra, sentindo-se inquieta.

— Que bom que estamos todos de acordo.

Lucas tirou os últimos itens das sacolas e as dobrou embaixo do braço.

— Se não precisarem de mais nada, vou deixar vocês em paz.

— Tudo joia — disse Ethan, seco, indo à geladeira sem o olhar de novo.

Lucas assentiu com a cabeça.

— Prazer, Grey.

— Igualmente. Muito obrigada por tudo. Sério — respondeu ela, incisiva.

— Às ordens — falou ele, saindo pela porta e deixando os dois a sós.

Houve um longo momento de silêncio. Ethan estava com a cabeça na geladeira havia tanto tempo que Grey se perguntou se estava contando cada ovo. Ela ficou olhando a maçã em sua mão, contemplando a melhor forma de escapar.

Quando Ethan enfim falou, foi para a geladeira.

— Pelo jeito, preciso melhorar meus modos.

O tom dele era estável, esperando que ela o censurasse. Ela se recusou a morder a isca.

— Ele é um amor.

— Acho que pulou uma geração.

Grey ficou feliz por ele ainda estar de costas e não a ver revirar os olhos. Ela não conseguiria sair daquela interação sem massagear um pouco o ego dele. Jurou internamente que nunca se permitiria ser uma celebridade insegura a esse ponto.

— Você às vezes é um amor. Quando quer.

Ele fechou a porta da geladeira sem pegar nada, virando-se para ela.

— O que você vai fazer hoje? — O tom dele era casual, mas seus olhos analisavam o rosto dela com atenção.

— Hã, nada de mais. Eu estava indo embora. — Ela manteve a resposta propositalmente vaga, sem saber o que ele estava querendo.

— Quer ficar para o café? Estou cheio de ingredientes. Posso te fazer alguma coisa.

Grey sentiu um frio na barriga. Claro que ela queria que ele fizesse café para ela. Queria ficar olhando os antebraços dele enquanto ele picava vegetais, e provocá-lo por causa de sua técnica de virar os ovos, e roçar o joelho dele enquanto comiam, como se fossem um casal de verdade. Mas ela sabia que fazer isso só faria a inevitável retração mal-humorada dele voltar a doer.

— Eu não… Obrigada pelo convite. Mas preciso mesmo ir.

Ethan enrugou a testa. Naquele momento, parecia um menininho desamparado. Grey sentiu uma pontada no peito por rejeitá-lo.

— Tem certeza? — perguntou ele, quase triste.

Ela escorregou do banco ao lado da ilha e pegou a mala de mão.

— Eu… tenho. Desculpa. Mas obrigada. Eu te vejo em alguns dias.

Ela pendurou a mala no ombro.

— Você se arrepende?

Ele não estava olhando para ela; em vez disso, encarava intensamente uma pequena rachadura na bancada.

— Me arrependo do quê? — respondeu ela, confusa.

— Disto. De mim. — Ele encontrou o olhar dela. — Posso pagar sua multa para sair do contrato, se quiser. Sem rancor. Eu seguro a bronca com Audrey.

Eles se olharam por um momento carregado antes de ela cair na risada. Derrubou a mala no chão e voltou à ilha da cozinha.

— Meu Deus do Céu, tá bom, eu tomo café com você, seu dramático.

Ethan bufou, indignado.

— Eu não… Você não precisa… — gaguejou.

Grey levantou a mão para fazê-lo parar e sentou-se cheia de autoridade na banqueta.

— Não. Estou aqui. Estou com fome. O que você vai fazer?

Ela apoiou os cotovelos na bancada e o queixo nas mãos, piscando com inocência. Ethan abriu a boca de novo, depois fechou e voltou para a geladeira.

— Doce ou salgado?

Um sorriso ameaçou aparecer nos cantos da boca de Grey.

— Acho que já sei que doce não é a sua.

A OFERTA DE CAFÉ DA MANHÃ, NA VERDADE, TINHA SIDO UM BLEFE. ETHAN cozinhava para Elle e Sydney às vezes quando elas estavam lá, mas não era nada de especial. Não tinha certeza do que o tinha levado a fazer o convite. Grey tinha um jeito de deixá-lo meio atordoado. Até então, evitá-la o máximo possível era a maneira mais segura de se impedir de fazer qualquer coisa precipitada — tipo quase se ajoelhar e implorar para que ela não fosse embora. Pelo menos era melhor do que jogá-la por cima do ombro e carregá-la para o quarto que nem um homem das cavernas.

Ao ouvir vozes na cozinha naquela manhã, tinha pensado em se esconder no quarto até os dois irem embora, mas lhe pareceu infantil demais, até mesmo para ele. Afinal de contas, a casa era dele. Quando Ethan entrou e a encontrou na cozinha, com o cabelo brilhando à luz do sol e rindo com Lucas, algo mudou dentro dele. Ele estava *feliz* em vê-la ali. Teria dito qualquer coisa para fazê-la ficar mesmo que por mais dez minutos.

Ethan ao menos tinha a presença de espírito de sentir um pouco de vergonha de chegar ao ponto de se oferecer para quebrar o contrato. O que ele teria feito se ela tivesse dito que sim? Por mais inquietante que fosse sua presença, a alternativa era muito pior. Felizmente, ela tinha só dado aquela risada sexy e sedutora, provocando-o um pouquinho pela explosão e voltado ao seu lugar.

Ao seu lugar.

Ethan não deu tempo para aquele pensamento se assentar antes de empurrá-lo para longe e se concentrar na tarefa do momento: café da manhã.

— Ovos? Posso fazer mexidos ou… mexidos.

Grey riu de novo.

— Vai devagar, é opção demais.

Ela pulou da banqueta e parou ao lado dele, e a pele de Ethan formigou com a proximidade. Como sempre, ela tinha cheiro de flores, mas havia mais alguma coisa por baixo, quente, terrosa e inconfundivelmente Grey. Ela abriu a despensa e puxou um filão de *sourdough* fresquinho.

— Não sei você, mas eu fiquei pensando em sanduíches desde que vi isto.

Ela jogou o pão para ele, que pegou.

— Para mim, está ótimo.

Ela foi à geladeira, e ele praticamente pulou para fora do caminho para evitar roçar o antebraço dela. Grey começou a puxar ingredientes e colocá-los na bancada.

— Ei! — Ele fez um gesto, expulsando-a para o outro lado da ilha. — Isso é trabalho meu.

— Tá bom. Não esquece o abacate.

Vinte minutos depois, eles se dirigiram para o pátio, com vista para a piscina. Ethan carregava os pratos com os sanduíches, enquanto Grey o seguia com o café — gelado para ela, quente para ele. Eles se acomodaram um de frente para o outro na mesa de ardósia, à sombra do telhado projetado. Ethan havia deixado os sanduíches abertos, cada um com um ovo frito brilhante em cima. Ele insistiu para que Grey pegasse aquele que não havia quebrado acidentalmente ao virar, e, quando ela pressionou a outra fatia de *sourdough* torrado por cima, a gema brilhante escorreu pelos lados.

— Acho que você arrasou — disse ela, pegando o sanduíche com as duas mãos, tomando cuidado para a gema não pingar nela.

— Experimente primeiro. As aparências enganam.

Grey levou o sanduíche à boca e mordeu. Com a pressão da mordida, mais gema de ovo explodiu, escorrendo pelos dedos.

— Ah, merda — murmurou ela, devolvendo o sanduíche ao prato e levando a mão à boca.

Aparentemente sem pensar, ela enfiou os dedos esguios na boca, um por vez, fechando os lábios ao redor deles e chupando até limpar.

Ethan a olhou boquiaberto, seu próprio sanduíche intocado a meio caminho da boca. Quando ela percebeu que ele estava olhando, ficou vermelha e desceu a mão ao guardanapo para terminar o trabalho.

— Desculpa. Isso foi nojento.

Ethan engoliu, a boca seca, sem palavras.

— Hã. Não. Sem problemas. Nada nojento.

Ele deu uma mordida enorme no sanduíche para se impedir de falar mais alguma coisa.

Os dois comeram em um silêncio confortável por alguns minutos. Grey largou o sanduíche e se recostou na cadeira, agarrando o café gelado com as duas mãos e olhando a piscina.

— Já teve alguma notícia do seu filme? — perguntou Ethan.

Ela se virou para olhá-lo.

— Quê? Ah. Ainda não. É para eu fazer um teste de química daqui a uma ou duas semanas, Renata disse que devo receber notícias a qualquer momento.

— Você recebeu as páginas?

— Não. Você sabe como são essas coisas. Ultrassecretas. Não entendo isso. O livro já saiu há, tipo, um ano. Não dá para ser tão secreto assim.

Ela se debruçou no prato para dar mais uma mordida no sanduíche.

— Se você precisar ensaiar, sei lá, posso ajudar. Quando receber o roteiro, quer dizer.

Ela o olhou, surpresa.

— Sério?

Ele deu de ombros.

— Claro. É para isso que serve esta coisa toda, né? Seu papel dos sonhos? É o mínimo que posso fazer.

Grey se recostou de novo, alongando bem as pernas e bebendo o café gelado. Parecia contemplativa.

— Não é meu papel dos sonhos. Quer dizer, seria incrível. Mas o papel em si tanto faz.

Ele levantou as sobrancelhas.

— Então… e aí? É só por fazer parte do próximo grande sucesso?

Talvez, afinal, ele a tivesse interpretado mal. Talvez ela estivesse mesmo só atrás da fama pela fama.

— Não nesse sentido. Eu nunca gostaria de ser famosa que nem você. Sem ofensa.

Ele riu.

— Não ofendeu. Eu também não gostaria de ser famoso que nem eu.

— Pois é, estamos todos arrasados por você — disse ela com um sorriso irônico, gesticulando vagamente para a casa, a piscina, a vista.

— Eu só quero chegar a um ponto em que tenha mais… — Ela deixou a frase no ar.

— Dinheiro? Carros? Prêmios? Seguidores no Instagram? — listou ele.

— Controle — falou ela, levantando o canto da boca de leve.

Ethan também se recostou, passando os dedos pelo cabelo.

— É difícil ter controle neste meio. Sempre que você acha que conseguiu um pouco, em geral acaba que só abriu mão dele em outro lugar.

Ela se virou e o olhou nos olhos.

— Que profundo — brincou.

Ele riu e meio que deu de ombros.

— Bom, é só minha experiência. Você pode aceitar ou não.

— Não, não, eu sei que você tem razão. É que… Kamilah e eu estamos tentando há séculos fazer nosso filme idiota. Seguimos os passos tudo direitinho, juntamos um pouco de dinheiro e fizemos nossa coisinha de baixo orçamento, rodamos os festivais, ganhamos uns prêmios… e nada. Ninguém quer produzir. Eu abriria mão de algum controle para ter o poder de fazer isso acontecer. — Ela gesticulou para ele. — Quer dizer, acho que já abri.

O lembrete de que ela não estava lá sentada com Ethan por vontade própria fez uma pontada estranha o perpassar. Ele ignorou.

— O que é seu filme?

Ela mudou de posição, tímida.

— É baseado em um livro, *A cadeira vazia*. Você conhece? — Ele fez que não, e ela continuou. — É um romance de terror estranho e experimental dos anos 1920. Meio que um *Suspiria* da era do jazz. Kamilah e eu éramos obcecadas por ele na faculdade.

— Você fez faculdade?

Grey pareceu incerta sobre ficar ou não ofendida.

— Fiz, USC. Por quê, é muito surpreendente?

— Não. Bom, é, um pouco. Você disse que era estrela infantil, então foi o que supus. Quer dizer, de todo jeito, sem julgamento. *Eu* não fiz faculdade.

— "Estrela" é bem generoso. E eu não terminei. Fui escalada para a série no fim do terceiro ano. Tentei continuar em meio período, mas foi demais. Precisei largar.

— Você pensa em voltar?

Ela fez que não com a cabeça.

— Na verdade, não. O diploma nunca foi tão importante para mim. Eu queria ampliar um pouco meus horizontes, ver o que mais tinha para mim além de atuar. No fim, não tinha muita coisa.

— Mas não é que não tinha nada. Você achou aquele livro. E sua amiga.

Ela o olhou, como se o avaliando pela primeira vez.

— É. É verdade. — Grey pausou, o olhar distante. Quando falou de novo, parecia que era com a piscina, e não com ele. — Eu nem planejei me formar em cinema, no início, estava só fazendo matérias gerais. Nunca gostei muito da escola, perdi muito enquanto trabalhava. Não tinha ideia do que queria estudar. Introdução ao Cinema acabou sendo a única eletiva que cabia na minha grade no primeiro semestre. Foi assim que conheci Kamilah, aliás. Precisamos fazer um projeto de grupo como trabalho final, e nós duas acabamos fazendo tudo.

Ethan riu pelo nariz.

— Meu Deus. Projetos de grupo. Eu sempre fui inútil neles.

— Uau, que choque. — Ela tomou mais um gole de café. — Mas foi fascinante. Colocar tudo em contexto. Tipo, eu tinha estado em um monte de sets, óbvio, mas nunca havia pensado de verdade em filmes como arte, como cultura, como história. Analisar de cada ângulo, como todos os elementos diferentes se somam em um todo, além do meu papel como atriz. Isso só reforçou a convicção de que era a única coisa que eu queria fazer. Infelizmente. — Ela riu, irônica. — E, aí, logo em seguida consegui uma série, então, foi tudo pelo ralo. Não que eu esteja reclamando. Mas eu amaria fazer algo que seja ensinado em faculdades de cinema um dia. *Fazer*, não só participar.

Ela abaixou os olhos e se remexeu um pouco na cadeira, como se pega de surpresa por sua própria sinceridade.

— Você queria ter feito faculdade? — perguntou ela. — Ainda dá, não é tarde demais.

Ethan riu.

— Ah, é, eu ia me misturar direitinho com todos aqueles calouros. Acho que essa janela já se fechou.

— Você podia fazer aulas on-line, sei lá. O que mais está fazendo com seu tempo? — Algo no ar mudou um pouco. Grey pareceu perceber que tinha dado um passo em falso e rapidamente tentou se recuperar. — Parece que estou falando de mim mesma por, tipo, uma hora. E você? Qual é seu grande projeto para o *comeback*?

Ethan de repente quis um cigarro. Expirou profundamente, quase um suspiro. Ela brincou com o guardanapo, claramente sem saber se tinha dito a coisa errada.

Considerou fugir da pergunta, mas hesitou. Se ia fazer aquilo, precisava conseguir falar do assunto.

— Sam e eu... — Ele pigarreou, as palavras saindo mais engasgadas do que o pretendido. — Sam e eu... a gente começou a trabalhar em uma coisa. — Ele pausou. Ela o olhou, muito imóvel, como se tentasse não assustar um animal selvagem. — Compramos os direitos de um filme coreano que nós dois amamos. O contrato vence no ano que vem.

— Qual é o filme? Será que eu conheço?

— *Pílula amarga*?

Ele esperou receber dela um olhar vazio, mas, em vez disso, seus olhos brilharam com reconhecimento.

— Ah, sim, aquele com os irmãos que assassinam o pai? Acho que vimos em uma aula. Meio baixo astral.

Ethan deu uma risada meio rosnada.

— É. Acho que dá para descrever assim.

Grey parecia estar prestes a dizer algo, mas, em vez disso, tomou um gole de café.

— O que foi? — cutucou ele.

Ela deu de ombros.

— Nada. Quer dizer... tem alguns remakes bons — disse ela, diplomática.

— Não é um remake. É uma adaptação — retrucou ele, mais defensivo do que pretendia.

— Certo. Claro. Desculpa. Estou sendo muito babaca. Vocês dois têm um histórico incrível, com certeza vai ser ótimo.

— *Tínhamos*, né — respondeu Ethan baixinho, quase para si mesmo. — Agora, sou só eu.

Grey o olhou com aqueles grandes olhos límpidos, pingando com aquela expressão familiar de empatia que ele passara a detestar havia muito tempo. Por algum motivo, era menos enjoativa vindo dela. Transformava a dor difusa dentro dele em algo diferente, mais difícil de definir. Ela colocou a mão na mesa e hesitou, como se quisesse tocá-lo, mas tivesse pensado melhor.

— Eu sinto muito, Ethan. Não consigo nem imaginar.

Ele não respondeu, só engoliu em seco e ficou olhando a piscina. Apesar dos melhores esforços do café e do sanduíche, a ressaca estava começando a chegar, o sol reluzindo um pouco forte demais na água.

— Está tudo bem. Faz cinco anos. Está na hora — disse ele, a voz vazia e mecânica.

— Se serve de alguma coisa, eu... eu acho que você é muito corajoso de terminar o projeto. Se algo acontecesse com Kamilah... não sei o que eu faria. Acho que não conseguiria nem olhar nosso roteiro. Nunca mais.

Ethan se assustou com o tremor na voz dela; a distância cordial que estava presente desde o encontro desastroso do jantar tinha desaparecido. Ele se permitiu encontrar o olhar dela, tão cheio de compaixão que quase doía.

— Obrigado — disse ele, a voz rouca.

Não confiava em si mesmo para dizer mais nada.

Eles mantiveram contato visual por um momento carregado antes de ela desviar o olhar. Grey parecia tão nervosa quanto Ethan, e ele sentiu as muralhas dela voltarem imediatamente ao seu lugar de direito entre os dois. Ela empurrou a cadeira para trás e se levantou, recolhendo os dois pratos.

— Preciso ir, eu devia mesmo dar uma corrida ou algo assim antes de ficar tarde. Obrigada pelo café da manhã, a gente se vê em breve.

Ela entrou na casa antes que ele conseguisse responder. Ethan sentou--se imóvel, ouvindo a água na pia da cozinha, a louça dentro da máquina e, por fim, a porta da frente batendo e o som do carro dela se afastando.

Ele sabia que, assim que se levantasse, iria direto para a geladeira recém-abastecida, abriria um engradado de cerveja e pegaria uma das garrafas antes mesmo que ela tivesse tido a chance de gelar. Ele ansiava pela paz que aquilo traria, sabia que os sentimentos desconfortáveis que rodopiavam dentro dele perderiam a força, misturando-se em um ruído de fundo fácil de ignorar.

Devagar, empurrou a cadeira para trás e entrou na cozinha. Tirou um copo do armário e colocou-o na bancada. Abriu a geladeira e olhou fixamente para os engradados de cerveja fechados e enfileirados no fundo. Olhando para as caixas, só viu a repulsa e a decepção no rosto de Grey na noite da estreia, quando ele se debruçara sobre ela no carro e ela sentira o cheiro da bebida em seu hálito.

Não eram nem onze da manhã.

Ethan não ia ao Johnny's desde a noite em que recebera a ligação de Audrey. Visto que andava saindo de novo, tinha mais contato com o mundo exterior do que o necessário — além do mais, seu anonimato era menos garantido do que nunca. Embora ele não tivesse confirmado oficialmente, tinha bastante certeza de que ficar bebaço em público seria considerado um dano à reputação de Grey.

Mesmo assim, talvez estivesse exagerando em casa ultimamente. Não custava nada pegar leve por um dia ou dois.

Com um suspiro, Ethan pegou o copo e o encheu de água. Caminhou até o banheiro e jogou duas pastilhas de antiácido no copo, vendo-as se desintegrarem antes de virar tudo. Não era uma cerveja, mas pelo menos era gelado e gasoso. Ele sentiu a tensão atrás dos olhos começar a se soltar quando abriu a porta do escritório, acomodando-se atrás do computador. Abriu o documento contendo a última versão do roteiro de *Pílula amarga*, intocada desde a morte de Sam.

Ele hesitou. Antes que pudesse se permitir pensar duas vezes, estava de volta à geladeira, pegando dois engradados de cerveja para descarregar no frigobar do escritório. *Para mais tarde*, se justificou ao se ajoelhar na frente da porta. Ele deixou uma garrafa para fora e a levou para a escrivaninha. Deixou ao lado do computador, fechada, enquanto começava a ler. Seria sua recompensa quando conseguisse passar por aquilo. Só umazinha não ia fazer mal.

Uma só.

11

OS PULMÕES DE GREY ARDIAM e seu coração batia forte. Ela inspirava pelo nariz e expirava pela boca, dando impulso com os braços no ritmo dos pés, que batiam na calçada. Espiou a placa que marcava o ponto em que havia começado a corrida e desejou com força que seus pés continuassem. *Quase lá.*

Ela puxou a barra da regata até a testa, secando o suor que ardia nos olhos. Algumas corridas eram mais difíceis que outras, e naquele dia parecia que ela estava se arrastando por areia molhada. Tinham se passado horas desde o café, mas o sanduíche ainda parecia estar assentado como uma pedra no estômago. Naquela tarde, ela havia cruzado o circuito de três quilômetros e meio ao redor do reservatório de Silver Lake em pouco mais de vinte minutos — não era seu melhor tempo, mas não era péssimo. Uma vez de volta ao ponto de partida, ela desacelerou para uma caminhada, permitindo-se respirar um ou dois minutos antes de dar outra volta.

A música de Missy Elliott que gritava nos fones de ouvido foi abruptamente interrompida pelo som de uma chamada. Grey tirou o celular da pochete de corrida, presa na cintura, e verificou o identificador de chamadas.

Mãe.

Grey não estava exatamente evitando a mãe; era só uma coincidência elas não terem se falado ao telefone desde que o relacionamento dela e Ethan havia se tornado público. Não era incomum passarem mais ou menos um mês sem trocar mais do que algumas mensagens. Ela sabia que a mãe estava ansiosa por mais detalhes; mesmo que Grey os tivesse, ficaria relutante em entregar. Apesar disso, não poderia adiar aquela conversa para sempre.

— Oi, mãe.

— Emily? Está tudo bem? Por que sua voz está assim? — A mãe parecia apenas vagamente preocupada.

— Tudo ótimo. Estou correndo.

— Agora não é uma boa hora?

— Não, está tudo bem. Diga.

— Só liguei para dar um oi. Você já sabe se vai conseguir vir para casa para a formatura de Madison?

Grey tinha sido criada em Port Chester, um subúrbio de classe trabalhadora da cidade de Nova York. O pai estivera sempre fora de cena, e a mãe trabalhava de recepcionista no centro da cidade. O longo trajeto de casa ao trabalho a mantinha na rua do amanhecer até bem depois do anoitecer. Assim que Grey começara a ganhar dinheiro com a atuação, elas finalmente tinham conseguido se mudar para um apartamento grande o suficiente para a mãe deixar de dormir no sofá-cama da sala de estar.

Pouco depois de Grey ir para a faculdade, a mãe se casara de novo: ela havia se apaixonado por um diretor-executivo da firma e se mudado dezesseis quilômetros a oeste para Scarsdale, em uma casa enorme, com quartos mais do que suficientes. O novo marido tinha uma filha de um casamento anterior, Madison, que Grey encontrara menos de cinco vezes nos últimos dez anos.

— Hã, talvez. Minha agenda de trabalho agora está meio indefinida.

— Ah, sério? Você foi escalada para alguma coisa?

Grey fez uma careta.

— Ainda não. Mas talvez esteja para rolar alguma coisa.

Ela havia repetido a mentira tantas vezes nos meses anteriores que quase começava a parecer verdade. Ela prometeu a si mesma que mandaria uma mensagem a Renata assim que desligasse: não podia ficar esperando *Cidade Dourada*. Tinha de haver mais alguma coisa para ela no meio-tempo.

— Bom, mesmo que você esteja trabalhando, espero que ache tempo. Não precisaria ficar muito, dá para vir e voltar de avião no mesmo dia. Quem sabe seu novo *amigo* também não vem?

Lá estava.

— Quem sabe. Ele também é bem ocupado.

— Olha só, finalmente virou uma hollywoodiana — disse a mãe, ácida.

Por um breve instante, o incômodo se instalou dentro dela: *não era isso que você queria?* Era injusto. A mãe não lhe havia pedido um centavo desde que começara a namorar o novo marido. E, mesmo quando Grey era mais jovem, ela não tinha sido uma daquelas mães infernais de atores infantis. Ao contrário das mães das outras crianças que ela sempre via nos testes, cujo único trabalho era levar sua preciosa prole da aula de dança para a aula de canto para a aula de teatro, a mãe de Grey não tinha tempo nem energia para assumir um papel ativo na carreira da filha. Seu irmão mais velho a havia acompanhado nos testes até ela ter idade suficiente para pegar sozinha o trem que levava ao centro da cidade.

Grey sabia que era irracional ter rancor da mãe por permitir que a filha seguisse os sonhos de infância em uma indústria na qual ainda estava voluntariamente envolvida como adulta. Porque, por mais que desejasse não sentir aquilo, por mais que desprezasse as merdas variadas que vinham junto, Grey amava mesmo atuar. Desde o primeiro momento em que subira ao palco no auto de Natal do jardim de infância, não havia outro caminho que a vida poderia ter tomado. Ela amava aquilo, fazia melhor do que qualquer outra coisa e, pelo menos por enquanto, ainda pagava as contas. Tinha sorte.

Ainda assim, quando a mãe tentava conversar sobre qualquer coisa envolvendo sua carreira, algo infantil e feio se desengatilhava dentro de Grey. No fundo, uma parte dela ainda se ressentia por ter sido sobrecarregada com a responsabilidade de ajudar a sustentar a casa antes mesmo de dominar a tabuada.

O resultado era que um abismo tinha se calcificado entre as duas ao longo dos anos. O papel de Grey no sustento da família as havia transformado em algo mais próximo a colegas do que mãe e filha. Teria sido suportável se aquilo se manifestasse como uma distância educada, mas parecia que a mãe também ainda sentia alguma culpa. Assim que Grey foi embora de Nova York, todas as interações ficaram temperadas por provocações passivo-agressivas sobre a carreira de Grey, seu peso, suas finanças ou sua vida pessoal; como se a mãe estivesse tentando se convencer de que tinha se interessado ativamente pela direção da vida de Grey na época em que realmente importava.

— É, bom, você sabe como é — disse Grey, distraída.

A mãe aproveitou a oportunidade para se lançar em um longo monólogo sobre os detalhes do planejamento da festa de formatura de Madison. Era a zona de conversa mais segura para elas: concentrar-se em uma terceira parte neutra. Grey retomou o ritmo da corrida, já que a única contribuição necessária de sua parte era um murmúrio ocasional de concordância. A segunda volta foi mais fácil; qualquer incerteza residual do café da manhã com Ethan foi afogada pela inquietação familiar que vinha da conversa com a mãe. Disso, pelo menos, ela poderia tentar fugir.

Mais tarde, quando terminou a segunda volta e a conversa, Grey encontrou um banco vazio para acabar de se alongar. Enquanto esticava um quadríceps dolorido de cada vez, puxou o celular e percorreu o Instagram. Havia uma notificação de que tinha sido marcada em um post por um novo perfil de fã que aparecera algumas semanas antes, @grethan_updates. No início, o apelido de casal lhe causara vergonha, mas estava começando a se acostumar.

A conta era um registro meticulosamente abrangente de cada movimento dela e de Ethan, uma mistura de fotos de paparazzi e de envios de fãs. Grey não sabia se deveria se sentir lisonjeada ou assustada. Parte dela estava convencida de que era obra de um dos estagiários de Audrey. Ela tinha sua cota de *stan accounts*, mas a maioria era focada em sua personagem de *Paraíso envenenado* e não em sua vida pessoal, e quase todos tinham ficado inativos com o fim da série. Quando ela seguira aquele @grethan_updates, a bio tinha sido imediatamente atualizada com um "GREY SEGUIU DE VOLTA!!!" histérico, acompanhado da data.

Ela se deslocou para alongar a outra perna enquanto olhava para a nova foto em que fora marcada. Seu estômago deu um solavanco. A foto era dela, sozinha, no meio da corrida, usando as mesmas roupas que estava usando no momento. A legenda dizia "@greybrooksofficial correndo no reservatório de Silver Lake", seguida da data. Grey girou a cabeça, tentando em vão identificar o culpado. O caminho estava deserto. Ela estava correndo havia quarenta e cinco minutos; quem quer que fosse provavelmente já estava longe.

Ela abandonou os alongamentos e voltou para o carro, com o coração batendo loucamente no peito. Descansou a testa no volante, respirando fundo, desejando que as mãos parassem de tremer antes de se sentir pronta para dar partida no carro. Uma vez que o choque inicial desapareceu, a adrenalina se esvaiu de seu corpo e ela conseguiu pensar claramente. Não estava correndo perigo de verdade. Devia ser só uma fã um pouco fanática, procurando uma maneira de se sentir importante. Ela era uma figura pública em um lugar público. Era a contrapartida de ganhar mais visibilidade.

Pena que sua carreira ainda não tivesse recebido o memorando. Até agora, aquele acordo só lhe trouxera problemas.

12

ETHAN NOTOU OS PÉS DE GREY antes de qualquer outra coisa. Nunca tinha tido esse fetiche, mas, ao dobrar o corredor e ver aqueles pés descalços pendurados no braço do sofá, ele de repente entendeu por que tinha tantos pervertidos tentando achar eles no Google. Via-se facilmente fechando a mão no calcanhar dela, acariciando a curva delicada do tornozelo, passando pela panturrilha macia, subindo pelo trecho irresistível de coxa mal coberta pelos shorts cortados.

Ela estava deitada de costas no sofá, com o nariz enfiado em uma resma de papéis grampeados. Com base no jeito como a expressão dela mudava quando seus olhos caminhavam pela página, ela estava lendo um roteiro, marcando o arco emocional da personagem. Ele se esqueceu completamente das pernas dela ao focar o rosto, fascinado pela concentração. Deviam ter se passado vários minutos quando enfim os olhos dela o encontraram e ela deu um solavanco e um gritinho de surpresa.

— Há quanto tempo você está aí, seu esquisitão? — perguntou ela, o tom brincalhão, em vez de acusador.

Ele desviou da pergunta.

— O que é isso? É para o seu teste?

Ela se sentou, dobrando as pernas embaixo do corpo e abrindo as folhas grampeadas.

— É. Vai ser daqui a dois dias. Eu mal acredito, parece que estou esperando há séculos. — Ela o olhou através dos cílios, quase com timidez. — Ainda quer ensaiar comigo?

Ethan deu de ombros.

— Vamos ver.

Ele foi para o outro lado do sofá modular e pegou as páginas que Grey estendeu para ele no caminho. Ele se acomodou a uma distância segura dela. Pelo menos, o mais segura possível enquanto ainda estavam no mesmo bairro. Ethan passou os olhos pelas páginas.

— Então, eu vou ler o... Evander?

— Isso. Quer algum contexto, ou tanto faz?

— Pode ser.

Grey balançou as pernas à frente e as cruzou novamente, mexendo as mãos expressivamente enquanto falava.

— Tá. Então, basicamente, tem essa cidade grande e chique, a Cidade Dourada do *título*, óbvio: todo mundo é rico e lindo, tudo é perfeito, blá-blá-blá. Tem algumas famílias reais que controlam tudo. Eu sou de uma, Evander é de outra, está tudo combinado para ele se casar com a minha personagem e herdar tudo. *Mas*, aí, ele descobre, tã, tã, tã, que tem uma classe marginalizada secreta sendo torturada e explorada para fornecer tudo o que eles têm. *Obviamente* ele não pode só seguir vivendo como se estivesse tudo bem agora que a ilusão foi estilhaçada. Uma parada clássica de Alegoria da Caverna, né? Então, aí, tem essa gangue de insurgentes, os noxins, e não ache que eu não vi você revirar os olhos, que eram crianças da realeza, mas se rebelaram e vivem fora da cidade com o resto dos plebeus, tentando derrubar a cidade. Essa é a cena em que Evander está tentando escapar para se juntar a eles durante o grande bacanal anual, sei lá, e eu pego ele no pulo e tento usar minhas artimanhas femininas para convencer ele a ficar.

Ela abaixou as mãos e o olhou com expectativa. Devia estar escrito na cara de Ethan o quanto ele estava se divertindo.

— O que foi?

Ele riu um pouco e sacudiu a cabeça. Podia escutá-la descrevendo aquele livro idiota por horas.

— Nada. Eu gosto do seu jeito de contar.

Ela abaixou bem a cabeça, tentando esconder o próprio sorriso.

— Me avisa quando estiver pronto.

Ethan olhou para a página.

— Acho que a primeira fala é sua.

— Ah. É. — Ela fechou os olhos por um momento, depois o olhou de novo. — Aonde você vai? — O tom dela estava neutro. Ela estava se segurando, claramente com vergonha de passar a cena com ele.

Ele leu no mesmo tom inexpressivo.

— Volta para a festa, Caitlin.

— Catalin — corrigiu ela.

Ele apertou os olhos para o papel.

— Desculpa. Volta para a festa, Catalin.

— Só quando você me falar o que está acontecendo. São aqueles homens, não são? Os noxins? — falou rápido, sem emoção.

Ele pausou por muito tempo, folheando devagar o resto das páginas, perdido em pensamentos. Ela franziu a testa.

— Eu não pulei uma fala, né? — perguntou.

Ele voltou a olhar para ela.

— Acho que deveríamos fazer pra valer.

Ela levantou as sobrancelhas até o cabelo.

— Sério?

Ethan já estava de pé, empurrando a mesa de centro para abrir espaço.

— Fazer de verdade vai ser mais útil do que só garantir que você saiba as falas.

Grey se arrastou do sofá.

— Você que manda, sr. Diretor.

Os dois ficaram de frente um para o outro, meio desconfortáveis.

— Há. Você quer que eu marque o tapa? Ou — ela pausou — alguma outra coisa?

Ele fez que não.

— Manda ver. Em tudo.

Ela contraiu o canto da boca, e o que parecia um tremor involuntário a perpassou. A antecipação do que estava por vir obviamente a eletrizava tanto quanto a ele. Ethan não deveria encorajar aquilo. Mas era tudo pelo bem da carreira dela, uma boa ação altruísta. Ele estava usando sua experiência para ser mentor dela, só isso.

Ela sacudiu os braços um pouco para disfarçar a reação.

— Sim, senhor — disse, com um brilho travesso nos olhos.

Ethan deu as costas para ela e avançou alguns passos. Escutou a voz dela atrás dele, imperiosa, atravessada por um fio de vulnerabilidade.

— Aonde você vai?

Ele girou para olhá-la, com um tom de alerta na voz.

— Volta para a festa, Catalin.

Ela levantou o queixo e deu um passo tímido na direção dele.

— Só quando você me disser o que está acontecendo. — Seus olhos reluziram de leve, e ela abaixou a voz: — São aqueles homens, não são? Os noxins?

Ele olhou o roteiro. Estava tentado a fazer o monólogo que se seguia da forma melodramática que o texto merecia, mas pensou melhor. Fazer pouco do material tão abertamente iria contra o propósito do exercício.

Ele percebeu, com um choque, que fazia anos que não atuava em nada. Nesse tempo, tinha sido demovido de protagonista de franquia bilionária para parceiro de cena de teste na sala de estar. Surpreendentemente, a revelação era libertadora, em vez de humilhante. Ele se permitiu entrar no personagem, atacando as falas com seriedade.

— E se for? Eu não consigo parar de pensar neles. Você consegue? Só penso no custo de tudo isso. No sofrimento. Nos milhares que pisoteamos todos os dias pelo nosso próprio conforto. Está manchado. Tudo. Não posso mais viver nem um segundo assim.

Grey o olhou por um longo momento, suas emoções mudando de confusão a horror. Lentamente, seu rosto foi tomado de compreensão. Sua voz estava oca, resignada.

— Você vai com eles.

Ethan deu mais um passo na direção dela.

— Vou. Preciso fazer a coisa certa. Não tenho um bom motivo para ficar.

Grey ficou indignada.

— E sua família? Seu destino? — Ela olhou para baixo, hesitante, depois encontrou de novo o olhar dele, a voz tremendo. — E eu?

Ethan diminuiu a distância entre os dois e pegou a mão dela.

— Achei que você fosse ficar aliviada. Está livre agora. Não precisa se casar comigo. Pode ficar com Kyran.

Grey tentou rir, mas a risada se prendeu na garganta. Ela o olhou, incrédula.

— O que te faz pensar que eu quero ficar com Kyran?

— Eu vi... Eu achei...

Ela colocou a mão no rosto dele e o olhou com lágrimas nos olhos. Suas próximas palavras saíram em um sussurro rouco.

— Você se enganou. É você. Sempre foi você.

Ela colocou a outra mão no rosto dele e o puxou para baixo, para a boca encontrar a dela. Ele esperava que ela hesitasse, pelo menos por uma fração de segundo, mas ela mergulhou sem pensar duas vezes.

Apesar do esforço, ele não conseguia se lembrar *de verdade* do beijo da noite da estreia. Estava bastante seguro de não ter feito nada horrivelmente inadequado. Só lembrava que tinha gostado e que parecia a única coisa a fazer na hora. Quaisquer que fossem as lembranças nebulosas que ele tinha daquele selinho pretensioso, no entanto, foram apagadas pelo imediatismo desse novo beijo, pela paixão e pela súplica por trás dele.

Grey escorregou as mãos pelo cabelo dele, e as sensações combinadas de seus dedos e lábios eram tão aniquiladoras que Ethan quase esqueceu onde estava, o que deveria estar fazendo. O sabor do sal misturou-se com a doçura da boca dela, e ele recuou um pouco e viu que ela estava chorando. Ah, é. A cena. Ele apoiou a testa na dela e enxugou uma lágrima com o polegar, roubando um olhar para as páginas do roteiro na outra mão.

— Desculpa. Preciso ir — murmurou ele.

Ela abaixou as mãos para sua camisa, agarrando o tecido com tanta força que ele achou que fosse rasgar.

— Não. Por favor. Fica. — As palavras eram quase inaudíveis, os olhos dela fechados com força.

Ela se inclinou para beijá-lo outra vez, com uma ternura dolorosa. Ele saboreou o lábio inferior carnudo. Sem pensar, passou a língua pelo meio de seus lábios levemente abertos. Ela gemeu baixinho e soltou a camisa dele, deslizando as mãos por seu peito e as cruzando em seu pescoço enquanto apertava o corpo contra o dele.

Porra. Ele estava duro pra caralho. Não tinha como ela não sentir. Mas ele só teve uma fração de segundo para se preocupar antes de ela abruptamente interromper o beijo e dar um tapa na cara dele.

Ethan jurou ter visto estrelas de verdade. A mudança brusca do prazer de beijá-la para a dor do tapa o fez cambalear. Ele quase não ouviu a fala seguinte dela.

— Não faça isso comigo. Não ouse. — O tom dela era cortante.

Ele estava ofegante, o que, felizmente, funcionava como escolha para a cena.

— Catalin, eu…

Ela o interrompeu, e um tremor de medo quebrou sua postura indiferente.

— Se você for embora agora, nunca vai conseguir passar pelo portão.

Ethan respirou fundo, desejando que o coração acelerado voltasse ao normal. Falou devagar, medindo cada palavra:

— Se eu morrer, morri. Mas, pelo menos, vou morrer em busca do que é certo.

Ele deu as costas a ela.

— Espera! — gritou ela.

Ele se virou e precisou de novo recuperar o fôlego. O rosto de Grey estava vermelho de chorar, os olhos arregalados e brilhando de emoção. Ela estava radiante pra caralho, além de acertar cada deixa da cena. Ele inconscientemente havia pressuposto que a incapacidade dela de conseguir mais trabalhos se devia pelo menos em parte às suas habilidades como atriz. Ethan percebeu quanto a tinha subestimado.

Ela mordeu o lábio inchado.

— Se me perguntarem… eu nunca te vi.

Ele fechou o espaço entre os dois com um passo, segurando o rosto dela de novo.

— Essa é minha garota.

Ela levantou os olhos para ele, o rosto aberto e vulnerável, mas nublado de preocupação.

— Boa sorte — sussurrou ela, levantando a mão para traçar a linha do maxilar dele, como se para memorizá-la. — Eu… eu te amo.

O roteiro pedia que a cena acabasse com um último beijo, e Ethan tomou de novo a boca dela sem hesitar. Ela se afastou, de olhos vidrados, parecendo tão confusa quanto ele se sentia. Os dois se olharam por um longo momento carregado. Grey tentou falar primeiro.

— Isso...

Ela mal conseguiu pronunciar a palavra antes de ele prender o braço em torno da cintura dela e a puxar com força, cobrindo sua boca com a dele. Se ela falasse, o feitiço seria quebrado, a cena acabaria, e ele não teria mais desculpas para beijá-la. Essa perspectiva era inaceitável. Ele a beijou com fome, desesperado, e ela devolveu na mesma intensidade, enroscando de novo as mãos em seu cabelo. Ele gemeu, um rosnado involuntário bem no fundo da garganta, e passou as mãos pelas costas dela.

Ele queria tocá-la em todos os lugares, queria aquilo havia semanas, mas, agora que finalmente tinha a oportunidade, não sabia por onde começar. Ele não queria abusar da sorte, embora, a julgar pela ânsia da língua dela se misturando com a dele, tivesse muita margem de manobra. Ele deslizou as mãos pela curva exuberante de sua bunda e apertou. Ela respondeu gemendo na boca dele e roçando o quadril no dele.

Bom, aquilo respondia à questão. Em um instante, ele a levantou do chão e a carregou alguns passos até o sofá. Assim que ele a deitou, ela enroscou as pernas nuas nele, agarrou a camisa dele e puxou seu rosto de volta para o dela. Ele nem se lembrava da última vez que tinha ficado tão excitado, tão enlouquecido de desejo. Lá no fundo, sabia que não deveria tê-la ali mesmo no sofá, mas não conseguia, por nada na vida, lembrar por que não.

Ele estava totalmente sóbrio, mas se sentia bêbado de Grey. Bêbado com o cheiro dela, os suspiros, a pele macia sob as mãos dele. Ele se afastou da boca dela e enterrou o rosto no pescoço dela, aquele pescoço exasperante, mordiscando e chupando a pele sensível. Ela ofegou, e o som foi direto para o pau de Ethan, assegurando que as últimas funções do cérebro dele fossem definitivamente desligadas.

De repente, ela ficou tensa e mudou de posição embaixo dele, que levantou a cabeça. Sua mente se clareou o bastante para registrar o som de um telefone tocando. O dele, aliás. Ela encontrou os olhos dele em um questionamento, respirando forte. Ele sacudiu a cabeça e voltou a boca à dela, deslizando as mãos por baixo da camiseta de Grey e por seu tronco.

Desta vez, os dois ouviram: o celular *dela*, vibrando como uma vespa empata-foda, na almofada ao lado da cabeça de Grey. O nome na tela era grande o suficiente para os dois enxergarem daquela posição comprometedora: Audrey Aoki. Eles se olharam, a mesma compreensão infeliz caindo sobre os dois ao mesmo tempo. O momento tinha passado. De volta à realidade.

— *Caralho* — resmungou ele, sentando-se com dificuldade enquanto Grey se apressava a fazer o mesmo e pegava o celular, deslizando para atender à chamada.

Ela ajoelhou no sofá, com o rosto vermelho e o cabelo em uma nuvem emaranhada, incapaz de encarar Ethan.

A voz dela saiu como um guincho agudo e ofegante.

— Alô? Oi? Audrey, o-oi! — gaguejou. — Quê? Sim, não, sim, está tudo bem. Posso falar. — Ela pausou, escutando a resposta de Audrey. — Hã. Sim. Ele está aqui, sim. Espera.

Ela se atrapalhou com o celular, as mãos tremendo, tentando colocar Audrey no viva-voz. Enfim apertou o botão certo, e a voz de Audrey saiu pelo telefone. Grey mudou um pouco de posição, como se tentasse empurrar o aparelho mais para perto dele, embora parecesse nervosa demais para se aproximar mais do que um centímetro.

— Grey? Ethan? Estão aí?

— Oi, Aud — disse Ethan, tentando manter o tom leve enquanto o sangue abandonava a virilha devagar e dolorosamente, voltando a circular pelo resto do corpo.

— Espero que vocês dois não estejam se metendo em confusão por aí — cantarolou Audrey.

Grey e Ethan trocaram um olhar culpado antes de ela rapidamente desviar o olhar.

— Estamos nos esforçando — respondeu Ethan.

— Para não fazer isso — completou Grey rápido. — Estamos nos esforçando... para não fazer isso.

Ela fez uma careta.

— Ótimo, ótimo. Só estou ligando porque tenho umas notícias *muito* animadoras que queria contar imediatamente para os dois. — Ela pausou, claramente esperando que mordessem a isca e pedissem mais detalhes. Nenhum dos dois disse uma palavra. — Fechei sua grande entrevista: uma reportagem de capa com um ensaio de oito páginas na *Vanity Fair*, escrita por Sugar Clarke.

— Quem? — resmungou Ethan.

— Você não leu o perfil de Merritt Valentine que ela escreveu? A primeira entrevista de Merritt em dez anos? Foi incrível. *Todo mundo* estava falando disso.

Ethan conhecia Merritt, mais ou menos, mas não tinha ideia de a que perfil Audrey estava se referindo. Grey, porém, parecia saber. Ela fechou os olhos, o rosto tenso.

— Uau, que notícia ótima, Audrey — disse Grey, seu tom carregando o entusiasmo que faltava na expressão.

— Ou seja, vocês vão precisar estar tinindo. Sugar é muito afiada e observadora, é o trabalho dela. Vocês dois vão passar *muito* tempo com ela, e ela vai farejar qualquer palhaçada na hora.

Grey engoliu em seco a ponto de Ethan quase ouvir um efeito sonoro de desenho animado.

— Saquei. Vamos ser… — Ele parou, procurando a palavra certa. — Convincentes.

— Perfeito. Você sabe que adoro ouvir isso. E tenho mais uma coisa alinhada que vai ajudar vocês a terem mais tempo de qualidade juntos. O resort Blue Oasis em Palm Springs terminou a reforma e vai fazer um *soft opening*. Eles ofereceram uma hospedagem de luxo para vocês no fim de semana que vem. Prontos para as primeiras férias de casal?

Eles se olharam por muito tempo. Os olhos de Grey estavam remotos e ilegíveis. Por fim, ela respondeu:

— Nunca estive tão pronta.

13

GREY ESTAVA MEXENDO NERVOSA no ar-condicionado. Ethan havia chegado para pegá-la sem o Ozzy e o Bentley, batucando com os dedos no volante de um Bronco vintage cor de tijolo. Ela ficou aliviada e contrariada ao vê-lo sozinho: aliviada por não terem que fingir ser um casal apaixonado durante todo o trajeto de duas horas até Palm Springs, contrariada com a perspectiva do maior período de tempo a sós com Ethan que teria até então.

Além do mais, embora fosse secundário, ela não tinha certeza do quanto confiava nele ao volante. Quando ela entrou no banco do passageiro, porém, ele parecia sóbrio e alerta, ainda que não especialmente conversador. Mas que novidade. Embora o Bronco fosse mais apropriado para a ocasião do que o Bentley, o ar-condicionado não funcionava direito, e abrir as janelas não ajudava muito a compensar o sol incessante que batia no teto do carro. Após trinta minutos de silêncio, Grey estava suando como se estivesse sob interrogatório. Ela sentia fios de cabelo eriçados escapando da trança e roçando seu rosto, zombando dela com a informação de que ela estava ficando mais desgrenhada a cada segundo.

Ela queria agradecer pela ajuda dele no teste, mas sabia que qualquer menção àquilo levaria inevitavelmente a pensamentos sobre o que veio logo depois. Estava claro que ambos estavam ansiosos para evitar aquele assunto em particular, mas era mais difícil do que parecia. Caramba, ela estava pensando naquilo agorinha, e eles mal haviam trocado dez palavras.

Mas o teste *tinha* corrido bem. Owen Chambers, o ator que já havia sido escalado como Evander meses antes, era fofo e tímido, e Grey se sentira imediatamente à vontade com ele. Beijá-lo tinha sido agradável, gostoso, até, mas nada parecido com a sensação de colocar o dedo na tomada que era beijar Ethan. Ainda bem, já que o diretor, o diretor de elenco e os executivos do estúdio provavelmente não teriam gostado que os dois terminassem o teste se roçando desesperados.

Ela queria saber o que ele pensava sobre o assunto. Será que se arrependia? Com certeza parecera chateado por terem sido interrompidos. Depois que desligaram o telefonema com Audrey, ele tinha murmurado alguma desculpa e se trancado no escritório. Se ao menos houvesse alguma maneira de descobrir os verdadeiros sentimentos de Ethan, como abrir a boca e perguntar... Não, era fácil demais. Tinha que haver uma pegadinha. Ela o olhou de soslaio, com uma mão solta sobre o volante, os olhos impenetráveis atrás de óculos aviadores espelhados. Ah, é. A pegadinha era que ele era uma porra de uma parede de tijolos.

Enquanto tentava fazer as malas para o fim de semana, ela havia odiado mais do que nunca tudo o que tinha no armário. Com Kamilah ainda desaparecida no mundo, Grey tinha cruzado os dedos e mandado uma mensagem pedindo ajuda a Mia. Para sua surpresa, Mia concordara entusiasmada, arrastando-a para Venice para passar uma tarde preguiçosa perambulando pelas lojas da moda no Abbot Kinney Boulevard. Enquanto passava o cartão de crédito sem parar, Grey se perguntava com pesar se podia enviar os recibos para Audrey reembolsá-la. Entre o filme de sucesso de Mia e o relacionamento de sucesso de Grey, as duas tinham atraído atenção suficiente para a saída casual quase parecer um trabalho.

Mia também a tinha convencido a depilar a virilha com cera de açúcar. Grey estava relutante depois de uma experiência traumática de depilação com cera, mas Mia prometeu que seria menos doloroso. Foi mesmo um pouco melhor, e Grey tinha que admitir que o resultado valia a pena. Parecia o mesmo tipo de gesto ingenuamente otimista de quando ela havia depilado as pernas pela primeira vez antes de ir ver sua *boy band* favorita no sexto ano, como se precisasse estar totalmente preparada para a possibilidade de que eles a espiassem no meio da multidão e a convidassem para alguma coisa quente abaixo do joelho. Mas, tanto na época como agora, nunca fazia mal estar preparada demais.

Depois das compras, elas tinham ido para um bar de vinhos pouco iluminado para dividir *tapas* e uma jarra de sangria. Grey lamentava não ter conhecido Mia melhor enquanto eram colegas de trabalho; mas, bom, as duas eram muito reservadas na época. De qualquer forma, a tarde tinha sido uma delícia. Mia tinha uma risada fácil, calorosa e contagiante, uma qualidade que Grey sempre invejara. Ela ficara sabendo que o objetivo original de Mia era ser pediatra, e que ela começara aceitando trabalhos de modelo e atriz para ajudar a pagar a faculdade, mas havia abandonado os estudos pré-medicina quando a carreira começou a ganhar contornos inesperados.

— Mas ainda quero voltar, em algum momento. Isso tudo não vai durar para sempre, sabe?

O dia todo, Mia tinha cutucado Grey, atrás de informações sobre Ethan, mas ela conseguira contornar a maioria das tentativas de conversa de menina com alguns "Ele é uma pessoa muito discreta" bem-posicionados. Quando Mia mencionara a vida sexual deles, Grey ficou tão vermelha que a risada de Mia pôde ser ouvida em um raio de três quarteirões.

— Essa cara me diz tudo o que preciso saber.

Grey queria que Mia compartilhasse o que ela sabia, porque a própria Grey não fazia ideia. Suas emoções tinham se acomodado em um nó no estômago que parecia impossível de desatar. Era tensão sexual não resolvida, claro, mas havia algo mais. Qualquer broto de carinho que ela tivesse conseguido arrancar pelas raízes nas semanas anteriores tinha voltado a germinar com força total depois do momento roubado de apalpadas frenéticas. Talvez eles só precisassem transar uma vez, tirar aquilo da cabeça e seguir com o relacionamento de mentira como adultos maduros.

— Então, vamos lá? — disse Ethan do nada.

Grey deu um pulo, convencida de que ele tinha lido sua mente.

— Vamos aonde? — perguntou ela, de repente mais suada do que nunca.

— Sabe. Se conhecer. Para a repórter não nos desmascarar.

Grey soltou um suspiro de alívio.

— Ah, sim. Claro.

Eles seguiram em silêncio por mais alguns minutos.

— Ótimo começo — murmurou Grey baixinho, e Ethan riu.

— Não sei bem como fazer isto. Me conta de você? Pode ser?

— Por que a gente não revisa o que você já sabe? Aí preencho as lacunas.

Grey abaixou o Led Zeppelin no rádio. O carro era velho demais para qualquer um dos dois colocar a própria música, então estavam ouvindo a estação FM de rock de pai.

Ethan respirou fundo, dramático.

— Tá bom. Nome: Emily Grey Brooks.

— Muito bom.

— Idade: vinte e… sete? Ainda? Você já fez 28?

— Ainda não.

— Quando é seu aniversário?

Grey o olhou de soslaio.

— Dia vinte e dois de abril.

— Vinte e dois de abril — repetiu ele baixinho. — Está chegando. Formada na… desculpa, *estudou* na USC. — Ele franziu a testa. — Eu nem sei onde você nasceu. Você foi criada em Los Angeles?

— Não, em Nova York. Westchester.

Ethan a olhou, surpreso.

— Eu também sou de Nova York.

— Sim, eu sei — disse ela, automaticamente.

— Como eu não sabia disso?

Ela deu de ombros.

— Nunca surgiu na conversa.

— Eu não conheço Westchester muito bem.

— Não está perdendo grande coisa. Mas tenho saudade de Nova York, vivia indo quando comecei a trabalhar. — Ela virou a cabeça bem pouco, olhando-o o máximo que conseguia sem de fato olhar para ele. Era mais fácil falar assim. — Você tem saudade?

Ethan levou um tempo considerando a pergunta.

— Sim e não. Eu sinto… sinto saudade do quanto era denso. Sinto saudade das pessoas. Sinto saudade de não poder sair pela porta sem ver uma dezena de pessoas de todo tipo. Você nunca fica sozinho.

— Sério?

Ele a olhou de relance.

— Isso te surpreende?

— Assim… — Ela escolheu as palavras com cuidado. — Você podia ficar cercado de gente o tempo todo se quisesse.

— Aqui, é diferente. Em Nova York, as pessoas me deixam em paz. Olham, lógico, mas tem menos gente vindo falar, menos paparazzi. Dá para só ser anônimo. Quando eu morava lá foi a última vez que eu *fui* anônimo, acho. Sinto saudade dessa parte.

— Não acho que seja possível você ser anônimo.

Ethan deu de ombros, apertando os lábios.

— É. Talvez não.

Vários minutos se passaram sem nenhum dos dois dizer uma palavra. Grey pressupôs que ele já tivesse ficado entediado com a papagaiada de "se conhecer" e olhou pela janela. Tomou um susto quando o ouviu falar de novo.

— Você sabe o *meu* aniversário?

Ela sentiu um frio na barriga de ansiedade.

— Por quê?

O sorriso dele se aprofundou.

— Você já sabe tudo de mim — disse Ethan, provocando.

A boca de Grey se abriu, e seu rosto ficou vermelho.

— Quê? Você acha que eu sou, tipo, uma superfã *stalker*?

Que merda. Pelo visto, aquilo respondia à pergunta sobre o que ele achava dela: uma groupie promovida, basicamente.

— Então você não sabe.

— Não! — *Dia 3 de setembro.* — Nossa, se enxerga.

Grey o olhou de soslaio, vendo o humor enrugando o canto dos olhos dele atrás dos óculos escuros, e sentiu uma onda de coragem. Ela precisava saber, *imediatamente*, ou o fim de semana seria insuportável.

— Obrigada pela ajuda no meu teste, aliás. Foi bem, acho. Você é um parceiro de cena bem comprometido.

O rosto de Ethan se afrouxou como se alguém tivesse puxado a cordinha dele. Ele ficou em silêncio por um longo momento, depois estendeu a mão para ela. Ela se encolheu, mas ele estava só abaixando mais o rádio.

Ethan pigarreou.

— Escuta. Grey.

Ela estava escutando, sim, mas mais vários segundos se passaram em um silêncio carregado antes de ele dizer algo.

— O que aconteceu no outro dia… Acho que todos já passamos por isso, né? A gente se envolveu um pouco demais na cena, se deixou levar. Acontece. Não foi… Quer dizer, deveríamos ter parado antes… — Ele parou, depois recomeçou. — Só precisamos ser profissionais.

Grey não conseguiu se conter. Ele parecia tão agitado que ela precisava provocá-lo um pouco.

— Profissionais. Certo. Tipo as nossas últimas relações com nossos colegas de elenco?

— E olha como deu certo para a gente — murmurou ele baixinho.

Ela o olhou, desta vez de verdade, um pouco surpresa com a morbidez da reação dele. A boca dele virara uma linha bem tensa.

Talvez não fosse a melhor hora, afinal, de mencionar a ideia de sexo casual.

Eles chegaram ao Blue Oasis no fim da tarde. A fachada ainda tinha o design colonial espanhol original, impecavelmente preservado desde a época em que aquele era o refúgio supremo das estrelas de Hollywood dos anos 1920 e 1930. No entanto, nos cinco anos anteriores, o interior havia sido cuidadosamente reformado para ser o ápice da conveniência moderna. Eles foram levados à sua hospedagem, que se parecia mais com uma casa de luxo do que qualquer quarto de hotel em que Grey já havia ficado.

Havia uma cozinha completa, uma área de estar com um enorme sofá e um lavabo, um quarto de casal com closet e um banheiro gigantesco com dois chuveiros e jacuzzi grande. Na parte externa, uma cerca alta ladeada com palmeiras proporcionava privacidade para o pequeno pátio com piscina particular. O refúgio perfeito para um casal.

Quando Audrey dissera “fim de semana”, Grey havia pressuposto que eles ficariam lá de sexta a domingo, mas aparentemente a definição dela era chegar na quinta e sair na segunda. Cinco dias, quatro noites.

Uma cama.

— Posso ficar com o sofá — ofereceu Ethan assim que o bagageiro depositou as malas no chão. — Parece ser sofá-cama. Podia ser pior.

— Ótimo — concordou Grey, se repreendendo internamente por chegar a pensar por um momento que ele talvez considerasse dividir a cama com ela.

Ela levou as malas para o quarto e entrou no banheiro para se refrescar. Quando voltou à sala, Ethan estava examinando a extravagante cesta que o resort havia deixado na mesa de centro, que incluía uma garrafa cara de champanhe e vários morangos cobertos de chocolate. Ele pegou um e inspecionou.

— Quer ir para o lobby e dar na boca um do outro?

Grey riu.

— Leva o champanhe também, para você sacudir e jogar no meu corpo todo.

Ethan pareceu atordoado.

— Hã. Eu quis dizer para as câmeras. Deixa pra lá. — Ela mudou o peso de um pé para o outro, desesperada para mudar de assunto. — A que horas é nossa reserva do jantar? Sete? Acho que vou explorar um pouco. Quer vir?

Ela ficou um pouco aliviada quando ele fez que não.

— Vou ficar por aqui agora. Talvez tomar um banho. Mas pode ir curtir.

Ele chutou os sapatos para longe e se espalhou no sofá, atirando um braço no rosto em um gesto dramático. Grey se permitiu um olhar longo e lânguido para ele; a posição de seu braço revelava vários centímetros tentadores de pele entre a barra da camiseta e a cintura da calça. Ela se perguntou como ele reagiria se ela atravessasse a sala e se sentasse no colo dele, empurrando a camisa para cima e cobrindo o terreno de seu tronco com as mãos e a boca. Agora que sabia como era a sensação de tê-lo em cima dela, com a prova firme de sua excitação pressionada contra o corpo, a fantasia era mais real do que nunca.

A pior parte era que ela sabia que ele não a empurraria para longe. Era o que aconteceria depois que a impedia. Se as coisas ficassem estranhas entre os dois naquela viagem, não havia nenhum escritório para o qual ele se retirar, nenhuma casa própria onde ela se esconder por alguns dias.

Ethan desviou um pouco o braço e espiou-a, pegando-a com a boca na botija. Com os olhos na botija?

— Você continua aqui?

— Eu, é... esqueci uma coisa. — Grey entrou correndo no quarto e vasculhou a bolsa, tirando os óculos de sol e um boné. Ela os colocou ao sair da sala. — Preciso ficar disfarçada, sabe?

Ethan fez que sim, sério.

— Naturalmente. Acho que tenho um bigode falso na minha nécessaire, se precisar.

Grey deu risada.

— Não sei se cheguei nesse nível, mas obrigada pela oferta.

GREY SÓ VOLTOU UMA HORA ANTES DA RESERVA DO JANTAR, CUMPRIMENTANDO Ethan rapidamente antes de se trancar no quarto. Ele escutou o chuveiro. Ele tinha tomado banho pouco depois de ela sair e se masturbado duas vezes. Não ia arriscar.

Era inacreditável. Ele não transava com ninguém desde o divórcio, e, na maior parte do tempo, não tinha muita vontade. Mas ali estava, incapaz de pensar direito perto dela sem gozar primeiro, feito um adolescente tarado. Ele tinha chegado perigosamente perto de perder o controle com ela naquele dia no sofá de casa. Não queria nem pensar no que teria acontecido se não tivessem sido interrompidos pela ligação de Audrey. Mas, claro, Ethan *tinha* pensado, não tinha conseguido parar de pensar. Já era difícil o bastante ficar sem pensar em Grey estando sozinho em casa, quanto mais sabendo que ela estava, naquele momento, a apenas alguns poucos passos, nua e toda molhada.

O fim de semana ia ser um pesadelo.

No início, ele tinha achado que talvez fosse só por ter desacostumado a estar perto de uma mulher bonita nos últimos anos. Devia ser a novidade.

Só que Ethan já namorara. Tinha sido casado. Com certeza tivera mais que sua cota de casos. Nada fora igual àquilo. A presença de Grey acendia partes dele que ele nem sabia que existiam. Era apavorante.

Quando ela deslizou a porta do quarto, quarenta e cinco minutos depois, ele não conseguiu deixar de olhar abertamente. Ela estava com um vestido longo feito de um material leve que se agarrava ao seu corpo e o modelava de forma tão atraente que quase parecia mágica.

O tecido parecia frágil o suficiente para derreter sob o calor do toque dele. Ethan meio que esperou que acontecesse exatamente isso ao descansar a mão na lombar dela para guiá-la porta afora. Contudo, logo descobriu que a frente única do vestido deixava as costas inteiras dela expostas, e a palma de sua mão encostou direto nas covinhas da lombar de Grey.

A sensação inesperada de contato total de pele com pele quase o fez puxar involuntariamente a mão, como se tivesse sido escaldado. Ao mesmo tempo, ele sentia que não conseguiria parar de tocá-la nem se sua vida dependesse disso.

Aos poucos, eles foram descendo em direção ao Oasis Lounge. Grey definiu o ritmo, dando cada passo com cuidado para não enfiar os saltos agulha entre os paralelepípedos. Ethan rapidamente reposicionou a mão no corpo dela, deslizando-a ao redor de sua cintura e pegando a outra mão dela para ajudá-la a se manter firme.

Embora eles ouvissem sons distantes de risos e pessoas mergulhando na área da piscina principal, o caminho estava deserto.

— Tive uma ideia — disse Grey de repente, ainda focada com afinco no caminho.

— Ah, é?

— Vamos fazer o jogo das trinta e seis perguntas?

— O quê?

Ela se apoiou um pouco mais nele ao andar por um trecho particularmente ruim do terreno. Ethan torceu para ela não sentir o coração dele batendo mais forte.

— Sabe, as trinta e seis perguntas que fazem desconhecidos se apaixonarem? — Como se arrependida do que havia dito, ela imediatamente tentou voltar atrás. — Quer dizer. Elas só ajudam a encorajar intimidade e tal. Foi um psicólogo que inventou. Pode valer a tentativa.

Ethan a apertou com mais força, considerando.

— Você não tem medo de a gente se apaixonar? — perguntou, seco.

Grey girou a cabeça com tudo na direção dele.

— Quê? — disse, um pouco alto demais.

Naquele exato momento, seu salto caiu bem numa rachadura entre as pedras, e o tornozelo virou. Ethan tentou segurá-la, mas só conseguiu vê-la cair em câmera lenta, escorregando de seus braços para o chão.

— *Puta que pariu*, esses sapatos de *merda* — resmungou ela, rolando para uma posição sentada e agarrando o tornozelo.

Ethan na mesma hora se agachou ao lado dela, afastando a saia do vestido para examinar o estrago.

— Não, tudo bem, não precisa... estou bem... — insistiu Grey, embora ambos pudessem ver que o tornozelo já estava inchando que nem um balão. — Só me levanta, se eu andar vai melhorar.

Ethan duvidava, mas mesmo assim deixou que ela o abraçasse pelo pescoço para se levantar. Ela tentou timidamente fazer pressão no pé machucado, mas sibilou de dor, enfiando as unhas no ombro dele.

— Ok, já chega disso — proclamou Ethan e, em um só movimento, tirou as pernas dela do chão e a pegou no colo.

Ela arquejou em protesto.

— Espera! Mas e a nossa reserva?

— Foda-se nossa reserva — respondeu ele, caminhando de volta ao quarto. Grey era meio alta, e não especialmente leve, mas os dois mal tinham se afastado trinta metros da porta. Ia ser tranquilo. — Você vai direto para a cama.

Ela pareceu estar prestes a resistir, mas, em vez disso, acomodou a cabeça no espaço entre o pescoço e o ombro dele com um pequeno suspiro. Ele a segurou mais apertado e tentou manter suas intenções focadas, repetindo-as sem parar como um mantra: levá-la para casa. Cuidar do tornozelo dela. E deixá-la em paz.

Levá-la para casa. Cuidar do tornozelo dela. Deixá-la em paz.

14

ETHAN NÃO SOSSEGARA DESDE O momento em que tirara a chave do quarto do bolso, abrira a porta com o ombro e depositara Grey no sofá. Ele imediatamente apoiara a perna dela em uma pilha de travesseiros e tirara a sandália de salto alto suavemente, quase com ternura. Quando a mão dele roçara um ponto particularmente dolorido e ela se encolhera de dor, ele tinha parado e a olhado com tanta preocupação que o coração de Grey parou por um instante.

Em pouco tempo, ele a ajeitou na cama, em cima da torre de travesseiros, com o celular em uma mão e o controle remoto da televisão na outra. Grey ficou de olho nele, porém, seguindo seus movimentos enquanto ele andava pelo quarto falando ao telefone com a recepção. Ele pediu, com educação e firmeza, que cancelassem a reserva de jantar e enviassem o médico do resort e todas as bolsas de gelo que conseguissem. Cinco minutos depois de desligar, decidiu que não podia esperar e saiu do quarto para procurar um pouco de gelo por conta própria.

Sem ele ali, ela teve uma chance de respirar. Tentou flexionar o pé, gemendo quando a dor lhe subiu pela canela. O tornozelo começava a ficar com um tom de roxo encantador. Que ótimo. Depois de apenas três horas do tempo prolongado de intimidade com Ethan, ela já havia se transformado em uma daquelas mocinhas desastradas de filme que mal conseguiam sair da cama sem cair e quebrar o nariz — de um jeito fofo, claro. Era nisso que dava trocar as plataformas baixas de sempre por saltos agulha de treze centímetros, do tipo que ela sempre se recusara a usar na série. Ela jurou devolver os sapatos traiçoeiros assim que chegasse em casa.

O médico apareceu pouco antes de Ethan voltar. Ele examinou Grey e concluiu que provavelmente era apenas uma entorse, mas que era melhor ela fazer uma radiografia quando retornasse a Los Angeles, só por segurança. Ele enfaixou o tornozelo dela e a encheu de equipamentos: muletas, bolsas de gelo, curativos, cartelinhas individuais de ibuprofeno. Só um pouco menos glamoroso do que a bolsinha de brindes dos patrocinadores do Emmy.

Depois que o médico saiu, Ethan hesitou na porta.

— Está tudo bem?

— Mais que bem. Não é nada. Sério. Só que... — Ela hesitou. — Estou com bastante fome.

Ethan suspirou, balançando a cabeça.

— Claro. O jantar. Esqueci totalmente.

Ele pegou o cardápio de serviço de quarto e se jogou na cama, passando o menu para ela. Ela folheou enquanto ele espiava ao lado, o queixo perigosamente perto de roçar seu ombro. Grey examinou as páginas para a frente, depois para trás, depois para a frente de novo.

— Alguma coisa te interessou? — perguntou Ethan enfim.

— Sinceramente, a única coisa que chamou mesmo minha atenção foram os waffles belgas com bacon, mas eles só servem café da manhã até as onze. — Ela virou a página mais uma vez. — Acho que vou querer o hambúrguer de shitake. Por favor.

Ethan pegou o cardápio da mão dela com um floreio dramático.

— Pode deixar.

Ele desapareceu na sala para dar o telefonema. Ela torceu para ele voltar, mas escutou pela porta a televisão do outro cômodo zunindo baixinho.

Grey usou a oportunidade para ir mancando até o banheiro, lavar o rosto e dar um jeito de trocar o vestido por calça de moletom e regata. Ela tinha acabado de se acomodar de novo na cama quando ouviu uma batida na porta, seguida pela voz abafada de Ethan. Um momento depois, ele entrou empurrando o carrinho de serviço de quarto e colocou uma das bandejas na cama ao lado dela.

— Que rápido — comentou Grey, levantando a tampa da bandeja para revelar...

Ela prendeu a respiração. Dois waffles dourados, rodeados de pratinhos contendo frutas vermelhas frescas, xarope de bordo e manteiga. Ela espiou embaixo da tampa do prato menor e descobriu quatro fatias de bacon perfeitamente crocantes.

Grey levantou os olhos para ele, a boca aberta.

— Como você...

Ethan deu de ombros, tentando parecer indiferente, mas obviamente satisfeito pela reação dela.

— Não sei se você sabe disso, mas eu sou *muito* famoso — disse.

Grey reconheceu na mesma hora suas próprias palavras a ele no primeiro jantar juntos. Ela riu, mas só porque desconfiava de que estava prestes a chorar.

— Que bom que você está usando seus poderes para o bem, em vez de para o mal. Para variar.

— É importante manter equilíbrio no universo.

Ele pegou a outra bandeja e se virou para a sala.

— Espera! — gritou ela antes de conseguir se conter. Ele inclinou a cabeça para o lado, em dúvida. Ela já tinha aberto a bocona, era melhor continuar. — Você não vai comer comigo?

Ethan ficou paralisado. Mas, então, levantou de leve o canto da boca.

— Claro. Tá bom.

Ele colocou a bandeja na mesa, depois saiu para a sala de estar e pegou algumas almofadas do sofá, já que todos os travesseiros da cama estavam atrás das costas dela ou embaixo do tornozelo. Ele abriu o frigobar, considerou o conteúdo e puxou uma garrafa de cerveja, tirando a tampa. Posicionou-se a uma distância respeitosa dela e levantou a tampa do próprio prato. Grey espiou para ver o que ele tinha pedido.

— É o hambúrguer de shitake?

Ele sorriu.

— Estava com uma cara boa.

Grey equilibrou o prato no colo e soterrou os waffles de coberturas.

— Quer trocar umas batatinhas por uma fatia de bacon?

— Fechado.

Eles comeram em um silêncio amigável por alguns minutos. Os waffles eram tudo o que Grey esperava e, uma vez que a fome diminuiu, ela começou a relaxar. Talvez fosse o efeito cumulativo dos dois meses estranhos, mas aquela situação era meio... confortável. Natural. Palavras que ela definitivamente não associava com o relacionamento com Ethan.

— Quer ver TV, talvez? — perguntou ela.

Ethan deu de ombros.

— O que você quiser.

Ela pegou o controle remoto e começou a zapear pelos canais. Um comercial, um reality show, uma reprise de um seriado velho de comédia. Ela estava passando tão rápido que quase perdeu: um Ethan com cara de bebê, pavoneando-se no corredor de uma escola, com um casaco de atleta. Era seu primeiro papel como protagonista, a comédia dramática adolescente *Qual é a sua?*. Ele fazia o papel do atleta secretamente sensível que, apesar de namorar a rainha do baile, se via apaixonado pela estranha garota artista (tão linda quanto a rainha do baile, claro, só que morena e de óculos). Grey reconheceu instantaneamente.

— Nãoooo — resmungou Ethan ao perceber o que ela tinha escolhido. Ele se inclinou para pegar o controle da mão dela, mas ela manteve longe do alcance dele, rindo.

— Você disse que assistiríamos ao que eu quisesse!

— Mas isso não — reclamou ele, dando um longo gole na cerveja.

— Ah, vai, é um dos meus preferidos.

Ele se virou para ela.

— Sério?

Ela sentiu as bochechas corando.

— Quer dizer, *era*. Quando eu era criança. Fazia um sucesso e tanto nas festas do pijama.

— Como se eu já não me sentisse velho — murmurou ele, mas ela viu que ele estava contendo um sorriso.

Grey achou que ele fosse resistir mais, mas ele ficou em silêncio, dando mais uma mordida no hambúrguer.

— Quando foi a última vez que *você* viu isso? — perguntou ela.

Ethan apertou os olhos.

— Na estreia? Acho que devo até ter saído antes do fim. Era minha primeira vez me vendo na tela grande, eu estava desconfortável pra caralho.

Grey limpou o xarope no prato com a última garfada de waffle.

— Podemos mudar, se você quiser. Não estou tentando te torturar.

— Tudo bem. — Ele não soou muito convincente, mas foi o bastante para ela não desligar.

Eles colocaram os pratos vazios e as bandejas do lado da cama. Na tela, Ethan havia se aproximado da professora de ciências após a aula para pedir para trocar de dupla de laboratório, da Garota Esquisita para a namorada líder de torcida. Infelizmente, sem que ele soubesse, a Garota Esquisita estava bem atrás dele e fugiu da sala de aula chorando.

— Sacanagem — comentou Grey.

Ethan soltou uma risada pelo nariz.

— Ah, vai, ela está sendo *um pouco* dramática. — Eles o viram correr atrás dela para pedir desculpas. — Olha esse idiota — comentou quando um close do seu rosto encheu a tela. — Estou prestes a estourar uma veia de tanto dramalhão.

Grey deu uma risadinha.

— Você está sendo exigente demais. Ainda estava aprendendo.

— Cara, como eu era verde. Lembro da primeira semana de gravação, levei três takes só para acertar a deixa. Em toda cena. Foi humilhante. Achei que fossem me demitir.

A cena mudou, e os personagens estavam numa festa à beira do lago. O Ethan da tela tirou a camiseta, revelou um tanquinho reluzente e pulou de uma pedra enquanto os amigos comemoravam.

— Com esse corpo? Eles iam ser loucos de te mandar embora.

Grey pensou ter visto Ethan dar um olhar de menos de um segundo na direção dela, mas devia estar imaginando. Ele colocou a mão em concha em torno da boca e fingiu gritar com seu eu mais novo.

— Curte bastante, cara, não vai durar.

Ela pensou em contar que, por mais que a fantasia do corpo de 20 e poucos anos dele tivesse contribuído para seu despertar sexual pubescente, nem se comparava à versão atual, mesmo sem tanquinho depilado.

Especialmente agora que ela teria para sempre a lembrança sensorial dele a pegando no colo, do coração dele batendo acelerado contra o ombro dela enquanto ela balançava suavemente junto a seu peito sólido.

Mas, é claro, mordeu a língua.

Ethan se levantou para colocar as bandejas de volta no carrinho e empurrá-lo para fora do quarto. Quando voltou, trouxe uma nova bolsa de gelo, e trocou gentilmente a que derretia no tornozelo dela. Ela podia jurar que ele se deitara um pouco mais perto, com a mão quase encostando na dela. Grey quis rir. Queria voltar no tempo e dizer à sua versão pré-adolescente que assistir zilhões de vezes a *Qual é a sua?* culminaria em assistir ao filme deitada ao lado de Ethan Atkins em carne e osso enquanto ele lhe dava tudo o que ela queria na mão — e, literalmente, no pé.

Por mais irritante que ele fosse às vezes, Grey sentiu uma pontada de gratidão por ter a oportunidade improvável de conhecê-lo além da paixonite bidimensional de sua juventude. Especialmente assim, com ele largado ao lado dela, desgrenhado e relaxado. A forma como ele tinha entrado em ação para cuidar dela havia fraturado temporariamente a barreira entre eles, como se só precisassem de um obstáculo externo para esquecer por que ela estava ali para começo de conversa.

Aquele sentimento familiar voltou a dominá-la: não era exatamente desejo, embora houvesse definitivamente um elemento disso. Gratidão? Carinho? O que quer que fosse, a entusiasmava e a assustava em igual medida. Já sabia que Ethan se sentia atraído por ela, mas, depois daquela noite, não havia dúvida de que também gostava mesmo dela.

Eles estavam muito fodidos.

ETHAN NÃO SE LEMBRAVA DE PEGAR NO SONO. LEMBRAVA-SE DE AJUDAR Grey a entrar embaixo das cobertas, de trocar a pilha de almofadas por um único travesseiro no pé da cama. Quando o filme terminara, a intenção dele era se retirar para o sofá, beber mais três ou quatro cervejas e desmaiar em frente à televisão. No entanto, Grey o convencera a ficar para o filme que começara imediatamente depois do outro, um filme de ação que ele amava quando criança. Certo, talvez ela não tivesse precisado convencê-lo, só lançado um leve olhar suplicante, e ele voltara à cama sem muita relutância.

Ele conferiu o celular com olhos cansados, a boca azeda e felpuda — já passava das duas da manhã. As luzes e a televisão ainda estavam ligadas, mas Grey dormia profundamente. Ele começou a se levantar, devagar, para não a perturbar, mas hesitou. Ela quase parecia uma pessoa diferente. Era tão animada quando acordada, cada emoção fugaz transmitida com clareza em seu rosto expressivo. A salvo daqueles olhos afiados e penetrantes, ele tirou um momento demorado para saborear totalmente o desenho artístico de suas feições: o corte angular de seu nariz, o lábio inferior muito carnudo, a curva das maçãs do rosto. Um cacho louro-mel havia caído na bochecha, e ele resistiu ao impulso de arrumá-lo.

Devagar, como se lhe causasse dor física, ele se levantou da cama. Desligou a televisão e deu a volta no quarto, apagando as luzes. Ao girar o último interruptor na porta, ouviu Grey se mexer. Depois sua voz, suave, espessa de sono:

— Fica.

Ele paralisou. Virou-se para olhá-la, mas o quarto estava escuro. O rosto dela estava mergulhado na sombra, os olhos escondidos.

Ele tentou pigarrear, mas a resposta ainda saiu rouca.

— Quê?

Silêncio.

Ele parou por mais um momento, desejando com cada fibra de seu ser que ela se repetisse. Nada. *Porra, claro que você imaginou.* Ela não queria que ele ficasse. Ainda estava dormindo. Ela tinha pedido a companhia dele porque teria sido constrangedor tentarem se evitar em um espaço tão pequeno. Não significava nada.

Ele fechou a porta e voltou para o sofá. Estava grogue demais para tentar estendê-lo, por isso, tirou as roupas, achou uma calça de moletom na mala e se esticou por cima das almofadas.

Quando ele tinha se tornado tão patético com as mulheres? Ou, mais precisamente, com uma mulher específica? Ficar cara a cara inesperadamente com quem era aos 21 anos tinha sido chocante, para dizer o mínimo. Ethan se esquecera de que havia transado com as duas protagonistas de *Qual é a sua?* (e várias figurantes) e dado um jeito de evitar que elas descobrissem até a festa de encerramento, que tinha virado um pandemônio. Ele não sentia saudade do idiota insensível que era na época, muito menos do drama que inevitavelmente se seguia. *Aquele* Ethan, porém, teria tirado a roupa de Grey e feito ela gritar seu nome na primeira insinuação de uma oportunidade, então, talvez ele pudesse aprender uma coisinha ou outra com sua juventude.

Sentia que estava ficando duro só de pensar. Era ridículo pra caralho. Quanto mais dizia a si mesmo que precisava deixá-la em paz, mais seu corpo se rebelava. O conhecimento que agora tinha sobre como a pele dela era macia, como ela reagia ao toque, como seus gemidos ficavam na boca dele não ajudava em nada. Ethan provavelmente pagaria por aquele momento de fraqueza para sempre, atormentado pelo conhecimento íntimo que tinha dela, tentado pela perspectiva do que ainda havia para descobrir.

Para o bem dela, ele esperava jamais saber.

15

— ENTÃO, E AQUELAS PERGUNTAS?

Grey olhou por cima dos óculos escuros, certa de ter ouvido mal. Tinha achado que Ethan estava dormindo: fazia vinte minutos que ele estava reclinado na espreguiçadeira ao lado dela com uma toalha cobrindo a cabeça, imóvel que nem um cadáver.

Quando ela saíra para a piscina de manhã, ele estava nadando, o corpo forte cortando uma faixa pela água. Originalmente, sua ideia era desfilar pelo bangalô de biquíni novo, saída de praia esvoaçante e chapéu gigante, como uma estrela de cinema italiana dos anos 1960. A mesma roupa ficava muito menos glamorosa com ela mancando de muleta, tentando equilibrar o café e uma pilha de roteiros. Grey ficou aliviada pela cabeça dele estar praticamente embaixo d'água enquanto ela se acomodava desajeitada na cadeira.

Os roteiros eram basicamente para matar o tempo; Renata lhe havia garantido que, a qualquer momento, ela receberia a oferta de *Cidade Dourada*. Ela tinha lido dez páginas de um e já estava prestes a desistir. Como recebia ao mesmo tempo papéis de mãe suburbana de meia-idade *e* de babá adolescente?

— Quê? — perguntou ela, fechando o roteiro e o jogando de volta na pilha.

Ethan puxou a toalha do rosto e se apoiou nos cotovelos.

— Aquelas perguntas. As perguntas de se apaixonar. Vamos tentar?

A barriga dela deu uma cambalhota. Ele também estava de óculos escuros, então era impossível ler seu rosto.

— Você não está preocupado…? — Ela se sentia tão ridícula de perguntar que nem conseguiu terminar o pensamento.

Ele deu de ombros.

— Podemos criar uma palavra de segurança. Se bater uma sensação confusa, é só dizer "hambúrguer de shitake" e deixar tudo pra lá.

Grey não conseguiu conter um sorriso.

— De repente a gente pode pegar um spray, que nem para tirar o gato de cima dos móveis. Só um sprayzinho na cara.

— Você trouxe seus grampos de mamilo elétricos? Pode ser um bom castigo.

— Claro, estão do lado do seu bigode falso.

Ethan riu e se virou de barriga para baixo.

— Essa é a pergunta trinta e sete? Grampos de mamilos, sim ou não? — brincou, virando-se para olhá-la e descansando a bochecha nos antebraços dobrados.

— Acho que a ideia é ir um pouco mais fundo que isso.

— Manda ver.

Grey pegou o celular e abriu o site, um pouco surpresa por ele estar tão animado com a ideia.

— Podemos pular e fazer fora de ordem; talvez seja o efeito cumulativo que leve à paixão.

— O que achar melhor.

Ela desconfiava que o que achava melhor seria enfiar os dentes nos músculos das costas nuas dele, mas provavelmente não era isso que ele queria dizer. Começou a ler e uma risadinha involuntária escapou de seus lábios.

— Que foi? — disse Ethan.

Ela balançou a cabeça.

— Acho que já sei a resposta desta. — Ela leu, cantarolando: — "Você gostaria de ser famoso?".

Grey abaixou o telefone, esperando que ele também risse, mas Ethan parecia estar levando a pergunta a sério e apoiou-se nos cotovelos.

— Você acha que vou dizer que não? Que gostaria de não ser?

Ela deu de ombros.

— Não vai?

— Não sei. Acho que é fácil falar que eu abriria mão de tudo, mas, na prática, eu nunca consegui.

— Como assim?

— Eu pensei um milhão de vezes em vender tudo e me mudar para um rancho em Montana, sei lá. Nunca consegui puxar o gatilho. E agora... — Ele não completou, empurrando os óculos escuros para a testa e lançando para ela um olhar pensativo. — Agora, com você, com tudo... acho que estou pedindo por isso de novo. Não consigo ficar longe. Não sou bom em mais nada. — Ele jogou a última frase quase como um pensamento secundário, mas havia um tom mordaz por trás.

Ela dobrou a perna boa e descansou a cabeça no joelho.

— Você *quer* trabalhar de novo?

Ele ficou em silêncio por um longo momento.

— Eu quero querer — falou, enfim.

— Sabe, tem muita gente que mataria para estar no seu lugar.

Ela não queria repreendê-lo, especialmente de um jeito tão clichê, mas acabou saindo. Àquela altura, Grey sentia quando ele estava à beira do precipício da autopiedade.

Ele a olhou de relance.

— Inclusive você?

— Desculpa, mas não tem nada no seu armário que faça assassinato valer a pena. — Ele riu. Ela se recostou na espreguiçadeira, esticando de novo as duas pernas. — Já te disse, não quero ser famosa que nem você.

— Certo, certo, verdade. Controle. Eu lembro. — Ele se virou de lado. — Mas pelo menos está curtindo as vantagens de ser famosa que nem você?

Ela olhou o lugar luxuoso em que estavam, depois hesitou.

— Bom...

Pensou no encontro com a mulher no mercado, nas fotos invasivas do Instagram. Uma foto dele a carregando de volta ao bangalô já tinha sido postada em @grethan_updates, tirada Deus sabe de onde. Ele pareceu sentir o desconforto por trás da expressão dela.

— O quê? O que foi?

Quando ela o informou dos detalhes das semanas anteriores, Ethan fechou a cara. Ele se sentou de frente para ela, a testa franzida.

— Isso não é legal. Precisamos fazer alguma coisa. Você contou para Audrey?

— Contar o quê? O que ela vai fazer?

Ethan passou as mãos pelo cabelo, frustrado. Grey se forçou a desviar os olhos do bíceps dele, flexionado pelo movimento.

— É muito escroto. Toda essa merda de rede social. Que bom que não precisei lidar com isso quando estava começando. Todo mundo acha que tem direito a acesso total a todas as partes de você, o tempo todo. É uma loucura.

Grey suspirou.

— Não é de todo ruim.

Ele deu um meio-sorriso.

— Essa foi sua atuação menos convincente.

ELES ALMOÇARAM NO PÁTIO; SERVIÇO DE QUARTO DE NOVO. ETHAN NÃO tinha o menor problema de passar o fim de semana todo escondido ali, mas sabia que Audrey mandaria cortar a cabeça dos dois. O resort ofereceu um carrinho de golfe com motorista para transportar Grey de um lugar para o outro; esperava-se que eles aparecessem no Oasis Lounge naquela noite. O cronômetro da licença médica estava chegando a zero rapidamente.

Grey engoliu uma garfada de salada de camarão apimentado.

— Pronto para mais uma pergunta? — Ela parecia tão aliviada quanto ele por ter uma lista de assuntos à mão.

— Manda.

Ela baixou os olhos para o celular.

— "Cite três coisas que você e sua parceira têm em comum."

— Isso não é uma pergunta.

— Pode mandar um e-mail para reclamar com eles depois.

Ele soltou o panini caprese e esfregou o maxilar.

— Nós dois somos atores — disse ele, contando nos dedos, um por um. — Nós dois moramos em Los Angeles e... nós dois estamos em um relacionamento de mentira.

— Uuuuu. — Grey colocou a mão em concha em torno da boca para vaiá-lo, mas estava sorrindo.

— *Duvido* você fazer melhor.

Grey enfiou mais um pedaço de camarão na boca e se recostou na cadeira, pensando.

— Bom, nós dois somos vagabundos desempregados — começou. Ethan riu. Ela continuou: — Nós dois gostamos de fugir dos nossos problemas... — Ele não estava mais rindo. Grey o encarou, avaliando se estava indo longe demais. Ele inclinou a cabeça para indicar que ela devia continuar. — E... nós dois temos dificuldade de deixar pessoas novas entrarem na nossa vida. De confiar em alguém.

Ele baixou os olhos para o sanduíche. Grey não estava errada.

— A gente parece divertido.

Ela abriu um sorriso sarcástico.

— Ei, é para a gente ficar um pouco desconfortável mesmo. Podemos parar quando você quiser, é só dizer.

— Eu não estou desconfortável. *Você* está desconfortável?

Ela fez que não.

— Ainda não. Quer que eu pegue os grampos de mamilo?

Ethan explodiu em uma gargalhada.

ENQUANTO ELA PULAVA PELO QUARTO, TENTANDO SE PREPARAR PARA O jantar, o celular de Grey tocou.

— Merda — murmurou ela, se jogando na cama e rastejando com o apoio dos braços para atender a tempo.

Renata.

— Como vai, querida?

— Por enquanto, tudo bem, acho — respondeu ela, com sinceridade. — Mas acho que ferrei legal meu tornozelo.

— Eu sei, eu vi ele te carregando no colo que nem um Príncipe Encantado do cacete. Bom trabalho.

— Eu não fiz de propósito — protestou Grey, sentando-se na cama.

— Ah, é? Você parecia bem satisfeita — provocou Renata.

— Renata! — Grey riu, exasperada. — Você ligou só para me zoar?

— Só em parte. Que bom que consegui falar com você antes de você sair. Acabei de conversar com os produtores de *Cidade Dourada*.

Grey ficou imóvel, o sangue latejando no ouvido. Claro. Por que mais ela ligaria numa sexta tão tarde?

Renata pareceu passar uma vida inteira em silêncio.

— E? — sussurrou Grey.

— E... você conseguiu. Vão mandar os contratos na segunda cedinho.

Grey deu um gritinho e pulou da cama, lembrando-se do tornozelo um segundo tarde demais. O berro de alegria rapidamente virou um uivo de dor quando Ethan entrou pela porta.

— Tudo bem? — perguntou ele, com os olhos esbugalhados.

Ela fez que sim, voltando a se sentar na cama com um baque duro.

— Que incrível, Renata. Nem acredito.

— Você merece, meu anjo. Mesmo. Parabéns. Vou deixar você voltar para o seu cavaleiro.

Grey rezou para que, só desta vez, a voz escandalosa de Renata não se propagasse.

— Te amo.

— Também te amo. Comporte-se.

Grey desligou. Ethan ainda estava paralisado na porta. Encontrou os olhos dela e abriu um sorriso lento. Ele não precisava ouvir o outro lado da conversa para entender o que estava acontecendo.

— Você conseguiu.

A expressão de êxtase dele fez a ficha cair ainda mais. Ela confirmou com a cabeça e cobriu o rosto com as mãos para protegê-lo do que devia ser o sorriso mais brega de todos os tempos.

Antes de Grey entender o que estava acontecendo, ele tinha atravessado o quarto em alguns passos longos e a pegado no colo, abraçando-a com força. As pernas dela balançavam a centímetros do chão enquanto ele a girava.

— Parabéns — murmurou ele no cabelo dela.

De repente, ficou tenso, como se percebesse tarde demais que aquela demonstração de afeto era meio extrema.

Ele a soltou devagar, com cuidado para dar tempo de o pé saudável dela se preparar para receber o peso. Escorregar pelo corpo dele foi uma agonia. Assim que ela voltou a se estabilizar nos pés (ou melhor, no pé), ele deu um passo determinado para trás e pigarreou.

— Quer dizer. Não estou surpreso. Você foi incrível quando… hum.

Ele engasgou, nitidamente atordoado pelas lembranças da "ajuda" com o teste, da mesma forma que acontecia com ela.

— Obrigada, nem parece verdade — disse ela rapidamente, torcendo para acabar com o olhar de pânico que crescia no rosto dele.

— É melhor eu… a gente… você está? Preciso…

Ele andou de ré até a porta e saiu antes de completar com sucesso uma única frase.

Grey sabia que devia se apressar e terminar de se arrumar. Em vez disso, deitou-se de volta na cama, permitindo-se desfrutar daquela vitória por alguns gloriosos segundos.

O papel era dela.

E, em segundo lugar, mas não insignificante, ela conseguia deixar Ethan Atkins sem palavras sem nem tentar.

16

GREY BEBEU *APENAS* O SUFICIENTE no jantar para não sentir nem o ímpeto de protestar quando Ethan a levantou do banco do carrinho de golfe e a carregou até a porta da frente. Era mais rápido e menos esquisito do que tentar se ajeitar com as muletas, raciocinou, com o bônus de sentir bem de perto o cheiro quente e intoxicante do pescoço dele.

Ela entendia por que imperatrizes antigas preferiam viajar de liteira, carregadas por quilômetros pelo deserto nos ombros de homens belos e robustos. Sentia-se delicada e todo-poderosa ao mesmo tempo.

— Eu bem que podia me acostumar com isso — murmurou ela, praticamente esquecendo que ele a ouviria até a risada rouca vibrar ao lado de sua orelha.

— Ah, é?

— Ser famosa não quer dizer que seus pés nunca mais precisam tocar o chão? — respondeu ela rapidamente, tentando cobrir a derrapada.

Não fazia lá muito sentido, mas foi o melhor que conseguiu na circunstância.

Ethan manobrou a porta com destreza e colocou Grey no sofá.

— Só se você tiver sorte.

Grey tentou apoiar o pé na mesa de centro, mas a tentativa foi frustrada por um balde de gelo contendo uma garrafa de champanhe que definitivamente não estava lá quando eles saíram. Ela levantou os olhos para Ethan, curiosa.

— Você...

Ele fez que não e passou o cartão para ela. Ela virou e viu que estava em seu nome. Dentro, havia uma mensagem de parabéns concisa mas carinhosa de Audrey.

Lágrimas começaram a encher os olhos de Grey. Ela já chorava fácil quando estava sóbria, mas, depois de alguns drinques, caía em prantos até se visse um inseto um pouco fofinho demais. Ethan pegou o cartão da mão dela, dando-lhe uma chance de secar os olhos às pressas e se recompor.

— Vamos abrir ou já parou por hoje? Nem abrimos o que nos deram quando chegamos. Desse jeito, nunca vamos dar conta.

Grey pensou na pergunta. Estava alta, isso era certeza. Provavelmente aguentaria mais *uma* taça. Era sua noite, afinal. Ela devia se permitir comemorar.

De sobressalto, ela percebeu que, sob circunstâncias normais, estaria comemorando com Kamilah. O medo de acidentalmente revelar a verdade sobre o relacionamento com Ethan a tinha levado a evitá-la por completo. A enchente usual de mensagens, já afetada pelas viagens de Kamilah, tinha virado um conta-gotas.

— Vamos abrir. Só que antes preciso fazer um telefonema.

Grey meio mancou, meio pulou até o pátio e se sentou em uma das espreguiçadeiras. Não fazia ideia do fuso horário em que Kamilah estava e ficou chocada quando ela atendeu no segundo toque.

— Emilyyyyyy! — cantarolou ela, gritando no meio do que parecia uma festa estrondosa. — Não posso falar muito, mas me dá um segundo!

Com o som da voz dela, Grey perdeu o controle. Já no limite, imediatamente se debulhou em lágrimas. Quando Kamilah chegou a um lugar mais silencioso, sua voz voltou, o êxtase virando preocupação assim que ouviu as lágrimas de Grey.

— Está tudo bem? Aconteceu alguma coisa?

Grey sufocou uma gargalhada soluçada.

— Não, é uma coisa boa — soltou ela. — Eu consegui. Consegui *Cidade Dourada*.

Kamilah gritou tão alto que Grey precisou afastar o telefone do ouvido. Ela voltou a rir, dessa vez descontroladamente, as emoções que tinha trancado perto de Ethan a dominando com uma força quase assustadora.

— Não posso falar agora também. Mas precisava te contar. E estou com saudade. E te amo.

— Eu também te amo. Que notícia do caralho. *Por favor*, diz que seu astro de cinema vai te destruir hoje de noite para comemorar.

Grey riu ainda mais, as lágrimas correndo pelo rosto.

— Estamos em um resort de luxo de graça em Palm Springs, o que você acha?

De novo, não era exatamente uma mentira.

Atrás dela, ela viu a porta aberta do bangalô e a silhueta de Ethan carregando a garrafa de champanhe e duas taças. Grey se despediu às pressas enquanto ele se aproximava.

— Era sua mãe?

— Hã, não, era Kamilah — respondeu, tentando camuflar as fungadas.

Ele se sentou diante dela na outra espreguiçadeira e entregou uma das taças. Ela fez uma careta, sabendo que devia estar feia, inchada e catarrenta. Quando seu rosto pegou a luz saindo da porta, ele parecia ter visto um fantasma. Que ótimo.

— Você está bem? Está tudo… Você precisa ficar sozinha?

Ela fez que não, fungando e desejando ter algo além do braço para secar os olhos e o nariz.

— Não, não, está tudo bem. É bom. Eu choro por tudo. Ainda mais quando estou emocionada. Ou bêbada. Ou as duas coisas.

Ethan riu. Ele se levantou e rapidamente entrou na casa, voltando com uma caixa de lenços. Ela aceitou, tentando se recompor o mais graciosamente possível. Ele pegou a garrafa de champanhe e a inclinou para o outro lado, estourando a rolha.

— Não é necessariamente ruim. Estar em contato com suas emoções. Para uma atriz, é bom.

— É o que me dizem. Que pena que, quando choro, fico parecendo um tomate seco.

Ethan deu uma risadinha, servindo uma taça de champanhe generosa e passando para ela.

— Você não parece um tomate seco.

— Tudo bem, não precisa falar isso. Eu não estava buscando elogios.

Ele serviu a própria taça e deixou a garrafa ao seu lado no concreto.

— Não achei que estivesse. Mas é verdade. Você está linda.

Grey piscou. Normalmente, ouvir aquilo não a afetaria. Ela era confiante com sua aparência. Tinha que ser, após vinte anos de diretores de elenco e chefes de figurino avaliando implacavelmente seus defeitos e suas qualidades físicas bem na sua frente, como se fosse um cavalo puro-sangue ou um carro de luxo. Era isso ou permitir que os padrões impossíveis da indústria lascassem sua autoestima, um babaca de cada vez, até que ela se desfizesse sob o peso das inseguranças. Mas Ethan dissera aquilo tão facilmente, sem hesitar, como se já tivesse dito um milhão de vezes.

Como se aquela noite já não fosse surreal o suficiente.

— A que vamos brindar? — perguntou ela com leveza, mudando de assunto.

Eles já tinham brindado à vitória dela no jantar; parecia melhor mudar.

— Que tal a Audrey? Não estaríamos aqui sem ela.

Ele inclinou a taça para Grey. Ela sorriu, levantando a sua em resposta.

— A Audrey, por cujas mãos tudo é possível.

— Amém.

Eles fizeram tim-tim com as taças e cada um deu um longo gole. Grey o olhou de soslaio, analisando a forma como a luz dançava no perfil dele enquanto ele bebia.

Ethan se esticou na espreguiçadeira, descansando o antebraço acima da cabeça. Ele havia trocado a camisa social por uma camiseta desbotada da Roxy Music, e um lampejo brilhante reluziu por baixo da manga. Sem pensar, ela envolveu o bíceps dele com a mão e o puxou suavemente.

— O que é isso?

Ele olhou para a mão dela em seu braço, com um meio-sorriso divertido.

— Adesivo de nicotina — disse ele, casualmente, mudando de posição para ela ver melhor.

Ela girou a cabeça para encará-lo, de olhos arregalados. Ele deu de ombros.

— O que foi? Renata tinha razão. Funciona muito bem.

Grey estava sem palavras. Relutante, soltou o braço dele.

— O que você está fazendo? — deixou escapar, o champanhe soltando sua língua.

— Como assim?

— Por que você está sendo tão… — Ela estava com dificuldade de achar a palavra certa.

Ele bebeu um gole de champanhe, ainda de olho nela, esperando que ela terminasse. Não ia deixá-la sair desta. Ela tentou outra abordagem.

— Desde quando você liga para… — *mim* —… isto?

Por um momento, pensou que Ethan tentaria fugir, se fazer de bobo. Em vez disso, seu rosto ficou pensativo, e ele se endireitou. Falou devagar e com sinceridade, em frases curtas, tensas. Ele também tinha bebido bastante no jantar — e quando não? —, e ela via que estava se esforçando para manter os pensamentos organizados.

— Não sei. Não é fácil para mim. Nada disso. Andei preso numa… numa… *rotina* por tanto tempo. É difícil mudar. Mesmo um pouco. E… e dá medo. — A voz dele falhou de leve. — Desculpa por eu também não ter facilitado para você. Mas acho que… gosto. De ter você por perto. É… é bom. É gostoso. Não estou acostumado. Faz muito tempo. — Ele pausou, mas ainda não parecia ter terminado. Grey não se moveu. — Acho que às vezes mexe com a minha cabeça — continuou, rindo um pouco. — Todo mundo na minha vida agora está nela porque precisa. Eu pago Audrey e Lucas. Nora porque temos as crianças. Você… bom, você sabe. Nunca achei que fosse ser esse tipo de cara.

Os olhos dele começaram a ficar vidrados, ir para seu próprio mundo.

— Que tipo de cara? — provocou Grey, de leve.

— Cercado de gente que só diz sim. Ninguém que gosta de mim de verdade. Não sobrou ninguém.

Grey mudou de posição para ficar de frente para ele, apoiando o tornozelo na lateral da cadeira dele.

— Em primeiro lugar. Eu pareço alguém que só diz sim?

Ethan riu, uma gargalhada genuína que começava no fundo do peito.

— Não. Não, não é exatamente assim que eu te descreveria.

— Obrigada. Em segundo lugar, foi *você* que deixou sua vida tão limitada. Você pode mudar a qualquer momento. Lucas é seu sobrinho, com certeza ficaria feliz pra caralho de ser convidado para jantar ou, tipo, para ver um jogo, qualquer coisa assim. Ele já sabe usar sua TV idiota. Audrey e Nora te conhecem há séculos, aposto que, hoje, gostam *um pouco* de você, com ou sem obrigações. E eu... — Ela hesitou. — Eu assinei um contrato, sim. Mas eu tive escolha. Não teria aceitado se achasse que odiaria você. Não estou *tão* desesperada. — Ela pensou em deixar por isso mesmo, mas a sinceridade da confissão dele a convenceu a fazer o mesmo. — E... eu gosto de você, Ethan. Mesmo. É, você às vezes dificulta pra caralho, mas isso é outra questão.

Um sorriso lento curvou os cantos da boca dele.

— Eu também gosto de você. — As palavras causaram um frio na barriga dela. Ele balançou um pouco a cabeça. — Olha só a gente. Ficando amigos, no fim das contas.

— Amigos — ecoou Grey, tentando não demonstrar a pontada involuntária de decepção enquanto terminava a taça e apoiava na mesa ao lado.

Ela tirou o pé da cadeira dele e se rearranjou para que eles estivessem sentados paralelamente de novo, olhando para a piscina. Ela fechou os olhos. Pelo visto a taça a mais de champanhe lhe fizera bem, entorpecendo agradavelmente seus sentidos. O ar da noite estava frio, mas ela se sentia aquecida por dentro.

Foi só quando Ethan falou novamente que ela percebeu que tinha começado a adormecer.

— Não quero te machucar — disse ele de repente, as palavras roucas, parecendo que o estavam sufocando.

Grey abriu os olhos, instantaneamente alerta.

— Quê?

Ela não se virou para olhar, mas via pelo canto do olho que as mãos dele tremiam.

— É o que eu faço — falou ele, pesadamente. — Todo mundo... — Ele engoliu em seco. — Todo mundo de que gosto. Em algum momento.

Ah.

Ela revirou mentalmente as palavras, aterrorizada com a possibilidade de dizer a coisa errada, a coisa que romperia o fio delicado da intimidade e o faria se fechar de novo.

— Eu acho... acho que a única coisa pela qual você é responsável é você mesmo. Este momento. Qualquer outra coisa... você só tem que tentar se libertar. Continuar indo em frente.

Grey se sentiu idiota assim que falou. O medo de chateá-lo com especificidade demais a levara para a outra direção, para o reino das obviedades banais.

As palavras, no entanto, pareceram afetá-lo. Ele fechou os olhos e acenou com a cabeça, apenas uma vez. De repente, ela sentiu que ambos morreriam se ela não o tocasse. Sem se deixar questionar o impulso, ela se inclinou e pegou a mão dele. Ele olhou para as mãos unidas de surpresa, depois para ela. Sem quebrar o contato visual, ele levou a mão dela até a boca, beijando-a com ternura devastadora.

— Obrigado — murmurou, apertando a mão dela antes de soltar.

— VAMOS FAZER MAIS UMA PERGUNTA PARA FECHAR A NOITE?

Grey o olhou.

— Eu não fazia ideia de que você fosse curtir tanto essas perguntas — comentou ela, torcendo a boca em uma expressão de diversão travessa.

Ethan deu de ombros.

— Eu gosto de saber mais de você.

Era verdade. Quanto mais ele sabia, mais fascinado ficava. Sentia que poderia ter ficado horas ali sentado com ela, confessando-lhe seus mais profundos medos e transgressões, descobrindo os dela em troca. Fazia anos que não se abria para alguém assim. Era emocionante.

Talvez ele só precisasse de um terapeuta, Ethan pensou com pesar. Porém, se uma terapeuta desencadeasse exatamente a mesma combinação de vulnerabilidade e excitação nele que Grey desencadeava, aquilo provavelmente seria algum tipo de violação ética.

— Não estou reclamando.

Ela pegou a bolsa e puxou uma latinha e um isqueiro. O cheiro de maconha o atingiu. Ela abriu a lata e revelou cinco baseados enfileirados, já enrolados.

— Vamos animar um pouco essa comemoração?

Ele fez que não.

— Estou de boa, obrigado. Mas pode fumar. Vou continuar com isto — disse ele, levantando a garrafa de champanhe e dando um gole.

Ela levou o baseado à boca brilhante de gloss e acendeu, tragando fundo.

— Você que sabe — disse, expirando.

A alça do vestido tinha escorregado do ombro dela, deixando-o nu. Embora não revelasse quase nada, havia algo tão estranhamente sensual na imagem que ele precisou se forçar a desviar o olhar.

— Quer escolher desta vez? — Ela lhe passou o celular e deu mais um trago longo e lânguido.

Ele olhou a lista, considerando as opções.

— Que tal: "Compartilhem alternadamente algo que vocês consideram uma característica positiva do parceiro ou parceira. Compartilhe um total de cinco itens".

Ela deu uma risadinha, a voz rouca da fumaça.

— Então, quando você disse que queria aprender mais de mim, o que você *quis dizer* era que queria que eu pensasse em cinco formas de te elogiar.

— Fala cinco no total, não cinco cada.

— É ímpar? Por que fariam isso? Odiei. — A voz dela tinha começado a assumir uma característica levemente sonhadora. Ela apagou o baseado e o guardou de volta na caixa. — Você primeiro.

Ele pensou.

— Gosto de você ser durona. Safa.

Ela caiu na gargalhada.

— Eu? Eu fui derrubada por um paralelepípedo.

— Não nesse sentido. Estou dizendo... Você trabalha desde quando, 10 anos?

— Oito.

Ele sacudiu a cabeça.

— Como você conseguiu?

— Consegui o quê?

Ela se alongou na espreguiçadeira, lânguida e relaxada.

— Acabar tão normal. Bem ajustada.

Ele tinha trabalhado com alguns atores infantis ao longo dos anos, e eles sempre o assustavam um pouco. Agora que ele tinha as próprias filhas para comparar, pareciam quase outra espécie, ou talvez algum tipo de robô avançado: inexpressivos, precoces, estranhamente compostos.

— Eu não fui muito bem-sucedida, foi isso. Quer dizer, eu trabalhava muito. Mas ninguém sabia quem caralhos eu era, graças a Deus.

— Que tipo de trabalho você conseguia?

Ela fechou os olhos e meio que deu de ombros.

— O primeiro foi na Broadway, na verdade. Uma remontagem de *Em busca de um sonho*.

— Nunca ouvi falar.

— É um musical antigo sobre uma mãe de artistas superagressiva. Eu fui substituta das meninas que faziam as filhas dela.

— Sua mãe é assim?

Ela abriu os olhos.

— Não.

Ele esperou que ela elaborasse, mas Grey não o fez. Estendeu a mão para a garrafa. Ele passou, meio surpreso por ela querer mais, e ela virou a cabeça para tomar um gole profundo.

Ela secou a boca com o braço e devolveu a ele.

— Minha vez. Precisamos ir mais rápido, senão vamos ficar aqui a noite toda. — Ela inclinou a cabeça para ele, os olhos pesados. — Eu gosto… gosto de você se esforçar por alguém que precisa de você.

— O que faz você dizer isso?

— Uma palavra: waffles. Sua vez.

— Gosto de você falar o que pensa.

— Só perto de você. Por algum motivo, você inspira isso em mim.

Ethan segurou um sorriso.

— Sua vez.

— Eu sei, eu sei, estou *pensando*.

O olhar dela percorreu demoradamente o corpo dele, deixando uma trilha de calor. Quando voltou aos olhos dele, era impossível interpretar mal: era um olhar tarado.

— Eu gosto do seu… *talento*. Acho que não agradeci o suficiente pela sua ajuda no teste. — Grey estava praticamente ronronando.

Ele mudou de posição na cadeira, alarmes soando em sua cabeça. Aquilo estava indo por um caminho perigoso.

— Obrigado. Quer dizer, de nada. — Ele pigarreou. — Você é muito engraçada. Tá bom, foram cinco. — Ele se levantou abruptamente. — Acho que já deu para mim por hoje, estou exausto.

Ela pestanejou para ele.

— Você não vai me carregar?

Ethan estava preso em uma armadilha. Seria um babaca de recusar. Por outro lado, a última coisa de que precisava era ficar assim tão perto quando ela parecia de repente decidida a seduzi-lo. Ele se forçou a analisar sinceramente o autocontrole: se a pegasse no colo, seria capaz de se afastar depois de colocá-la na cama?

— Eu te vejo lá dentro — disse rispidamente, virando-se.

JÁ FAZIA MUITO TEMPO QUE GREY NÃO FICAVA CHAPADA. TEMPO O BASTANTE para esquecer um detalhe crucial: fumar e beber ao mesmo tempo sempre a deixava com um tesão absurdo, devastador. E isso *sem* ser provocada por semanas de tensão sexual insuportável.

Ela não foi dissuadida pela recusa inicial de Ethan. Sabia que não seria tão fácil. Sentia-se como um míssil de orientação automático, programado para um único propósito. Não importava que, seguindo a comparação, seu fim fosse a destruição mútua assegurada.

Ela se preparou cuidadosamente para dormir, ficando só de camiseta colada e calcinha rendada, atrevida só o suficiente para permitir que ela negasse suas intenções, se necessário. Ela ouvia Ethan vendo TV na sala de estar. Bagunçou o cabelo, apagou as luzes e abriu a porta divisória.

As luzes também estavam apagadas do lado dele, a única iluminação vinha das cores oscilantes na televisão. Ethan, com uma cerveja na mão, olhou para Grey ao ver a porta aberta. Ela quis tirar uma foto do rosto dele quando registrou o que ela estava vestindo (ou, mais especificamente, o que não estava vestindo).

Ela se apoiou no batente da porta.

— Como foi dormir no sofá ontem?

Os olhos dele estavam pesados, a voz, estável e cuidadosa.

— Ok. Estou pensando em abrir de verdade hoje.

— Tem bastante espaço aqui.

O silêncio crepitou entre eles.

— Não acho que seja boa ideia.

— Vou me comportar. Prometo. — Ela manteve o tom leve, provocador.

A resposta dele foi instantânea.

— Mas eu não. — A voz dele falhou de leve, a força malcontida causando um frio na barriga de Grey.

— E daí?

Ela começou a ir na direção de Ethan, o tornozelo machucado doendo muito pouco, mesmo quando ela colocou peso sobre ele. Cada parte do cérebro dela, inclusive os receptores de dor, aparentemente, estava unida por um objetivo comum: Operação Ethan.

— O que você está fazendo, Grey? — A voz dele estava rouca, pouco mais alta que um sussurro.

Ela por pouco não o tocou, as canelas nuas a milímetros de roçar os jeans dele. Ela o olhou, absorvendo a tensão que vibrava pelo corpo dele, o rosto rígido e dolorido, o olhar fixo no rosto dela, como se não confiasse no que aconteceria se desviasse mais para baixo. Devagar, ela se juntou a Ethan no sofá, apoiando um joelho, depois o outro, de um lado e do outro do quadril, ficando em cima dele.

Ela pausou, o corpo suspenso sobre o dele, esperando para ver se ele a impediria. Ele não se mexeu, não falou, o olhar ainda fixo no dela. Ela se abaixou lentamente no colo de Ethan. Os olhos dele se fecharam e a respiração escapou em um assobio quando ela se grudou no corpo dele. O atrito do jeans na pele era quase tão delicioso quanto a pressão do membro duro dele entre as coxas dela.

Ela aninhou o rosto no pescoço dele.

— Não acabei de comemorar.

A respiração dele estava irregular, superficial.

— É uma péssima ideia.

Ela se endireitou para ficarem cara a cara.

— Por quê? Você não me quer?

Ela roçou os dedos pelos seios, o tronco, os mamilos já pedindo atenção através do tecido fino.

O olhar dele seguiu o caminho dos dedos dela, hipnotizados.

— Você nem imagina o quanto eu te quero — sussurrou ele.

Ela tremeu, tanto com as palavras quanto com o calor por trás delas, a voz grave e rouca de desejo. Ethan flexionou os antebraços, como se estivesse se esforçando ao máximo para não a tocar.

— Eu também te quero. Não consigo parar de pensar nisso.

Ela abaixou de novo a cabeça, pressionando a boca aberta atrás da orelha dele enquanto rebolava, se esfregando no volume grosso e sólido da ereção dele. A sensação a fez ver estrelas, e ela soltou um gemido involuntário.

— *Caralho* — Ethan gemeu alto.

Ela praticamente ouviu o autocontrole dele se estilhaçar. Uma mão agarrou a bunda dela enquanto o outro braço a apertou com força na parte superior das costas, puxando-a para perto.

Ele a beijou com uma intensidade que a devia ter assustado; tudo o que ele estava segurando sendo jogado nela de uma vez pelos lábios, pela língua, pelas mãos famintas percorrendo o corpo de Grey. Ela mergulhou nele com um longo suspiro, a pele vibrando em todos os lugares em que ele a tocava.

Aí, de repente, acabou. Antes que ela notasse, ele tinha meio que a empurrado, meio que a levantado de cima dele, e de algum jeito estava parado do outro lado do cômodo.

— Não podemos fazer isso — disse ele, rangendo os dentes.

Grey ficou furiosa.

— Por que não? — questionou em um tom que, se não fosse pela raiva que pulsava na voz, seria perigosamente próximo de um choramingo. — Nós dois queremos. Não temos permissão de transar com mais ninguém. Todo mundo já acha que estamos transando. É só sexo, não é nada de mais.

— *Para nós seria*! — explodiu ele.

Ela ficou em silêncio, chocada. Ele esfregou as mãos no rosto, parecendo tão agitado quanto ela se sentia. Alguns longos segundos se passaram, e os únicos sons eram os da respiração pesada em meio ao murmúrio da televisão. Quando Ethan voltou a falar, estava mais calmo, quase cansado:

— Podemos conversar amanhã. Quando nós dois estivermos sóbrios.

Ela ficou irada.

— Ah, então, entre oito e oito e dois da manhã? Vou deixar marcadinho. A não ser que você prefira fingir que isto nunca aconteceu. Sua especialidade — rosnou ela.

Pareceu que as palavras o deixaram sem fôlego.

Grey sabia que era golpe baixo, mas não estava nem aí. Ela estava com tesão, irritada e alterada, uma combinação que a fazia sentir um nervo gigante exposto. Com o máximo de dignidade (e mancando o mínimo possível), voltou para o quarto, sentindo o olhar dele em sua bunda enquanto se afastava.

Uma vez debaixo das cobertas, a pulsação dolorosa entre suas pernas começou a latejar, alertando-a de que não havia como ela adormecer até lidar com aquilo. Ela escorregou os dedos por dentro da calcinha, a respiração ficando profunda e pesada ao encontrar o ponto já escorregadio e molhado de antecipação. Ela deixou a mente voltar para Ethan: os braços fortes ao redor dela, o olhar de cobiça no corpo dela, a paixão desenfreada quando ele se deixou perder o controle. Ela soltou um gemido involuntário.

Ela fez uma pausa. Havia deixado a porta aberta, não *exatamente* sem querer. Ethan havia desligado a televisão quando ela saíra da sala e ficara sentado em silêncio. Não havia como ele não a ouvir. Quis que ele aparecesse na porta, pronto para ajudá-la a terminar o trabalho.

Sem sorte.

Foi então que ouviu: o som inconfundível de um zíper se abrindo. A respiração dela falhou, os dedos circulando mais rápido. Ela também ouvia a respiração dele, pesada e difícil. O som de pele na pele.

Aquilo a excitou tanto que o orgasmo a atingiu de imediato, quase inesperadamente. Ela não se conteve, gritando e ofegando ao gozar. Saber que ele escutava atentamente cada gemido prolongou a sensação, trazendo uma onda após a outra. Na sala, ela ouvia o ritmo acelerado de Ethan, tentando suprimir as próprias reações, mas falhando, soltando gemidos estrangulados. Ela voltou a mexer os dedos, e já se sentia começando a atingir outro pico, estimulada pelos sons do prazer dele crescendo. Assim que ouviu a respiração dele se acelerar até ficar ofegante, o gemido de clímax intenso demais para asfixiar, ela explodiu de novo, com ainda mais força do que antes.

Grey ficou ali deitada, atordoada de prazer, com o corpo mole, ouvindo o som da respiração se sincronizar com a dele e depois oscilar. Enfim, ela o ouviu fechar a calça, depois o som de passos se aproximando da porta.

Finalmente. E aí…

Os últimos sete centímetros da porta foram fechados.

17

ETHAN NORMALMENTE NÃO SE LEMBRAVA dos sonhos. Mas, quando lembrava, eram um espetáculo de pesadelos vívidos em tecnicolor, geralmente concentrados na manhã em que ele soubera de Sam. Acordava desorientado, com a cabeça latejando. Dezenas de chamadas perdidas no telefone. O rosto lívido de Nora. Bile subindo na garganta.

Daquela vez, no entanto, havia uma reviravolta. Nenhuma das imagens mudou, mas por algum motivo ele sabia que era diferente. Não era Sam que se fora, seu mundo se despedaçando em um instante, sua vida para sempre dividida em antes e depois. Era Grey.

Ele despertou suado e tremendo. Levou alguns segundos para que a ressaca o atingisse, e mais alguns para as cenas da noite começarem a voltar aos poucos. Grey subindo em cima dele. Ele a empurrando para longe. Ela se atirando no quarto e... ah. Uma onda de excitação passou por ele, lutando contra a náusea para dominá-lo.

Eles realmente precisavam conversar.

Ele se sentou com cuidado, tateando em busca de uma das garrafas de água gratuitas. Quando encontrou uma, virou quase tudo de uma só vez. Pareceu ajudar. Algo mais da noite anterior voltou: a provocação de Grey sobre o quanto ele bebia. Ele tinha que admitir que a ressaca parecia confirmar o argumento dela.

Mesmo assim, ela estava exagerando. Ele a tinha magoado, e ela se revoltara. Claro, ele às vezes exagerava, mas quem não? Não havia nada de errado em beber um pouco no jantar, tomar umas cervejas no final do dia. Todo mundo fazia isso. Só porque ela não aguentava álcool não significava que todos os outros tivessem que se abster também.

Ele ouviu o chuveiro ligado; ela estava acordada. Naquele momento, uma batida na porta da frente anunciou a chegada do café da manhã que eles haviam pedido na véspera. Ele empurrou o carrinho para dentro, depois foi para o lavabo escovar os dentes e passar uma água no rosto.

Quando Grey se juntou a ele no pátio, ele já estava na metade dos ovos mexidos. Ela veio pulando, assistida por uma única muleta, o cabelo úmido e formando cachos nas costas. Estava de óculos escuros e, quando se sentou ao lado dele, deu para ver o brilho do suor na testa dela. Por mais que Ethan estivesse de ressaca, ela parecia dez vezes pior. Ela puxou o prato de café da manhã — iogurte grego e frutas — e olhou por um longo tempo. Pegou a colher lentamente, como se temesse ter que usá-la. Apertou a boca.

Ethan pousou o garfo e empurrou o prato na direção dela.

— Aqui. Come isso. — Ela se virou para ele, o rosto pálido, as lentes espelhadas refletindo dois dele. — Você parece que vai vomitar na mesa. Não precisa se torturar com iogurte.

Ela fez que sim devagar e puxou o prato, pegando o garfo dele.

— Café?

Ela fez que sim com a cabeça.

— Por favor — respondeu, rouca.

Ela evitou os ovos, mas conseguiu terminar a torrada, as salsichas e as batatas. Enquanto bebia o café, a cor voltou às bochechas, e ela pareceu se animar um pouco. Ainda deixou o iogurte intocado, mas atacou a taça de frutas com entusiasmo.

— Acho que vou fazer uma massagem hoje — disse ela, com a boca cheia de morangos.

Ele encheu de novo a xícara.

— Parece uma boa.

— E você?

— Não sou muito de massagens.

— Não, eu quis dizer: o que vai fazer hoje?

— Ainda não sei.

— Hum.

Ela se recostou, apoiando o tornozelo na cadeira vazia ao seu lado.

Ele olhou para ela. Ela olhou para ele.

Ethan não conseguiu resistir.

— Quem está fingindo que não aconteceu nada agora?

Ela sorriu de leve e deu um gole no café.

— Está bravo por eu estar roubando o seu lance?

Ele estava um pouco, sim.

— Então. Ontem.

— Ontem — repetiu ela.

Ele esperou que Grey ficasse em silêncio de novo, tentasse jogar uma isca para mostrar sua mão primeiro, mas, em vez disso, ela soltou um suspiro exausto e disse, direta:

— Acho que precisamos só transar e resolver isso logo.

Ele não conseguiu se conter. Começou a rir.

— Que bom que você acha tão engraçado — murmurou ela, mas também sorriu.

— Como assim, "resolver isso logo"? É para eu ficar ofendido?

— Olha… — Ela passou os dedos pela mesa distraída, traçando o padrão intrincado do mosaico de azulejos. — É o único jeito de desarmar a tensão. Nós dois queremos, mas achamos que não podemos, ou não devemos, então queremos *mais ainda*. Sabe?

— Faz sentido.

Talvez fosse verdade. Talvez a preocupação dele com ela se desse simplesmente porque queria o que não podia ter. Era condescendente da parte dele achar que precisava se afastar para protegê-la; infantilizava-a, até. Grey era uma mulher adulta, podia tomar suas próprias decisões. Se ela quisesse transar com ele, quem era Ethan para dizer não? Já tinha feito muito sexo casual na vida. Ela tinha razão. Ele estava pensando demais. Não precisava ser grande coisa.

Ela ficou mais animada ao continuar, ainda mais confiante na proposta.

— Vai eliminar o mistério. O tabu. Talvez até seja horrível. Isso na verdade seria ótimo.

— Você acha que vai ser horrível?

O canto da boca dela se curvou com malícia.

— Não. Não acho. Se pensar bem, você já me fez gozar duas vezes neste fim de semana.

— Se essa é a métrica, acho que eu devo ter ganhado de você.

Ela mordeu o lábio e abaixou um pouco a cabeça.

— Ethan Atkins, você vai me deixar encabulada.

— Então, quando vamos fazer isso?

Ele manteve a voz casual, como se estivessem debatendo o clima, em vez de planejando a consumação da fantasia com que estava obcecado fazia dois meses.

Ela deu de ombros.

— Tanto faz. Quanto mais cedo, melhor, sinceramente. Agora?

Ele escarneceu:

— Você não quer transar *agora*.

— Duvida? Põe pra fora e vamos ver.

Ele sabia que ela estava brincando, mas não podia negar que considerou por meio segundo — nem que o pensamento o deixou mais duro.

— Não tenho camisinha.

— Bom, acho que você acabou de descobrir seus planos para hoje. — Ela o olhou por cima dos óculos. — Há quanto tempo... Quer dizer... desde o divórcio, ou...?

Ele fez que não.

— Não. E sim. Depois que Nora e eu nos separamos, eu fiquei meio... me diverti. Ou era para ser divertido. Mas acontece que se divorciar demora pra caralho. Quando tudo estava oficializado, eu já tinha saído dessa fase. Parei de sair, parei de ver pessoas. Então... faz um tempo.

— Para mim também.

Ele se virou para ela, um pouco surpreso.

— Desde o seu... o cara da série?

Ela confirmou com a cabeça.

— Mais ou menos. Eu tentei ficar com um cara para superar, mas não aconteceu nada... direito. Nós dois estávamos bem bêbados. Então, é, acho que faz... quase dois anos? Não pode ser.

— Quase três para mim.

Se ele estivesse contando de seu último encontro sóbrio, ainda mais. A revelação fez uma onda de ansiedade o percorrer, algo que não sentia desde o ensino médio. Ele afastou a tentação de fazer uma parada no frigobar para aliviar a tensão. Beber antes nunca fora muito bom para o desempenho dele. No máximo, diminuía a vergonha na manhã seguinte. Mas, se seria sua única chance com Grey, Ethan queria garantir que se lembraria de cada porra de segundo.

Ela riu.

— Meu Deus. Que patéticos. Não é à toa estarmos tão desesperados para rasgar a roupa um do outro. Lá se vai aquele estilo de vida hedonista de Hollywood de que eu ouço falar tanto.

— Não é grande coisa. Será que é bom a gente criar umas regras?

— Tipo o quê? Sem beijos, sem olhar nos olhos?

Ele riu.

— Acho que, isso, a gente pode deixar em jogo. Mas é para ser uma vez só ou...?

Ela se sentou mais ereta, o rosto de repente concentrado, pensativo.

— Preciso ligar para Paul? — perguntou ele, franzindo a testa.

Ela pareceu confusa.

— Quê?

— Você estava com a mesma cara de quando negociamos o contrato.

O rosto dela se abriu, e ela sorriu.

— Não precisamos dele. Você vai se foder neste acordo, de todo jeito.

— Manda bala.

Ela colocou um mirtilo na boca.

— Acho... que o resto do tempo que estivermos aqui é válido. Podemos transar uma vez e depois nunca mais, se quisermos. Podemos transar sem parar até morrer de exaustão ou nos expulsarem na segunda, o que acontecer primeiro. Mas, quando voltarmos a Los Angeles, acabou. De volta ao normal. Acho que é o único jeito de impedir que as coisas fiquem bagunçadas. Você provavelmente já vai estar cansado de mim, de todo jeito.

Duvido.

— Fechado.

— Vamos apertar as mãos? Ou prefere selar o acordo com um beijo?

Aquele sorriso malicioso de novo.

— Apertar as mãos é mais seguro. Pelo menos até eu comprar as camisinhas.

ETHAN ENTROU PARA TOMAR BANHO ANTES DE EMBARCAR NA MISSÃO, então Grey permaneceu no pátio por um pouco mais de tempo. Ela deu mais um pega no baseado para ajudar a assentar o estômago. Isso aliviou ambas as fontes de sua náusea: a ressaca e o nervosismo.

Apesar de se sentir uma pilha de lixo no sol, ela estava praticamente rindo de alegria. *Ela e Ethan iam transar.* Percebeu com um susto que, pela primeira vez, não tinha pensado nele como "Ethan Atkins" — apenas Ethan. Apenas Ethan, que fazia incríveis sanduíches de ovo frito para ela, conseguia waffles que não estavam no cardápio, oferecia suas torradas e batatas quando ela estava de ressaca e não aguentava comer mais nada. Grey franziu a testa. Por que tantos de seus sentimentos carinhosos por ele estavam ligados ao café da manhã? Bom, não precisava analisar isso por enquanto.

Ela examinou o tornozelo, que havia deixado sem atadura depois do banho. O inchaço havia diminuído bastante, e os hematomas tinham começado a amarelar. Grey se levantou com cuidado e apoiou um pouco do peso nele. Não era ótimo, mas não era terrível. Eles não iam conseguir fazer nada de extravagante, mas definitivamente daria para o gasto.

Com o passar dos minutos, sua excitação diminuiu, substituída por uma exaustão profunda. Como após a maioria das noites que ela bebia um pouco demais, tinha acordado antes que o corpo estivesse pronto, incapaz de voltar a adormecer. Talvez devesse tentar tirar uma soneca antes que ele voltasse.

Ela tirou os pratos do café da manhã e se retirou para o quarto. Depois do banho, tinha vestido um shortinho jeans e uma velha camiseta da Rye Playland que tinha encurtado, sem sutiã. Rapidamente tirou os shorts. Ela tinha pegado uma calcinha aleatória enquanto se vestia e conferiu para ter certeza de que era aceitável. Lisa, preta, lycra sem costura, cavada. Nada de especial, mas ela não queria parecer que estava se esforçando demais. Além disso, deixava sua bunda maravilhosa.

Grey entrou embaixo do edredom branco impecável e se aconchegou na montanha de travesseiros macios. Perguntou-se se deveria se posicionar para ser descoberta; uma perna nua exposta, cabelo artisticamente espalhado pelo travesseiro como se colocado ali por pássaros mágicos. Poderia funcionar se ela soubesse quando ele ia voltar; uma princesa serenamente adormecida podia se transformar em um ogro babando e roncando em um piscar de olhos.

Ela devia ter pegado no sono enquanto ainda estava contemplando suas opções. Quando percebeu, estava sendo despertada pelo som da porta do quarto. Ela levantou de leve a cabeça, abrindo apenas um olho.

Ethan estava aos pés da cama, segurando um saco plástico de mercado, olhando para ela com uma expressão indecifrável.

— Sucesso? — perguntou ela, a voz falhando um pouco.

Ele inclinou a cabeça. Ela levantou um pouco as cobertas, embora não o suficiente para se expor.

— Entra aqui.

Um sorriso lento se abriu no rosto dele, enchendo-o de calor. Ele puxou a cadeira da escrivaninha e se sentou, desamarrando as botas e tirando as meias. Quando se levantou e tentou deitar na cama, ela protestou.

— Sem roupas da rua na cama, seu herege.

Na verdade, ela só tinha uma oposição forte à calça jeans, mas achou que seria uma vantagem não especificar demais.

Ele levantou as mãos, se rendendo.

— Desculpa.

Ele esticou a mão atrás do pescoço para puxar a camiseta por cima da cabeça. Grey sentiu a respiração começar a se acelerar à medida que as mãos dele passavam para a braguilha do jeans. Quando ele desceu a calça e a chutou para o lado, ela engoliu em seco. Via, graças à protuberância proeminente na cueca boxer, que ele já estava duro. Grey tinha feito aquilo com ele, percebeu, sem nem o tocar.

De repente, ela se sentiu atordoada. Era um erro. Havia muita pressão. Se aquele encontro fosse menos do que alucinante para qualquer um dos dois, teria que ir embora de Los Angeles, mudar de nome (outra vez) e começar uma nova vida como caminhoneira.

Percebeu que toda história que tinha ouvido de alguém que havia transado com um homem extremamente famoso era, na melhor das hipóteses, medíocre; na pior, praticamente degradante. Os anos de exércitos intermináveis oferecendo o que eles quisessem sem nenhum esforço de sua parte inevitavelmente os deixavam entediados com o sexo, tornando-os preguiçosos, insensíveis e/ou perversos. Uma modelo que Grey conhecera em uma festa uma vez lhe contara sobre a vez em que tinha transado com o Homem Mais Sexy do ano anterior, e que ele havia se recusado a beijá-la, usado fones de ouvido antirruído o tempo todo e chegado a apoiar o celular nas costas dela para ficar olhando quando estava de quatro. Ela tinha ouvido múltiplos rumores sobre um músico aclamado internacionalmente que convidava as mulheres para o camarim depois dos shows, as instruía a tirar a calcinha e empinar a bunda, e se masturbava sem nem as tocar. E ela não tinha certeza se acreditava nesta, mas uma antiga colega de elenco tinha jurado por tudo que era mais sagrado que um certo vencedor do Oscar com múltiplos talentos só conseguia ficar duro se estivesse coberto por um lençol com dois buracos cortados nos olhos, que nem uma fantasia improvisada de fantasma.

Se Ethan se revelasse uma princesinha preguiçosa ou tivesse algum fetiche bizarro antes escondido, pelo menos seria uma boa maneira de resolver o problema. Podia ser uma só e nada mais, e eles seguiriam em frente. Ela talvez não conseguisse mais olhá-lo nos olhos, mas felizmente isso não era uma condição obrigatória do contrato deles.

No entanto, assim que ele se deitou ao lado dela, todas as suas dúvidas foram dissipadas. Eles ficaram de frente um para o outro, com os olhos fixos, sem se tocar. Por fim, ela estendeu um pé exploratório, deslizando-o entre os tornozelos dele e subindo pelas canelas. Ele levou a mão até o rosto dela, passando os dedos pela bochecha, traçando a linha da orelha, o maxilar. A expressão dele era extraordinária, como se não acreditasse que ela fosse real. Ninguém jamais havia olhado para ela assim antes. Quase quis desviar os olhos; era íntimo demais.

Grey usou o pé como alavanca para se aproximar, passando a outra perna sobre o quadril dele até que estivessem alinhados um com o outro. Ambos estavam mais nus do que vestidos, e a sensação de tanto contato fez todos os nervos do corpo dela cantarem. Suas bocas estavam a centímetros de distância, mas, ainda assim, nenhum dos dois se moveu para fechar o abismo.

Ele levou a mão do rosto dela para o quadril. Devagar, deslizou-a pelas costas dela, subindo a curva da cintura, tocando o seio por baixo da blusa. Roçou de leve o polegar no mamilo dela. Ela arfou, tentando arquear o corpo para aprofundar o toque, mas ele já tinha voltado para as costelas. Ao contrário de seus outros encontros, que tinham sido breves, febris, desesperados, aquilo era lento e sensual. Ethan estava tomando seu tempo. As mãos percorriam o corpo dela como se ele quisesse decorar cada centímetro, saboreando a oportunidade de tomar posse, sem pressa, do que o havia escapado por tanto tempo. Era excruciante. Grey queria que ele nunca parasse.

Ao mesmo tempo, ela passava as mãos pela pele quente e lisa do peito dele, o volume do bíceps, os pelos escuros do tronco. Ela não tinha ideia de quanto tempo eles ficaram ali, olhando-se nos olhos, traçando formas místicas no corpo um do outro. Ela quase se sentia hipnotizada. Claro, ainda estava um pouco chapada — não tinha ideia de qual era a desculpa dele.

Finalmente, ele falou, com voz rouca:

— Você tinha razão.

— Quê?

— Aqui é melhor que o sofá.

Ela riu um pouquinho.

— Falei.

Ele voltou a mão para o rosto dela, passando o polegar pelo lábio inferior. Ela lambeu de leve, depois fechou os lábios em torno do dedo, mordendo suavemente. Ethan fechou os olhos e estremeceu, e ela soube que havia quebrado o transe.

Ele a segurou pela nuca e puxou boca dela até a dele. Ainda assim, a paixão frenética dos outros beijos não estava lá. Talvez ela tivesse razão, afinal de contas, e fosse a natureza roubada dos encontros de segundos que impulsionasse a intensidade. Mas havia um tipo diferente de intensidade por trás da maneira como ele explorava a boca dela agora: confiante, minuciosa, reivindicando-a. Devoradora. Ela tinha que se lembrar de continuar respirando.

Ele a virou e se ajoelhou entre suas pernas, prendendo os pulsos dela acima da cabeça com uma mão. A barriga dela deu um salto com o desejo descontrolado no rosto dele, a concentração feroz, como se, caso ele tirasse os olhos ou as mãos dela por um segundo sequer, Grey fosse desaparecer de debaixo dele. O olhar repousava nos seios dela, a posição dos braços dela empurrando-os para cima, exigindo a atenção dele. Com um gesto rude, Ethan empurrou a camiseta dela até a clavícula. Antes que ela soubesse o que estava acontecendo, a boca dele estava no mamilo dela, lambendo e mordiscando o bico sensível até ela gemer.

Ela o sentiu sorrir contra a pele dela enquanto mexia a cabeça para o outro seio. A outra mão dele foi cada vez mais para baixo, até chegar entre as pernas dela. Ele passou o dedo no tecido encharcado, e ela se contorceu embaixo dele.

Ela fez um pouco de força sob a mão que segurava seus pulsos, e ele a soltou imediatamente. Antes que Grey pudesse alcançá-lo e tocá-lo outra vez, ele arrancou a blusa dela até o fim e a jogou por cima do ombro. Ela agarrou os ombros dele e o puxou de volta para baixo em um beijo longo e esfomeado. Quando ele se afastou, seus dedos estavam enganchados nas bordas da calcinha dela. Ele fez uma pausa, os olhos brilhando nos dela.

— Tudo bem?

Como resposta, ela cobriu as mãos dele com as dela e ajudou-o a fazer a calcinha descer pelas pernas. Ele jogou de lado o pedaço de tecido e se sentou nos calcanhares.

— Caralho — suspirou ele, percorrendo-a com o olhar.

Ethan a olhou por muito tempo, a testa franzida por algo que quase parecia preocupação.

Grey se apoiou nos cotovelos.

— O que foi? Tem alguma coisa errada?

Ele balançou a cabeça devagar, as pupilas dilatadas, os olhos famintos.

— Não que eu esteja vendo.

O coração dela pulou uma batida.

Ele fechou as mãos em torno das panturrilhas dela e deslizou até os joelhos, gentilmente os empurrando para fora. Ethan mergulhou a cabeça e beijou a parte interna do joelho dela antes de subir para mordiscar a curva da coxa. Primeiro de um lado, depois do outro. Ela segurou a respiração enquanto ele a abria com os dedos, depois com a língua.

Puta. Que. Pariu. Por que ela tinha passado dois anos sem isso? Ou, mais precisamente, quase vinte e oito anos. Porque, embora já tivesse se passado algum tempo, ela não se lembrava de ter sido tão bom assim com ninguém. Claro, Callum era entusiasmado e, com o tempo, ela tinha conseguido treiná-lo bem o suficiente. Mas estava bastante certa de que nunca havia experimentado nada assim: a maneira como Ethan parecia estar tão sintonizado com cada contração e arquejo dela, ajustando-se de acordo com isso, provocando-a até o limite e trazendo-a de volta. Depois que ele a levou à beira do orgasmo pela terceira vez, e aí parou, Grey não aguentava mais.

— Por favor — arfou ela, agarrando o lençol tão forte que tinha certeza de que os nós de seus dedos estavam brancos.

Ele levantou os olhos, absorvendo a forma como ela se contorcia desesperada. Pelo jeito como sorriu, ela soube que devia ter uma aparência tão animalesca quanto sentia.

Quando ele enfiou o dedo indicador dentro dela, ela já estava tão exageradamente estimulada que pensou que fosse sair voando da cama. Ele abaixou a cabeça e chupou o clitóris enquanto adicionava um segundo dedo, dobrando-os até encontrar o ponto que a fez convulsionar.

— Ah, *caralho. Merda.*

Ela enroscou os dedos no cabelo dele enquanto o orgasmo a rasgava. Ele levantou a cabeça para observá-la, os dedos ainda estocando dentro dela. Parecia que Grey nunca ia parar de gozar, uma nova onda de deliciosas sensações pulsando assim que a última diminuía.

Ela jogou a cabeça de volta na cama, os braços e as pernas parecendo gelatina. Sentiu Ethan remover os dedos e virou a cabeça para dizer que precisava de um minuto para se recuperar antes de eles continuarem. Ele encontrou seus olhos, lentamente trouxe os dedos, aqueles que estavam dentro dela, para a boca, e chupou, seu olhar aquecendo-a da cabeça aos pés.

Esquece. Ela estava pronta para continuar.

— Camisinha — ofegou ela, a voz fraca.

Ethan se esticou para fora da cama e achou a sacola no chão, rasgando o pacote. Tirou a cueca rápido e começou a rolar a camisinha na ereção levemente intimidante, chegando perto do umbigo.

Ela o observou, no deleite da névoa pós-orgasmo. Ele era perfeito pra caralho. E era dela.

Só até segunda, uma vozinha em sua cabeça lembrou. Aquela voz, porém, foi fácil de afastar quando ele subiu nela, acomodando-se entre suas coxas. Ele se apoiou em um antebraço em cima dela, estremeceram um pouco quando ela estendeu a mão para baixo e o guiou para se encaixar. Os dois arfaram quando a cabeça do membro dele cutucou a entrada dela.

Ele mexeu o quadril devagar, entrando nela um centímetro, depois dois. Um gemido escapou da garganta dela.

— Espera — engasgou ele, as veias da testa salientes.

— Quê? — gritou ela, mais alto do que pretendia.

— Talvez... não seja uma boa ideia. — Ele engoliu em seco. — E se ficarmos muito... e se quisermos continuar fazendo isto depois...

Grey soltou um gemido animal, enfiando as unhas no bíceps dele, frustrada. As palavras dela saíram roucas e rápidas.

— Ethan, o momento para ter essa conversa *não* é quando você está literalmente *no processo* de me penetrar. Vai ficar *tudo bem*. Eu te odeio, foi o pior orgasmo da minha vida, qualquer coisa que você precise ouvir agora para se sentir ok de... *ahh*!

O fim da frase dela se transformou em um gemido quando Ethan agarrou seu quadril e se enfiou até o fim, acompanhado por um som que parecia rasgado do fundo do peito dele.

Os dois ficaram sem palavras. Ele congelou, a respiração superficial. Ela sentia o coração dele acelerado contra o dela. Os olhos dele estavam fechados, a mandíbula tensa. Ela estendeu a mão para tocar o rosto de Ethan, que se encolheu.

— Você está bem? — murmurou ela.

Ele fez que sim, tendo pequenas contrações.

— Só preciso de um segundo. Antes de eu, hum… — Ele expirou, trêmulo, rindo um pouco. — Eu te disse, faz… muito tempo. E… você está deliciosa *para caralho*.

Ela ficou imóvel embaixo dele. Sentiu-se aliviada por também ter um momento para recuperar o fôlego; a sensação dele dentro dela, a alargando, a preenchendo, era quase insuportável.

Enfim, ele começou a se mexer, de início agonizantemente devagar. Grey não sabia se queria que ele desacelerasse ou acelerasse, cada movimento de quadril enviando ondas sísmicas de prazer através dela, uma ampliando a outra. Sua mente se esvaziou, seu foco se estreitou para o local onde os dois se uniam, para a sensação das estocadas uniformes e fortes.

Ela enroscou as pernas nele e procurou um travesseiro, o enfiando sob o quadril para obter mais profundidade, e os dois gemeram com a mudança de ângulo enquanto ele afundava mais. Ethan enterrou o rosto no pescoço dela, mordendo e chupando com tanta força que ela soube que deixaria marcas, mas estava tão obliterada pela sensação que não conseguia se importar.

Ele começou a se mexer mais rápido. Jogou uma das pernas dela no ombro e inclinou-se, enfiando mais fundo do que ela achava ser possível. Ela sentiu seus olhos se revirando enquanto cravava as unhas nas costas dele como se não houvesse amanhã.

Ela estava levemente consciente de que sons saíam dela, sons que normalmente a teriam deixado com vergonha, mas estava ensandecida de prazer, dominada pelo puro instinto. Percebeu também que ele estava falando com ela; murmurando como ela era linda, como era perfeita, como a desejava havia tanto tempo, como ela era gostosa, como estava molhada, apertada. Grey deixou as palavras jorrarem sobre ela, envolvendo-a, preenchendo-a ainda mais do que ele já a preenchia com seu corpo.

Ela estava perto, tão perto, e via que Ethan também, pela respiração ofegante, pela lentidão dos estocadas, pela sensação de que ele estava, de algum jeito, mais duro do que nunca. Ela alcançou uma mão entre as pernas e puxou o rosto dele para o dela com a outra, mordendo o lábio inferior, gritando na boca dele ao gozar.

No primeiro espasmo, os músculos dela se apertando firmemente em torno dele, ele estremeceu dentro dela. Ela escorregou a perna do ombro dele para envolver as costas de Ethan com os braços, pressionando o peito dele no dela. Ele enterrou o rosto no cabelo dela, ficou tenso, e gemeu o nome dela.

Por fim, ele suspirou, respirando forte, o peso de seu corpo prendendo--a ao colchão. Ela correu as palmas das mãos para cima e para baixo das costas suadas dele, enquanto sentia o ritmo cardíaco começar a se acalmar, pressionando beijos leves como plumas na lateral do rosto dele. Sentiu uma onda de decepção quando ele se levantou devagar, apoiado nos antebraços, privando-a de seu peso.

Ethan a encarou, deslocando-se para que um braço estivesse livre para acariciar seu rosto, seu cabelo. Ela nunca o tinha visto parecer tão jovem, tão vulnerável e inseguro, o olhar passando por ela como se fosse a primeira vez que a via. Grey ergueu a cabeça e o beijou devagar, com ternura. Ele pareceu gostar do beijo, mas, quando acabou, se afastou, deslizando cuidadosamente para fora dela e rolando de costas.

Ela não tinha certeza de quanto tempo ficaram ali deitados, em silêncio, exceto pelos sons da respiração irregular. Ela não conseguia olhar para ele. O peso total do que tinham acabado de fazer caiu nela, substituindo o peso do corpo dele. Ela sentia que não conseguia respirar. Se ele ficasse estranho de novo, se fechasse, a afastasse pelo resto do fim de semana, ela não saberia o que fazer. Não aguentaria. O peito dela se apertou ainda mais com o pensamento.

Sentiu o colchão se mexer quando ele se levantou, escutou o barulho da borracha enquanto Ethan se desfazia da camisinha. Ele voltou para a cama ao lado dela, os lençóis farfalhando enquanto se ajustava. Virando a cabeça, ela viu que ele tinha se virado de novo para ela, então, fez o mesmo. Ele a olhava com aquela expressão inescrutável. De volta para o começo... só que, agora, tudo estava diferente.

— Funcionou? — perguntou ele, a voz rouca.

Grey franziu a testa, confusa.

— Quer dizer… estamos curados? — explicou ele.

O cérebro dela, atordoado pelo sexo, levou longos momentos para processar o que ele queria dizer. Quando entendeu, porém, uma gargalhada quase histérica começou a borbulhar dentro dela. A risada foi contagiante, dominando Ethan também, e os dois ficaram lá, rindo que nem duas hienas.

— Sim. Sim, estamos curados — chiou ela, secando lágrimas dos olhos. — Sai de cima de mim, feioso.

Ela pontuou a frase enganchando a perna no quadril dele e o empurrando de costas, para se sentar em cima dele.

18

O DIA E MEIO SEGUINTE SE PASSOU em um borrão. Eles cancelaram todas as outras obrigações que Audrey tinha marcado, preferindo transar em todas as superfícies do chalé, internas e externas, horizontais e verticais. Internamente, Ethan ficou surpreendido com o próprio vigor. Mesmo em seu auge, ele tinha tido seus limites — a não ser que houvesse algum tipo de estimulante envolvido. Mas, quando Grey olhava para ele, quando o tocava, por mais inocente que fosse o gesto, ele ficava pronto para ela de novo em um instante. Se uma empresa farmacêutica descobrisse como engarrafá-la, tiraria o Viagra do mercado. Todos os benefícios, sem efeitos colaterais.

Bem. Talvez um efeito colateral.

A teoria dela de que a atração seria aliviada pela consumação estava errada, para dizer o mínimo. Quanto mais ele a tinha, mais a queria. Os limites claros do acordo o haviam libertado de todas as inibições em torno de Grey, e, para sua surpresa, ela o recebia com entusiasmo toda vez. Qualquer atrito passado entre os dois tinha sido totalmente voluntário; depois de parar de contrariar a tentação, estavam tão sincronizados que isso quase o assustava.

O prazo de segunda-feira, que se aproximava rapidamente, deveria ter servido de obstáculo, mas só aumentava a urgência. Ethan tentava não pensar naquilo. Mesmo que o relacionamento físico terminasse em breve, eles ainda estariam vinculados por contrato por quase quatro meses. Agora que a guerra fria entre os dois havia chegado oficialmente ao armistício, Ethan se viu agradecido por todas as outras oportunidades que já tinham alinhado para passar tempo juntos — mesmo em contextos não nus.

No final da noite de domingo, depois de terem feito pleno uso do chuveiro duplo, eles se sentaram na cama para ver televisão, ela com as pernas no colo dele, dividindo o jantar do serviço de quarto. Três meses antes, testemunhar aquele tipo de coisa teria feito o estômago dele se revirar; a perspectiva de seu próprio envolvimento em uma cena assim era impensável. Mas, naquele momento, Ethan alegremente aceitou a garfada de bife que Grey ofereceu. Naquele momento, estavam vestindo mais roupas do que tinham usado no dia todo: ele de cueca, ela enrolada em um dos enormes roupões fofos do resort.

Ele passava uma mão distraída pela canela dela, deixando-a subir um pouco mais a cada vez. Pelo joelho, pela coxa. Quando chegou alto o suficiente, ela se contorceu um pouco, rindo.

— Pelo menos me deixa comer o sorvete antes de derreter — protestou, pegando um prato coberto do outro lado da cama.

Ele deixou sua outra mão se juntar à exploração.

— A gente pode colocar no freezer — murmurou no ouvido dela, que deu um tapinha brincalhão na mão dele.

— Não sei se você sabe, mas não precisamos compensar três anos de celibato em trinta e seis horas.

— Tarde demais.

Ela riu, colocando uma colherada de sorvete de chocolate na boca. Fechou os olhos e suspirou. Quando voltou a abrir, notou que ele a estava observando e riu tímida. O fato de ainda conseguir ficar encabulada com algo tão pequeno, depois de um dia e meio de ele a vendo nua em todas as posições conhecidas pelo homem, o encantou tanto que sua barriga deu uma cambalhota.

— Preciso curtir enquanto posso. Espero que me obriguem a fazer uma dieta louca para ganhar massa muscular e eu tenha que acordar de madrugada para comer bacalhau, que nem o The Rock.

— Desde que você não me acorde.

Ela parou a colher a meio caminho da boca. *Merda.* Por que disse isso? O único assunto que tinha tomado o cuidado de evitar: a perspectiva de as coisas continuarem depois de segunda-feira. Ele não estava falando sério. Tinha escapado. Sabia que seria impossível. A compatibilidade sexual, por mais elétrica que fosse, não era suficiente para sustentar um relacionamento. Os dois sabiam disso.

Ethan pigarreou e mudou de posição. Precisava achar outro assunto, rápido.

— A gente está deixando a desejar naquelas perguntas.

Os olhos dela brilharam, achando graça.

— Tem razão. Senão, como é que vamos nos conhecer?

— Bom, eu espero mesmo que a Sugar Sicrana não me pergunte das suas habilidades de boquete.

Grey revirou os olhos, mas estava rindo.

— Sugar *Clarke*. Mas, se ela perguntar, você vai dizer...?

— De alto nível, óbvio.

— Puxa-saco. — Ela deixou a taça vazia de sorvete na mesa de cabeceira e pegou o celular enquanto ele alcançava o controle para desligar a televisão. — Vou tentar achar uma boa.

Ela se aconchegou no ombro dele enquanto lia, e ele a abraçou, dando um beijo suave no topo da cabeça dela sem nem pensar. Como se fosse a coisa mais natural do mundo.

— Tá bom, tem uma de duas partes. Parte um: "Qual a sua lembrança mais preciosa?".

Ele respondeu de imediato:

— Quando minhas filhas nasceram.

— Que resposta de pai! Você é muito previsível — provocou Grey.

Ele riu, apertando o ombro dela.

— Estou falando sério. É bem incrível. E assustador. Simplesmente... avassalador. Em todos os sentidos da palavra.

Ele pensou na primeira vez que pegara Sydney no colo, seus dedinhos agarrando os dele. Ficara devastado só de pensar que tinha desempenhado mesmo que o mais ínfimo papel na criação de algo tão perfeito. Jurando ser melhor do que o próprio pai. Sentiu um aperto no peito. Também tinha fodido com isso. Não gostava de pensar em todas as primeiras coisas que havia perdido desde que se mudara. A maneira como ele havia sido demovido de participante ativo na vida delas para praticamente um espectador, sempre tentando se atualizar das coisas. Como só tinha a si mesmo a culpar.

Grey pareceu sentir a mudança em seu humor e se aconchegou mais profundamente no pescoço dele. Ethan virou a cabeça para olhar para ela.

— *Você* quer ter filhos?

Ela levantou os olhos, alarmada.

— Não acabaram as camisinhas, né?

Ele riu.

— Só curiosidade. Parece o tipo de coisa que nossa amiga Sugar talvez pergunte, é bom termos algo combinado.

Ela apertou os lábios e considerou, a mão deslizando e descansando quase inconscientemente no abdome dele.

— Não sei. Até gosto de crianças. Mas nunca tive uma vontade forte de ter as minhas. Vivem falando que vou ter quando fizer 30, e, tipo, tá bom. Meio condescendente. Mas talvez tenham razão. Por enquanto, para mim tanto faz.

— Eu entendo. Até ter, também não tinha pensado muito nisso. Mas acabei com umas ótimas.

Ela abriu um sorriso afetado.

— Eu não saberia, estou proibida contratualmente de conhecê-las.

Ele riu, e ela se acomodou no corpo dele.

— Acho que o milagre da vida deveria estar fora de cogitação — disse ela. — Essa resposta é fácil demais.

— Tá bom. Você me diz a sua enquanto penso em outra coisa.

Ela soltou o celular e girou uma mecha de cabelo no dedo, puxando como se para inspecionar pontas duplas.

— Então… nas férias depois do sexto ano, eu fui escalada para o meu primeiro filme.

— Qual era?

— *A troca de irmãs…?* — Era uma pergunta, como se ela duvidasse que ele já tivesse ouvido falar.

Ethan a olhou surpreso.

— Você fez esse filme? Minhas filhas amam! Eu devo ter visto umas quinze vezes.

— Mais ou menos. Não de verdade. Eu era dublê da Morgan Mitchell. Então, tipo, todas as cenas que tinham as duas gêmeas eram gravadas com nós duas, trocando quem estava fazendo quem, e aí eles juntavam na pós-edição, para as duas serem ela.

Ele fez cafuné nela.

— E essa é sua memória mais preciosa?

Ela meio que deu de ombros. Brincou com a palma da outra mão dele, passando os dedos enquanto falava.

— Acho que é. Foi minha primeira vez em um grande set de filmagem. Quer dizer, já tinha estado em um set, tinha feito comerciais e séries policiais, e novelas e tal, mas não era nada comparado àquilo. Gravamos em Paris, em Vermont, em Big Sur. Morgan e eu ficamos bem próximas; era que nem ter uma irmã mesmo. O set todo era uma grande família. Foi bom. Eu me senti muito… cuidada. Sinto que estou desde aquela época buscando essa experiência — concluiu ela, suavemente.

Ele virou a palma da mão para grudar na dela.

— Você ainda fala com Morgan?

Ela fez que não com a cabeça.

— Mantivemos contato por um tempo. A gente se via uma ou duas vezes por ano, sempre que ela estava em Nova York. Meio que nos afastamos quando… bom. Você sabe. Escrevi para ela na primeira vez que ela foi para a reabilitação, e ela me respondeu com uma carta simpática. Às vezes, a gente se fala por DM. Ela era muito fofa na época. É triste. Acho que ela nunca teve pessoas boas por perto. Se formos falar em mães assustadoras, a dela era… intensa.

— Eu via ela na balada sempre. Morgan, no caso. Bom, na verdade, a mãe dela também, às vezes. A gente chegou a sair juntos para umas festas, ela não devia ter nem 21 ainda. Era bem loucona.

— É. — Grey parecia estar a milhões de quilômetros dali. — Eu penso muito nela, na verdade. Tipo, se eu tivesse tido mais sucesso. Talvez tivesse sido eu.

— Talvez. Mas você teria que aguentar bem mais de um drinque por noite.

Grey riu, e o som fez o coração dele parecer que ia explodir.

— Tá. Você já teve tempo suficiente para pensar. E aí?

Ethan levou um bom tempo para responder. Passou o braço dos ombros dela até a cintura, puxando-a mais para perto. Ela se aconchegou nele, abraçando-o pelo pescoço e aninhando o rosto profundamente na curva do ombro dele. Embora o gesto o tenha excitado, óbvio, também o fez sentir alguma outra coisa. Coragem.

— Quando eu era criança, as coisas... não eram tão boas. Em casa. Eu passava muito tempo na casa... na casa de Sam. Com a família dele. Algumas vezes, cheguei a basicamente morar na casa dele. Por meses. — Ele hesitou. Grey soltou um pequeno murmúrio de compaixão, roçando os lábios no pescoço dele. Ethan apertou firme a coxa dela antes de continuar. — Um verão, acho que eu tinha 12? Treze? Algum primo deixou a família dele usar a casa de praia em Cape May, e eu fui junto. Ficamos lá por duas semanas. Sam e eu pegávamos a bicicleta todo dia de manhã e ficávamos o dia todo fora, na praia, no calçadão. A gente voltava para casa e o pai dele estava fazendo churrasco. Víamos filmes, fazíamos fogueiras na praia, olhávamos as estrelas. Era só... uma paz. Eu sabia que ia ficar tudo bem. As coisas em casa... não tinham importância. Nada mais parecia real.

Ele sentiu Grey sorrir no pescoço dele.

— Que memória inocente.

— Mencionei que também foi a primeira vez que passei a mão em uma menina? Embaixo do píer.

— Muito *Grease* da sua parte. Não me diga que também ficou na rua até as dez da noite.

Rindo, Ethan tirou Grey do colo e a pôs de costas, prendendo-a embaixo de si. Ela riu e se contorceu um pouco, mas não resistiu.

— Então é isso que ganho por confiar minhas lembranças mais íntimas e pessoais a você. Entendi.

Ela o olhou inocentemente.

— E o que *eu* ganho?

Ele abaixou a cabeça para beijá-la, deslizando a língua pelos lábios dela, que se abriram instantaneamente. Ela deu um pequeno suspiro no fundo da garganta e emaranhou as mãos no cabelo dele, puxando-o para mais perto, mais fundo. Aquele pequeno ruído era suficiente para deixá-lo louco. Ele enfiou as mãos no roupão dela, passando-as pela pele de cetim.

Algo o chamou no fundo da mente e ele levantou a cabeça outra vez. Grey choramingou um pouco em protesto.

— Ainda não terminamos. Você disse que era uma pergunta com duas partes.

Grey atirou a cabeça para trás e meio riu, meio gemeu de frustração. Rastejou de debaixo dele e apoiou as costas na cabeceira. Ele descansou a cabeça no colo dela, e ela mexeu os dedos automaticamente para fazer cafuné, as unhas traçando círculos suaves no couro cabeludo.

— Qual é a segunda parte? — insistiu ele, tentando não se distrair com os calafrios prazerosos que os dedos dela provocavam.

Ela baixou os olhos para ele, a boca apertada.

— O que você acha? — perguntou, suavemente.

Ele fechou os olhos.

— Pior lembrança.

Ela não respondeu por um momento, só manteve aqueles círculos hipnotizantes.

— Não precisamos. Podemos deixar pra lá.

Ele sacudiu a cabeça.

— Não. Eu quero. Mas… você primeiro.

Ela suspirou. Ele manteve os olhos fechados.

— Provavelmente descobrir sobre o meu… sobre Callum. Não foi só a traição. Foi o fato de *todo mundo* saber antes de mim. Aí, os veículos de fofoca publicaram… A coisa toda foi muito humilhante.

Ele estendeu a mão e apertou a coxa dela, demonstrando compaixão.

— Quanto tempo vocês ficaram juntos?

— Quatro anos.

— Que escroto de merda. E tudo estava bem antes disso? Alegremente apaixonados? Pássaros aparecendo sempre que ele estava perto? — Ele manteve o tom leve, tentando mascarar quanto estava curioso para ouvir a resposta.

Ela hesitou. Quando falou de novo, sua voz estava distante e contemplativa.

— Não sei. Na época, eu achava que sim. A traição foi pior que o sofrimento, sinceramente. Em retrospecto, não acho que nenhum de nós dois estava tão emocionalmente envolvido. Trabalhar juntos… era tão conveniente. Parecia o tipo de relacionamento em que eu *deveria* estar, o tipo de pessoa com quem eu *deveria* querer estar. Mas nunca falávamos de nada importante. Às vezes, ele dizia umas coisas do nada e eu ficava… *quê*? Quem *é* você? A gente conhece alguma coisa um do outro? Mas acabava sempre só… ignorando. Acho que nós dois ficávamos mais felizes de manter as coisas superficiais.

— Que tipo de coisa ele dizia?

— Ah, sei lá. Tinha uns comentários soltos aqui e ali que me faziam pensar que *talvez* ele pudesse achar que… — Grey pausou antes de abaixar a voz. Ethan viu que ela estava tentando não rir —… a Terra é plana.

Ethan caiu na gargalhada.

— Você namorou um terraplanista por quatro anos?

— Por *quatro anos*. Não sei que caralho eu estava pensando. Durante a metade do tempo, a gente falava até de ficar noivo. Eu deveria ter sabido que nunca aconteceria se precisávamos passar tanto tempo debatendo a possibilidade.

— Você se livrou de uma boa, isso sim. Nora e eu ficamos noivos depois de um mês. Provavelmente, teria sido bom conversar um pouco mais antes.

Ela riu, e a cabeça dele vibrou no colo dela.

— Você faria isso de novo? Casar, quero dizer. — Ela pausou. — Sabe. Só caso ela pergunte. Para o artigo.

Ele se surpreendeu com a facilidade que teve para responder.

— Sim. Faria. Eu amava ser casado. Só não posso dizer que recomendo o divórcio. Isso eu gostaria de fazer só uma vez, se possível.

Ethan mal tinha admitido aquilo a si mesmo antes. Seus pensamentos sobre seu futuro romântico em geral eram limitados a garantir que ninguém mais sofresse nas mãos dele. Mas, depois da intimidade fácil dos últimos dias com ela… talvez *fosse* algo que quisesse de novo. Um dia. Em teoria.

Ela ficou em silêncio. Parou de fazer círculos com o dedo e passou a alisar o cabelo dele.

— É engraçado — disse ele, e sentiu-a mudar de posição, tensa.

— O quê?

— Sua melhor lembrança é sobre trabalho, e sua pior memória é sobre amor. Isso explica muito sobre você.

— Bom, recusei um filme para ter o privilégio de descobrir que estava sendo traída, então ainda é meio relacionado a trabalho. E, além disso... — Ela hesitou. — *A troca de irmãs* também não foi só coisa boa.

Ele abriu os olhos, olhando-a.

— O que aconteceu?

Ela sacudiu um pouco a cabeça.

— Deixa pra lá. É bobo.

— Me conta.

Ela suspirou.

— Eles me levaram de avião para a estreia em Los Angeles. Eu estava tão animada que não consegui dormir na véspera. Mas, quando o filme começou... não sei se consigo explicar. Quer dizer, eu *sabia* que não ia aparecer de verdade. Mas pareceu que tudo em que eu tinha trabalhado, tudo de que eu tinha tanto orgulho, havia sido apagado. Ou nunca nem havia existido. Não sei. Parece bobo falar em voz alta. Eu era criança, não conseguia entender de verdade. Precisei ir chorar no saguão.

Ethan tirou a mão dela de seu cabelo e beijou a palma. Ele sentiu a dor da pequena Grey — ou, na verdade, da pequena Emily —, do seu trabalho duro, dos seus grandes sonhos que nunca se realizariam.

— Não é bobo. Faz todo sentido.

— Acabou ficando tudo bem. Carol, a diretora, você conhece Carol Hayes? Ela veio me consolar. Entendeu na hora. Me disse que, mesmo que meu rosto não estivesse na tela, eu estava lá na atuação de Morgan, nas reações dela. Na performance física dela. Até em algumas das falas dela. A gente criou aquelas personagens juntas. Ela me disse que nunca teria conseguido sem mim. — Ela mordeu o lábio. — Era exatamente o que eu precisava ouvir.

Ethan não disse nada, só continuou segurando a mão dela. Ela mudou de posição, de repente um pouco desconfortável.

— Já chega de falar de mim. — Ela abaixou os olhos para ele, parecendo penetrá-lo. — Quer me contar de Sam?

O fato de ela ser tão direta o chocou, mas não tanto quanto perceber que ele queria, sim, contar a ela. Pensando bem, mal havia falado daquilo com alguém. Nora tinha implorado no início; para ele falar com ela, com qualquer um, mas ele a havia bloqueado. No fim, ela desistira. Depois disso, não tinha mais ninguém para implorar.

— Podemos nos deitar primeiro?

Ela assentiu, e os dois começaram a tirar os pratos. Quando ele voltou, depois de levar o carrinho embora, ela já estava enrolada sob o edredom, o roupão descartado no chão. Ele deslizou ao lado dela e desligou o abajur, mergulhando-os na escuridão.

Ele a abraçou, encostando suas costas macias em seu peito. Embora o corpo dela não fosse mais um mistério para ele, ele sentia que levaria uma vida inteira para deixar de se espantar com Grey, para que a visão e o toque dela parassem de desencadear as reações mais primitivas nele. Pensou em deixar as perguntas idiotas pra lá e, em vez disso, apenas tomá-la. Pela maneira como ela se arqueou e se mexeu contra ele, dava para ver que ela estava pensando a mesma coisa. Seria fácil simplesmente deslizar para dentro dela ali mesmo, direto para um esquecimento feliz, onde nada existia exceto os dois.

Mas ele estava cansado de esquecimento. Queria estar presente. Com ela.

Ethan respirou fundo no cabelo dela para se acalmar, fazendo uma anotação mental para verificar os ingredientes do xampu dela e ver se havia algo escondido ali que explicasse o efeito narcótico que tinha sobre ele.

— Nora e eu estávamos brigando. Nem lembro por quê. Brigávamos muito naqueles dias, mesmo antes… Acho que teríamos nos separado de qualquer jeito, no fim. Eu estava enfiado em algum bar num lugar qualquer e implorei para Sam ir me encontrar. Devo ter ligado cem vezes. Não lembro muita coisa depois de ele chegar. — Ele enfiou o rosto mais fundo no cabelo dela, tentando abafar a voz o máximo possível para ela não a ouvir falhar. — Essa é a pior parte. A última vez que vi Sam, e eu dei perda total. — Ela apertou mais forte o braço dele, cruzado no peito dela. — Ficamos lá por horas. Acho que tomei oxicodona também. — Ethan a sentiu ficar tensa. — Mas eu não tomo mais nada disso. Nada de drogas. Desde aquela noite. — Grey voltou a relaxar, pressionando a boca de leve no braço dele. — Não sei por que ele tentou ir de carro para casa. Eu estava estragado demais para fazer alguma coisa. Tinha tantas coisas...

Ela ficou em silêncio. Ethan sentia o coração dela bater forte junto ao peito dele, suas respirações fundas ajudando a manter as dele lentas e regulares.

— Sabe aquela sensação... Talvez você não saiba. Da manhã depois de dar PT. Você fica só esperando receber aquela ligação ou mensagem sobre a coisa horrível que fez na noite anterior. E, mesmo quando recebe, em geral não é nada. Talvez você acidentalmente tenha ofendido alguém ou tenha quebrado uma coisa cara. — A voz dele ficou mais rouca. — E... talvez isso seja ruim. Mas, quando você chega aonde... eu estou, não tem muito que não dê para desfazer. Que não dê para consertar ou se safar. Se você cobrar favores suficientes, se gastar dinheiro suficiente. Mas isso...

Ele engoliu em seco, sentindo a garganta se fechando rapidamente, piscando e roçando os cílios no cabelo dela. Não conseguia se lembrar da última vez que tinha chorado. Quase se esquecera de que ainda era capaz. Percebeu que continuava falando, frases pela metade saíam de sua boca, mudando de direção no meio como um sinal ferroviário quebrado.

— Eu devia ter só... não. Não foi. Eu não podia. Eu fico tão... *caralho*. — Ele fechou os olhos, sentindo as lágrimas quentes e impotentes caindo pelo rosto no cabelo dela. — Não era para ser ele.

Grey se virou para ele. Seus olhos estavam arregalados, sinceros. Ela roçou o polegar na maçã do rosto dele, molhada de lágrimas, depois levou a boca ao mesmo lugar. Inclinou a cabeça dele para fazer o mesmo do outro lado, beijando as novas lágrimas que haviam brotado ali. Ele acabou parando de falar, deixando-a continuar seus cuidados sem resistir.

Ethan sentiu a conhecida ausência de peso que sentia depois de ter bebido um pouco demais, mas não podia ser isso. Só tinha bebido uma ou duas cervejas no jantar. Não estava nem altinho. Mesmo assim, aquela imobilidade completa o tomou. Ele não conseguia se lembrar da última vez que havia sentido tanta calma e paz sem assistência externa. Talvez nunca.

Apesar de tudo que tinham feito nos últimos dois dias, foi o primeiro momento em que ele realmente se sentiu nu diante de Grey. E mais tarde naquela noite, quando a respiração deles acelerou e ela o cavalgou mais uma vez, parecia haver um fio invisível conectando-os que não tinha estado lá antes. Como se estivessem fundidos por mais do que só o corpo. Ethan nunca havia experimentado nada parecido. A sensação era tão potente, tão enervante, que, quando ele gozou, tremendo debaixo dela enquanto ela se curvava e gemia, achou que começaria a chorar outra vez.

Embora a ameaça da manhã se aproximasse, de certa forma mal podia esperar para que chegasse. Era menos aterrorizante do que o que poderia acontecer se as coisas continuassem daquele jeito entre eles por mais um dia que fosse.

GREY NÃO SABIA BEM O QUE A FIZERA ACORDAR DE SOBRESSALTO. DEPOIS do esforço físico daqueles dois dias, certamente não era porque estava descansada — parecia que podia dormir por mais um ano. Sentiu Ethan em torno de todo o seu corpo; o calor dele, o cheiro, a respiração lenta em sua nuca, o peso do braço em cima de seu peito. A pressão na barriga dela rapidamente a alertou para o verdadeiro motivo por trás do despertar repentino: ela precisava fazer xixi. Muito.

Relutante, ela saiu de debaixo do braço dele. Ele gemeu em protesto, mas permaneceu dormindo. No caminho para o banheiro, ela olhou o relógio. Ainda não eram nem nove. Eles tinham empurrado o check-out de onze da manhã para uma da tarde, embora fosse um gesto inútil. A realidade ainda estava vindo atrás deles, um minuto de cada vez.

O corpo todo dela doía, latejando do meio das pernas ao coração. Como eles iam voltar ao normal? No calor do momento, parecia que a única coisa a fazer era se render, em nome da sanidade. Era para simplificar as coisas. Eliminar a tentação. Ela havia percebido tarde demais que talvez houvesse *um pouquinho* de negação envolvida, pelo menos de sua parte. Mas não se arrependia. Não importava o que acontecesse depois, ela sabia que reviveria cada momento daquele fim de semana perfeito e roubado para o resto da vida. Por enquanto, era o suficiente para acabar com a incerteza.

Ela considerou rastejar de volta para a cama sem olhar o celular, mas ele vibrou no canto, exigindo sua atenção. Quando ela o pegou, sentiu o estômago afundar.

Chamadas perdidas tanto de Renata como de Audrey. Dezenas de mensagens. Quando ela destravou o telefone e olhou, seu coração disparou. Ela começou a tremer. Vestiu uma camiseta de Ethan e foi mancando para o pátio o mais rápido que pôde. Renata atendeu no primeiro toque.

— Grey. Graças a Deus. Em quanto tempo você consegue chegar no escritório de Audrey?

Grey fechou os olhos, tentando acalmar os pensamentos acelerados por tempo suficiente para formular uma resposta. Ela sentia que ia vomitar.

— Estou saindo agora. Me dá duas horas.

Ela andou pelo bangalô, tentando fazer as malas o mais silenciosamente possível. A tentativa de ser furtiva foi frustrada quando ela tropeçou com o tornozelo já machucado em um sapato largado e uivou de dor.

Ela ouviu Ethan se mexer.

— O que está acontecendo? — A voz dele estava aconchegante e sonolenta.

Ela sentiu uma pontada ao ouvi-lo, atingida pela vontade repentina de voltar para o lado dele e fingir que nada daquilo estava acontecendo. Afastou o pensamento. Permitir-se desenvolver aquele tipo de sentimento carinhoso por ele era o que a tinha jogado naquele caos, para começo de conversa.

— Olha seu telefone — foi só o que ela conseguiu dizer, a voz aguda e atormentada.

Bem na hora, o celular dele vibrou na mesa de cabeceira. Ela já tinha tido que silenciar completamente o seu, a vibração constante só a deixando mais agitada. Ethan tateou enquanto se sentava, o cabelo bagunçado e espetado em todas as direções, piscando devagar.

Ela entrou no banheiro para guardar a nécessaire de maquiagem.

— Caralho. Que *porra!* — Grey o escutou exclamar do quarto.

Ela deu uma última olhada para garantir que não tinha deixado nada para trás e mancou de volta para o quarto para jogar tudo na mala. Ethan estava mexendo no celular.

— É grave — disse ele, sem olhar para ela.

— Ahã.

Ela tinha quase terminado de fazer a mala, mas se forçou a continuar em movimento para não ter que olhar para ele. O coração martelava no peito, esperando a reação dele.

— Você está bem? — perguntou Ethan baixinho, analisando o rosto dela.

— Não sei.

Ela fechou a mala com tanta força que quase arrancou o zíper.

Ele olhou as malas dela e apertou a boca.

— Você ia embora sem mim. — Não era uma pergunta.

— Preciso lidar com essa situação.

Melhor lidar com isso do que com isto, ela queria adicionar. *O que quer que seja* isto. Ele ainda estava pelado, parcialmente coberto pelo edredom, mas, pela forma como a olhava, era como se estivesse usando uma armadura completa.

Quando ela viu a expressão dele, sentiu o estômago afundar. Percebeu que seu instinto inicial de fugir fora corretíssimo. A Grey Racional a repreendeu, encorajando-a a conversar com ele, tentar resolver aquilo juntos. Mas a Grey Racional não estava no comando. E, com o olhar dele tão duro e frio, pedir que ele fosse com ela parecia tão perigoso e imprudente quanto olhar direto para o sol.

— Como você vai voltar?

Era um Ethan que ela não via havia semanas, o desconhecido distante que a castigava por sua própria atração por ela.

— Pedi para chamarem um carro.

Ele não disse nada, só fixou o olhar no dela. Ela devolveu o olhar, recusando-se a desviar. Houve uma batida na porta; o carrinho de golfe tinha chegado. Ela ficou paralisada, esperando que ele dissesse alguma coisa. Dissesse para ela voltar para a cama, para ela esperar ele se vestir, se oferecesse para carregar as malas até a porta — qualquer coisa que lhe desse alguma pista de que ele sentia algo além de choque e arrependimento.

— Não é melhor atender?

Ela fez que sim, perversamente aliviada pela garganta ter se apertado tanto que não podia nem ficar tentada a dizer nada. Desejava ter *conseguido* sair de fininho enquanto ele estava dormindo, para sua imagem de despedida não ser ela equilibrando a bagagem de um jeito desastrado enquanto mancava até a porta.

19

— SINTO MUITO, GREY.

Grey achava que já deveria ter chorado. Seria normal, esperado, até. Mas, em vez disso, sentia-se calma. Entorpecida.

No banco de trás do sedã a caminho de Los Angeles, ela leu manchete após manchete, até o celular ficar quente na mão e a bateria cair para um só dígito.

50 tons de Grey: namoradinha de Ethan Atkins mostra tudo
durante escapada quente em Palm Springs!

Aí, havia as fotos, tiradas de um ângulo alto com uma teleobjetiva, ou talvez um drone. Levemente borradas, mas inconfundíveis. Ela e Ethan, totalmente nus, fodendo que nem atores pornô nas espreguiçadeiras, na piscina, encostados na porta de vidro. A maioria das publicações tivera a consideração de censurar as genitálias com estrelinhas ou corações fofos, como se aquilo deixasse as imagens menos obscenas.

Havia também outras fotos: ela fumando um baseado no pátio. Tomando champanhe direto da garrafa. Ethan em um posto de gasolina, de boné e óculos, um disfarce inútil para camuflar sua identidade, comprando camisinhas. *Devia ter usado o bigode falso, afinal*, pensou ela, triste. Queria rir. Como a vida dela tinha se tornado isso? Ela passara vinte anos de cabeça baixa, apavorada com a possibilidade de um escândalo, mas, agora que um batera em sua porta usando apenas corações de desenho animado, ela não sentia nada.

Ela foi de carro direto para o escritório de Audrey, embora precisasse desesperadamente de um café gelado e um banho. A recepcionista a levou imediatamente para a sala de Audrey, onde ela e Renata já estavam esperando. Audrey tinha fechado as cortinas das paredes de vidro, dando à coisa toda um ar de drama que quase fez Grey rir de novo antes mesmo de se sentar. Ela torceu para ser aquela sua nova reação inadequada a tudo dali para a frente; era com certeza melhor do que chorar.

A vontade de rir logo morreu quando Renata confirmou os piores medos de Grey: os produtores de *Cidade Dourada* tinham retirado a oferta. Embora a notícia fosse que nem uma porrada de martelo no peito, a voz de Grey não demonstrava emoção:

— Então, me deixa entender. Estou sendo castigada por... o quê, exatamente? Terem invadido minha privacidade? Transar com alguém que todo mundo acha que eu estou namorando há meses?

Audrey balançou a cabeça.

— Eu estou do seu lado, Grey. Concordo que você não fez nada de errado. Tentei argumentar com eles, mas estão sendo cautelosos com esse tipo de coisa. É para ser uma franquia de família, e o autor dos livros é extremamente religioso. Mesmo se você já *tivesse* assinado o contrato, eles incluíram uma cláusula moral rigorosa. Não vão voltar atrás.

— Não acho que fiz nada imoral. Não podemos processar os fotógrafos, sei lá? Como vender fotos de mim nua sem meu consentimento não é crime?

Ela sentia a raiva aumentando à medida que falava e agarrou os braços da cadeira.

Audrey apertou os lábios.

— Estou vendo o que dá para fazer. Mas infelizmente... eu te devo um pedido de desculpas.

A compreensão a atingiu, o segundo martelo chegando para destruir os restos que o primeiro tinha deixado. Ela não conseguia nem ficar brava com Audrey. Era culpa deles por serem umas porras de uns idiotas. Óbvio que Audrey tinha plantado fotógrafos. Óbvio que eles nunca estavam sozinhos *de verdade*. Óbvio.

— Desculpa, Grey. Quando falei com Ethan na semana passada, ele me disse que não tinha nada entre vocês dois. Aquelas fotos dele te carregando causaram uma reação tão boa que eu só achei... quando percebi, eles já tinham vendido as fotos.

Grey nunca vira Audrey, a Audrey calma e competente, tão atordoada. Aquilo a fazia sentir-se melhor e pior ao mesmo tempo. Melhor porque sabia que Audrey levava a situação a sério. Pior porque parecia que elas só estavam vendo a ponta do iceberg que era a seriedade daquela situação.

Grey balançava a cabeça em solavancos.

— Não é nada. Nós não... não tem nada. Acabou.

A máscara de tranquilidade rachou pela primeira vez, sua voz tremendo.

Renata a olhou com compaixão. Grey não a encarou, e manteve o rosto virado para a frente. De repente, sentiu-se humilhantemente consciente do seu estado bagunçado, dos traços dele que ainda restavam em todo o seu corpo. As marcas que não haviam tido a chance de desaparecer do pescoço. As roupas roçando a pele sensível, arranhada pela barba dele, toda vez que ela mudava de posição na cadeira.

— Quero rescindir. O contrato. Para mim chega.

Audrey pareceu desolada.

— Eu sei que é muita coisa para processar, mas não precisa fazer nada precipitado. Vocês dois podem se recuperar disso. A empatia do público está do seu lado.

— Não tem "nós dois". Isto era para me *ajudar*, ajudar minha carreira, mas, até agora, só fui assediada, perseguida, humilhada, violada e demitida. Você tem que me deixar sair pelo... como era? Dano material à minha reputação? Eu diria que minha reputação sofreu uma cacetada de danos materiais, você não?

Grey estava tremendo de novo, mas sua voz ficou mais forte enquanto ela continuava, praticamente de aço. Para sua surpresa, Audrey não insistiu.

— Você tem toda a razão. Vamos garantir que você seja liberada de imediato. E vou fazer tudo o que puder para consertar isso para você. — Audrey começou a digitar furiosamente no computador. Ela parou para olhar para Grey. — Eu sei que agora não parece, mas tenho a sensação de que isto pode acabar sendo bom. Mesmo.

Ela tinha razão. Não parecia. Grey voltou ao elevador com Renata, em silêncio. Foi só quando a porta se fechou que Grey enfim se permitiu cair no choro nos braços de Renata.

ETHAN ESTAVA VAGAMENTE CIENTE DOS DIAS SE PASSANDO. DURANTE OS breves períodos de consciência, ele não tinha ideia se estava claro ou escuro lá fora. Não que tivesse importância, já que tinha fechado os blecautes de todas as janelas assim que chegara de Palm Springs. Havia levado uma quantidade irritante de tempo, já que a casa parecia ser toda janelas.

Por suas estimativas rudimentares, ele havia acordado sozinho milhares de vezes nos cinco anos anteriores, talvez dezenas de milhares ao longo da vida. Então, por que agora acordava esperando achar Grey em seus braços, quando aquilo só acontecera um punhado de vezes durante menos de dois dias?

Quando percebeu que Grey estava tentando sair de fininho sem acordá-lo, parte dele não se surpreendera. Mesmo assim, sentira que todo o ar tinha sido sugado da sala. Ethan sabia que as coisas teriam que terminar entre eles, mas não esperava que acontecesse tão cedo. Não enquanto ele ainda estava pelado e meio adormecido nos lençóis bagunçados pelo sexo. Então, é claro que ele tinha entrado em pânico e se fechado completamente.

Ele revivia sem parar o último vislumbre do rosto dela antes de sair. Maxilar tenso, olhos distantes, pronta para ir mancando sozinha para a tempestade de fogo que a esperava que nem a porra da Joana d'Arc. *Sozinha*. Porque, de tão paralisado pela rejeição, ele só tinha ficado deitado ali, vendo-a partir.

Ele mal se lembrava de fazer as malas e voltar para casa. Uma vez em Los Angeles, tinha imediatamente ligado para Audrey, pronto para acabar com ela por permitir que aquilo acontecesse, por não proteger Grey. Mas, quando conseguira contato, ela o informara solenemente que Grey havia pedido para ser liberada do contrato.

Bom. Era isso, então.

Ethan acordou com o som do zumbido irritante do celular. Ele tinha desmaiado na cadeira do escritório, com o pescoço rígido e dolorido. Tateou atrás do aparelho.

— Grey? — resmungou, embolando as palavras.

Era a voz de Nora, afiada e aborrecida.

— Ethan? Cadê você, cacete? Era para vir buscar as meninas há uma hora.

As palavras bateram que nem bolinhas de fliperama na cabeça dele antes de cair de novo. Ele tentou, sem sucesso, compreendê-las. *Game over.*

— Nora? — foi o melhor que conseguiu.

O tom dela ficou preocupado.

— Está tudo bem? Eu vi as fotos. Precisa que eu vá aí?

— Não. Não. Não, não, não.

— Você está sozinho?

Mais sozinho do que nunca. Ele devia ter ficado quieto, porque a escutou suspirar, frustrada. Elle e Sydney deviam estar por perto, porque Nora abaixou a voz para um cochicho.

— Isso não é mais para ser trabalho meu, Ethan. Eu tinha planos, sabe. O mundo não para porque você quer se destruir e se fazer de vítima.

— Então me deixa em paz. Eu não sou problema seu.

Ele desligou.

20

GREY TINHA SIDO INSTRUÍDA a não fazer nada por mais ou menos uma semana, para dar a Audrey uma chance de decidir o próximo passo. Audrey provavelmente não quisera ser tão literal: esparramada de barriga para baixo no sofá, rodeada de embalagens vazias de delivery e latas de Coca-Cola Zero, Grey sentia que já tinham se passado dias desde que ela ficara na vertical.

Normalmente, ela reagia a estresse ou decepção entrando em ação, concentrada no próximo objetivo em sua lista. Entretanto, em algum lugar entre os meses de espera no limbo por *Cidade Dourada* e a ausência de Kamilah interrompendo o impulso do trabalho em *A cadeira vazia*, sua ambição havia atrofiado. O arranjo com Ethan também não tinha ajudado; com ele, vagabundear havia se tornado parte do trabalho. Tinha acontecido tão devagar, como um sapo na panela de água fervente, que ela mal reconhecia a figura oleosa e letárgica que a olhava de volta no espelho nos dias em que se lembrava de escovar os dentes.

Para agravar o sofrimento, o fim de semana de sexo sem limites tinha levado à pior infecção urinária de sua vida. Ela havia pensado em procurar, entrevistar e contratar uma assistente só para não ter que arriscar ser fotografada pegando antibióticos na farmácia. Felizmente, tinha sobrevivido ao processo sem ser notada, uma pequena misericórdia no que parecia uma fila interminável de chutes na cabeça.

Grey queria mandar uma mensagem a Ethan, aquele maldito emoji de olhos de coração zombando dela toda vez que olhava para o contato dele. Nem sabia o que diria. Queria pedir desculpas por tentar sair sem se despedir, por quebrar o contrato sem falar com ele primeiro. Dizer a ele que já se arrependia. Que sentia saudades. Mas, sempre que tentava, acabava só olhando à toa para o celular, a barrinha piscando mais fascinante que o relógio de um hipnotizador.

Ela não conseguia parar de reler a última mensagem dele, apenas duas palavras, quando estava a caminho de pegá-la. 5 min. A troca de mensagens deles contava a verdadeira história de seu relacionamento: breve, transacional, o mínimo possível de detalhes.

Amanhã não vai dar.

Quarta?

Chego as 8.

Podemos remarcar o café?

Ela se sentiu ridícula com a perspectiva de despejar os sentimentos desordenados e amorfos em uma troca tão esparsa e impessoal. Uma parede de texto azul vulnerável empurrando os cinco caracteres terríveis dele para fora da tela. A ideia de ligar para ele deixou-a ainda mais atordoada. Depois de três dias sem notícias, Grey também sabia que era hora de parar de se torturar sobre o que deveria dizer. Estava tudo acabado. Ela havia sido seduzida pela fantasia dela e Ethan, de Ethan e ela, e tinha deixado aquilo estragar tudo. Tinha feito merda e precisava seguir em frente.

Finalmente, desligou o celular e o enfiou na gaveta da mesinha de cabeceira como se fosse radioativo. Não havia nada de bom ali para ela. Embora Audrey ficasse dizendo que qualquer atenção era melhor do que atenção nenhuma, Grey achava difícil de acreditar. Nenhuma atenção parecia preferível aos intermináveis compartilhamentos e marcações em fotos dela e de Ethan, e os recados de apoio de amigos e conhecidos não faziam nada para mitigar a indignidade do fluxo ininterrupto de mensagens imundas de assédio que inundavam as caixas de entrada.

Audrey tinha garantido que estava fazendo hora extra para derrubar as fotos, mas, fora isso, as opções jurídicas de Grey eram limitadas. Aparentemente, como ela e Ethan eram figuras públicas, as leis de pornografia de vingança da Califórnia não se estendiam a eles. E, depois que foram postadas, tentar derrubar as fotos era como lutar contra uma hidra pornográfica: tirando uma, mais dez surgiam no lugar.

Grey estava deitada no sofá, incapaz de suportar algo mais estimulante do que *Planeta Terra*. De repente, a maçaneta da porta da frente começou a tremer e a chacoalhar. Ela se endireitou com um pulo. Seria aquele o *grand finale* da semana infernal? Ser assassinada em sua própria casa? O celular estava longe demais para ela fazer outra coisa que não olhar a porta se abrir e revelar Kamilah, carregada de malas enormes.

Grey olhou para ela e começou a chorar.

— Você é de verdade? — soluçou. — O que está fazendo aqui?

— Esta última perna da turnê acaba na semana que vem, então achei bom voltar para casa um pouco mais cedo. Coisa que você *saberia* se tivesse respondido a alguma mensagem dos últimos três dias.

A voz de Kamilah estava brincalhona, mas as sobrancelhas, franzidas em compaixão atrás dos óculos com armação de arame. Grey sabia que devia estar um desastre do cacete. Kamilah, como sempre, estava linda, mostrando pouco ou nenhum sinal da viagem transcontinental. O cabelo, encaracolado e volumoso quando ela viajara, agora estava curto, praticamente raspado, destacando ainda mais as maçãs do rosto afiadas.

Ela largou a bagagem e atravessou a sala até Grey, abraçando-a. Grey a agarrou com força, os ombros tremendo. Ela nunca tinha ficado tão feliz de ver alguém na vida.

— Você está tão linda — falou Grey em meio às lágrimas.

Kamilah riu.

— Vou tomar banho para tirar a sujeira do avião — disse Kamilah, suavemente. — Aí, vamos conversar. E vamos planejar. Vai ficar tudo bem. — Ela deu uma fungada. — Talvez essa primeira parte do plano deva incluir um banho para *você* também.

Uma hora depois, a lava-louças e a lava-roupa estavam zumbindo, e o lixo que antes cobria a sala de estar estava confinado a um saco perto da porta. Grey e Kamilah, limpíssimas, se esticaram no sofá para Grey contar à amiga a saga daqueles dois meses.

— Eu *sabia*! Você estava agindo de um jeito muito estranho, eu sabia que devia estar rolando alguma coisa — disse Kamilah, cheia de arrogância.

— Eu sei, eu sei, desculpa. Eu fui a pior amiga nos últimos tempos. Fiquei meio aliviada por você não estar aqui, sinceramente, senão teria sido impossível esconder de você. Mas estou feliz pra caralho de você ter voltado.

— Então, em que pé estão as coisas agora? Vocês conversaram?

Grey balançou a cabeça. Kamilah ficou boquiaberta.

— Como assim? Tipo nada? Emil*yyy*, fala *sério*. Ele pelo menos tentou falar com você?

Grey enterrou o rosto nas mãos.

— Não sei. Acho que não. Não olho o celular há dias. Nem sei o que eu diria. Só quero esquecer tudo e seguir em frente.

— Aposto que sim — respondeu Kamilah, seca.

Grey dobrou os joelhos embaixo do queixo e cruzou os braços em cima.

— Quer dizer, a gente concordou que as coisas não podiam continuar depois do fim de semana. E, agora que o contrato acabou, não tem motivo nenhum para a gente voltar a se ver. É simples. Não tem necessidade de ficar discutindo e prolongar o drama.

Talvez falar em voz alta a ajudasse a acreditar naquilo.

Kamilah pareceu cética.

— Mas de quem foi a ideia de as coisas acabarem depois do fim de semana?

— Minha — admitiu Grey.

— E quem quebrou o contrato?

Grey não estava gostando da direção daquilo.

— Eu.

Kamilah fez um barulhinho de desdém.

— Você às vezes é fria que nem gelo. Obviamente gosta dele, vocês dois estavam gostando um do outro pela casa toda. Você faz isso sempre. Vive buscando motivos para cortar as pessoas, impedir que elas se aproximem demais.

Grey abriu a boca para negar, mas percebeu que tinha admitido exatamente aquilo a Ethan.

— É diferente — falou, atabalhoada. — Eu perdi meu primeiro trabalho em um *ano* por causa dele. Esta coisa toda só foi problema desde o primeiro dia. Além do mais, ele é uma bagunça da porra. Não preciso de alguém de quem eu tenha que cuidar. Não preciso dessa merda na minha vida. Não mesmo.

Se bem que ela não tinha precisado cuidar dele no fim de semana. Desde o momento em que ela caíra nos paralelepípedos até cair no sono nos braços dele, Ethan tinha sido cuidadoso e atencioso com todas as necessidades dela.

Grey fechou os olhos, e as palavras se prenderam à imagem que não conseguia tirar da cabeça: o inverno na expressão dele quando ela saiu pela porta. Gelo contra gelo até os dois congelarem e morrerem.

— Desde o começo, ele é muito instável comigo. Não aguento mais. Se eu não tivesse feito isso, ele faria. Em algum momento.

Kamilah deu de ombros.

— Você sabe melhor do que eu, acho. Mas não entendo de verdade como é ele que está errado nessa história.

Grey suspirou e descansou a bochecha nos braços cruzados.

— Não é. Talvez seja eu. Sei lá. Essa coisa toda me dá vontade de vomitar. O tempo todo.

Kamilah apertou os lábios com empatia, depois arregalou os olhos como se algo acabasse de lhe ocorrer.

— Espera, você pode estar me contando isso? O acordo de confidencialidade ainda está em vigor?

Grey fez que não com a cabeça.

— Não, já acabou tudo. Quer dizer, provavelmente eu não devia sair gritando de cima dos telhados nem nada, mas com certeza agora ninguém está questionando se é verdade. Minha imagem só está fodida. Sem trocadilho. — Ela se endireitou. — Chega do desastre que é a porra da minha vida amorosa. Quero saber da turnê. E de Andromeda.

O rosto de Kamilah se iluminou, a boca se abrindo em um sorriso sonhador. Grey sentiu o peito ficar mais leve só de ver a alegria da amiga.

— Meu Deus. Por onde começo? Os últimos meses foram simplesmente… surreais. Tipo, como esta agora é minha vida, caralho? — Ela juntou as palmas das mãos embaixo do queixo. — Ah! Eu te disse que elu levou minha mãe e irmã para Paris de surpresa? Elas passaram uma semana lá. Meu cérebro está tão bagunçado do fuso horário que não consigo nem lembrar o que já te contei. Me avisa quando eu estiver me repetindo.

Grey ajustou a almofada nas costas e se aconchegou no canto do sofá.

— Só começa pelo começo. E me conta tudo.

ETHAN DESPERTOU, VAGAMENTE CONSCIENTE DE ALGUÉM PARADO EM cima dele.

Grey.

— Não exatamente — veio uma voz grave.

Ethan não tinha percebido que falara em voz alta. Abriu os olhos com um esforço considerável e viu Lucas ali.

— O que você está fazendo no meu quarto? — perguntou ele, a voz seca e rouca.

— Aqui é a sala, Ethan — disse Lucas devagar, como se falasse com uma criança.

Ele tinha razão. Ethan passou um braço pelas costas do sofá e se endireitou, gemendo. Sua cabeça girava enquanto Lucas lhe jogava uma garrafa de água. Os reflexos de Ethan falharam quando ele levantou os braços, em vão, para impedir que a garrafa o atingisse com um baque bem no peito. Ele tateou, desajeitado, para abrir.

— O que você está fazendo *aqui*, eu quis dizer.

— Você me mandou, tipo, dez mensagens dizendo que precisava de ajuda. Eu quase chamei a emergência.

Ethan franziu a testa. Olhou pela sala, tentando reunir evidências do que o teria levado a mandar um SOS para Lucas. Acabou olhando para o chão, onde quatro ou cinco controles remotos estavam jogados, junto com um punhado de pilhas soltas de origem indeterminada.

— Hum. Acho que eu estava tentando ligar a TV.

Lucas se abaixou e pegou o maior controle, entregando a Ethan.

— Este é o controle universal, eu programei mês passado. Você liga apertando "*on*". Mais alguma coisa?

Ethan esperava que ele soasse irritado, mas percebeu que nunca tinha visto nada além de animação e simpatia da parte de Lucas. Aparentemente, nem ser arrastado de West Hollywood para Palisades por um motivo tão idiota era suficiente para abalá-lo.

Ethan pigarreou, envergonhado.

— Não. Não, pode ir.

Lucas inclinou a cabeça e se virou para ir embora.

— Espera — chamou Ethan, impulsivamente.

Lucas se virou, sobrancelhas levantadas.

— Você... quer ver o jogo ou algo assim? — perguntou Ethan.

A pergunta ficou suspensa no ar.

— Que jogo? É uma da tarde de quarta-feira.

— O. Hum. Texas?

Lucas pareceu estar segurando o riso, e uma covinha surgiu na bochecha esquerda.

— Preciso ir para a aula, mas posso voltar... depois? — disse, cauteloso, como se esperando que Ethan mudasse de ideia e o repreendesse por sugerir aquilo.

Ethan fez que sim, um pouco envergonhado por sua explosão.

— Posso trazer o jantar. Pode ser burrito? — disse Lucas.

— Claro. Pega algo para você também. Eu... — Ethan hesitou. — Não preciso que você esteja aqui como meu assistente. Você pode só... Você pode só ser meu sobrinho. — Ele dirigiu aquela última parte para o controle, com vergonha da confissão aberta do quanto estava solitário.

Tinha feito de tudo para colocar Lucas em seu lugar e garantir que jamais visse o relacionamento dos dois como nada além de empregador/empregado, mas ali estava Ethan, prostrado, desesperado por alguma gentileza familiar.

Lucas nem piscou.

— Claro. Às sete?

Ethan sentiu uma onda de maravilhamento por sua irmã ter conseguido criar um jovem tão bondoso e educado. Ela certamente não tinha aprendido com os pais deles.

— Sete está ótimo.
Lucas se virou de novo para a porta.
— Lucas?
— Sim?
Ethan o olhou nos olhos.
— Obrigado.

21

GREY ESTAVA VESTIDA COMO SE PARA uma batalha, passando camada após camada de delineador como se fosse pintura de guerra. Fazia quase duas semanas que ela só se via de moletom e expressão mal-humorada, e o reflexo sexy vestido de preto teve um efeito fortalecedor. Quando ela saiu do quarto, Kamilah lhe deu um olhar de aprovação.

— Você parece uma Pantera do mal.

Grey passou as mãos pelas pernas. Elas grudaram um pouco na legging brilhante de couro falso.

— É demais? Acho que talvez eu troque.

— Não. Essa é *exatamente* a energia que quero de você hoje. Pode me ajudar a ajustar minhas alças?

Depois de Grey obedecer, elas pararam lado a lado em frente ao espelho.

— *Você* está linda pra caralho — disse Grey com admiração. Kamilah era uma visão em dourado, do tubinho de seda até o piercing no septo e os braceletes subindo pelos braços. Os destaques em couro preto nos ombros e na cintura do vestido combinavam perfeitamente com as botas de cadarço até o joelho. — Você comprou essas botas na viagem? Não estou reconhecendo.

— Em Berlim, *mein Liebchen* — contou Kamilah, piscando. — Quase vendi meus HDs para abrir espaço para elas na mala.

— Valeria a pena. Só estou brava por não poder pegar emprestadas.

As duas tinham mais ou menos a mesma altura e usavam o mesmo tamanho para tudo, menos sapatos, pois Kamilah calçava um delicado 35, diferente do 39 de Grey.

Agora que as etapas da Europa e da Ásia da turnê tinham acabado, Andromeda X estava comemorando a volta a Los Angeles com um show secreto, só para convidados, no El Rey. Nos dias anteriores, Grey tinha tentado arranjar desculpas para não ir, mas Kamilah a lembrara que era absurdo Grey ainda não ter conhecido Andromeda, que ela estava namorando havia meses.

— Para ser justa, você também não me deu chance — apontara Grey.

— Bom, aqui está sua chance — retorquira Kamilah.

Grey não pôde discutir. Ela sabia que estava sendo egoísta, que era hora de engolir o choro e superar, pelo menos por uma noite.

Kamilah tinha passado a maior parte do dia no local do show, supervisionando a execução técnica dos elementos de vídeo do espetáculo de Andromeda. Ela havia cumprido a promessa de voltar para casa a tempo de se arrumarem juntas, o que Grey desconfiava ser também uma tática para a impedir de tentar fugir no último segundo.

O celular de Kamilah apitou, indicando que o carro tinha chegado. Grey trancou a porta ao sair, com o coração na garganta. Seria a primeira vez que apareceria em público desde a volta de Palm Springs. A primeira vez sem Ethan.

Ela tinha finalmente parado de pular cada vez que o celular vibrava, esperando por algum tipo de abertura dele que obviamente nunca viria. Tudo bem. Eles tinham concordado que as coisas deveriam terminar depois de Palm Springs, e Ethan estava mantendo o combinado. Ainda assim, saber disso não ajudava em nada a resolver a dorzinha constante no fundo do estômago dela.

Enquanto desciam o Beverly Boulevard, Kamilah atualizou Grey sobre os vários integrantes da equipe de Andromeda com os quais tinha feito amizade durante a turnê, além das diversas alianças e rivalidades que inevitavelmente surgiam quando as pessoas ficavam tão próximas. Grey se concentrou nas informações, agradecida por algo que a distraísse do nervosismo.

— Ah, e me lembra de te apresentar a Jaya, ela é uma porra de um gênio. Melhor diretora de fotografia com quem já trabalhei. Eu emprestei o livro para ela, e ela topou totalmente.

— Topou o quê?

Kamilah levantou as sobrancelhas.

— O filme. Nosso filme. Sabe, aquele que estamos tentando fazer há anos? Saiu da sua cabeça por um segundo?

Grey sentiu uma onda de desespero e desabafou o medo que até agora estivera assustada demais para verbalizar.

— E se a gente nunca conseguir fazer? Depois... depois de tudo? Eu sempre posso sair do projeto, se precisar, e você pode assumir. Não quero que meu drama e minhas merdas fiquem no seu caminho.

Kamilah deu de ombros.

— Assim... É um pesadelo total, mas, no fim das contas, fotos sexuais vazadas nunca acabaram com a carreira de ninguém. Todo mundo vai cansar dos trocadilhos tontos com *A anatomia de Grey* e logo passar para o próximo assunto. Foda-se *Cidade Dourada*, fodam-se os tabloides. Você precisa continuar sua vida. Eu estou de volta, você é famosa, e a gente *vai* fazer essa porra.

Ela parecia tão convincente que Grey quase acreditou.

— Espero que sim.

Quando chegaram ao local do evento, as duas foram logo levadas para a coxia. Cerca de uma dúzia de pessoas dolorosamente descoladas já estava por ali curtindo, comendo, bebendo e se exibindo. Um pequeno monitor mostrava o palco, onde a banda de abertura estava fazendo seu set.

Os olhos de Grey encontraram imediatamente Andromeda: uma pessoa mignon, etérea, requintada e rodeada de assistentes de figurino dando os toques finais na roupa. Seu corpo estava enrolado em tiras brancas de lycra, que cruzavam a pele marrom brilhante em um desenho serpentino. Metade do cabelo estava raspada, metade caía até a cintura em trancinhas platinadas. Enquanto o assistente parado ao lado do quadril desenrolava e alisava a última tira, Andromeda levantou os braços, e outro passou um vestido solto e translúcido por sua cabeça. O vestido brilhava com uma cor diferente do arco-íris cada vez que Andromeda se mexia.

Quando os assistentes de figurino se afastaram, Kamilah foi até lá saltitando e abraçou Andromeda por trás, dando-lhe um beijo breve e carinhoso entre o pescoço e o ombro. Grey ficou parada, olhando o casal balançando ligeiramente em frente ao espelho por um momento, aos cochichos como se fossem as duas únicas pessoas ali.

Seu peito doeu com a cena. Ela estava eufórica de ver Kamilah tão apaixonada. Desde que Grey a conhecera, tinha visto Kamilah avassalar coração atrás de coração — sem nunca ter culpa. Ela sabia o que queria em um relacionamento amoroso e se recusava a se contentar com menos, mas não era preciso muito para que seu carisma de coração aberto inspirasse paixões não correspondidas na maioria das pessoas que conhecia (incluindo o irmão de Grey, em uma visita que se tornou rapidamente mais desconfortável do que qualquer um deles havia previsto). Embora Grey se culpasse por ser tão autocentrada, ver Kamilah levar a sério o relacionamento com uma pessoa que finalmente parecia digna de seu talento, atenção e amor era agridoce diante das próprias circunstâncias. Grey se deixou chafurdar em autocomiseração por três segundos antes de se juntar ao casal em frente ao espelho.

Quando Kamilah fez as apresentações, Andromeda pegou a mão de Grey e olhou carinhosamente em seus olhos.

— Estou muito feliz por você ter vindo hoje. É muito bom te conhecer. — Sua voz era leve e um pouco rouca.

Grey instantaneamente se sentiu culpada por ter considerado ficar em casa.

— Igualmente. Kamilah me contou muito sobre você. É ótimo ver ela tão feliz. *Acho* que te perdoo por roubá-la por tanto tempo. Ela merece.

Andromeda riu, voltando os olhos para Kamilah com adoração.

— Merece, mesmo.

Kamilah piscou, adorando a atenção.

— Não parem agora.

Uma maquiadora parou ao lado de Andromeda, que levantou a cabeça obedientemente para a mulher arrumar o lápis de boca. Andromeda gesticulou para a mesa no canto, coberta de comes e bebes.

— Pode pegar o que quiser. Você é convidada para ficar aqui nos bastidores, mas acho que dá para ver melhor da plateia. Especialmente se você quiser admirar a genialidade da K em ação.

Kamilah sorriu.

— Como se alguém notasse meus vídeos quando você está no palco.

— Bom, mal posso esperar para enfim ver o show pessoalmente depois de ficar seguindo os *stories* tremidos de todo mundo no Instagram por meses — disse Grey. — *Esse* é o jeito ideal, certo?

Andromeda riu.

— Exatamente.

Com isso, outro membro da equipe chegou para levar Andromeda para lidar com mais alguma questão urgente pré-show.

Kamilah se aproximou de Grey e murmurou:

— Não quis falar nada na frente de Andromeda, porque eu queria que você pudesse dizer não, mas elu não seria incrível como a Nossa Senhora das Mágoas Infinitas do filme? E acho que teria interesse em fazer a trilha sonora, também.

Grey abriu um sorrisão.

— Caralho, seria *perfeito*. Você é um gênio.

Ela e Kamilah saíram da coxia e foram para a área VIP do andar de cima. Imediatamente se dirigiram ao bar para começar a noite com doses de tequila, uma tradição desde os dias da faculdade. De lá para cá, a tolerância de Grey para a bebida só tinha diminuído, mas, em geral, com uma dose ela ficava bem — desde que, depois disso, desse uma segurada.

— Se estiver pronta para limpar o paladar, hoje pode ser uma boa oportunidade — comentou Kamilah, jogando a fatia de limão no copinho e empurrando para o outro lado do bar.

Grey considerou. Virou as costas para o bar e encostou as omoplatas nuas no balcão, analisando os corpos jovens e iluminados que pouco a pouco lotavam a área VIP. Seu olhar se fixou em um cara que conversava com os amigos no canto. Ele era alto e magro, com a pele bronzeada e o cabelo preto encaracolado bagunçado. Como se sentisse os olhos dela, ele levantou o olhar, torcendo os lábios carnudos num sorriso despreocupado enquanto continuava a falar, antes de desviar o olhar novamente. Grey corou e olhou para baixo. Kamilah deu uma virada sutil de cabeça para ver o que Grey estava olhando, depois sorriu e revirou os olhos.

— Você sempre gostou dos altos.

As luzes do palco se apagaram e a multidão rugiu enquanto a banda de Andromeda subia ao palco. Dançarinos vestidos de látex ondulavam sob luzes estroboscópicas enquanto Andromeda descia do teto com a ajuda de fios. Elu flutuou ao redor do palco, erguendo-se em cima de um arranjo elegante e sempre mutante de braços erguidos e ombros dobrados de seus dançarinos, enquanto abria com a primeira música. Atrás, os vídeos de Kamilah eram projetados nos telões: objetos, formas, rostos, tudo perfeitamente sincronizado com a música, começando como abstrações e sendo cortados momentos antes de se tornarem identificáveis. O efeito geral era hipnotizante.

Grey bebeu devagar a vodca com refrigerante e encostou-se na grade. Estava vagamente consciente de que o cara de antes estava a apenas alguns metros de distância. Ela inclinou um pouco a cabeça, olhando para ele sem olhar de verdade. Ele era mais jovem do que parecia de longe; 20 e poucos anos, no máximo. Bem, não era grave, e ela tinha que admitir que ele era ainda mais bonitinho de perto — bonitinho, mas não experiente o bastante para ser bonitão. Grey notou que ele também a estava olhando de canto de olho.

Será que ela queria falar com ele? Supôs que deveria desfrutar da liberdade recente, embora não estivesse totalmente certa do quanto lhe era permitido. Até onde a imprensa sabia, ela e Ethan ainda estavam juntos, apenas mantendo a discrição. Mas Grey não tinha mais obrigações para com ele, contratuais ou de outro tipo. Não havia nada de errado com um pequeno flerte. Ela só torceu para que o cara a estivesse olhando porque sua bunda estava linda naquela legging de couro, e não porque já tivesse visto, com detalhes, como era por baixo.

O fim de semana com Ethan lhe havia lembrado como era ser desejada. Também lhe havia lembrado como era ser humilhada publicamente. Mas Grey sentia algo mais: poder. Passara um fim de semana devasso à toa com uma celebridade de primeiro escalão, suas indiscrições tinham sido impressas na primeira página de todo veículo de fofoca e ela sobrevivera. O que mais tinha a perder? Já perdera tudo o que importava.

Ela se aproximou um pouco mais quando a segunda música de Andromeda chegou ao fim. Ele olhou para ela e sorriu.

— Maravilhoso, né?

— Inacreditável — concordou Grey.

Ele se virou completamente para ela e estendeu a mão.

— Meu nome é Max.

— Grey.

Ele se inclinou para a frente, franzindo a testa enquanto a multidão gritava mais alto.

— Grace?

— *Grey*. Que nem a cor cinza em inglês.

Os lábios dela estavam quase tocando a orelha dele enquanto berrava para ser ouvida por cima do barulho. Os olhos dele se acenderam de compreensão, e ele voltou a se afastar.

— *Grey!* Saquei. Prazer. Então, de onde você conhece Andromeda?

— Minha amiga Kamilah… — Grey olhou para trás para apontar para Kamilah, que havia convenientemente desaparecido. — Bom, não sei onde ela está agora. Mas ela namora Andromeda e faz toda a parte de vídeo. — Ela gesticulou para a tela atrás de Andromeda. Max pareceu devidamente impressionado. — E você?

— Está vendo o guitarrista? — Ele apontou para um homem ossudo à esquerda de Andromeda. — É meu irmão.

Grey fez sons de admiração e se aproximou alguns centímetros. Ele fez um gesto de cabeça para a bebida dela, praticamente só gelo.

— O que você está bebendo? Posso te oferecer mais uma?

— Vodca com refrigerante, por favor — disse ela, com seu sorriso mais charmoso.

— Pode deixar.

Ele foi na direção do bar. Grey se virou e viu Kamilah imersa em uma conversa com um grupo de três ou quatro pessoas, mas, quando fizeram contato visual, a amiga pediu licença e foi até lá.

— E aí? — perguntou ela, olhando para Max, ocupado no bar.

— Não sei, a gente mal conversou. Ele diz que é irmão do guitarrista.

— Ahhh, então *esse* é o irmão do Zane. Você sabe que ele tem, tipo, 22 anos, né? Sua papa-anjo.

— Relaxa, não vou papar ninguém.

Kamilah riu e voltou à conversa. Grey não precisou olhar para saber que Max estava atrás dela com as bebidas. Ela aceitou a sua com gratidão, e eles voltaram à grade.

— Então, o que você curte?

Grey franziu a testa.

— Como assim?

— Tipo, o que você faz?

— Ah. Sou atriz. Desempregada no momento.

— Ah, legal. Alguma coisa que eu tenha visto?

Grey odiava essa pergunta, mesmo em circunstâncias normais. Sempre tinha que morder a língua para não responder: "E como eu vou saber?". Agora, com sua recente produção para maiores, era ainda mais carregado. Não quis arriscar, escolhendo a resposta de sempre (e infelizmente correta):

— Provavelmente não.

O rosto de Max mostrou decepção. Parecia genuíno, então Grey escolheu acreditar que ele não sabia de nada sobre o escândalo recente.

— E você? — perguntou, rápido.

— Sou músico também — disse ele, gesticulando com a cabeça para o palco.

Grey segurou uma careta. Tinha superado a fase dos músicos no ensino médio, quando levara um fora do namorado depois de ser chamada para fazer uma peça off-Broadway que a deixava ocupada demais para se sentar no sofá do porão do amigo dele a tarde toda e ficar olhando apaixonada enquanto ele ensaiava, que nem as namoradas dos colegas de banda.

— Que tipo de música?

— *Noise* industrial, principalmente. Também brinco um pouco com *glitch*. Às vezes faço rap por cima. É tudo meio livre.

— Ah, legal — disse Grey, de repente muito interessada na bebida.

Ela não tinha ideia do que dizer. Seu cérebro parecia um Traço Mágico chacoalhado. Voltou a olhar o show, ao qual os dois assistiram em silêncio.

Depois de mais alguns minutos, ele fez um aceno de cabeça para ela e voltou aos amigos. O estômago de Grey deu um nó. Bem, pelo visto não era uma destruidora de corações poderosa. Não conseguiu evitar a sensação de que a legging de couro estava decepcionada.

Ela voltou para o lado de Kamilah, passando a maior parte da noite sorrindo e acenando com a cabeça, distraída, enquanto Kamilah e seus novos amigos contavam uma anedota de turnê mais insana do que a outra. No fim da terceira bebida (quarta, contando a dose de tequila), a mente de Grey estava solta o bastante para vagar, a contragosto, até Ethan. O que ele estaria fazendo? Provavelmente trancado no escritório, mais bêbado do que ela. O pensamento deveria causar alívio por ela ter se livrado dele, mas, em vez disso, Grey sentia vontade de chorar. Será que ele sentia saudade dela? Estava pensando nela? Por que não tinha tentado entrar em contato?

Varreu o lugar em busca de Max, e encontrou seu olhar enquanto ele falava com os amigos. Ela inclinou a cabeça, e ele veio andando imediatamente. No fim, talvez ela não tivesse que entregar a carteirinha de sedutora.

— Quer me pegar? — perguntou ela, colocando o copo vazio na mesa ao lado com um baque para pontuar.

Ele arregalou os olhos com um pouco de surpresa, depois abriu um sorriso.

— Quero. Claro.

Ela pegou a mão dele e o levou para a escada dos fundos, que estava deserta, iluminada por lâmpadas vermelhas fracas. Sua intenção era achar um lugar ainda mais particular, mas, assim que a porta se fechou atrás deles, Max a encostou na parede, descendo a boca com tanta força na dela que os dentes se chocaram.

Imediatamente, ele enfiou a língua entre os lábios dela, empurrando, sugando e lambendo alternadamente com um nível de entusiasmo que a deixou sem ar. Enquanto isso, as mãos dele encontraram os seios dela, apertando e amassando de uma maneira que só poderia ser descrita como uma técnica para se fazer pão. Ela imaginava que fosse a sensação de passar por um lava-rápido.

Grey deu seu melhor para salvar a situação. Gentilmente guiou as mãos dele até a cintura, depois tomou o rosto de Max nas próprias mãos, puxando um pouco a cabeça dele para trás para tentar diminuir o vigoroso ataque da língua. No entanto, isso só pareceu encorajá-lo a redobrar os esforços. Depois de vários minutos de um confronto desajeitado e ineficaz, ela se afastou, soltando-se do que pareciam ser centenas de mãos apalpadoras e línguas invasivas.

— Eu, hã… desculpa. Valeu. Prazer te conhecer. Desculpa — gaguejou ela, sem conseguir encará-lo enquanto cambaleava pela porta.

Milagrosamente, Kamilah estava sozinha na grade e, quando se virou e viu a aparência desgrenhada de Grey e sua expressão aflita, abriu os braços para ela sem palavras.

Grey abraçou a cintura de Kamilah e descansou a cabeça no ombro da amiga.

— Eu senti saudade pra caralho — murmurou, bêbada.

Kamilah apoiou a cabeça no topo da de Grey.

— Eu também. Imagino que você não esteja a fim de ir na festa depois...?

Grey fez que não.

— Mas você deveria ir mesmo assim. Eu chamo um carro. Mas pode voltar para o café da manhã? Você e Andromeda. Quero passar mais do que cinco segundos com elu.

— Desde que por você não seja problema o café ser depois das três da tarde.

Grey riu.

— Combinado. Farei panquecas veganas.

— De banana com mirtilo?

— Lógico.

No palco, Andromeda reapareceu para o bis, agora vestindo só as faixas de lycra, com asas de anjo esqueléticas e enormes presas nas costas. Sentou-se na frente de um teclado e tocou um acorde longo e sinistro.

A voz ecoou, limpa e clara, enfiando uma adaga no coração de Grey.

— *It's been seven hours and fifteen days... since you took your love away...**

As lágrimas que estavam se acumulando no peito de Grey a noite toda borbulharam de repente num soluço vergonhosamente alto. Kamilah apertou o ombro dela enquanto Grey chorava abertamente, numa catarse, durante toda a interpretação dolorida de Andromeda de "Nothing Compares 2 U". Quando a música terminou, ela estava tão exausta emocionalmente que achou que poderia dormir em pé.

Sentia-se purgada. Limpa. E mais confusa do que nunca.

---

* "Faz sete horas e quinze dias... desde que você levou seu amor embora..." (N.E.)

22

"NO CAPÍTULO ANTERIOR DE *Paraíso envenenado*..."

Ethan só ia assistir a um episódio.

Lucas já tinha ido embora. Para surpresa de ambos, o convite desconfortável de Ethan para ver um jogo e comer burrito havia se transformado em um compromisso semirregular. Quando Lucas voltara naquela primeira noite, os dois tinham se analisado, tentando fazer com que o outro fosse o primeiro a admitir que não queria ver jogo nenhum.

— O que você acha de Ken Burns? — Lucas enfim perguntara.

Desde então, duas vezes por semana, eles pediam comida e assistiam a um episódio ou dois de *A guerra do Vietnã*. Eles não conversavam muito, mas Ethan ainda tinha ficado sabendo mais de Lucas naquelas semanas do que no ano inteiro desde que começaram a trabalhar juntos — ou nos vinte e três anos que o precederam.

Ethan soubera que Lucas morava com o namorado, Cal, e o pug que tinham adotado, Lula Molusco (que, naturalmente, tinha o próprio Instagram). Estava fazendo mestrado em design gráfico, com o objetivo de trabalhar com design de produto. E, no fim, Ethan acabara sabendo mais sobre a família que vinha evitando. As sobrinhas e os sobrinhos que nunca havia conhecido, os marcos que havia perdido. Tentara não se fechar quando a culpa tornava difícil ouvir. Até tinha ligado para a irmã pela primeira vez desde que ela o forçara a contratar Lucas. Ele não tinha falado muito, mas ela estava mais do que disposta a preencher o vazio.

Embora nunca esperasse que Lucas assumisse o papel de sua principal companhia, no momento era a única coisa que o obrigava a saber que dia era. Ethan havia ligado para Nora para pedir desculpas por ter perdido o fim de semana com as meninas, e, embora ela tivesse ficado furiosa no início, acabou compreendendo. Ele havia perguntado, com alguma ansiedade, se Elle e Sydney tinham visto as fotos, mas Nora lhe garantira que elas (milagrosamente) estavam alheias a toda a situação. Ele prometera pegá-las para um fim de semana não programado, no final do mês, para compensar. Tanto ela quanto Lucas haviam tentado tirar dele informações sobre Grey, mas Ethan resistira. Não estava pronto para falar dela. Já pensava o suficiente nela.

Depois de Lucas ir embora, jogando fora as embalagens de comida tailandesa ao sair, Ethan aproveitou a televisão ligada para percorrer as opções de streaming. Quando viu o rosto de Grey fazendo biquinho para ele em um dos quadrados da tela, sentiu como se tivesse acabado de ser desfibrilado.

Provavelmente não era uma boa ideia assistir naquele estado. Mas ver os olhos de Grey voltados para ele pela primeira vez em semanas — por mais vazios e editados que estivessem — o deixou fisicamente incapaz de fazer qualquer coisa que não apertar "play". Sua intenção era só ver o piloto. Mas, antes que percebesse, eram três da manhã e ele havia assistido a seis episódios seguidos.

Não havia como negar: a série era muito ruim. Também era completamente viciante, embora Ethan duvidasse que teria o mesmo efeito nele sem a presença de Grey. Não tinha sido razoável tentar entrar em abstinência de uma hora para outra, racionalizou. Durante dois meses, havia recebido infusões regulares da companhia dela, sem perceber o quanto tinha passado a depender disso. A série era como metadona: pior que o negócio de verdade, mas melhor do que nada.

Enquanto assistia, sentia que alguém estava enfiando a mão em seu peito e apertando o coração toda vez que ela fazia uma expressão que ele reconhecia. A altivez fria quando ofendida, o sorrisinho e as bochechas vermelhas quando recebia um elogio, os olhos cautelosos quando estava avaliando uma situação nova. O coração dele ansiava ainda mais pelas expressões que não via, aquelas que tinham sido apenas para Ethan: a maneira como os cantos da boca se torciam depois de fazer uma piada de que sabia que ele ia gostar. A empatia nua e crua nos olhos dela quando ele se abrira. O rosto corado antes de ela gozar.

Ele tentara ir com calma, mas, quando Lucas apareceu com uma caixa de pizza para o próximo encontro com Ken Burns, Ethan já estava na metade da quarta temporada. Ele tinha ficado tão absorto vendo Grey realizar uma traqueotomia de emergência em um colega de classe que não ouviu a porta se abrir. Um pigarro sutil, combinado com o aroma da massa recém-assada, o alertou para a presença de Lucas um pouco tarde demais. Ethan se apressou para pausar o episódio.

— Lucas! Não ouvi você entrar. Eu estava só… hum…

Lucas levantou uma sobrancelha. Ethan percebeu que não tinha jeito de disfarçar e rapidamente fechou a série e navegou até onde eles tinham deixado *A guerra do Vietnã*. Felizmente, o sobrinho não disse nada, só se virou e deixou a pizza na ilha da cozinha. Ethan fez uma anotação mental de dar um aumento a ele.

— Desculpa pelo atraso. Audrey me pediu para passar lá e pegar isto para você.

Lucas jogou um envelope pardo no sofá ao lado dele antes de voltar à ilha e pegar uma fatia. Ethan virou para ver o recado de Audrey no verso, com sua letra bonita e precisa:

E,

Isto só vai para a imprensa daqui a algumas semanas, mas achei que você talvez quisesse ver agora.

Bjs,

Audrey

Intrigado, ele abriu os grampos de metal e a aba e puxou a pilha pesada de papéis lá de dentro. Embora estivesse fazendo uma maratona de Grey a semana toda, a capa ainda foi um soco no estômago.

Era uma foto de rosto em preto e branco, elegante. Sem maquiagem, ombros nus, as luzes frias do estúdio estreitando suas pupilas até virarem pontinhos. Ela olhava diretamente para a câmera, deslumbrante, desafiadora, o cabelo emoldurando o rosto em mechas delicadas. Ethan passara tanto tempo assistindo a ela com o figurino de Lucy LaVey que quase se esquecera da separação entre ela e a personagem. Aquele retrato, no entanto, era cem por cento Grey.

Ele teve o cuidado de não ficar muito tempo olhando para ela enquanto Lucas se dirigia para o sofá com um prato de fatias de pizza empilhadas. Ethan virou para a página seguinte, que era só de texto. Foi só quando seus olhos caíram sobre a assinatura de Sugar Clarke que ele percebeu: era o perfil que eles deveriam ter feito juntos. Clássico de Audrey.

Ethan olhou de relance para Lucas.

— Você se importa?

Lucas deu de ombros.

— Quanto tempo você precisar.

Ele puxou o celular e começou a navegar.

Ethan se acomodou no sofá para ler.

Você não conhece Grey Brooks

Mas, pensando bem, talvez conheça. Talvez você tenha sido uma das milhões de pessoas que sintonizavam regularmente *Paraíso envenenado*, o drama de TV a cabo para adolescentes em horário nobre no qual ela interpretou a mocinha alegre Lucy LaVey durante seis anos. Talvez você a tenha visto correr para sobreviver, toda cativante, no sucesso inusitado de terror *Não se esqueça de gritar* quatro (ou foram cinco?) anos atrás. Talvez você a reconheça quando ela ainda era Emily Brooks, em seu período como atriz infantil, durante o qual apareceu em quase todas as novelas e séries policiais já filmadas em Nova York.

Ou talvez, como a maioria de nós, você a tenha conhecido no início deste ano, quando ela começou a aparecer regularmente no braço de Ethan Atkins.

A primeira vez que encontro Brooks, nos sentamos na cobertura da Lexington House, o luxuoso clube exclusivo de West Hollywood, ao qual nenhuma de nós pertence, para bebericar chá gelado de rosa e jasmim. Brooks tem 27 anos; quando você ler isto, já terá feito 28. Dependendo da luz, ela parece mais jovem e mais velha que sua idade, menininha e experiente, tudo ao mesmo tempo. Ela é linda, claro — a garota comum, mas no sentido mais hollywoodiano do termo. Ainda é uma fantasia, mas com a ilusão crucial de ser alcançável.

Ela não está muito à vontade, mas tenta esconder. Pode ser a falta de familiaridade com a atmosfera. Pode ser (como ela me diz) o nervoso do primeiro perfil em um grande veículo, apesar de uma carreira que já se estendeu por mais de dois terços de sua curta vida. Mas, quando menciono Atkins, ela vacila.

Não é preciso um salto de imaginação para descobrir o porquê. Sinceridade total: até duas semanas atrás, esta reportagem deveria ser um perfil de Atkins e Brooks. Isto é, até que uma série de fotos explícitas dos dois em flagrante começou a circular, fazendo o casal mais notado da cidade voltar a se esconder, deixando o estado atual de seu relacionamento como uma pergunta em letras vermelhas.

Quando lhe digo que não precisamos falar de Atkins se ela não quiser, ela dá um sorriso irônico.

"Está tudo bem. Eu falando ou não, você vai colocar o nome dele na capa de qualquer jeito, não é?"

Mesmo assim, ela se recusa a responder quando peço detalhes de como eles se conheceram ou se ainda estão juntos ou não. Quando levanto o rumor não confirmado de que sua oferta de um papel na tão esperada adaptação de *Cidade Dourada* foi rescindida por causa das fotos, a expressão em seu rosto diz tudo.

"Simplesmente não faz sentido para mim", diz ela. Sua voz está calma, mas as mãos traem a agitação, delicadamente rasgando o guardanapo de papel enquanto fala. Ela fixa em mim o olhar azul penetrante. "Não entendo por que sou eu que estou sofrendo as consequências por ser violada pela imprensa, por ter meus momentos mais privados tornados públicos sem consentimento. Por me apaixonar." Quando ela diz a palavra "apaixonar", sua voz falha. Apesar de todos os cochichos cínicos de que a união entre ela e Atkins tem (tinha?) o cheiro distinto de golpe publicitário, o brilho de dor em seu olhos antes de ela os desviar parece dolorosamente real.

Ethan leu o último parágrafo duas vezes. Três vezes. Com as mãos trêmulas, ele se forçou a ler por cima o resto da reportagem. Continha alguns poucos detalhes que não conhecia sobre ela, incluindo que, aos 13 anos, Grey tinha sido uma das duas atrizes finalistas na competição pelo papel principal de garota-normal-barra-estrela-do-pop-secreta na série de sucesso da Disney *Virginia Virginia* — embora, claro, tenha acabado não sendo escolhida. Ele folheou as outras páginas; mais fotos de Grey, parecendo ferida e destemida de diversas maneiras.

De repente, com uma clareza perfeita, Ethan percebeu o que tinha que fazer. Levantou os olhos para Lucas, que já tinha chegado na borda do segundo pedaço de pizza e o olhava com atenção.

— Preciso da sua ajuda com uma coisa.

23

OS DIAS ANTERIORES AO ANIVERSÁRIO dela encheram Grey de temor. Mesmo na melhor das circunstâncias, nunca fora fã da data: em seu trabalho, tinha sido condicionada a ver aniversários como mais um ano precioso escorregando por entre os dedos, seus objetivos ainda fora de alcance, mesmo que por pouco. Aquele ano em particular não parecia ter muito a comemorar. Mesmo assim, havia concordado em deixar Kamilah levá-la ao restaurante favorito delas de *dim sum* e a encher de bolinhos vegetarianos.

Elas subiram a entrada de pedra até a porta de casa, com a barriga explodindo, rindo do trabalho que Kamilah tinha conseguido para a semana seguinte — a segunda vez que dirigiria um clipe de uma certa *boy band* com fãs notoriamente fanáticas.

— Desta vez você pode, *por favor*, dar meu telefone para Thorne? — brincou Grey enquanto Kamilah puxava as chaves do bolso.

— Eu devia, mesmo. Da última vez, ele só ficou lá sentado comendo jujuba sem falar com ninguém entre os *takes*. Vocês dois provavelmente iam se dar bem.

Kamilah destrancou a porta, e Grey inclinou a cabeça, sonhadora.

— Cara, eu não como jujuba faz *séculos*. Lembra na faculdade quando a gente comeu aquele saco barato de um quilo de uma ve…

Quando Kamilah empurrou a porta, Grey foi sufocada por um coro de vozes berrando:

— *Surpresa!*

Grey piscou, abrindo a boca. A casa estava lotada de gente. Enquanto ela olhava pela sala, registrando os rostos que sorriam para ela, parecia que todo mundo que já tinha conhecido e amava em Los Angeles estava lá.

Bom. Quase todo mundo.

Ela olhou Kamilah, ainda boquiaberta. A amiga abriu um sorrisão.

— Achei que você precisasse de uma distração, afinal.

Grey mal teve tempo de agradecer antes de ser atacada por Mia, ansiosa para apresentar o novo namorado. A festa engrenou, com gente saindo para o quintal, que tinha sido montado com um sistema de som estrondoso e fios de luzinhas.

Assim que Grey foi para o quintal, alguém enfiou na mão dela uma lata de cerveja, gelada e suada. Ela se virou para ver quem era e acidentalmente esbarrou em Renata, que apertou o ombro dela e deixou uma marca enorme de batom vermelho em sua bochecha.

— Feliz aniversário, garota — disse, carinhosa. — Como você está?

— Melhor. Ainda não ótima — respondeu Grey com sinceridade, abrindo a cerveja e dando um gole.

— Está pronta para voltar em breve? Sem pressão.

Grey não conseguiu esconder o choque.

— Você tem trabalho para mim?

— Nada que vá te impressionar, mas está começando a se acumular. As pessoas têm pensado muito em você, para o bem ou para o mal. Mas como está indo o roteiro? Pode ser um bom momento para tentar isso.

— Bem. Superbem, na verdade. Será que você consegue umas reuniões para a gente? Por causa do meu… por causa de tudo?

Renata assentiu.

— Com certeza. Pelo menos te coloco dentro da sala. Se te subestimarem, que se fodam. Erro deles.

Grey sentiu uma onda de gratidão e abraçou Renata.

— Obrigada, Renata.

A agente acariciou o cabelo dela.

— Imagina, meu amor. Você sabe que tenho orgulho de você, não importa o que aconteça, né? Você vai lutar para sair dessa. Sempre sai.

Grey segurou as lágrimas, apertando Renata com mais força.

Mais para o fim da noite, depois de cortar o bolo, ela estava sozinha em um canto do quintal, tomando uma água tônica e observando a cena. A festa era composta principalmente de conhecidos casuais de Grey e amigos íntimos de Kamilah, o que não era surpreendente. O círculo íntimo de Grey mal encheria a cozinha, quanto mais o quintal. Estava feliz por Kamilah ter ignorado o pedido de um aniversário tranquilo. Ela precisava daquilo mais do que pensava.

E, aí, como sempre acontecia quando a mente dela estava relaxada e viajando, Ethan se esgueirou de fininho. Ela fechou os olhos, corando, o ar da primavera parecendo anormalmente quente. Odiava desejar que ele estivesse ali. Odiava sentir aquela saudade aguda dele.

Ao abrir os olhos, ela o viu.

Essa parte não era incomum. Nos últimos tempos, Grey achava que o via em todo lugar. Mas em geral era um relance rápido de canto de olho, desaparecendo assim que ela virava a cabeça. No entanto, Ethan continuava lá quando ela desviou o olhar e voltou, avançando em um ritmo regular pela multidão na direção dela. Grey ficou paralisada. Será que tinha conseguido mesmo materializá-lo só com seu desejo, tentando em vão mantê-lo longe de seus pensamentos ao soprar as velas?

Só quando ele estava perto o bastante para o cheiro familiar demais lhe atingir que Grey se permitiu acreditar que Ethan estava lá de verdade. Ficou perplexa demais para fazer qualquer coisa que não ficar olhando.

Como se a presença dele por si só não fosse suficiente, ela percebeu com um choque que ele estava vestindo a camiseta azul-marinho com o bolso puído no peito. A mesma que estava usando naquele dia em Palm Springs, que tinha tirado em um instante antes de se deitar na cama com ela pela primeira vez. Era de propósito? Será que todos os detalhes daquele dia, e dos seguintes, estavam gravados na mente dele tão indelevelmente quanto na dela?

Ele também pareceu atordoado por vê-la, mudando o peso de uma perna para a outra, olhando de relance para o rosto dela e depois desviando. Grey estava vagamente ciente das pessoas olhando para os dois, mas não conseguia sair do lugar.

Enfim, ele falou:

— Ei.

— O que você está fazendo aqui? — Ela queria soar acusatória, mas a pergunta saiu como puro espanto.

— Queria te dar feliz aniversário — disse ele, como se fosse óbvio.

— Como você...

A cabeça dele virou na direção de Kamilah, abraçada com Andromeda do outro lado do quintal. A cara de Grey deve ter se fechado, porque Ethan rapidamente interveio:

— Não culpe Kamilah. Fui eu que procurei ela.

Mesmo assim, a raiva nasceu no estômago dela.

— Você procurou ela, mas não eu? Perdeu meu telefone, é?

As pessoas ao redor estavam começando a prestar atenção.

Ele mudou a posição das pernas.

— Podemos conversar em algum lugar?

Grey fez um cálculo rápido. Tinha gente demais na casa para a sala de estar ser uma opção. Mas o quarto dela obviamente não era uma possibilidade.

— Tá. Vamos lá na frente.

AO SEGUIR GREY PELA PORTA DOS FUNDOS PARA A COZINHA, ETHAN INS-tantaneamente se arrependeu de todas as noites que haviam passado na casa dele, aquela prisão estéril e impessoal que criara para si. A casa dela era aconchegante e charmosa; não entulhada o bastante para ser maximalista, mas ainda explodindo de cor e textura em cada parede e superfície. Ele queria pedir para ela ir mais devagar e lhe dar uma chance de absorver tudo, examinar cada livro nas prateleiras, cada quadro nas paredes, cada polaroide na geladeira. Cada objeto era uma pista para ajudá-lo a desvendar mais sobre ela. Mas, cedo demais, eles saíram pela porta da frente para o jardim.

Grey parou abruptamente e se virou para ele, cruzando os braços. Ethan também parou, e a expressão no rosto dela o avisava para manter distância.

— Como está seu tornozelo?

— Bom. Por que você está aqui? — repetiu ela, sem hesitar.

— Senti saudade de você.

No início, pareceu ser a coisa certa a dizer, a expressão dela se suavizando, mas então ela virou o rosto para o chão. Quando falou de novo, havia algo de dor em seu tom.

— Você podia ter me mandado mensagem. Não precisava, tipo, *conspirar* pelas minhas costas para aparecer aqui e me pegar de calça curta.

— Não achei que você quisesse notícias minhas. Você tentou ir embora antes de eu acordar. Quebrou o contrato. Eu estava só tentando sentir a situação. Desculpa se foi a coisa errada a fazer.

Ela ficou em silêncio. Os sons tênues de risada e baixo pulsando flutuavam do quintal, parecendo vir de um mundo diferente.

— Foi demais. Eu não aguentei. As fotos... o fim de semana todo... tudo. Achei que facilitaria se eu não... Se a gente não...

— Então, você estava disposta a passar o resto da vida sem nunca mais falar comigo?

Grey o olhou.

— Achei que fosse o que você queria. Não se aproximar demais.

Ethan balançou a cabeça, frustrado, enfiando as mãos nos bolsos.

— Eu não queria que você quebrasse a porra do *contrato*, Grey. Sem nem falar comigo. Achei que tivesse significado para você.

— E tinha. *E* tem. — Ela cobriu o rosto com as mãos e gemeu, suas próximas palavras saindo abafadas. — Tanto que me dá um puta medo. É por isso que foi bom a gente... a coisa ter terminado quando terminou. Precisava acontecer antes de a gente se envolver demais.

Ela soltou as mãos ao lado do corpo.

O coração dele deu um salto, depois um mergulho. Eles voltaram a ficar em silêncio por um momento.

— Eu li seu perfil. Da Sugar Clarke. Audrey me mandou.

Ela o olhou de novo, a expressão curiosa, tentando descobrir aonde ele queria chegar. Voltou a cruzar os braços.

— E?

— E... eu vi o que você disse. Sobre... sobre como você... se apaixonou por mim. — Ethan, até aquele momento, não tinha certeza se conseguiria falar as palavras com sucesso.

Ela arregalou os olhos, rápido e quase imperceptivelmente, antes de os desviar de novo.

— Claro que eu disse isso. Eu precisei. É o que todo mundo acha, né? — A voz dela estava monótona, nada convincente.

Ele sabia que ela era melhor atriz do que aquilo. Não estava nem tentando.

— Certo. Então, não é verdade. — Ela não disse nada. — Grey. Olha para mim.

Ela levantou os olhos para ele, a severidade da expressão substituída por apreensão. Ethan foi tomado por uma necessidade avassaladora de entender os sentimentos dela por ele, na mesma hora, quer fizesse papel de idiota ou não. Tinha que saber. Não desperdiçaria o que podia ser sua última oportunidade de fazer isso.

— Se você não me ama, diz agora. Eu te deixo em paz. Podemos seguir a vida. Mas, se você sentir alguma coisa por mim... nem precisa ser amor, se for demais. Porque eu não sei você, mas é tarde demais para mim. Eu já estou envolvido demais, e isso também me assusta pra caralho. Eu só preciso saber. Preciso saber se você... se você sente a mesma coisa.

Era como se o tempo tivesse parado. Ethan começou a abrir a boca de novo para contextualizar, suavizar a intensidade que tinha chocado até ele. Grey o estava fitando, meio boquiaberta, os olhos dela uma piscina escura e reluzente.

Sem que ele se desse conta, ela já estava se aproximando, a distância entre os dois indo de respeitosa a íntima em um piscar de olhos, enroscando a mão na camiseta dele e puxando o rosto de Ethan para o dela. Depois, nada importava além da sensação da língua dela deslizando entre os lábios dele, o calor do corpo dela, as mãos dele se emaranhando na seda do cabelo dela.

De repente, silenciosamente, mas com o impacto de um tiro, um flash de câmera iluminou o rosto deles. Os dois congelaram e, sem pensar, Ethan soltou Grey e saiu correndo atrás do fotógrafo.

QUANDO O CHOQUE DO FLASH DESAPARECEU DE SUA VISÃO, GREY FICOU sentada entorpecida no degrau da frente, esperando Ethan voltar. Felizmente, só parecia haver um fotógrafo por ali. O estômago dela se revirou. Ele devia ter seguido Ethan até a casa dela. Nunca tinha sido incomodada ali antes. Tinha se permitido acreditar que estava segura na própria casa.

Seus olhos ficaram vidrados, e ela levou os dedos à boca inchada. No momento, tinha uma preocupação ainda maior do que sua privacidade (ou falta dela).

Ethan a amava.

Ethan a amava.

Que caralho era para ela fazer com aquilo?

Mais importante: ela o amava?

Grey achava ter amado Callum, mas, quanto mais o tempo passava, mais questionava isso. O relacionamento deles era como uma estátua de mármore: belo, frio, imutável. A ilusão de indestrutibilidade traía o quanto era frágil. Tinha sido fácil ignorar as minúsculas rachaduras na superfície, a mente dela preenchendo a extensão impecável que queria ver.

Se Callum era uma estátua, Ethan era um rio: poderoso e imprevisível. Às vezes, ela estava integrada com o fluxo, flutuando em paz, banhando-se ao sol. Às vezes, se afogava. A pior parte era que não tinha certeza do que preferia.

Saiu do devaneio a tempo de ver Ethan subindo a entrada. Assim que ele chegou perto o bastante, ela o encheu de perguntas.

— O que aconteceu? Você pegou o cara? O que você disse?

— Fiz ele apagar a foto — disse Ethan, sentando-se no degrau ao lado dela.

Grey arregalou os olhos.

— Você não bateu nele, né?

Ethan franziu a testa, confuso.

— Quê? Claro que não. Eu dei dinheiro para ele.

— Sério? Quanto?

— Vinte.

— Vinte dólares? Ele apagou por tão pouco?

— Vinte mil.

— *Quê?*

Grey achou que fosse cair da escada.

Ele deu de ombros.

— Foi o quanto ele disse que ia conseguir se vendesse.

— Já tem, tipo, cem fotos da gente se comendo na internet. E *daí* se ele vender?

Ethan pareceu perplexo.

— Desculpa, eu achei... Não queria piorar as coisas para você.

Grey trouxe os joelhos para perto do peito e descansou a cabeça nas mãos. Foi tomada pela exaustão.

— Não, desculpa. Obrigada. Obrigada por fazer isso. Porra, é a coisa mais fofa que alguém já fez por mim. Que *caralho*, Ethan. — Ela escorregou as mãos pelo rosto, rindo desacreditada. — Essa porra toda é uma loucura. O que você está me dizendo? O que você quer de mim?

Ethan passou as mãos pelo cabelo.

— Quero ficar com você. O que quer que isso signifique. Podemos descobrir.

Grey fechou os olhos, um *sim* dançando na ponta da língua. Mas, quando abriu a boca, tudo o que vinha junto com aquela minúscula palavra pareceu enorme e pesado demais para processar.

— Eu... eu não sei. Preciso de um tempo. Preciso pensar. Tudo... é demais. — Ela se virou para ele. — Tudo bem?

Ethan fez que sim, o rosto plácido. Controlado.

— Claro.

Ela se inclinou e roçou os lábios nos dele, usando cada grama de autocontrole para manter o beijo breve. Ele a beijou de volta, mas também permaneceu onde estava. Quando ela se afastou, ele se levantou.

— Um segundo. Tenho uma coisa no carro para você.

Quando ele voltou, tinha um tubo de papelão grande embaixo do braço. Ela pegou e o olhou, intrigada.

— O que é isso?

— Feliz aniversário. Desculpa, eu devia ter embrulhado.

— Não precisava me comprar nada. Quer dizer, obrigada.

Ela de repente se sentiu desconfortável. Não queria que Ethan fosse embora, mas ele precisava ir. Grey o tinha rejeitado. Mais ou menos.

Ela também se levantou.

— Eu, hã... tá bem. A gente se vê... a gente se fala depois.

— Tá bom. — O tom dele era ilegível.

Ela queria acompanhá-lo até o carro, mas só conseguiu ficar lá parada, vendo-o desaparecer na escuridão.

Quando Grey voltou para a casa, Kamilah estava nervosa perto da porta. Ela franziu a testa de preocupação quando viu que Grey estava sozinha.

— Está tudo bem? Ele... era melhor eu não ter deixado ele vir? Não queria me meter. Só achei... você parecia estar sofrendo.

Grey balançou a cabeça.

— Tudo bem. Precisava acontecer. Eu não podia fugir para sempre.

— O que ele disse?

— Ele quer voltar. Ou que fiquemos juntos de verdade pela primeira vez, acho.

— E... você não?

Grey pensou no flash da câmera a alguns metros da porta de casa. Engoliu em seco.

— Não tenho a menor droga de ideia do que eu quero.

Kamilah olhou para o tubo de papelão nas mãos de Grey.

— O que é isso?

— Não sei. Ele disse que era meu presente de aniversário.

Grey tirou a tampa de plástico na ponta do tubo e puxou o conteúdo.

Era um pôster grande. Com Kamilah ao seu lado, ela limpou a mesa de centro, ancorando uma ponta com um livro enquanto desenrolava. A sala ainda estava relativamente cheia, e as pessoas no sofá se inclinaram para ver o progresso com interesse. Mais algumas se reuniram ao redor para espiar quando ela abriu o pôster.

Era um pôster original de cinema de *A troca de irmãs*: duas pré-adolescentes idênticas sorrindo, uma de costas para a outra, de braços cruzados, enquanto os pais se inclinavam de cada canto da moldura, dando-lhes olhares de irritação benevolente. Grey sentiu uma pontada de nostalgia. Quando chegou mais perto, porém, sentiu uma pontada de mais alguma coisa, algo imenso e inefável. Em vez de ver o rosto de Morgan Mitchell dobrado, estava olhando seu próprio rosto de 11 anos.

Ela passou os dedos pelo papel liso, parando quando chegaram ao texto na parte inferior:

E apresentando EMILY BROOKS como HEATHER e ASHLEY.

Houve algumas risadinhas e murmúrios de confusão ao redor dela. Grey encontrou o olhar de Kamilah. Viu que a amiga entendeu de imediato. As duas estavam sem palavras.

Grey enrolou o pôster o mais rápido que podia sem danificá-lo. Parecia errado expô-lo em público, com todo mundo olhando. De certa forma, ela se sentia mais exposta com aquilo do que com as fotos do corpo nu que estavam havia semanas por todo lado. Um pedaço escondido de sua alma desnudado. Ela guardou de volta no tubo, as mãos tremendo.

— Preciso... Eu... Desculpa — murmurou, seus pés a levando para fora antes de ela saber o que estava acontecendo.

24

AINDA ERA CEDO PARA ETHAN ir dormir. Ele abriu uma cerveja para acalmar a mente acelerada e navegou, quase inconscientemente, até o episódio seguinte de *Paraíso envenenado*. Quando a música de abertura já familiar começou a tocar, seu estômago revirou. Talvez não fosse uma boa ideia. Talvez ele já estivesse cheio de Grey naquela noite. Mas parecia que não havia como ser demais. Tinha algo de perversamente agradável naquilo, cutucar a ferida, desfrutar da rejeição dela.

Bom. Ela não o havia rejeitado, para ser preciso, mas Ethan não estava muito esperançoso. Ele não tinha professado seu amor muitas vezes, mas o tinha feito o suficiente para saber que qualquer coisa menos do que um sim entusiasmado era uma rejeição. Pelo menos ainda tinha outra temporada antes de ter que se preocupar de verdade. Bem, sempre dava para começar desde o início, de novo e de novo, envelhecendo, sozinho, e se tornando o maior especialista em *Paraíso envenenado* do mundo.

Ele chutou os sapatos para longe e se esticou no sofá. Lucy havia acabado de descobrir que a morte acidental do namorado talvez não fosse um acidente, afinal, e havia uma conspiração de forças sombrias em ação na idílica cidade de Paradise Point. Ethan tinha ficado feliz em ver o personagem de Callum ir embora sem cerimônias, e não apenas pelas razões óbvias. A presença dele tinha atrapalhado muito a atuação de Grey perto do fim — embora Ethan ainda não tivesse visto uma narrativa para a personagem dela que não fosse completamente maluca.

Grey e Mia espreitavam em uma esquina, bisbilhotando um grupo de homens de aparência suspeita em meio a uma conversa particular em plena luz do dia.

— O que você acha que significa? — perguntou-se Mia em voz alta.

Grey mordeu o lábio.

— Não sei. Quanto mais a gente descobre, menos sentido tudo faz. Como a estufa secreta de Jackson se encaixa nisso tudo?

— No final, Mia estava por trás de tudo. Matou meu namorado e aí teve a coragem de fingir que não sabia de nada. Que vaca, né? — veio uma voz seca de trás dele.

Ethan se sentou no susto, desviando o olhar da Grey bidimensional tão abruptamente que levou um momento para se acostumar com a versão tridimensional atrás dele.

— Eu… Você… — gaguejou ele.

— Ah. Desculpa. Spoilers. — Os cantos da boca dela tremeram enquanto ele se levantava às pressas do sofá, parando de chofre na frente dela. Ela deixou a mala de mão cair do ombro, olhando do rosto dele para a tela e de volta. — Você não estava brincando.

— Como assim? — perguntou ele, dando mais um passo na direção dela, que teve que levantar a cabeça para encontrar os olhos dele.

— Você está *mesmo* envolvido demais. — O tom dela permanecia irônico, mas o tremor vulnerável no fim da frase a denunciou.

Ethan ainda estava sorrindo ao beijá-la. Ela entrelaçou os braços em volta do pescoço dele, que a puxou o mais perto possível sem virarem uma mesma entidade. Não foi o suficiente. Pensar em estar dentro dela também não era o suficiente. Ele queria devorá-la. Se, de algum jeito, Grey pudesse se tornar parte dele, Ethan nunca mais chegaria perto de perdê-la.

Quando pararam para respirar, ele percebeu, em algum momento, que a tinha sentado nas costas do sofá, com as pernas em torno da cintura dele.

— A série não é ruim — disse ele, puxando a camiseta dela pela cabeça e jogando no chão.

— Pelo menos você não estava usando para se masturbar.

— Desta vez, não. — Ela riu e deu um tapinha de leve no peito dele. Ele se vingou abaixando a cabeça para mordiscar e sugar o pescoço dela até ela gemer. — É que às vezes eu me empolgo demais com as aventuras de Lucy LaVey. Essa garota sabe mesmo se meter em encrenca.

Grey soltou as pernas da cintura dele e pulou do sofá, ajoelhando-se. Ela levantou os olhos para Ethan com uma expressão que podia passar por inocente, se já não estivesse a meio caminho de tirar o cinto dele. Vendo a cena, a respiração dele ficou presa na garganta. Ela deu um sorrisinho irônico.

— Espera só até você ficar sabendo o que ela anda fazendo.

GREY PERCEBEU QUE, POR MAIS VEZES QUE TIVESSE ACORDADO NA CASA de Ethan, aquela era a primeira vez que acordava na cama dele. Na verdade, era a primeira vez que estava no quarto dele. As cortinas estavam fechadas, mergulhando o cômodo em uma escuridão sinistra, onde a distinção entre o dia e a noite deixava de ser sentida. Ela se mexeu e sentiu o calor sólido de Ethan nas costas, o braço dele jogado sobre o peito dela como uma barra de segurança de montanha-russa. Estar lá com ele conjurava a mesma sensação que ela tivera em Palm Springs, como se o tempo e o mundo exterior se curvassem aos caprichos deles, e não o contrário. Eles não podiam viver naquela bolha para sempre, mas ser capaz de vislumbrá-la de vez em quando era o suficiente para Grey. Talvez fosse isso, afinal de contas, o amor.

Seus movimentos deviam tê-lo despertado, e ela sentiu Ethan a apertando mais forte com uma inspiração afiada, para depois roçar beijos suaves e derretidos por seu pescoço e ombro.

— Que horas são? — suspirou ela, bocejando e arqueando as costas contra ele.

— Quem liga? — murmurou ele.

Circulou preguiçosamente o mamilo dela com os dedos, depois apertou, rindo no ombro dela quando ela se contorceu.

— Bom ponto. — Ela se virou para ficar de frente para Ethan e levou a mão ao rosto dele, passando o dedo pela maçã do rosto. — E agora? — perguntou, suavemente.

Ele respondeu puxando-a para um beijo profundo, deslizando a mão pelo corpo dela e parando no quadril, puxando-a mais para perto. Ele já estava duro contra a barriga dela, embora, como ele tinha acabado de acordar, Grey não pudesse ficar com todo o crédito. Ela afastou o rosto, rindo.

— Depois disto, quero dizer.

— Não sei. — Ele fitou o rosto dela. — Você está aqui.

— Eu estou aqui.

Ela achou que ele fosse beijá-la na boca de novo, mas, em vez disso, ele esticou o pescoço e beijou a testa dela.

— Só isso importa.

Uma hora mais tarde, eles estavam na cozinha de Ethan. Grey pensou na primeira vez que ele havia cozinhado para ela, como ela ansiava por uma desculpa para eles agirem como um casal de verdade em particular. A realidade era ainda melhor do que tinha imaginado. No entanto, estava definitivamente atrasando o progresso do brunch; ela mal tinha cortado metade da cebola quando Ethan a encostou à ilha da cozinha e passou as mãos por baixo da camiseta dela. A coitada da cebola poderia ter ficado abandonada para sempre se não fosse pelo som da porta se abrindo com tudo, seguido de vários conjuntos de passos. Os dois saltaram instantaneamente. Grey se virou para Ethan, de olhos arregalados, sua expressão de choque espelhando a dela.

— *Papai!*

Ethan grunhiu.

— Caralho. Esqueci que tinha dito a Nora que ia ficar com as meninas este fim de semana — murmurou ele, segundos antes de duas garotinhas virem correndo animadas pela porta.

Elas pararam de repente ao ver Grey. Ela agradeceu aos céus por ter ignorado os pedidos de Ethan e descido vestida.

Elas a olharam, levemente boquiabertas, e logo buscaram ajuda em Ethan. Uma mulher alta e esguia contornou o corredor atrás delas. Quando Grey registrou a identidade dela, seu estômago deu um salto.

A breve paixonite pré-adolescente de Grey por Ethan não tinha sido territorial; ela era pragmática e aceitava que Nora Lind era a única mulher descolada o bastante para merecê-lo. Grey havia passado horas olhando fotos dos dois no tapete vermelho. Nos anos antes de todo mundo ser arrumado por *stylists* de forma impecável e impessoal, Nora aparecia de cabelo raspado e smoking vintage, brilhando mais do que todas que tinham sido bobas por usar vestidos de grife e diamantes. Na estreia de *Patifes*, ela tinha usado um vestido longo preto transparente por cima de uma cueca e fitas adesivas brancas formando um X cobrindo os mamilos; Ethan a acompanhou de camiseta com uma das antigas fotos de modelo dela impressa no peito e cigarro entre os lábios, a abraçando e olhando com adoração.

Mesmo vestida de forma simples, sem maquiagem — sem maquiagem *mesmo*, e não apenas fingindo —, Nora era deslumbrante. Seus olhos registraram Grey com choque, e depois ela torceu a boca volumosa com humor. Levantou uma sobrancelha para Ethan, que suspirou profundamente.

— Elle, Sydney — disse ele, indo parar ao lado das garotas. — Esta é Grey. Minha namorada.

Grey acenou e sorriu enquanto seu estômago dava mais um salto. *Namorada*. De verdade, desta vez.

— Estou muito feliz de conhecer vocês. Ouvi falar muito das duas.

Elas a fitaram com olhos arregalados como pires. A mais nova foi de ré até Nora, pegando a mão dela.

— Acho que elas estão meio tímidas hoje — disse Ethan, fingindo um sussurro.

— Não tem problema. Às vezes, eu também fico tímida.

A mais velha foi até Ethan e puxou a barra da camiseta dele.

— A gente pode nadar? Quero mostrar como eu pulo de costas.

— Claro. Vamos deixar as malas no quarto de vocês primeiro.

Ele levou as duas pelo corredor, dando a Grey um olhar breve de desculpas por abandoná-la com Nora.

Quando as duas estavam sozinhas, Grey viu que Nora a avaliava, mas sem grosseria.

— Grey. Que bom finalmente te conhecer ao vivo.

A ênfase que ela colocou em "ao vivo" fez as bochechas de Grey corarem.

— Eu, hã. Elas não sabem, né? Do…

Nora fez que não, sorrindo de leve.

— Não, graças a Deus. Acho que, se fossem uns anos mais velhas, seria outra história. Mas elas sabem de você. Ou sabem que o pai está saindo com alguém.

Grey mudou o peso de uma perna para a outra, tentando entender o quanto Nora sabia, o que Ethan tinha contado a ela. Afinal, eles nunca tinham terminado "oficialmente".

— Mas desculpa. Por elas terem que ficar sabendo... um dia. É uma merda.

Nora deu de ombros.

— Com certeza foi pior para você do que vai ser para elas. Ethan e eu fizemos várias cenas de sexo ao longo dos anos, juntos e separados. E ele com certeza já foi parar na mídia por coisa pior. Elas também vão ter que lidar com tudo isso um dia. Só mais um item para o divã do terapeuta.

Grey riu, aliviada.

— Quer um café ou algo assim? Um *latte*? Ou você precisa ir?

Nora pareceu estar prestes a declinar, mas pensou melhor.

— Claro. Um *latte* seria ótimo.

Grey se virou para a máquina de expresso de Ethan, grata por ter algo com que se ocupar. Nora se empoleirou em uma das banquetas da ilha.

— Então, como andam as coisas? Com vocês dois. Com tudo.

— Hum... andam bem. Tivemos nossos altos e baixos — respondeu Grey, diplomaticamente, medindo os grãos de café.

Ela se virou e viu Nora a estudando.

— A gente acabou de se conhecer. Não quero me meter no relacionamento de vocês. Mas ele não ficou com as meninas no fim de semana passado, que é o motivo de a gente estar aqui agora, e, quando eu liguei... ele estava um desastre.

Grey sentiu a temperatura do cômodo cair vários graus. Nora parecia estar tentando escolher com cuidado suas próximas palavras.

— Eu só... só quero garantir. Que ele esteja te tratando bem.

Grey deu de ombros. Lá fora, Ethan e as meninas tinham dominado a piscina, rindo e jogando água.

— Por enquanto, tudo bem — disse ela, descontraída.

Encontrou o olhar de Nora e ficou assustada de ver a preocupação franzindo o rosto dela.

Nora suspirou.

— Olha. Eu sei como é estar com ele. Quando é bom, parece que o mundo inteiro gira ao redor de vocês dois. Como se nada pudesse dar errado. Mas quando é ruim…

Grey sentiu um frio na barriga. Ela virou o café na caneca e jogou leite vaporizado por cima.

— Como assim?

— Ah, eu não estou tentando te assustar — disse Nora, reconfortando-a. — Ele nunca me traiu. Nunca me machucou. Quer dizer, acho que isso não é verdade, ele me machucou, sim. Só não fisicamente. Mas eu também o machuquei. Talvez nem precise dizer tudo isso. Mas Ethan… — O olhar dela foi até a piscina. — Ethan é complicado. Ele é uma das pessoas mais doces que eu conheço. Das mais sensíveis. Das mais amorosas. Mas também carrega muita dor. Muita culpa. E nunca descobriu direito como sentir tudo isso.

— É. Eu sei — disse Grey, baixinho.

Nora a olhou, aceitando com gratidão a caneca de café.

— Só espero que você não ache que é seu trabalho consertá-lo. Por mais que goste dele. — Ela deu um gole e balançou a cabeça. — Desculpa. Não sei por que estou te dizendo tudo isso. Você obviamente é uma jovem inteligente, com certeza sabe se cuidar. Não quero pressupor nada. Por favor, me diga se eu estiver passando do limite.

Grey tomou um gole do próprio café.

— Não, não, tudo bem. É… é bom, na verdade. Obrigada.

Nora acenou na frente do rosto, como se tentasse fisicamente banir o clima sombrio que pairava entre as duas.

— Enfim. Chega de falar dele. E você? O que anda fazendo hoje em dia? Eu era muito fã da sua série, aliás.

Grey riu, surpresa.

— Sério?

— Seríssimo.

— Obrigada por não ter vergonha de admitir, pelo menos. Eu com certeza teria.

Nora riu.

— Então, tem alguma coisa emocionante para rolar? Sempre achei que você fosse a que ia fazer sucesso.

Grey pensou em desviar da pergunta como em geral fazia, porque a perda de *Cidade Dourada* ainda doía, mas algo na sinceridade de Nora — além dos elogios — a relaxara.

— Na verdade… minha amiga, que é diretora, e eu estamos tentando fazer nosso próprio filme. Estamos trabalhando no roteiro, com algumas interrupções, há anos. Ela passou os últimos meses fora, mas estamos prestes a tentar arranjar umas reuniões.

Ela esperou que Nora reagisse com um "que ótimo" sem graça, mas, para sua surpresa, parecia genuinamente interessada.

— Qual é o filme?

— *A cadeira vazia*. É…

— P. L. Morrison — terminou Nora, os olhos se acendendo. — Eu amo esse livro. Você disse que já tem um roteiro? Como chama sua amiga?

— Kamilah Ross. Ela tem feito principalmente clipes, mas escrevemos juntas um filme independente que ela dirigiu há algum anos, meio que de aquecimento para este. Ela é supertalentosa.

Nora tomou o café, mas Grey via que a mente dela estava rodando.

— Então, você faria Vivian?

— É a ideia. E ela faria Florence.

— Ela também atua?

— Só nas próprias produções, mas ela é incrível. Nunca se interessou pela coisa toda de testes, ser enviada para tentar as mesmas personagens secundárias unidimensionais o tempo todo.

— Não dá para culpá-la. Eu tive que demitir meu agente porque ele só me mandava para papéis que tinham "exótica" na descrição.

Grey fez uma careta.

— Aff. Sinto muito.

Nora batucou os dedos na ilha e olhou para o horizonte por um momento, perdida em pensamentos.

— Sabe, faz mais ou menos um ano que estou trabalhando para estabelecer minha própria produtora. Ainda estamos tentando resolver algumas das questões de dinheiro, mas esse é exatamente o tipo de projeto que estamos procurando. Quem sabe a gente marca uma reunião.

Grey piscou algumas vezes, em um silêncio chocado.

— Uau, Nora… não sei o que dizer. Seria… uau. Obrigada — finalmente conseguiu falar.

Nora sorriu.

— Quer dizer, não estou prometendo nada além de uma reunião. Vocês duas têm que caprichar. Eu também gostaria de ver o outro filme que fizeram, se puder mandar antes.

— Claro. Obrigada. Se tiver algo que eu possa fazer por você…

Grey parou de falar meio sem jeito, sentindo-se insegura. O que podia oferecer a Nora que se comparasse com o favor monumental que a outra mulher estava fazendo por ela? Nora deixou a caneca vazia na ilha e lhe deu outro olhar pensativo.

— Ele te falou alguma coisa da exibição de *Patifes*?

Grey franziu a testa e fez que não.

— Não, nada. O que é?

— Eles querem fazer uma exibição em comemoração ao décimo quinto aniversário daqui alguns meses no Lincoln Center. É o filme em que… — Ela deixou sem completar.

— É, eu sei. É… hmm.

Grey se debruçou na ilha, apoiando-se nos antebraços. Ela tinha visto *Patifes* algumas vezes; tinha até escrito um artigo sobre o filme na faculdade. De todos os longas que Ethan e Sam fizeram juntos, era o preferido dela: visceral, emocionante e cinético.

— Não estou surpresa por ele não ter dito nada. Ele pareceu ser contra a ideia quando eu mencionei. Aposto que nem lembra. Mas acho que seria bom para ele. Talvez o ajude a lembrar aquela parte da vida como mais do que só… arrependimentos. Algo a enterrar.

Grey assentiu.

— Posso tentar conversar com ele.

— Obrigada. Agradeço.

Nora fez menção de se levantar da banqueta. Algo mais ocorreu a Grey.

— Você sabe alguma coisa do último filme em que ele estava trabalhando com Sam? *Pílula amarga?*

Nora franziu a testa.

— Soa familiar. Mas acho que eles não tinham avançado muito. Por quê? Ele ainda está tentando fazer?

— Não sei — respondeu Grey com sinceridade. — Ele diz que é por isso que… — ela se conteve antes de acidentalmente revelar a natureza original do relacionamento deles —... está voltando a aparecer. Mas não parece assim tão interessado.

Nora a olhou com compaixão.

— Ele falou muito de Sam com você?

Grey balançou a cabeça.

— Um pouco. Dá para ver que é difícil para ele.

O olhar de Nora ficou distante.

— É. É, foi uma época terrível. Para todos nós.

Grey mudou o peso de uma perna para a outra.

— Não consigo imaginar.

Nora suspirou.

— Eu fiz as pazes com isso. Ethan... ainda tem muita coisa para resolver em relação a Sam. Provavelmente com um profissional. — Ela se levantou e se espreguiçou. — É melhor eu ir. Obrigada pelo café, foi ótimo. Vou lá fora me despedir das meninas.

— Claro. Fiquei feliz que você decidiu ficar um pouco.

Grey voltou à cebola e pegou a faca, de repente faminta.

— Eu também. — Nora sorriu. — A gente se vê em breve, espero.

Ela deslizou a porta de vidro e saiu. Grey a observou aproximar-se do trio na piscina, agachando-se para falar com eles. Ethan sacudiu o cabelo ensopado, tirando-o dos olhos. A filha mais nova pulou nas costas dele, e os dois mergulharam embaixo d'água, fingindo uma briga.

Grey sentiu que estava espionando uma cena íntima, da qual não deveria participar. Os quatro faziam sentido juntos, a família de propaganda de margarina. Mas alguma coisa invisível tinha se rompido, afastando-os. Senão, Grey não estaria ali, observando da cozinha.

Ethan emergiu de novo da água, virando-se para olhar para ela. Era tão lindo que o peito de Grey doía. Será que a culpa era dele? Ela sabia que nunca era tão simples. Apesar disso, revirou mentalmente as palavras de Nora: *Não é seu trabalho consertá-lo.*

Ethan a chamou, sorrindo, e suas dúvidas evaporaram como gotículas de água no asfalto quente enquanto ela saía para se juntar a eles no pátio.

25

ETHAN MEXEU O UÍSQUE NO copo. Cubos de gelo tilintaram. A televisão estava ligada, mas ele não estava assistindo. Grey ainda ficaria fora por horas. Depois de mais de um mês de preparação, ela e Kamilah estavam finalmente apresentando o filme para a produtora de Nora. Ela havia se despedido dele com um beijo no final da tarde, dizendo-lhe para não esperar — ela e Kamilah ficariam fora até tarde, ou comemorando, ou afogando as mágoas, dependendo de como as coisas corressem. Pela primeira vez desde que eles tinham reatado, Ethan tinha a noite inteira só para si.

Eles passavam a maior parte do tempo na casa dele, só ocasionalmente se aventurando no mundo exterior. Desde que seu status de casal havia sido confirmado oficialmente mais uma vez, a escassez das aparições públicas significava que eles criavam nada menos do que um frenesi sempre que saíam juntos. Os fotógrafos viviam estacionados em frente ao portão, mesmo sem que Audrey os chamasse.

Ele resistiu à tentação de enviar uma mensagem para saber de Grey. Ela o avisaria quando tivesse alguma notícia. Virou o copo e se levantou de uma vez, dirigindo-se ao carrinho de bebidas para reabastecer. Não ficava bêbado desde a noite do aniversário dela, a noite em que ela voltara para ele. Uma cerveja ou duas no jantar, um copo de uísque antes de dormir. E, na maioria das vezes, mal pensava nisso. Quando Grey estava por perto, sua presença era suficiente para abafar as dúvidas, os medos, os impulsos de sabotagem. Mas, sem pestanejar nem adiar, assim que a porta se fechou atrás dela e a perspectiva de várias horas desacompanhado se estendeu à frente, o carrinho de bebidas o atraiu como uma sereia.

Ethan serviu-se de outro copo de uísque mais generoso. Tinha se comportado. Merecia aquilo. De vez em quando não era nada de mais. Ele estaria na cama dormindo antes de Grey chegar em casa, e ela nunca teria que ver aquele lado dele. Ele amava quem era ao redor dela, a versão de si que via refletida quando ela abria os olhos pela manhã, quando ele a fazia rir, quando estava dentro dela. Queria ser aquele homem o tempo todo. Era o que ela merecia.

Ele ouviu o celular vibrar na mesa de centro e se apressou em atender. E, de fato, era Grey.

— Ei! Como foi? — Ele tentou manter a voz neutra, preparado para qualquer resposta. Para seu alívio, a animação dela era palpável, até pelo telefone.

— Eles *amaram*! Porra, não podia ter ido melhor. Eu mal acredito, está praticamente certo — falou ela, efusiva.

Ethan abriu um sorriso.

— Parabéns! Que incrível. Vocês estão trabalhando tanto que não fico surpreso. — Ele se reacomodou no sofá. — E aí, estão indo comemorar agora?

— Mudança de planos. Conversamos com Nora depois da reunião e achamos que seria divertido se, em vez de sairmos, todo mundo fosse jantar em casa.

Ethan se endireitou com um solavanco.

— Todo mundo? Hoje? Aqui?

— É. Tipo, Kamilah, Andromeda, Nora, Jeff. Desculpa não ter checado antes com você, foi tudo meio rápido demais. Mas não tem problema, né? Ainda não juntamos todo mundo.

Ethan esfregou os olhos, tentando processar a reviravolta da noite.

— Não, hã, tudo bem. As meninas também?

— Lucas está cuidando delas.

— Ótimo. Ótimo. Que ótimo — repetiu Ethan, zonzo. — E a gente vai… cozinhar?

— Eu ia pegar comida do Taj, se um dia sair dessa *porra* de trânsito. Algum pedido? Eu pensei em principalmente coisas vegetarianas, já que só você, Jeff e eu comemos carne.

— Ah. Hã… não, parece bom.

— Está bem. Devo voltar em uma hora, espero que menos. Todo mundo vai chegar às oito.

Eles se despediram e desligaram. Ethan se recostou no sofá e deu outro gole no uísque. Estava tão concentrado em apoiar Grey enquanto ela se preparava para a apresentação que mal tinha parado para considerar o que aconteceria se tudo desse certo: sua namorada ia fazer um filme com sua ex-mulher. Eles tinham jantado com Nora, Jeff e as meninas algumas vezes naquele mês, e todos tinham se dado melhor do que ele esperava. Ainda assim, a ansiedade começou a se acumular no fundo do estômago.

Talvez Nora começasse a falar mal dele assim que ele virasse as costas, cochichando segredos sobre seus momentos mais baixos ao pé do ouvido de Grey, envenenando-a contra ele. Talvez Grey ainda o estivesse usando para melhorar a carreira, pelas conexões e pela exposição que ele podia proporcionar, com ou sem contrato. Ou talvez Ethan estivesse apenas sendo paranoico e aquilo não tivesse nada a ver com ele.

Com a formação dessa aliança, Grey ficaria intrinsecamente envolvida em sua vida, o que ele desejava e temia em igual medida. Era quase pressão demais. Ele se perguntava se Grey e Nora ainda iriam querer trabalhar juntas se ele estragasse tudo, se eles se separassem. Seu peito se apertou ao pensar nisso. Aí, Grey e Nora teriam ainda mais em comum: o clube exclusivo de mulheres cuja vida ele havia estragado.

Ele passou as mãos pelo cabelo e se levantou, depois voltou a se sentar. Deveria tomar banho? Trocar de roupa? Beber um pouco de água?

Ethan virou o copo e sentiu o nó do estômago começar a desatar aos poucos. Estava se precipitando. Era bom as duas serem tão amigáveis. Não havia necessidade de distorcer a boa notícia em algo feio, supor o pior das pessoas. Ele podia deixar suas próprias ansiedades bestas de lado por uma noite e apoiar Grey.

GREY MAL TINHA COLOCADO AS SACOLAS DE COMIDA INDIANA NA BANCADA antes de Ethan a atacar, agarrando a cintura dela pelo lado e a enchendo com uma metralhadora de beijos por todo o rosto.

— Argh! Meu Deus. — Ela riu, virando-se para beijá-lo de verdade. A boca dele tinha gosto de recém-escovada, a hortelã em sua língua fazendo os lábios dela formigarem. — Alguém está animadinho hoje.

— Estou só orgulhoso de você. E senti saudade. — Ele se acomodou enquanto ela tirava as embalagens de plástico, apoiando o queixo no topo da cabeça dela.

— Eu só saí por, tipo, cinco horas. — Mas, mesmo com a provocação, ela sentiu o coração palpitar um pouco com as palavras dele. — Consegue terminar isto e pegar umas garrafas de vinho? Quero me trocar antes de todo mundo chegar.

Ela tentou ir na direção do quarto, mas ele continuou grudado nela que nem uma craca, seguindo com os passos em sincronia.

— Não quer ajuda?

Ela riu de novo e tentou se soltar dos braços dele.

— Humm... tentador, mas não quero ficar toda suada. Meu cabelo já está esquisito hoje.

Ele fez um biquinho ao soltá-la com um beijo de despedida na cabeça e um tapa na bunda.

— Eu acho que seu cabelo está ótimo.

Ela praticamente flutuou até o quarto de Ethan. Enquanto vasculhava o espaço do armário dele que tinha separado para si, parou por um momento. Seis meses antes, estivera desempregada e sem direção. Seis semanas antes, tinha sido demitida, humilhada e arrasada. Agora, estava na casa da sua antiga paixonite de pôster de revista, prestes a fazer o projeto dos seus sonhos com sua melhor amiga e a ajuda de um de seus ídolos. A vida de Grey havia mudado tão rapidamente que ela quase ficou tonta. Ela tentou ignorar a ansiedade incômoda que lhe sussurrava que aquele tipo de subida só podia preceder uma queda desesperada.

Uma hora depois, os seis estavam reunidos em torno da mesa da sala de jantar de Ethan, rodeados de travessas vazias. Grey limpou os restos do *saag paneer* com um pedaço de *naan* de alho, complementando com detalhes ocasionais enquanto Kamilah declamava ao resto do grupo a história da época em que as duas tinham lido errado um pacote de doces de maconha e comido sem querer o quádruplo da dose recomendada antes de uma viagem infernal para a Disney depois das provas finais do segundo ano. Grey puxou a cadeira mais para perto de Ethan e se aconchegou ao lado dele, sentindo-se meio bêbada, acalorada e perfeitamente satisfeita.

Quando a conversa chegou a uma pausa, Nora abriu outra garrafa de vinho e encheu todas as taças — com exceção da de Ethan, que estava bebendo uísque a noite toda. Ela se sentou de novo e abriu um sorrisão para Kamilah, Grey e Andromeda, levantando a taça.

— Eu só queria dizer de novo como estou animada de trabalhar com vocês três. — Ela bateu na mesa de madeira. — Quer dizer, vocês sabem como é. Pode tudo dar errado amanhã, claro. Mas vou fazer tudo em meu poder para rolar.

Grey levantou a taça também.

— Estamos muito felizes por ter te encontrado. Tipo, realmente não podíamos pedir ninguém melhor.

Todos brindaram e deram um gole.

Kamilah apoiou sua taça e entrelaçou os dedos com os de Andromeda em cima da mesa.

— Nossas outras reuniões foram um pesadelo da porra. Você era tipo nossa última esperança. Literalmente na primeira a que fomos um dos caras olhou para ela assim... — Ela percorreu o corpo de Grey com um olhar malicioso e exagerado. — E aí falou: "Então, acho que você fica confortável com nudez, né?".

Grey fingiu ânsia de vômito enquanto Ethan apertava seu ombro.

— E nem foi a pior. Na semana passada, fizemos a apresentação toda e eles disseram, tipo: "Queremos fazer... com um diretor diferente". Depois dessa, a gente se mandou.

Kamilah contorceu a boca enquanto ela e Grey trocavam olhares. Ela tinha ficado tão chateada depois daquela reunião que praticamente vibrava quando saíram, e Grey a abraçou apertado no corredor até a amiga se acalmar o bastante para dirigir até em casa.

— Fodam-se eles — resmungou Jeff.

Todos olharam para ele. Era uma das únicas coisas que ele dissera a noite toda.

Grey logo aprendera que Jeff era um homem de poucas palavras. Mas ele combinava com Nora e obviamente a adorava. Eles tinham a mesma energia calma e estoica. Ele era bonito, mas não de um jeito ostensivo, com uma barba grisalha e olhos castanhos calorosos. A pele amarelada dos braços era coberta com tatuagens, e ele se portava com a confiança tranquila de alguém acostumado a ser a pessoa mais alta de todos os lugares — tinha quase dois metros, mais alto até do que Ethan.

Kamilah levantou a taça para ele.

— Um brinde a isso.

Eles beberam de novo. Ao lado dela, Ethan virou tudo do copo. Grey se levantou e começou a recolher os pratos vazios. Andromeda se recostou na cadeira e disse:

— Então, qual o próximo passo? É cedo para eu começar a trabalhar na música?

— Um pouco, mas, se sentir inspiração, sempre é bom. — Nora arrancou um pedaço de *naan* e mastigou, pensativa. — No momento, preciso começar a trabalhar nas projeções de orçamento, entender o cronograma, reunir alguns coprodutores. Seria melhor se pudéssemos filmar em Nova York mesmo, mas talvez seja muito caro. Quero falar com algumas pessoas quando estiver lá no mês que vem. — Ela acenou com a cabeça para Grey e Ethan. — Se vocês dois acabarem vindo, você pode ir comigo, Grey.

O braço de Ethan ficou tenso ao redor do ombro dela. Ela sentiu o olhar dele nela, mas não o olhou. Percebeu que ele tinha começado a refeição alegre e sociável, mas ficara mais retraído conforme a noite prosseguia, silenciosamente tomando seu uísque ao lado dela. Quando ele falou, sua voz estava ríspida.

— Não sabia que vocês duas tinham discutido esse assunto.

Grey deu de ombros, mantendo a voz casual.

— Ela só mencionou de passagem.

Nora não disse nada, olhar fixo no de Ethan — com firmeza, mas sem agressividade. Parecia que algo havia se passado entre eles, algum tipo de percepção extrassensorial de ex-cônjuges a que o resto deles não tinha acesso.

— Dá um tempo, Nor — resmungou ele, enfim, abaixando a cabeça.

A mesa ficou em silêncio. Grey viu Andromeda e Kamilah trocarem olhares desconfortáveis.

Nora pigarreou e se levantou, recolhendo a pilha de pratos.

— Chega de falar de trabalho. Podemos nos preocupar com tudo isso amanhã. Hoje é para comemorar.

ELES TIRARAM A MESA E FORAM PARA A PISCINA, COM MAIS UMA GARRAFA de vinho. As luzes de LED davam à água azul-clara um brilho sobrenatural, nuvens delgadas de vapor subindo no ar fresco da noite. Ethan estava mais bêbado do que ficava havia meses — mas, também, todo mundo estava. Grey se aconchegou no ombro dele na espreguiçadeira, pernas jogadas em seu colo, brincando com uma mecha de cabelo. O peso e o calor do corpo dela no dele eram nada menos que um milagre, pensou, distraído. Ethan se permitiu se conectar e desconectar da conversa sem contribuir, as vozes se misturando em um zumbido agradável.

Kamilah deu um gole no vinho para tomar coragem e suspirou, dramática.

— Ethan.

Ele levantou os olhos.

— Hum?

— Posso te fazer uma pergunta pessoal?

Ele sentiu a respiração de Grey se acelerar. Esfregou o ombro dela para acalmá-la.

— Manda.

— Cadê seu Oscar?

Ethan ficou tão surpreso que não conseguiu conter a gargalhada.

— Acho que está enterrado no armário do escritório. — Ele parou. — Quer que eu vá buscar?

Kamilah sorriu.

— Se você não se importar.

Ele se soltou de Grey e entrou na casa, e a cabeça girou de leve enquanto ele se reorientava de pé. Como era de se esperar, estava no armário, atrás de uma pilha de antigas cópias promocionais de filmes, alguns velhos o suficiente para ainda estarem em fitas VHS. O sapato dele bateu em um maço de cigarros amassado no chão, aparecendo por baixo de seu equipamento de esqui. Tinha meses, se não anos, mas o cheiro fétido do tabaco desencadeou algo no cérebro bombardeado dele, como um agente adormecido sendo ativado. Ele achou uma caixa de fósforos na gaveta da mesa e já estava com um aceso e na boca sem nem ter saído da casa.

Foi só quando viu a expressão confusa de Grey que percebeu o que estava fazendo.

— Ah. Merda. Desculpa.

Ele deixou o cigarro cair dos lábios e pisou com o calcanhar. Foi até Kamilah arrastando os pés e entregou o Oscar antes de voltar para o lado de Grey, um pouco envergonhado.

Os braços de Kamilah imediatamente caíram no colo com o peso inesperado da estatueta. Ela levantou na altura do rosto para examinar, girando na luz fraca.

— Ele é meio sexy, né? Tipo, por que é tão *bombado*? Era necessário?

— Hã, licença, eu estou bem aqui. — Andromeda colocou a mão no peito, fingindo revolta enquanto o resto ria.

— Que foi? Você sabe que eu sempre curti carecas.

— Bom, ele não vai para casa com a gente hoje.

Kamilah riu e devolveu a Ethan.

— Hoje não, mas um dia. Estou manifestando aqui.

Ele descansou a estatueta nos joelhos dobrados, passando o polegar pela placa dourada na base, borrando o nome com digitais. Levantou os olhos e viu Nora o encarando, apoiada no ombro de Jeff.

— Lembra aquela noite? — perguntou ela, baixinho o bastante para ele quase não escutar.

Ele assentiu.

— Claro. — Grey descansou a cabeça no corpo dele, o aterrando ao momento presente enquanto ele se sentia começar a derivar nas lembranças. — Ninguém achou que eu fosse ganhar. Eu mesmo não achava, nem fodendo.

Nora sorriu.

— Você tentou convencer a gente a ir embora mais cedo. Estava com fome.

— Bom, é. Todos nós achamos… — Ele parou.

O prêmio de Sam parecera garantido naquela noite, consolo dele por ser empurrado para coadjuvante enquanto Ethan concorria como melhor ator com um papel de mesmo tamanho. Ethan mal estava prestando atenção quando sua categoria foi chamada; tinham sido necessárias as expressões idênticas de choque de Nora e Sam, um de cada lado, para Ethan perceber o que tinha acontecido.

A euforia o havia feito passar as semanas seguintes em êxtase. Somente em retrospectiva ele se lembrava do sorriso tenso de Sam na festa depois da premiação, de o amigo ter ido embora cedo sem se despedir e demorado para retornar as ligações durante as semanas seguintes. Eles nunca falaram sobre o assunto, mas Ethan sempre desconfiou de que Sam culpasse aquele Oscar pelos caminhos opostos que suas carreiras individuais haviam tomado.

Apesar de seu talento, Sam nunca tivera um sucesso próprio que se igualasse a qualquer coisa que ele tivesse feito com Ethan. Mas não tinha a ver com o prêmio: era porque Sam era um ator coadjuvante em negação tentando (sem sucesso) ter uma carreira de protagonista. Todos pareciam entender isso, exceto Sam. Mas, toda vez que Ethan tentava falar com tato, Sam o dispensava com uma piada, como sempre.

Ele fechou o punho ao redor da estatueta, seus dedos cobrindo as pernas estreitas.

— É uma bobagem — murmurou ele, quase para si mesmo.

Grey se mexeu ao lado dele.

— O quê?

Ele esfregou a outra mão nos olhos, e suas palavras saíram grossas e preguiçosas, combinando com a lenta agitação de seus pensamentos.

— Que algo tão pequeno possa… significar tanto. *Fazer* tanto.

Abrir tantas portas, causar tantos danos. Ele não tinha feito de propósito, nem mesmo desejado, mas aquilo criara uma fratura entre ele e Sam que nunca havia cicatrizado completamente. Agora, nunca cicatrizaria.

Devagar, ele ficou de pé e vagou até a beira da água, com o prêmio ainda na mão. De repente, a visão daquilo o enojou.

— Ethan? — A voz de Grey soava distante.

Parecia que ele estava se vendo de fora do corpo quando o braço foi para trás e lançou a estatueta dourada na piscina. Ela caiu com um ruído dramático e afundou imediatamente.

Ele se virou para ver todos atentos, paralisados, de olhos arregalados. Enfim, Jeff falou:

— Você está bem, cara?

Ethan piscou algumas vezes. De repente, sentiu tudo que havia bebido naquela noite bater de uma vez.

— Tô. Eu... hum. Desculpa. Sei lá... foi... Desculpa.

Ele olhou para a piscina atrás de si. Por que merda tinha feito aquilo? Estava passando vergonha, fazendo Grey passar vergonha. Dando a Nora mais munição contra ele. Precisava consertar, rápido.

Num torpor, ele arrancou a camiseta e chutou um dos sapatos para longe. Fez algumas tentativas sem sucesso de tirar o outro antes de desistir e pular na piscina ainda calçado.

A estatueta tinha caído no raso, então foi fácil recuperá-la. Ele a colocou de lado na borda de azulejo da piscina, a calça jeans ensopada pesada o puxando para baixo enquanto ele se içava, desajeitado. Ele se endireitou e olhou com expectativa para o grupo — mas as expressões pareciam mais aflitas do que antes.

Grey se levantou e caminhou devagar até ele, como se estivesse se aproximando de um cavalo arisco. Falou baixinho, para os outros não ouvirem:

— Por que você não tira essas roupas e entra no banho? Eu te vejo lá dentro.

Ele só conseguiu fazer que sim com a cabeça. Enquanto voltava para a casa, a calça jeans e o sapato encharcados chapinhando e pingando a cada passo, ele escutou os murmúrios de desculpa de Grey para os outros. Embora o ar estivesse frio e as roupas molhadas o esfriassem ainda mais, a humilhação o esquentava de dentro para fora. Todo mundo teria ido embora quando ele saísse do banho, Ethan tinha certeza. A única coisa com que ele se importava era se Grey também iria.

26

NA MANHÃ SEGUINTE, A CABEÇA de Grey estava latejando antes mesmo de ela abrir os olhos. Notou, com certo ressentimento, que tinha acordado mais vezes de ressaca nos meses desde que conhecera Ethan do que em todos os últimos anos juntos. Quando rolou de lado, no entanto, seu aborrecimento diminuiu com o aroma de alho e cebola refogados entrando pelo quarto.

Ela se estendeu para o lado vazio da cama e abraçou o travesseiro de Ethan, tentando — sem conseguir — ignorar os pedaços da noite anterior que já haviam começado a chegar. Os dois mal tinham se falado entre o momento em que os convidados haviam ido embora e a hora em que Ethan e Grey foram para a cama. Não tinha para quê. Nenhum deles estava em condições de discutir algo mais complicado do que quem monopolizava o edredom. E ela já estava duvidando se a coisa fora mesmo tão ruim quanto se lembrava. Talvez a preocupação e a vergonha que sentira quando ele pulou na piscina, ensandecido e seminu, tivessem sido apenas ampliadas pela névoa do vinho e pela exaustão da manhã seguinte.

Eles iam brigar por aquilo? Precisavam? Grey nunca brigava com Callum — isto é, até ele a trair —, mas havia percebido em retrospectiva que era porque é preciso se *importar* com o que a outra pessoa faz para se incomodar. Discutir fazia parte de um relacionamento, era perfeitamente saudável e normal, ou pelo menos era o que tinha ouvido falar. Era preciso drenar o veneno para a ferida sarar.

Ouviu a porta se abrir, seguida dos passos de Ethan, mas só se virou ao sentir o peso dele na borda da cama. Ele abriu as cortinas, e ela se espreguiçou com a luz que entrava pela janela. Ele não disse nada, apenas lhe entregou um copo de café gelado.

Grey pegou o copo e se arrastou até se recostar na cabeceira. Tomou um gole, estudando-o. Ele tinha a expressão apreensiva de um menino que acidentalmente havia quebrado uma janela e estava esperando para ver qual seria o castigo.

— O café da manhã vai ficar pronto já, já. Eu fiz, tipo, uma espécie de escondidinho-fricassê-de-ovo-e-batata. Talvez esteja bizarro, mas, com sorte, vai ficar pelo menos comestível. Quer comer lá fora ou faço uma bandeja?

Ela inclinou a cabeça para o lado.

— Você não está de ressaca?

— Ah, extremamente — respondeu Ethan, alegre. Ela ficou tão surpresa que só conseguiu jogar a cabeça para trás e rir, a ansiedade em seu peito estourando como um balão. — Nossa, caralho, parece que vou cair morto — continuou ele, tentando, sem sucesso, ficar sério.

— Bom, então, agradeço ainda mais.

— É o mínimo que posso fazer. — Ele parou. — Depois de ontem.

Grey deu mais um gole no café, o sorriso desaparecendo. Pelo menos ele tinha mencionado a situação primeiro.

— O que *aconteceu* ontem, Ethan? O que foi aquilo?

Ele baixou os olhos para a caneca.

— Não faço ideia. — Voltou a olhá-la, com a testa franzida. — Sei que não é uma boa resposta. Passei a manhã toda tentando encaixar as peças. Não sei o que eu estava pensando. Eu *não estava* pensando. Só sei que me arrependo. Você deveria ter sido o centro da noite, não meu chiliquinho idiota.

— Não tem problema. — Mas Grey não tinha certeza disso.

Acima de tudo, estava aliviada por parecer que, afinal, não iam brigar. Ethan entendia que estava errado, se arrependia, tinha feito café da manhã para se desculpar e eles podiam seguir em frente. Ela colocou o café na mesa de cabeceira e escorregou de volta até a cabeça estar de novo no travesseiro.

— Quanto tempo a gente tem até o café da manhã ficar pronto? Volta para a cama.

Ele sorriu, colocando a caneca ao lado da dela antes de deitar ao seu lado.

— Alguns minutos. Mas acho bom não tentar tirar vantagem de mim na minha condição delicada.

Ela sorriu enquanto ele se recostava, levantando o braço para ela poder deitar a cabeça em seu peito.

— Nunca.

— Estou falando sério. Esta é uma zona livre de sentadas.

Ela fechou os olhos, incapaz de lidar com a luz por mais um segundo.

— Também não estou exatamente louca para sentar. Para falar a verdade, só a ideia já me dá enjoo.

— Nossa.

Ela abriu os olhos rápido e virou a cabeça para ele, indignada.

— *Você* que disse primeiro que não queria transar comigo!

— Não é que eu não *queira*. Só estou fisicamente incapaz no momento. É diferente.

Ela riu e fechou os olhos de novo enquanto ele se abaixava para beijar a cabeça dela. Depois de alguns minutos, Ethan a virou de lado para ficarem de conchinha. Ele murmurou algo na nuca dela.

— Quê?

Ele mudou a posição da cabeça.

— Vamos para Nova York. Eu quero.

Ela se virou para ficarem de frente. Precisava garantir que não era uma alucinação auditiva.

— Sério? Você quer ir na exibição e tudo? Por que mudou de ideia?

Ele deu de ombros.

— Não sei. Tentei isso de engolir tudo e fingir que nunca aconteceu. Obviamente não está dando supercerto. Talvez eu só precise enfrentar.

Grey ficou em silêncio por um momento, com medo de dizer a coisa errada, fazer com que ele mudasse de ideia.

— Quando você foi para lá pela última vez?

Ele fechou os olhos e balançou a cabeça.

— Faz anos.

Ela passou a perna pelo quadril dele e o puxou para perto, aconchegando o rosto na curva do pescoço. Ele a abraçou forte.

— Quem sabe a gente possa ir por uma ou duas semanas, tirar umas férias de verdade. Podemos até alugar uma casa em Cape May, por aí. Você pode me mostrar onde teve sua primeira ereção, sei lá.

Ele riu e virou a cabeça para beijá-la. O timer do forno apitou na cozinha, baixo, mas insistente. Os dois gemeram quando Ethan voltou a se sentar.

— Fica aqui. A gente toma café na cama.

Ela fez que não, se espreguiçando.

— Não, vamos comer lá fora. Se eu não me levantar agora, não me levanto nunca.

ERA A PRIMEIRA RACHADURA NA FUNDAÇÃO. PEQUENA, MAS INEGÁVEL.

Grey não tinha dito nada que lhe causasse preocupação. Parecia quase ansiosa demais para perdoá-lo. Mas, sentado com ela no pátio, lotando a comida sem graça de ketchup e pimenta, o mal-estar que sentia desde que acordara só se intensificou. Ela o via de maneira diferente. Não havia como evitar.

Ethan não queria ir para Nova York. A ideia ainda era tão desagradável quanto da primeira vez que Nora a apresentara na cozinha meses antes. Ele precisava fazer um gesto, algo maior que um café da manhã medíocre, para provar a Grey que a noite anterior fora apenas uma exceção, que ele não era mais assim — mesmo que não acreditasse nisso. Ethan poderia ser melhor, por ela. Ser corajoso. Poderia tentar, pelo menos.

Talvez não fosse tão ruim ir para Nova York com ela. Seria uma oportunidade para conhecê-la melhor, para explorarem juntos a cidade natal deles, finalmente tirarem férias que não tinham sido combinadas por Audrey.

Algo lhe ocorreu.

— E a sua família?

Ela levantou os olhos para ele, o garfo parado no ar.

— O que tem?

— Quer ver eles? Enquanto estivermos lá? Você nunca fala deles.

Ela mudou de posição, desconfortável. Tarde demais, ele percebeu que talvez houvesse algo sombrio por trás da reticência de Grey.

— Não precisa, se você não… se tiver alguma coisa…

Ela balançou a cabeça.

— Não, tudo bem. Nem sei por quê… não aconteceu nada de ruim. A gente só… não é próximo.

Ele quebrou a cabeça atrás de alguma informação que ela tivesse deixado escapar naqueles meses.

— São só sua mãe e seu irmão?

Ela fez que sim.

— Isso. Eu nunca conheci meu pai. Aliás, isso não é bem verdade. Quando minha série foi ao ar, ele achou meu número de algum jeito e tentou me pedir dinheiro.

— Que graça.

— Também achei. Minha mãe se casou de novo. Não conheço a família do meu padrasto tão bem, mas eles parecem legais. Acho que ela está feliz. Meu irmão mora em São Francisco, trabalha em uma start-up ou algo do tipo. Acabou de ficar noivo. A gente se vê a cada poucos anos, mas não temos muito em comum. E é isso, basicamente.

Grey deu de ombros, mas com uma indiferença fingida que indicava algo que ainda não estava contando a ele. Ethan deu um tiro no escuro.

— É… Tem a ver com você trabalhar quando era criança ou…?

Ela suspirou.

— Talvez. Não sei. É complicado.

— De quem foi a ideia?

— Minha.

— Então, qual é o problema?

— Não sei, Ethan — disse ela, de repente o mais irritada que ele já vira. — Não tem problema nenhum. Foi escolha minha. Só que, quando parou de serem papéis fofos no teatro comunitário e começou a pagar metade do aluguel do nosso apartamento, não parecia mais uma escolha. Mas continuo até hoje, então ficou tudo bem no fim, né? — Ela terminou o café gelado, evitando o olhar dele.

— Você se ressente dela — disse ele, baixinho.

Ela fez que não com a cabeça.

— Não. Sim. Não sei. De um jeito estranho, parece que tenho rancor dela pelo que *não* aconteceu. Tipo, quando fiquei mais velha e comecei a escutar histórias das outras crianças do meio, o que elas passaram... Eu tive muita sorte. Mas, se alguma coisa tivesse acontecido, não tinha ninguém para me defender. Eu vivia em um mundo cheio de adultos sem ninguém para me proteger. — Ela olhou para o copo vazio. — Eu queria... queria que ela tivesse parecido minha mãe por mais tempo. Ela meio que só parece uma moça com quem eu morava. Talvez seja horrível dizer isso. Mas também não parece que ela está interessada em ficar mais próxima. Todo mundo está feliz com como as coisas estão. — A voz dela falhou um pouco.

Ele ficou em silêncio, esperando para ver se ela continuaria. Quando Grey voltou a falar, seu tom estava leve e forçado:

— E você? Você tem pelo menos uma irmã, né? — Ela balançou a cabeça. — Não acredito que é a primeira vez que estamos tendo esta conversa.

— Eu acredito, considerando como nós dois estamos animados com o assunto. — Isso a fez rir. — Quatro irmãs. Todas mais velhas.

— *Claro* que você é o bebê da família, tudo faz sentido agora. E seus pais?

— Também são mais velhos.

— Você entendeu o que eu quis dizer.

— Minha mãe morreu quando eu estava na escola, logo antes de Sam e eu nos mudarmos para cá. Meu pai provavelmente continua sentado na sala em Forest Hills, enchendo a cara e socando as paredes.

— Que diabo a parede fez para ele? — perguntou ela de um jeito que, agora que Ethan a conhecia melhor, reconhecia como defensivo; o tipo de comentário que significava que ela estava desconfortável e não sabia o que dizer.

Ele abaixou os olhos para a comida quase intocada.

— O que qualquer um de nós fez?

Ela ficou pálida antes de estender o braço na mesa e cobrir a mão dele com a dela. Nenhum dos dois disse nada por alguns momentos.

— E os pais de Sam? — A voz dela estava hesitante.

Ele jogou a cabeça para trás involuntariamente, tão desorientado como se tivesse levado um tapa de verdade.

— Quê?

Grey insistiu.

— Os pais de Sam. Você disse que às vezes morava com eles. Eles... vocês ainda têm contato?

— Não. — A palavra saiu curta, seca, como um tiro.

Ela apertou a boca, repreendida, e tentou dar mais um gole antes de perceber que o copo estava vazio.

Ele relutantemente continuou, querendo amenizar a situação.

— Eu não vejo eles... desde o velório. Nem consegui falar com eles. Eu estava muito arrasado.

Ele não pensava nos pais de Sam havia anos. Em sua cabeça, tinham morrido no mesmo dia que Sam.

Os dias após a morte do amigo haviam sido um borrão. Era difícil para Ethan distinguir a própria memória do que lhe havia sido contado ou das filmagens que haviam passado repetidas vezes durante o que parecia ser uma eternidade. De certa forma, ser escoltado algemado para fora do velório tinha sido preferível a enfrentar os pais de Sam, ver a dor e a acusação nua no rosto deles. É claro que ele não tinha estado em contato com eles desde então. Era o mínimo. O filho deles estava morto por causa dele.

Grey empurrou a cadeira para trás e se levantou, e o som das pernas do móvel arranhando o pavimento o trouxe de volta ao presente com um solavanco. Ela foi para o lado dele e colocou a mão no ombro de Ethan, que empurrou a cadeira para trás também. Ela se aninhou no colo dele e ele a puxou para o peito, o coração acelerado começando a abrandar. Ele encostou a cabeça na dela e fechou os olhos.

Ficaram sentados assim por muito tempo, imóveis como estátuas, exceto pela brisa soprando um fio de cabelo dela contra a bochecha dele. Ethan traçou levemente com o polegar a pele entre a barra da camiseta dela e a cintura da legging.

Ele mexeu a cabeça até que suas testas se tocaram, depois subiu a mão até a nuca dela. Teve uma sensação repentina e avassaladora de déjà vu. O calor da pele dela sob as mãos dele. O peso dela em seu colo. Depois de tudo o que já tinham passado, Ethan sabia que precisava valorizar aquilo.

— Eu te amo pra caralho. Você sabe disso, né?

Ele a sentiu inspirar fundo. Ela fechou os olhos, depois abriu. Eles tinham evitado aquelas palavras desde a noite do aniversário dela — e, mesmo então, ele só havia rodeado o assunto, sem dizer claramente. Agora, até aquelas palavras pareciam inadequadas para descrever a enormidade do que sentia por ela. Mas, até o idioma chegar no nível do sentimento, era o melhor que dava para fazer.

Um sorriso lento curvou a boca de Grey.

— Eu também te amo.

Quando ele puxou o rosto dela para o seu, fechando o espaço, finalmente sentiu o nó de pavor no estômago se dissolver como um cubo de açúcar na água. Ele não ia perdê-la de novo. Tomaria jeito. Faria aquilo com Grey funcionar.

Era necessário.

27

A EXIBIÇÃO DE *PATIFES* FAZIA parte de um festival de uma semana em homenagem à obra de Perry McCallister, o diretor. Grey e Ethan haviam planejado chegar a Manhattan a tempo de comparecer à festa de abertura, mas o voo tinha atrasado tanto que, quando o táxi os deixou no hotel, eles estavam exaustos demais para fazer qualquer coisa além de tirar a roupa, tomar banho e desmaiar sob lençóis macios e montanhas de travesseiros.

Passaram uma manhã preguiçosa na cama, dormindo e acordando. Quando Grey abriu os olhos novamente, a cama estava vazia. Antes que tivesse tempo de pensar, a porta do quarto se abriu e Ethan entrou, segurando dois cafés gelados com leite e um saco de papel marrom.

— Eu nunca te amei tanto — murmurou ela ao abrir o saco e revelar dois lindos bagels gordurosos com bacon, ovo e queijo.

Uma vez que se sentiram vivos o suficiente para se aventurar lá fora, não fizeram muito mais que caminhar. Era um daqueles raros e perfeitos dias do início do verão de Nova York, antes da umidade fétida de julho e agosto se infiltrar, fazendo o suor grudar as roupas em todas as fendas do corpo segundos depois que a pessoa saía. Naquele dia, no entanto, o sol aquecia o rosto deles e a brisa fresca varria o cabelo para os olhos enquanto eles iam para o West Village, deixando-se perder no ziguezague das ruas.

Grey tinha estado cética com a afirmação de Ethan de que as pessoas geralmente o deixavam em paz em Nova York, mas ele tinha razão. Além de um ou outro olhar atento ou uma foto de celular pouco discreta, ninguém se aproximou deles.

Fizeram uma pausa na frente de uma casa pitoresca, onde estava sendo filmado um comercial. Embora ainda fosse início de junho, o comercial era ambientado no outono, com folhas falsas caindo nos degraus. Grey e Ethan ficaram a uma distância respeitosa e viram dois modelos de suéter bebendo da mesma garrafa de Coca-Cola com dois canudos, depois se dando um selinho doce com gosto de xarope. Eles bateram em retirada às pressas quando a modelo avistou Ethan, e seu barulho de choque estragou o que provavelmente tinha sido um bom take.

Eles caminharam mais para o norte, parando para um almoço tardio em Koreatown. O telefone de Ethan tocou, e ele o puxou para silenciar, mas parou quando viu o nome.

— Você se importa? É Perry.

Os dois tinham passado o dia se desencontrando no celular, tentando marcar um horário para se ver e conversar fora do festival.

Grey fez que não.

— Imagina, pode atender.

Ela se concentrou no *hot pot* enquanto Ethan murmurava no telefone, desligando logo.

— Vocês combinaram alguma coisa? — perguntou Grey, manobrando o último pedaço de gema de ovo para cima de um montinho de arroz.

Ethan balançou a cabeça.

— O único horário em que ele está livre enquanto estamos aqui é no almoço de amanhã, e é quando a gente vai ver sua mãe. Você vai comer isso? — quis saber ele, posicionando os pauzinhos em cima do último pedaço de *kimchi* no centro da mesa.

Ela fez um gesto para ele pegar, franzindo a testa, e ele o colocou no próprio prato.

— Ah. Assim, tudo bem se você quiser ir vê-lo. Eu posso ir sozinha na minha mãe.

— Não, eu quero conhecê-la. E quero estar lá se você precisar de mim.

Grey sentiu o peito se apertar ao ver como Ethan estava casualmente pronto para abrir mão daquilo para poder estar com ela.

— Não tem problema, sério. A gente pode achar algum outro horário para vocês se conhecerem. Acredite, eu também desmarcaria se pudesse. Mas vou ficar bem.

— Tem certeza?

— Absoluta. Liga de volta para ele.

Depois de desligar do telefonema seguinte, Ethan remexeu no arroz no fundo da tigela de ferro fundido.

— Quer ir ver os pais de Sam comigo? — convidou, indiferente, como se já estivessem no meio de uma conversa sobre aquele assunto.

Grey piscou, atordoada.

— Como assim?

— Eu liguei para eles. Antes de a gente vir. — Ele manteve os olhos baixos, como se não fosse capaz de continuar caso registrasse o choque dela. — Não falei nada porque não tinha certeza de como eu me sentiria quando chegasse aqui. Mas acho... que quero ver eles. — Ele deu um sorriso triste. — Me sinto mal de pedir para você ir depois de eu desmarcar com a sua mãe, mas...

— Claro que vou. Claro — respondeu Grey, rápido. — Como você... como foi? Falar com eles?

— Bom. Estranho. Não sei. Só falei com a mãe dele. Eu estava com medo, mas... ela ficou tão feliz de ter notícias minhas. — Ethan parou para se recompor, aparentemente surpreso com a falha emotiva de sua voz. Grey não disse nada, só o olhou com atenção. — A gente não falou de nada importante, mas ouvir a voz dela... foi demais. Trouxe muitas lembranças.

Ele ficou com aquele olhar distante que ela já conhecia muito bem. Ela colocou a mão na dele. Os olhos de Ethan voltaram a focar quando ele sorriu para ela, virando a mão e apertando a dela.

— Mal posso esperar para conhecê-los.

— O QUE ACONTECEU, ELE NÃO QUIS ME CONHECER?

Cinco minutos de almoço com a mãe, e Grey já sentia o sorriso falhar.

— Ele teve um imprevisto. Queria muito ter vindo, fui eu quem disse que não precisava.

— Entendi. Então *você* não queria que ele me conhecesse. — Era meio que uma piada, embora o tom duro na voz da mãe não desse a Grey vontade de rir.

Já fazia tempo suficiente desde que ela tinha visto a mãe para a experiência ser um pouco assustadora. A semelhança entre as duas era indiscutível. Sua mãe era jovem quando Grey nascera; mesmo agora, mal tinha 50 anos, mas finalmente estava fora da idade em que as duas eram confundidas com irmãs. Ela era mais baixa que Grey, magra e frágil, com uma expressão perpetuamente dura, mesmo em repouso. Às vezes, olhar para ela dava a Grey o mesmo solavanco desagradável de quando se vislumbrava no espelho após ter pensado algo pouco generoso sobre si.

Aquela não era a mãe com quem havia crescido. Ao se casar novamente, era como se ela tivesse renascido no papel de sua vida: decana socialite de classe média. Ela havia ensaiado muito, indo além do Método. A mãe inclinou a cabeça para analisar Grey da cabeça aos pés, os reflexos louros elegantes (que pareciam mais caros do que os de Grey) brilhando ao sol, as mãos com unhas pintadas de cor-de-rosa clarinho segurando a alça de couro macia da bolsa. Grey muitas vezes se perguntava se a distância com a mãe nascia de ressentimento para com Grey e seu irmão por serem lembretes vivos da vida que ela tivera antes — exceto quando um deles fazia algo de que ela podia se gabar no *country club*.

Grey esticou o pescoço, tentando desesperadamente localizar a hostess. Quando elas tinham chegado ao café, estava lotado e ela se esquecera de ligar para dizer que a reserva era para dois, não três. A hostess, esgotada, tinha acenado com a cabeça e ido embora, e o que parecia ser um pedido simples acabou se tornando mais complicado do que o previsto. Ela não invejava a hostess, pois a fila de clientes irritados crescia atrás delas.

— Você não está feliz por nunca ter tido que fazer isso? — perguntou a mãe com um sorriso conspiratório, uma vez que estavam sentadas.

Grey mordeu a língua para não a lembrar que a razão pela qual Grey nunca precisara de um bico era por que trabalhava desde que ainda tinha dentes de leite.

Em vez disso, passou os olhos pelo cardápio, tentando permanecer envolvida enquanto a mãe lhe informava tudo o que Grey havia perdido na festa de formatura de Madison várias semanas antes. Aparentemente, uma das amigas da menina tinha aparecido com um vestido quase idêntico, tirando toda a atenção da coitada da Madison. Grey murmurou, empática, a única reação exigida da parte dela.

A hostess veio para pegar os pedidos de bebida, desculpando-se novamente pela espera. Grey a analisou. Ela mal parecia ter saído da adolescência, curvilínea e chamativa, com um corte de cabelo curtinho platinado e batom colorido. Grey se perguntava por que ela havia se mudado para Nova York, que sonho perseguia, se conseguiria. Se alguém um dia conseguia.

— Então, onde você está hospedada? — perguntou a mãe, animada, quando a hostess saiu apressada de novo.

— No Bowery.

A mãe levantou as sobrancelhas.

— Ele está pagando, né?

Grey ficou vermelha. Como sempre, de algum jeito, a mãe conseguia sentir exatamente em quais pontos cutucar. Como podia saber que, naquela mesma manhã, depois de sair do banho e se enrolar em uma toalha felpuda, Grey tinha olhado a vista espetacular do banheiro e se sentido paralisada?

Ela não se sentia desconfortável com os jantares caros e acomodações opulentas de que tinha desfrutado quando ela e Ethan ainda estavam sob contrato. Tinha conseguido racionalizar como benefícios do trabalho, um trabalho em que eram parceiros igualitários. Mas, agora, ela estava só indo junto, aproveitando a benevolência dele. Ela sabia que devia só curtir e agradecer, que qualquer outra estaria felicíssima de estar em seu lugar. E, na maior parte do tempo, ela estava também. Exceto pela parte perturbada e ansiosa dentro de si que se sentia como a Cinderela dois minutos antes da meia-noite.

Pensando bem, era uma posição com que a mãe dela devia se identificar.

Grey revirou os olhos.

— Mã-*ãe* — resmungou.

Estava feliz por Ethan não estar ali para vê-la assim. A pergunta era sempre quando, não se, ela ia virar uma menina malcriada na presença da mãe.

— Desculpa. Você às vezes é tão sensível que nunca sei o que vai te incomodar.

— Só não entendo por que você perguntaria isso sendo que claramente já sabe a resposta.

— Eu não sabia. Você não me conta nada. Tudo que sei de vocês dois foi o que li nas páginas de fofoca. Como você acha que eu me sinto? Acha que gostei quando o meu *dentista* me contou que o traseiro nu da minha filha, e mais um pouco, estava em todos os jornais?

Lá estava. Elas não tinham falado do escândalo de Grey, e uma parte dela esperava ingenuamente que nunca falassem.

— É, deve ter sido muito difícil para você — murmurou ela.

A mãe nem pareceu perceber o sarcasmo.

— Só estou pedindo uma *migalha* de informação de vez em quando.

Sobre Ethan ou sobre mim? Grey engoliu a provocação, recusando-se a voltar a ser uma adolescente mal-humorada.

— Tem razão. Desculpa.

— Então, onde, exatamente, ele está que é mais importante que você?

ETHAN BATUCOU OS DEDOS NO CANTO DA MESA. TINHA CHEGADO CEDO ao restaurante, vibrando com uma energia nervosa. Fazia anos que não via Perry.

Quando o estúdio declarara que Ethan era inexperiente demais para dirigir *Patifes*, insistindo, em vez disso, em trazer um diretor estabelecido, Ethan estava preparado para odiá-lo. Nos primeiros dias no set, tinha sofrido com a insegurança. Mas Perry o desarmara imediatamente com sua abordagem áspera e direta, sua paciência esmagadora e sua generosidade em explicar cada decisão que tomava. A filmagem de *Patifes* tinha sido como um curso particular de cinema para Ethan: tudo o que ele sabia sobre fazer cinema, aprendera naquele set.

A ideia tinha vindo no meio da viagem de avião para Nova York, em velocidade de cruzeiro trinta e cinco mil pés acima do Kansas: Perry deveria dirigir *Pílula amarga*. Ethan não acreditava que isso não houvesse lhe ocorrido antes. Era perfeito. A maneira perfeita de honrar Sam seria voltando às raízes, recrutando o homem que tinha moldado o primeiro roteiro dos dois em um clássico. Ethan tinha puxado imediatamente o notebook para enviar o roteiro a Perry.

Sentara-se de frente para a porta, então viu Perry assim que ele entrou. Ficou imediatamente impressionado com seu aspecto jovem. Ao dirigir *Patifes*, Perry parecia ter 1.000 anos de idade para Ethan; agora, com 50 e poucos anos, parecia que não envelhecera muito. Ethan percebeu com um susto que tinha quase a mesma idade de Perry naquela época. Quando o diretor o viu, seu rosto se iluminou.

— Ethan! — exclamou, atravessando o restaurante na direção dele.

Um dos motivos para que Ethan se sentisse em um curso de cinema quando trabalhava com Perry era o jeito de professor do homem: rosto rosado, cabelo loiro-arruivado, remendos nos cotovelos do paletó. Ele deu um enorme abraço de urso em Ethan antes de dar um passo para trás e o segurar a um braço de distância, avaliando-o.

— Que bom te ver, velhinho — disse Perry com um sorriso, o afeto familiar em sua voz aquecendo Ethan dos pés à cabeça quando se sentaram em lados opostos da cabine.

Ele tinha levado Perry a um de seus lugares favoritos, um gastrobar do West Village famoso pelos hambúrgueres caprichados. Mas, quando mencionou a comida enquanto eles olhavam os cardápios, Perry abaixou os olhos e balançou a cabeça.

— Não posso com carne vermelha hoje em dia. Ordens médicas.

Ele relutou em elaborar, mas Ethan acabou por arrancar dele: dois anos antes, após um ataque cardíaco seguido de uma ponte de safena, Perry tinha sido obrigado a reformular seu estilo de vida. Ethan achava difícil acreditar que Perry, que nunca havia encontrado um vício que não abraçasse de todo o coração, agora não bebia, não fumava nem comia carne. Mas precisava admitir que o diretor parecia ter mais vitalidade do que nunca. Chegar perto da morte era capaz de fazer isso com um homem. Explicava também por que alguém famoso por nunca assistir a seus próprios filmes depois da edição final permitiria que sua obra fosse celebrada de modo tão público e amplo — quanto mais concordar em fazer parte daquilo.

— É uma bosta, isso sim — disse Perry, alegre, comendo sua salada Ceaser. — É isso, fiz tudo que poderia ter feito de algum valor. Já posso só ficar dando tchauzinho para o público que me adora e virar uma pilha de poeira.

Ethan tomou um gole de cerveja. Era a abertura que ele estava esperando.

— Você tem algum projeto em vista? — perguntou casualmente, entre mordidas de um hambúrguer quase grande demais para caber na boca.

Perry deu de ombros.

— Não tenho certeza. Um daqueles sites de streaming está tentando me convencer a fazer uma coisa ou outra. Há dez anos, eu teria mandado tomarem no cu, mas acho que é ali que está acontecendo tudo de interessante agora, né?

Ethan assentiu vagamente, depois pigarreou.

— Você conseguiu ler o que eu te enviei?

Assim que viu a expressão no rosto de Perry, ele se arrependeu de perguntar. Se arrependeu de mandar. Se arrependeu da porra toda.

— Consegui — respondeu Perry, sem encarar Ethan.

Não parecia que ele queria dizer mais, mas a porta já tinha sido aberta.

— O que achou? — perguntou Ethan, embora já soubesse a resposta.

Perry suspirou e balançou a cabeça.

— Não estou muito certo desse, Ethan. Acho que ainda não está pronto.

— Bom, e do que precisa? — O desespero em sua voz o envergonhou.

— Não tenho certeza. Teria que ver com mais atenção, mas meu instinto é que está amaldiçoado desde o começo. Simplesmente não vejo a vantagem de refilmar; o original é quase perfeito. Não parece que você tenha um novo ângulo. Está fadado ao fracasso. Além disso, você está se subestimando. Eu sei que você é capaz de mais do que isso.

Ethan sabia que Perry estava tentando ser gentil, mas parecia que o bolo de carne que tinha acabado de engolir estava preso na garganta. Teve dificuldade de responder.

— Eu sei. Eu sei que não está pronto. Mas quero muito... Eu *preciso* fazer dar certo. Pelo Sam.

Não precisou dizer mais. Perry franziu a testa com compaixão. Ethan desviou o olhar, tomando o resto da cerveja.

Quando Perry falou, sua voz soava distante.

— Não posso dizer que eu não me sentiria assim se estivesse no seu lugar. Este é meu conselho, e fique à vontade para ignorar: tente divorciar o projeto dos seus sentimentos por Sam. Terminar isso não vai trazer ele de volta. Você precisa parar de chafurdar no passado e descobrir como vai ser seu futuro. — Ele tentou espetar um *crouton* com o garfo, quebrando na metade. — Falando como alguém atualmente sendo torturado pelo meu próprio passado, não é uma coisa bonita.

Ethan sentiu os olhos quentes. Tinha esperado que Perry fosse entender como aquilo era importante, como era o único tributo possível ao legado dele e de Sam. Se abandonasse o projeto, era o fim. Ele estaria totalmente sozinho.

Não era verdade. Não estava sozinho. Tinha Grey. De repente, se arrependeu de deixar que ela fosse ver a mãe sem ele. Só torcia para ela estar se divertindo mais do que ele.

— OI. OLÁ?

Uma mulher se aproximou da mesa delas acenando. Grey estava tão desestabilizada pela companhia da mãe que esqueceu que havia motivos perfeitamente bons para uma desconhecida se aproximar dela. Esperou que a mulher dissesse que Grey tinha colocado a cadeira em cima da bolsa dela ou acidentalmente derrubado algo voltando do banheiro.

— Pois não? — disse Grey, sorrindo nervosa.

— Posso tirar uma foto? — pediu a mulher com o que provavelmente devia ser um sorriso, mas parecia mais uma careta de sofrimento.

Seu sotaque australiano era tão forte que levou um momento para Grey registrar o que ela estava dizendo. Baixou os olhos e viu o celular da mulher estendido embaixo de seu nariz.

O sorriso de Grey ganhou um tom de desculpa.

— Desculpa, não é um bom momento. Estou almoçando com a minha mãe.

Os lábios da mulher se fecharam e voltaram a cobrir os dentes, e ela saiu sem mais uma palavra.

— Isso foi *muito* ingrato da sua parte, Emily — disse a mãe rispidamente, antes mesmo de a mulher estar fora do alcance de sua voz.

Grey atacou o omelete com um vigor renovado e tentou falar baixo.

— Eu tenho o direito de colocar limites.

— Essas pessoas são o motivo de você ter uma carreira.

— Espera, estou confusa. São elas ou Ethan? Qualquer um menos eu, né?

— Eu não falei isso. Lá vai você de novo, sempre tirando a pior conclusão precipitada.

Grey fechou os olhos. Abriu. Tudo aquilo podia ser diferente. Ela podia apoiar o garfo, relaxar o maxilar. *Não quero que as coisas sejam assim entre nós*. Elas ficariam lá sentadas por horas, chorando e pedindo desculpas, reabrindo feridas antigas antes de cauterizá-las de vez.

Ou a mãe dela se faria de tonta. Levantaria uma sobrancelha. Calaria Grey. *Não sei do que você está falando, Emily*. Faria doer mais do que quando ela nem tentava, quando tudo permanecia não dito.

Grey encontrou o olhar da garçonete.

— Pode trazer a conta, por favor?

Quando voltou ao hotel, Ethan já estava lá, olhando pelas janelas que iam do chão ao teto na suíte da cobertura, copo de uísque na mão. Ele virou para trás e a olhou quando ouviu a porta se abrir, mas não disse nada.

— Como foi com Perry? — perguntou ela, chutando as sandálias para longe e indo até ele.

— Péssimo. — A voz dele estava rouca. — Como foi ver sua mãe?

— Péssimo.

Ela descansou a cabeça no ombro dele.

Ele ofereceu o copo a ela.

— Desculpa por não ter estado lá.

— Tudo bem. Não acho que teria ajudado.

Ela deu um gole, embora fosse o meio da tarde e ela detestasse uísque. Queimou sua garganta e fez os olhos arderem, mas seus nervos ficaram menos à flor da pele. Era difícil lembrar que, pouco tempo antes, estar assim tão perto dele, de seu cheiro e de seu calor, fazia as palmas da mão de Grey suarem. Agora, a acalmava como um cobertor quentinho. Ela devolveu o copo a ele e passou os braços por sua cintura.

— Podemos ficar aqui hoje?

Ele a puxou para perto e beijou o topo de sua cabeça.

— Por favor.

28

ETHAN ESTAVA NA SUÍTE, andando para lá e para cá que nem um tigre na jaula. Grey saíra havia horas, para almoçar com uma das amigas da escola. Quando ela voltasse, os dois pegariam um carro para Forest Hills para jantar com os pais de Sam. Mas Ethan não tinha ideia do que fazer enquanto isso. Já tomara um banho longo e escaldante, esfregando a pele até ficar vermelha e esfolada. Os minutos passavam como horas enquanto ele abria buracos no carpete.

Em Los Angeles, muitas coisas lembravam Sam. Mas Ethan morava em uma casa diferente, não via mais nenhum de seus amigos em comum e, até recentemente, mal saía. Tinha tornado sua vida tão pequena quanto possível, para doer o mínimo possível. Mas, mesmo sem nem ter pisado no Queens, as comportas já tinham sido abertas só por estar em Nova York. Ele ficara se revirando na cama na noite anterior, entrando e saindo de sonhos cheios de fragmentos de lembranças tão vivas que acordou ofegante.

Ethan tinha conhecido Sam no verão antes do sexto ano. Sam se mudara para uma casa a alguns quarteirões de distância, e Ethan tivera alguns vislumbres dele ao passar de bicicleta enquanto a família descarregava o caminhão. Ele era baixo e magrelo, como Ethan; uma bolinha de energia com cabelo encaracolado escuro.

Ethan estivera morrendo de medo diante da perspectiva de começar o fundamental II. Ele era tímido e bonitinho demais para seu próprio bem, tentando sempre ficar fora do radar para não se tornar um alvo. Convivia nas bordas de um grupo de meninos desordeiros e indisciplinados com os quais não tinha nada em comum, por nenhuma outra razão que não a autopreservação.

Sam tinha se aproximado de Ethan e dos amigos enquanto eles lançavam foguetes de garrafa no parque. O líder do grupo, Jimmy, havia começado a empurrar Sam, zombando dele. Ethan havia assistido a cenas iguais um monte de vezes, e sempre acabava do mesmo jeito. Um joelho esfolado, talvez um nariz ensanguentado, antes de o menino, às lágrimas, bater em retirada. Mas algo incrível havia acontecido: Sam o fizera rir. Fizera todos eles rirem. Embora Ethan não conseguisse se lembrar exatamente do que Sam havia dito, nunca esqueceria a expressão no rosto de todos, o quanto eles tinham ficado surpresos e desarmados.

Ele procurara Sam na escola, e no fim eles pararam de sair com os outros caras. Economizaram dinheiro suficiente cortando grama para comprar uma filmadora, e suas tardes e fins de semana eram ocupados correndo pelo bairro fazendo filmes cada vez mais elaborados.

Ethan adorava a casa de Sam. Era tão diferente da dele. Antes de mais nada, era mais silenciosa. Sam era filho único, enquanto Ethan tinha quatro irmãs mais velhas que viviam brigando, chorando, pisando duro, gritando ao telefone, batendo as portas. Quando sua casa estava quieta, significava que havia algo errado. Significava que alguma coisa havia feito seu pai explodir e todos estavam tentando ficar na sua para não serem o foco de sua ira.

Os pais de Sam também eram opostos dos de Ethan. Para o constrangimento de Sam, eles ainda eram óbvia e desesperadamente apaixonados. A mãe de Sam, italiana da Itália mesmo, tinha sido cantora de ópera, e seu pai era diretor de arte em uma agência de publicidade em Manhattan. A casa era repleta de livros, instrumentos e objetos misteriosos que podiam ou não ser arte.

Eles tinham aceitado Ethan na família de coração aberto, colocando automaticamente um prato a mais no jantar e uma tigela a mais de sucrilhos pela manhã. A primeira vez que Ethan aparecera com o ombro latejando de dor, quase deslocado, o pai de Sam quisera chamar a polícia, mas Ethan lhe implorara para não fazer nada. Aquilo só pioraria as coisas. Naquela noite, os pais de Sam arrumaram o quarto de hóspedes para ele, em vez do saco de dormir habitual no chão do quarto de Sam. Ethan só voltou para casa três semanas depois.

Ele invejava muitas coisas em Sam: seu carisma fácil, sua criatividade, sua inteligência afiada. Sabia que Sam também tinha inveja dele. Tinham entrado no ensino médio com a mesma altura, menos de um e setenta. No verão antes do terceiro ano, Ethan havia crescido doze centímetros, e depois mais dez antes de se formarem. Sam não era feio, e era tão charmoso que nunca tivera problemas para namorar, mas sempre brincava que tinha que convencer as mulheres a gostar dele apesar de sua aparência, não por causa dela. Depois de crescer e ficar bonito, a quantidade de atenção que Ethan recebia das garotas só por ficar parado de cara fechada era quase perturbadora.

Mesmo assim, Ethan sentia que estava sempre tentando acompanhar Sam. Quando eles assistiram aos seus primeiros copiões brutos em VHS, Ethan ficara chocado com como era duro em comparação a Sam, que tinha um dom natural desde o início. Ele tinha levado todos às lágrimas como Tevye na produção de *Um violinista no telhado* na escola; um menino de 17 anos, meio branco, anglo-saxão e protestante, meio italiano, incorporando impecavelmente um camponês judeu de meia-idade. Enquanto isso, Ethan tinha apresentado sua única canção como Perchik, o belo revolucionário socialista, suando frio.

Quando Sam e Ethan tinham 14 anos, os pais de Sam deram uma festa, e os dois fugiram com um engradado de cerveja sem que ninguém desse falta. Guardaram a bebida por uma semana como um pote de ouro, esperando o momento certo, antes de virarem três latas quentes cada um e irem encontrar com alguns outros amigos no parque. *Ser o Sam deve ser assim*, Ethan tinha percebido. Ele se sentia mais leve, desinibido, e fez todos rirem, dizendo exatamente a coisa certa. Quer dizer, até a cabeça começar a girar e ele vomitar nos arbustos. Mas, mais do que qualquer outra relação importante em sua vida — Sam, Nora e agora Grey —, tinha sido amor à primeira vista.

Ethan sentou-se na beira da cama, com as mãos pressionadas contra as têmporas. Sua respiração estava irregular e sua cabeça doía. Olhou para o frigobar.

Ele conseguiria passar por aquela tarde. Não tinha escolha.

GREY VOLTOU AO HOTEL SUADA E SEM FÔLEGO. AS HORAS TINHAM SE passado sem ela perceber, e ela havia se despedido às pressas e saído correndo do restaurante. Mandara algumas mensagens pedindo desculpas a Ethan enquanto desviava de carros, atravessando a rua fora da faixa, mas sem resposta. Quando empurrou a porta do quarto, eram vinte e cinco minutos depois do horário em que deviam sair.

— Caralho, desculpa — arfou e entrou no banheiro para jogar água no rosto e retocar a maquiagem.

Sem resposta. Grey colocou a cabeça pela porta.

— Ethan?

A suíte estava vazia.

Ela voltou ao banheiro e olhou o celular de novo. Nada. Ligou para ele. Um leve zumbido veio do outro quarto, e ela soltou o curvex com um baque metálico na pia.

Quando entrou voando no quarto, sentiu um frio congelante na barriga. O celular de Ethan estava na mesa de cabeceira. A mente dela se acelerou. Talvez ele tivesse só saído para pegar algo da mercearia e esquecido o telefone. Quando dez minutos se passaram, depois vinte, aquilo pareceu cada vez menos provável. Era possível que ele tivesse decidido ir para o Queens sem ela — mas era impensável que fizesse isso sem mandar uma mensagem primeiro.

Depois de duas horas enlouquecedoras, ela fez a única coisa em que conseguia pensar. Ligou para Nora.

Felizmente, ela atendeu no terceiro toque.

— Alô?

— Oi. Pode falar? — A voz de Grey parecia animada demais.

— Claro. Um segundo. — Grey a escutou pedindo licença, depois os sons abafados da rua. — Está tudo bem?

— Está. Não. Não sei. Desculpa te incomodar, é que não sei para quem mais ligar. — Grey fechou os olhos e respirou fundo. Dizer em voz alta tornaria aquilo concreto. — É o Ethan. Ele sumiu. Deixou o celular no hotel e não sei onde ele está.

Nora ficou em silêncio por tanto tempo que Grey precisou conferir se a ligação não tinha caído.

— Alô?

— Quanto tempo faz?

— Não sei. Pelo menos duas horas. Eu voltei para o hotel e ele não estava aqui.

— E deveria estar? Vocês tinham planos?

Grey se sentou na beirada da cama e apoiou a testa na outra mão.

— Sim, a gente ia ao Queens ver os pais de Sam.

Outro silêncio. Então, Nora deu um suspiro pesado.

— Ele já fez isso com você antes?

— Não. Nunca. Você sabe onde ele está? Eu devo me preocupar? — Já era tarde.

— Não deve. Mas não te culpo se estiver preocupada. Acredite, já estive no seu lugar. Não tem nada que você possa fazer agora.

Grey respirou fundo. Não queria perguntar. Tinha a sensação de que já sabia a resposta.

— Onde ele está?

— Se eu tivesse que chutar, provavelmente nos fundos de algum boteco.

Grey ficou quieta.

— Sinto muito, Grey. Queria ter algo melhor para te dizer. Mas tenho certeza de que ele está bem. Ou tão bem quanto possível. Ethan sempre acaba voltando. — Parecia que Nora estava falando de um gato fugidio que tinha escapado pelo quintal.

— Eu só me sinto muito… impotente.

Grey deitou-se na cama, as pernas penduradas pela lateral. Cobriu os olhos com o braço.

Nora fez um *tsc* empático.

— Eu sabia que voltar a Nova York poderia ser difícil para ele. Talvez eu não devesse ter insistido. Aquela noite no jantar… — Ela não completou.

O silêncio pairou pesado, cheio de significado.

— Você... quando vocês estavam juntos, você falou com ele de tentar ficar sóbrio? Deu um ultimato? — A voz de Grey estava vazia. Ela se sentia exausta.

Nora suspirou outra vez.

— Não. Quer dizer, a gente brigava por causa disso o tempo todo, mas nunca bati o pé. Talvez devesse ter tentado. Sempre acreditei que não dá para forçar ninguém a mudar a não ser que a pessoa queira. Eu esperava que ele chegasse a isso sozinho, mas talvez eu só estivesse autorizando o comportamento. As coisas só ficaram ruins depois de Sam e, naquele ponto, precisei fazer o possível para me proteger, proteger as meninas. Não podia mais ficar sentada esperando ele se recompor. Mas eu queria muito que as coisas fossem diferentes para vocês dois. Vocês são tão bons juntos. Ele parecia... melhor. Como se talvez estivesse pronto.

— É.

Grey desejou que a conversa terminasse. Queria se deitar na cama e dormir, embora mal fosse hora do jantar. Quando acordasse, Ethan provavelmente estaria de volta, e ela podia fingir que estava tudo normal de novo. O nó no estômago já não tinha a ver com o mistério da ausência de Ethan; tinha a ver com a conversa que ia ter que acontecer quando ele voltasse.

— Obrigada, Nora. Por tudo. Não vou mais te incomodar.

— Sempre que você precisar. É sério.

Embora ela estivesse ansiosa para desligar, uma vez que o fez, se arrependeu. Não havia nada em que se concentrar a não ser o tempo aparentemente interminável até que Ethan reaparecesse.

Grey pensou em mandar uma mensagem para Kamilah, mas sabia o que a amiga diria. Que, se deixasse esse tipo de coisa passar mesmo que uma vez, ele continuaria fazendo. Ela estaria ensinando a ele como tratá-la. Era o momento de mandá-lo tomar jeito ou cair fora.

Por outro lado, talvez Grey estivesse sendo um pouco dramática. Era mesmo tão grave Ethan ter dado o cano nela *uma* vez — e sendo que era a primeira? Ela nem tinha certeza de onde ele estava. Ele tinha sido forçado a ir para Nova York. Estava sobrecarregado. Fazia sentido que precisasse ficar sozinho por um tempo para tentar relaxar. Grey estava só procurando outra desculpa para terminar e fugir. Nenhum relacionamento era perfeito. Provavelmente havia uma explicação razoável para tudo.

Ela abriu uma garrafa de vinho pequena do frigobar e ficou distraída em frente à televisão. Às nove, seu estômago roncou, lembrando-a de que não comia havia horas. Pediu uma salada do serviço de quarto e deu só umas garfadas. Às quinze para as duas, ainda totalmente acordada, ela ouviu um estrondo na porta. Saltou da cama e correu para abrir.

Ethan cambaleava, de olhos quase fechados, murmurando algo sobre esquecer a chave. Ele estava quase digno de pena: roupas desgrenhadas e fedendo, a pele cinzenta. E mesmo assim Grey esqueceu a raiva, a preocupação, na mesma hora. Só sentia alívio, um alívio tão esmagador que seus joelhos fraquejaram.

Com ternura, ela o ajudou a se despir e o colocou gentilmente no banho, tirando sua própria roupa e entrando com ele. A água quente pareceu reanimá-lo um pouco, e seus olhos retomaram o foco. Enquanto ela envolvia os dois em roupões de banho, Ethan tentou dizer algo, mas saiu baixo e truncado. Ela ignorou e o levou para a cama.

Eles se deitaram de costas um para o outro, sem se tocar. Enfim, Grey ouviu-o resmungar outra coisa.

— Mmmdsculpa.

Ela fechou os olhos com força. Era mais fácil fingir que não tinha escutado.

29

ETHAN JÁ TIVERA ALGUMAS RESSACAS ruins na vida, mas aquela era histórica. Ele tinha dado PT, o que, nos últimos tempos, era raro. Ao amanhecer, ele se arrastou para o banheiro para vomitar, apoiando-se na lateral da privada e descansando a bochecha na porcelana fria. Talvez tivesse voltado a sonhar, ou talvez Grey estivesse lá com ele de verdade, passando os dedos por seu cabelo encharcado de suor e colocando uma toalha de rosto fria em sua nuca. Ele se sentia humilhado por ela ter que vê-lo assim; ainda mais humilhado por ela estar sendo tão gentil quando ele não merecia.

Ele acordou de novo no início da tarde, emaranhado nos lençóis, com a cabeça latejando e a boca seca. Devagar, virou a cabeça para a esquerda. A cama estava vazia ao seu lado. Virou para a direita. A mesinha de cabeceira continha um copo de água e um bloco de notas. Ele se apoiou em um cotovelo e tomou alguns goles tímidos de água enquanto olhava para o papel.

Fui almoçar. Volto logo. Bj.

A caligrafia conhecida enviou uma nova onda de náusea pelo corpo dele. O dia anterior começou a voltar em fragmentos. Uma hora antes de eles terem que sair para ver os pais de Sam, Ethan tinha entrado em pânico. O que começara como uma bebida na esquina para se acalmar tinha se transformado em outra, depois em outra. Ele havia deixado o celular no quarto de propósito, uma apólice de seguro para ter que voltar antes que Grey percebesse que ele tinha saído. Obviamente, o tiro tinha saído pela culatra.

Ele ouviu a porta da suíte se abrir. Os passos de Grey no carpete.

— Como você está se sentindo? — O tom dela estava neutro, e os olhos, desconfiados. Ela trazia uma sacola de plástico amarrada, estourando de embalagens plásticas de comida. — Trouxe um pouco de comida, se você quiser.

— Obrigado. — A voz dele saiu rouca.

O cheiro de gordura viajou até ele, revirando seu estômago e enchendo sua boca de saliva. Ele engoliu o enjoo, tentando conter a ânsia de vômito.

Nenhum dos dois se mexeu.

Ela não precisava falar nada. Era óbvio. Estava farta dele.

Finalmente, ela deixou a sacola na beirada da cama e se virou para ir embora do quarto.

— Grey. Espera.

Ela parou, virando-se para ficar de frente para Ethan de novo, com o queixo levantado em expectativa.

— Desculpa. Por ontem.

Grey olhou rapidamente para a porta.

— Os pais de Sam com certeza estão se perguntando o que aconteceu.

Ele se encolheu. *Os pais de Sam*. Meu Deus. Ethan ia ter que falar com eles, explicar tudo. Tentar ignorar a mágoa e a decepção na voz deles.

— Desculpa — repetiu ele, apático. — Eu não devia ter desaparecido. Devia ter te dito onde eu estava.

— É, devia. — O tom dela era superficial, mas afiado.

Grey ajeitou uma mecha de cabelo atrás da orelha e mudou o peso do corpo de uma perna para a outra, o olhar indo para a janela, como se preferisse estar em qualquer lugar que não ali. Ethan podia se identificar com aquilo.

Ele levantou um canto do edredom, depois olhou para ela. Ela encontrou o olhar dele sem se mexer. O coração dele parecia ter parado. Depois de vários segundos intermináveis, ela desceu das sandálias e puxou o vestido de alça pela cabeça antes de se deitar ao lado dele.

Ele puxou o corpo dela contra si, a bochecha dela em seu peito, a pele ainda aquecida pelo sol. Tocá-la pareceu melhorar um pouco a ressaca. Talvez fosse o alívio de saber que ela não o odiava *tanto* assim, se ainda queria estar fisicamente perto dele.

— Você está pronto para hoje à noite? — murmurou ela, passando os dedos pelo peito dele.

Hoje à noite. A exibição. Ele segurou a mão dela e apertou forte.

— Não — respondeu com sinceridade.

Ela afundou mais o rosto no peito dele.

— Você vai se sair bem.

— Hummm.

Ele fechou os olhos, se concentrando na respiração profunda dela, sincronizada com a dele, os peitos se levantando em perfeito uníssono. Ele quase tinha voltado a pegar no sono quando a sentiu se mexer e se sentar, balançando as pernas na lateral da cama.

— Aonde você vai? — murmurou ele.

— Não posso só passar o dia aqui deitada.

Ele não via o rosto dela, mas a irritação era audível.

Ele também se sentou, a cabeça latejando mais forte do que nunca. Ela estava de costas para ele, a pele impecável cortada por um pedaço fino de renda azul.

— Você *está* brava.

Ela levantou um ombro, mais uma contração involuntária que um gesto de indiferença.

— Ontem à noite, estava. Agora... não sei. — Ela inclinou a cabeça para olhá-lo. — Não acho que seja o momento de conversar sobre nada disso. Só precisamos passar pela noite de hoje.

O peito dele se apertou. Grey *ia* terminar com ele. Só queria que ele ficasse calmo o suficiente para não a envergonhar naquela noite.

Ela se levantou e pegou o vestido do chão. Não tinha ficado lá nem tempo suficiente para amassar.

— Vou ao Museu de História Natural. Volto às quatro para a gente se arrumar. Precisa de alguma coisa? Gatorade? Advil?

Ela não perguntou se Ethan queria ir. Obviamente ele estava péssimo, impróprio para qualquer outra coisa que não fosse passar o dia na cama.

Rebobinou vinte e quatro horas na memória, torturando-se, refazendo cada passo em falso, agora que era tarde demais para consertar. Teria sido emocionalmente cansativo ver os pais de Sam, claro, mas não insuperável. Ele teria passado por aquilo como uma maratona, impulsionado pelas endorfinas e adrenalina, exausto, mas em êxtase no final. Mas já fazia anos que Ethan não corria mais de dois quilômetros, que só procurava a recompensa instantânea.

Naquela linha do tempo, ele e Grey passariam a tarde no museu — o favorito dele — juntos. Ele lhe contaria que, a primeira vez que vira o esqueleto do tiranossauro em uma excursão com a turma do primeiro ano, tinha tido pesadelos por uma semana. Que havia implorado à mãe que o levasse de novo no fim de semana seguinte para encarar o objeto de seu terror, de alguma forma mais e menos emocionante do que ele tinha colocado na cabeça.

Mas, em vez disso, ela ia sozinha, e Ethan ficaria deitado na cama esperando que ela voltasse para dar um pé na bunda dele. Parte dele sabia que aquele dia ia chegar desde a primeira vez que a vira no escritório de Audrey. Ele tinha se iludido ao acreditar que as coisas seriam diferentes com Grey, que *ele* seria diferente. Que estar com ela podia de algum jeito curar as partes mais feias e fodidas dele.

Por um tempo, quase parecera que *tinha* se curado.

— Não. Tudo bem. Obrigado.

Ela hesitou por um momento antes de parar ao lado dele e beijar sua testa. Não sua boca. Ela pegou a bolsa e saiu sem mais uma palavra.

Depois que ela saiu, Ethan cambaleou até o banheiro, tropeçando na calça jeans no chão. Quando pegou a calça para jogá-la na cama, algo caiu do bolso. Ele se abaixou para pegar: um saquinho plástico de pó branco. Seu estômago deu um solavanco. Ele não usava nada mais forte do que um Tylenol desde o velório de Sam, mas aparentemente na noite anterior tivera uma recaída sem nem se lembrar.

Ele considerou o saquinho. Podia jogá-lo fora, agir como se nunca tivesse acontecido. Ou podia aceitar como um sinal. Tudo o que haviam construído nos últimos meses já estava se desfazendo. Lutar contra a corrente só o esgotaria. Ethan se afogaria de qualquer maneira.

* * *

QUANDO GREY DEIXARA ETHAN DE MANHÃ, ELE PARECIA SEMIMORTO; MAIS tarde, ficou chocada com a animação dele. Estava bebericando um copo de uísque enquanto eles se vestiam, bombardeando-a de perguntas: a camisa cinza ou a azul? Com gravata ou sem gravata? Os óculos o deixavam inteligente ou só velho? Mas havia um desespero por trás das perguntas que a desestabilizava. Ele tinha enfiado um sorriso de cem watts na cara para ela como se já estivessem na frente das câmeras. Pelo menos parecia um bom sinal de que a exibição correria tranquilamente.

Grey se vestiu de forma simples, de calça jeans e uma blusinha de seda, ambas pretas.

O foco da noite não era ela. Estava ali apenas para apoiá-lo, a mulher por trás do homem. Sorrir ao seu lado como se estivesse tudo bem.

Ela o viu virar o resto do copo e encher de novo. Enquanto ele abotoava e desabotoava o botão superior na frente do espelho, ela veio por trás dele e o abraçou pela cintura. Embora o gesto fosse para confortá-lo, Grey o sentiu ficar tenso. Ela o segurou, desconfortável, por mais alguns segundos congelados antes de soltá-lo, e foi se posicionar ao lado dele no espelho. Ele a olhou de relance.

— Você está bonita.

— Você também. — Ela estendeu a mão para alisar um dos punhos do paletó de Ethan, e escorregou a mão pela nuca dele. — Eu te amo.

Ele se virou para ela e sorriu, mas não com os olhos.

— Ahã. Também te amo.

A MOSTRA, COMO ERA DE SE ESPERAR, ESTAVA LOTADA, COM GENTE DE pé. Os convidados de honra estavam sentados no andar de cima, em uma seção isolada com o coordenador do festival e a moderadora da sessão de perguntas e respostas. Grey achou impossível se concentrar no filme; estava focada apenas em Ethan. Após os primeiros quinze minutos, ele escapou de seu assento. Quando voltou, vários minutos depois, ela sentiu o cheiro do uísque em seu hálito, mesmo que ele tentasse afastar o rosto.

Ela perdeu a noção de quantas vezes ele saiu do lugar — parecia que ficava mais de pé do que sentado. Considerou dizer algo, mas não queria ser chata. Ele era um homem adulto, não precisava que ela o policiasse. Seria o começo do fim para eles.

Grey tinha visto *Patifes* duas ou três vezes, mas fazia anos. Zoar o filme adolescente ruim dele juntos no quarto de hotel era uma coisa, mas aquilo estava em outro nível. Se *Qual é a sua?* era uma megaprodução superprocessada, *Patifes* era lendário e dolorosamente cru. Às vezes, parecia que Perry tinha deixado a câmera rolar sem contar aos atores, capturando seus momentos mais espontâneos: a camaradagem antiga de Ethan e Sam, a faísca da química nascendo entre Ethan e Nora. A experiência já era desconfortável para Grey, então só podia imaginar como deveria ser para Ethan. Ela própria sentiu vontade de sair de fininho para pegar uma bebida.

Enquanto os créditos rolavam, Nora, Perry e Ethan foram levados para o palco por uma porta lateral. Grey se esticou para apertar a mão de Ethan num gesto de apoio de última hora, mas ele já estava de pé, afastando-se dela sem olhar para trás.

Quando os aplausos diminuíram, a moderadora, crítica de cinema da *New Yorker*, apresentou os três, um por um. Ethan subiu ao palco por último, sob aplausos arrebatadores. Ele fez uma careta para as luzes brilhantes, acenando vagamente, antes de se sentar ao lado de Nora. Quando o painel começou, Grey só ouvia seu coração batendo nos ouvidos.

Ethan parecia alerta no início, mas não demorou muito para começar a escorregar na cadeira, a cabeça pendendo para um lado. Ele respondia às perguntas da moderadora sobre a origem da ideia para o roteiro dele e de Sam com frases curtas e apenas ligeiramente arrastadas.

A moderadora folheou suas anotações.

— Agora, Perry. Nos conte um pouco como você se envolveu com esse projeto.

— Eles não me deixaram dirigir — interrompeu Ethan com uma risada vazia.

Houve alguns risinhos desconfortáveis na plateia. Perry olhou de relance para Ethan antes de pigarrear.

— Infelizmente, não é uma história muito interessante. Eu recebi uma ligação dos produtores dizendo que tinham um roteiro ótimo, dois jovens talentosos, e me perguntando se eu topava encontrar com eles e ver o que eu achava.

A moderadora se inclinou para a frente, e suas pulseiras tilintaram com o movimento.

— E qual foi sua primeira impressão?

— Eu amei o roteiro, claro. E, quando encontrei com eles... É engraçado, não sei se já te contei isso, Ethan. Mas eu tinha acabado de ver uma restauração de *O sol por testemunha* na semana anterior, e aí entra esse cara — apontou para Ethan — parecendo uma reencarnação de Alain Delon. Foi tão insano que senti que era o destino. Aceitei imediatamente.

— Incrível — comentou a moderadora. — E, Nora, é claro que este filme foi enorme para você, tanto pessoal quanto profissionalmente. Sua transição de modelo para atriz, o encontro com o homem que seria seu marido...

— Ex-marido. Não esquece, ex-marido. — A boca de Ethan estava tão perto do microfone que a sala se encheu de ruído.

A moderadora riu de nervoso.

— Sim. Bom. Pode contar como foi a experiência?

— Do divórcio? Foi um pesadelo do caralho. Mas todos vocês sabem, né? — Ele sorriu sem humor para a plateia.

— Acho que ela estava falando comigo — cortou Nora, ágil.

O olhar dela encontrou o de Grey no camarote, só brevemente revelando seu mal-estar antes de se lançar na resposta, sem perder tempo.

O resto do painel continuou na mesma linha: Ethan era conciso e rude quando lhe faziam uma pergunta direta, mas estava mais do que disposto a interferir com comentários maliciosos em perguntas que não eram para ele. Era um Ethan que Grey nunca tinha visto antes, desleixado e cruel; um Ethan cuja existência a aterrorizava. O suor ensopou as axilas de sua blusa enquanto ela torcia para cada pergunta da moderadora ser a última.

A moderadora estava cada vez mais nervosa com as investidas de Ethan. Deixou as anotações caírem no chão, apressando-se para arrumá-las. Ela olhou para um cartão, inspirando profundamente, como se fosse fazer uma pergunta, e depois hesitou, passando para o seguinte.

— Na verdade, deixa pra lá. Então, me diga, Nora...

— O que era? — interrompeu Ethan.

A moderadora piscou várias vezes, como se atordoada.

— Perdão?

— Aquele cartão. A pergunta que você ia fazer. Por favor, estamos todos em suspense.

A moderadora olhou para a coxia em busca de apoio.

— Acho que não...

— Não, não, pode falar. — Estava claro que Ethan não deixaria para lá.

Para crédito dela, a moderadora endireitou a postura e se recompôs. Respirou fundo antes de falar.

— Agora, obviamente tem uma pessoa importante faltando hoje aqui.

— Sério? Quem?

Grey achou que fosse vomitar. Fechou os olhos para não ver o rosto de Ethan, endurecido e sarcástico, sobrancelhas levantadas tão alto que pareciam de desenho animado. A moderadora continuou como se não tivesse ouvido nada.

— Como é estarem aqui juntos falando deste filme sem Sam?

Grey abriu os olhos.

A sala ficou em um silêncio mortal. Uma pessoa na plateia tentou sufocar uma tosse. Embora a pergunta não fosse dirigida a ninguém em particular, nem Perry nem Nora fizeram qualquer tentativa de resposta, os microfones esquecidos largados no colo, a atenção fixa em Ethan. Ele estava paralisado, queixo apoiado no peito, olhos na sombra. Finalmente, levou o microfone à boca.

— Vocês são uns vampiros de merda, sabia? — Ninguém disse nada. Ele esfregou a mão no rosto, murmurando como se para si mesmo: — O que estou fazendo aqui? — Ele olhou para a plateia. — Podem parar com esses olhos arregalados. Espero que tenham se divertido. Espero que tenham conseguido o que queriam.

Ele bateu com o microfone na mesa de apoio ao seu lado, levantando-se abruptamente. O objeto rolou e bateu no chão com um baque amplificado. Ele se debruçou sobre Nora, que parecia perturbada, e murmurou algo em seu ouvido. O microfone dela pegou a voz dele, fazendo-a ecoar pela sala:

— *Está feliz agora?*

Ethan se endireitou e olhou diretamente para Grey. Ela havia ficado de pé num salto sem se dar conta. O contato visual deles durou apenas uma fração de segundo antes de ele sair do palco. A multidão irrompeu em conversas confusas, enquanto a moderadora lutava para manter a ordem.

Grey pegou a bolsa e se lançou em direção ao corredor, descendo as escadas dos fundos e saindo para a rua pela saída de emergência. Ela viu Ethan na mesma hora, suas costas largas se afastando dela.

— Ethan! — Ela mal reconhecia a própria voz, aguda e tensa de pânico.

Ele desacelerou por um segundo, então ela soube que ele a ouviu, mas rapidamente retomou o ritmo. Ela passou a correr, grata por ter decidido abdicar dos saltos, enquanto desviava de pedestres para alcançá-lo.

Ele só parou para olhá-la quando Grey chegou ao seu lado e colocou uma mão desesperada em seu braço. Quando olhou bem o rosto dele, contorcido e tempestuoso, seu coração mergulhou no estômago.

— Aonde você vai? — ofegou.

Ele balançou a cabeça, recusando-se a encará-la.

— Não consigo.

— O quê? Não consegue o quê?

As pessoas estavam começando a notá-los, a parar e olhar. Pelo canto dos olhos, ela viu celulares apontados, prontos para capturar o que quer que estivesse prestes a acontecer. *Puta que pariu.* Nem o anonimato oferecido pelos nova-iorquinos que viam de tudo era páreo para o surto iminente de uma celebridade.

Ela agarrou a mão de Ethan e o puxou da calçada, usando a fila de carros estacionados como barreira temporária entre eles e a multidão que se formava. Por sorte, um táxi vazio passou; Grey acenou e o enfiou dentro.

— Terceira Avenida e Bowery, por favor — instruiu ao motorista, batendo na tela irritantemente barulhenta de TV do táxi até enfim achar o botão de mudo.

Ela se afundou no banco e se virou para olhá-lo. Ethan já estava virado para ela, os olhos vidrados e sem brilho.

— Era isso que você estava esperando, né?

— Como assim?

— Uma desculpa para ir embora? Para me abandonar de novo. Que nem em Palm Springs.

O queixo de Grey caiu.

— Palm Springs? Que merda você está dizendo? O que isso tem a ver?

Ethan não pareceu escutá-la. Apoiou a cabeça na janela e fechou os olhos, murmurando para si mesmo:

— Eu estraguei tudo. Estraguei tudo.

Os olhos dela se encheram de lágrimas.

— Você só precisa de ajuda. A gente pode voltar hoje para Los Angeles. Eu ligo para Nora, ou para Audrey, e a gente acha um lugar para você ir. Você faria isso? Por favor?

Ele fez que não violentamente, endireitando-se com um movimento instável e súbito. Falou energeticamente, cuspindo:

— Você não pode me *consertar*, Grey. Ninguém pode. Eu sou assim. Este sou eu de verdade. É isso que sou, é isso que sempre fui.

Grey lutou para a voz não tremer.

— Não precisa ser. Você está no controle.

Ele fechou os olhos de novo, o rosto uma máscara de desespero.

— Não. Não estou. — A agonia na voz dele era um objeto cortante, tirando o fôlego dela.

Grey parou para organizar seus pensamentos, tentando se manter o mais composta possível.

— Não acredito que este seja você de verdade. Eu já vi quem você é de verdade. Eu amo quem você é de verdade. — Ele não se mexeu. Nem abriu os olhos. — Mas não importa o que eu penso, se *você* não acredita nisso — insistiu ela.

Ethan abriu os olhos, sem expressão.

— Eu quero ser ele, por você. Eu tentei. Mas... não consigo. Eu te disse. Eu te avisei, porra. Sou defeituoso.

Grey esperou que fosse chorar, mas, em vez disso, a raiva explodiu dentro de si, incandescente como um fogo de artifício no peito. Ela jogou a cabeça para trás e esfregou as mãos nos olhos, gemendo de frustração.

— Puta que *pariu*. Você tem quase 40 anos, Ethan, assuma a responsabilidade pelas suas atitudes — cuspiu, soltando as mãos no colo com um baque surdo.

Ethan pareceu chocado pelo tom lacerante dela, mas também levantou a voz, quase rosnando:

— Eu *tenho*. Você acha que não *sei* o quanto eu sou fodido? Você sabe o quanto eu me odeio, caralho?

— Não. Vai se foder. Se culpar, sentir pena de si mesmo, se odiar não é igual a se responsabilizar. Não ajuda ninguém a não ser que você *faça* alguma coisa. Você precisa se tocar e melhorar. — Grey subiu o joelho para o banco e mudou a posição para ficar totalmente de frente para ele. — Tem pessoas que gostam de você. Que *precisam* de você. Suas filhas precisam de você. *Eu* preciso de você.

— Para a sua carreira, só se for.

Grey recuou.

— É isso que você acha?

Ele deu de ombros, sem conseguir olhá-la nos olhos. A bile subiu pela garganta dela.

— Só porque *você* esqueceu como é ter que *trabalhar* por alguma coisa… — Ela parou antes de dizer algo de que se arrependeria, se afundando no banco e levantando as mãos em entrega. — Não. Não. Não vou fazer isso com você.

Ele se virou de novo para encará-la, e seu olhar fez a espinha dela gelar.

— Acho que é isso, então.

Eles estavam afundados no trânsito do centro da cidade, e o táxi desacelerou até parar no engarrafamento. Ele tateou atrás da maçaneta, e Grey arregalou os olhos.

— O que você está fazendo?

Ele a ignorou. Ela se atirou pelo banco e agarrou o braço dele, trazendo seu rosto para perto do dele até estarem praticamente nariz com nariz. A respiração dele estava irregular e instável, os olhos avermelhados olhando por todo o rosto dela. O homem que Grey amava estava em algum lugar ali dentro, mas as chances de alcançá-lo estavam acabando. Ela liberou a tensão no maxilar e abaixou a voz.

— Você acha que não tem escolha. Mas você tem uma escolha agora. Você pode voltar para o hotel comigo para lidarmos com isto como adultos ou pode sair do táxi e acabar com tudo. — A voz dela estava grossa por causa das lágrimas, mas ela conseguiu impedi-las de cair.

Ethan não ia abandoná-la. Não podia. Não se a amasse de verdade. Ela rezou desesperadamente para qualquer divindade que escutasse, pedindo que o táxi voltasse a andar.

Ethan havia se afastado enquanto Grey falava, olhando pela janela novamente. Quando ele a encarou de novo, pareceu que o coração dela tinha parado. Ela não tinha certeza de quando ele começara a chorar.

Não fizera som algum. Ela até achou que talvez estivesse imaginando, a expressão dele controlada e impassível até onde conseguia discernir, camuflada na sombra na cabine escura. Mas Ethan virou a cabeça outra vez e a luz de um poste pegou suas bochechas, molhadas de lágrimas. Grey abriu a boca em um suspiro silencioso. Estava sem palavras.

Ele se inclinou para a frente, agarrou o maxilar dela com ambas as mãos e beijou-a — um beijo salgado, breve, duro. Ele a soltou e ela o olhou boquiaberta, estupefata, enquanto ele abria a porta e saía para a rua sem mais uma palavra. O corpo dela ficou congelado, seu cérebro em negação, incapaz de fazer qualquer coisa além de olhar impotente pela janela enquanto ele abria caminho através do trânsito parado e desaparecia noite afora.

De volta ao hotel, Grey chorou até os olhos se fecharem de tão inchados. Tentou dormir um pouco, mas se revirou na cama durante horas, flutuando em sonhos atormentados, meio alucinando que Ethan havia voltado, dócil e arrependido, prometendo eterna devoção e disposto a fazer o que fosse preciso para mudar de vida. Mas, claro, toda vez que abria os olhos, ela ainda estava sozinha naquela cama irritante de tão grande.

Quando amanheceu, reservou o primeiro voo disponível de volta a Los Angeles. Depois de fazer as malas, pegou uma caneta e a posicionou sobre o bloco de notas do hotel, depois hesitou. Por fim, rabiscou: *Não fui eu quem fugiu.* Arrancou imediatamente a folha do bloco, amassou e jogou no lixo. Com razão ou não, parecia mesquinho demais, melodramático demais. Ela já tinha tido a última palavra, e nem por isso se sentia melhor.

Parte dela ainda estava esperando que Ethan escancarasse a porta no último minuto: envergonhado, sentimental, mais bêbado do que nunca, tanto fazia. Naquele momento, Grey teria aceitado sem reclamar qualquer Ethan que ele tivesse para oferecer. Por fim, precisou ir embora do quarto para não perder o voo. No táxi a caminho do aeroporto, bloqueou o número dele para parar de checar por algum sinal — e para remover a tentação de falar com ele primeiro.

Entorpecida e exausta, Grey voou de volta para Los Angeles sozinha.

Dezesseis meses depois

30

GREY ESTAVA COBERTA DE SANGUE. Deitada imóvel em um piso de madeira, cercada por móveis cobertos de lençóis brancos, os olhos inexpressivos voltados para o teto. Não havia outros sons além do vento que assobiava contra as janelas fechadas. Embora ela não estivesse ao ar livre, a neve começou a cair; alguns flocos pesados no início, depois um dilúvio que cobria seu corpo nu. Enquanto a tela ficava branca, a cena cortou para uma fração de segundo dela rindo, mais rápido do que um piscar de olhos, antes de retornar ao seu rosto plácido e sem vida. Quando a tela ficou completamente branca, palavras vermelhas apareceram na tela: *Um filme de Kamilah Ross.*

Grey se inclinou para a frente e acendeu a luz. Então se recostou no sofá, e ela e Kamilah se viraram para olhar para Nora com expectativa.

Estavam em uma luxuosa ilha de edição de um estúdio de pós-produção no centro de Manhattan. A sala era projetada para proporcionar o máximo de conforto para sessões de trabalho noturnas, e tanto Grey quanto Kamilah haviam ficado muitas horas lá durante o mês anterior. Mas, naquele dia, tinham ido em um horário perfeitamente razoável, para mostrar uma versão bruta de *A cadeira vazia* para Nora durante o almoço.

Nora olhou o bloco de notas, depois levantou os olhos para ela, sorrindo com carinho.

— Espero que vocês saibam que fizeram algo muito especial aqui.

Grey e Kamilah trocaram olhares extasiados. Até a editora delas, Zelda, toda tatuada e intimidadora, estava com um sorriso no rosto geralmente impassível. Zelda se virou na cadeira e digitou no teclado, e a tela ficou preta. Nora continuou, folheando o bloco:

— Tenho alguns comentários, nada grande. Para um primeiro corte, está ótimo. Vocês três podem ficar muito orgulhosas.

Grey estendeu o braço e apertou a mão de Kamilah.

Uma hora depois, ela e Nora desceram juntas no elevador. Kamilah havia optado por passar o resto da tarde com Zelda para tratar de alguns dos comentários. Elas saíram pelas portas de vidro giratórias para a tarde fresca de outubro.

Grey inclinou o rosto em direção ao sol e inspirou fundo o ar frio, preenchendo os pulmões. Adorava Nova York no outono. Tinha chegado lá havia quase dois meses, arrastando as malas para o apartamento alugado em West Village no auge de agosto, encharcada em suor e sonhando com um clima como aquele. Kamilah e Andromeda tinham alugado um quarto e sala espaçoso pertinho do de Grey, enquanto Andromeda gravava seu novo álbum no estúdio Electric Lady.

As duas pararam na calçada.

— Tem algum plano antes da apresentação de hoje à noite? Quer tomar um café, talvez? — perguntou Nora.

Grey pensou. Estava no meio das seis semanas em que interpretaria Yelena em uma produção off-Broadway — já esgotada — de uma nova tradução de *Tio Vânia*, e a combinação do extenuante cronograma de apresentações com os longos dias na ilha de edição tinha começado a esgotá-la. Ela planejara voltar ao apartamento para tirar uma soneca rápida antes de ir para o teatro, mas talvez o café a animasse tanto quanto a soneca.

— Vamos. Conheço um lugar logo ali.

Quinze minutos depois, elas se sentaram em uma mesa de canto isolada no café favorito de Grey, segurando *lattes* fumegantes em canecas enormes.

— Tem alguma coisa rolando entre você e aquele barista? Esse coração é bem elaborado — brincou Nora, olhando a caneca de Grey.

— Quem, Karl? Não, eu só venho muito aqui.

Ela levantou os olhos para o barista e o pegou a olhando. Ele abaixou o rosto e corou. Nora observou a coisa toda, sorrindo.

— Ele é bonitinho. Não faz seu tipo?

Grey mergulhou a colher na caneca, dissolvendo o coração elaborado de leite vaporizado.

— Meu tipo hoje em dia nem existe.

Embora a terapeuta dela a encorajasse a quebrar o hábito de se enterrar no trabalho depois de contratempos na vida pessoal, sua agenda não era exatamente compatível com romance no momento.

Depois da implosão da situação com Ethan, Audrey oferecera a Grey duas opções: ou ela podia apresentar a Grey um cara que chamasse ainda mais atenção, para ela se recuperar, ou elas podiam usar o ângulo da "mulher forte e independente". Grey havia recusado ambas as ideias. Tinha aprendido sua lição. Dali em diante, até onde pudesse controlar, sua vida pessoal não era da conta de mais ninguém.

Nora franziu a testa em compaixão. De todas as estranhas reviravoltas que a vida de Grey havia dado durante o último um ano e meio, sua amizade com Nora era a mais inesperada. Naquelas primeiras semanas confusas e excruciantes, depois de ela voltar de Nova York, as duas tinham estado em contato constante. Fora Nora quem lhe informara que Ethan tinha ido do aeroporto direto para a reabilitação, para Grey não ter que ficar sabendo pelas páginas de fofoca.

A notícia a havia feito entrar em parafuso. Parte dela estava aliviada por ele enfim receber a ajuda de que precisava. Mas a parte maior, mais egoísta, ficara arrasada por ele aparentemente não se importar em perdê-la no processo. Ele parecia abatido e infeliz nas fotos do aeroporto, que Grey havia pesquisado em um momento de fraqueza de madrugada. Aquelas imagens a agitaram tanto que chegou perigosamente perto de quebrar sua jura de não contato, mas se contentou em desbloquear o número dele. Sem surpresas, não tivera nenhuma notícia de Ethan. Ela temia o dia em que acordaria e veria o rosto dele por toda a internet, extremamente feliz com alguém que com certeza não era ela nos braços, mas, até então, havia sido poupada. Pelo visto, depois de sair da reabilitação, ele tinha voltado ao mesmo estilo de vida recluso que levava antes de eles se conhecerem. Ela tentou não pensar muito no que aquilo poderia significar.

Mas, durante tudo, era Nora quem atendia os telefonemas chorosos de Grey no final da noite, quando ela percebia que Kamilah estava cansada de ouvi-la falar daquilo. Nora que a convidava para almoçar regularmente, para tirá-la de casa. Nora que escutara sem julgamento quando Grey confessou as verdadeiras origens do relacionamento com Ethan. Nora que tinha se sentado ao lado dela na última fileira da ocasional reunião de Grupos Familiares Al-Anon. Inesperadamente, a rainha do tapete vermelho intocável de outrora, ex-esposa do homem que havia partido o coração de Grey, tinha assumido o papel da irmã mais velha que Grey nunca tivera.

Quando começaram de verdade a pré-produção de *A cadeira vazia*, Grey tinha jurado manter o relacionamento das duas profissional durante toda a filmagem, proibindo-se de qualquer menção a Ethan — para Nora ou qualquer outra pessoa. Nora seguiu seu exemplo, e não tinham falado dele desde então.

Jogar-se no trabalho tinha sido a salvação de Grey. Pensava que tinha ficado arrasada depois da separação de Callum, mas aquilo tinha sido uma brisa suave em comparação com o furacão de categoria cinco que havia assolado seu coração na ausência de Ethan. Tinha sido fácil botar Callum no papel de vilão, e ela, de vítima inocente. Preto no branco, sem complicações. Mas as coisas com Ethan eram emboladas como um nó górdio, e só dava para resolver arrancando-o completamente de sua vida. Ela o culpara no início, mas, depois que sua cabeça clareara e ela conversara com a terapeuta, Grey percebera que era uma armadilha. Na verdade, nenhum dos dois era culpado. A única vilã era a falibilidade humana.

Ela tinha feito o melhor para canalizar a raiva e o desespero em sua atuação. Ajudava o fato de ela e Kamilah terem passado anos adaptando o roteiro para destacar as próprias forças, mas Vivian — a sedutora, manipuladora e caprichosa Vivian — era de longe o papel mais suculento da carreira de Grey. Entre o filme e a peça, seu amor pela atuação havia sido revitalizado de uma forma que fazia a perda do papel superficial em

Cidade Dourada parecer uma bênção inesperada. Se ela tivesse assinado, ainda teria mais dois anos de filmagens e turnês de imprensa pela frente, sem nenhuma garantia de que sua carreira estaria melhor depois.

Na noite de estreia de *Tio Vânia*, Grey tinha praticamente desmaiado de adrenalina. E, assistindo aos cortes brutos de *A cadeira vazia* na ilha de edição, mal se reconhecia. Nora fez um elogio atrás do outro enquanto elas tomavam seus *lattes*, e Grey se permitiu se encher de orgulho em vez de desviar o olhar.

Elas conversaram sobre a recente viagem de Jeff e Nora para visitar a família dela na Tailândia, as dificuldades e vitórias de Grey interpretando Tchekhov noite após noite, e possíveis inscrições de *A cadeira vazia* em festivais quando estivesse concluído. Grey terminou o café e pediu licença para usar o banheiro. Quando voltou, a alegria tinha desaparecido do rosto de Nora.

— O que aconteceu? — perguntou Grey, sentando-se.

Nora baixou os olhos para a caneca, depois a mirou com intensidade.

— Ele entrou em contato com você?

A barriga de Grey deu uma cambalhota, mesmo sem Nora mencionar o nome de Ethan. Elas não falavam dele havia meses.

— Não, por quê?

— Ele está aqui.

Grey girou a cabeça para a porta. Nora deu risada, seu comportamento sério se dissipando.

— Não *aqui* aqui. Eu quis dizer em Nova York. Não tinha certeza se você sabia. Acho… acho que talvez ele tenha vindo para ver você.

Grey se sentiu zonza. Agarrou a caneca vazia com as duas mãos, o coração batendo rápido nos ouvidos.

— Ah.

Mil perguntas passaram por sua mente, mas ela não conseguiu dizer nada além daquela sílaba solitária. Bem quando achou que estava começando a superá-lo, a mera menção de uma sombra de possibilidade de que ele *talvez* quisesse vê-la era suficiente para derrubá-la, a dor fresca e crua como no dia em que ele a abandonara.

— Isso é… uma coisa que você quer? — Nora levantou as mãos como se antecipando a resposta de Grey. — Não estou perguntando como mensageira, não estou interessada em entrar no meio de vocês dois. Estou perguntando como sua amiga.

Grey pensou por um tempo. Passou o dedo pela borda da caneca vazia.

— Não sei. Quer dizer, sim, claro. Claro que quero vê-lo. A questão não é se quero, é se eu devo.

— Por que não deveria? — A voz de Nora estava neutra.

— Porque não tenho um pingo de notícia dele há quase um ano e meio? — Grey sentiu a voz ficar mais alta pela emoção, contra sua vontade. Respirou fundo e se recompôs. — Porque estou trabalhando que nem uma filha da puta para superá-lo. Se eu vir ele... vou voltar à estaca zero. Vai bagunçar demais minha cabeça. Não vale a pena.

Nora não disse nada, só manteve o olhar no rosto de Grey, que se virou para a janela. Quando Grey voltou a falar, sentiu a garganta engasgada e irritada.

— Sabe qual é a pior parte? Nem acho que teve a ver comigo. Com nosso relacionamento. Eu podia ser qualquer uma. Ele era tipo... tipo um leão faminto, e eu fui só a primeira gazela que apareceu na frente dele. — Os olhos dela se encheram de lágrimas. — Não sei se ele me amou de verdade um dia. Acho que eu era só mais um vício dele. Algo em que se perder. Para adiar a crise da meia-idade um pouco mais, algo assim. — Ela piscou rápido, baixando os olhos para a mesa.

Nora respirou fundo, parecendo analisar com cuidado as palavras de Grey.

— Eu sei que é tentador diminuir o que vocês dois tiveram para fazer doer menos. Mas eu conheço vocês dois muito bem e... espero que não leve a mal, mas você não é nenhuma gazela inocente. — Grey riu, meio sufocando um soluço. Nora continuou: — Obviamente, não conheço o relacionamento de vocês por dentro. Mas, independentemente de como tenha começado, parecia verdadeiro pra caramba para mim. Não tem problema ficar de luto do jeito que você achar melhor, vendo ele ou não.

Grey secou os cantos dos olhos com o guardanapo. Ela riu de novo, um soluço histérico borbulhando no peito.

— Acho que o fato de eu ficar tão abalada quando ele ainda nem me procurou é um sinal de que temos alguns assuntos inacabados para resolver.

Nora sorriu com empatia, inclinando a caneca para pegar as últimas gotas do *latte*.

— O que quer que você decida, só lembre: não se subestime. Você é muito poderosa. É fácil deixar ele passar por cima de você, e, quando digo "você", estou falando de mim também. De todo mundo. Ele está acostumado com o universo se desdobrando para dar o que ele quer. Mas eu sei que parte do motivo por que ele te ama é por você nunca ter medo de dizer não para ele.

Elas ficaram lá conversando por mais alguns minutos antes de se despedirem, mas a única coisa que Grey ouvia ecoando em sua cabeça era: *por que ele te ama*.

Não *amava*.

Ama.

31

EMBORA GREY FICASSE AGRADECIDA por Nora ter avisado com antecedência que Ethan estava na cidade, não conseguia mais andar pela rua sem olhar duas vezes para cada homem alto e moreno por quem passava. Seu coração dava um pulo cada vez que o celular vibrava. Sentiu o ressentimento crescer por ele colocá-la nessa posição, em perpétua expectativa, esperando alguma coisa acontecer.

Duas noites depois do café com Nora, aconteceu.

A produção de *Tio Vânia* era em um pequeno teatro de arena, o público cercando os atores de todos os lados. Pouco depois da primeira entrada de Grey, ela o viu; não na primeira fila, mas duas ou três filas atrás. Quando encontrou seus olhos, parecia que ela havia sido atingida por um raio.

Ele estava debruçado na cadeira, com os braços apoiados nos joelhos, olhando para ela com intensa concentração. As luzes baixas borravam um pouco suas feições, mas, pela maneira como ele atraía o foco dela, o projetista da iluminação podia muito bem ter desviado os holofotes diretamente para ele. Ela se sentiu nua sob o olhar dele, apesar das camadas sufocantes de roupas do século XIX, e lutou em vão para recuperar a compostura.

Grey passou pelos dois primeiros atos atordoada, mas por sorte as frases e posições já eram instintivas para ela. Quando voltou para o camarim no intervalo, ele já havia mandado uma mensagem. Pequenas misericórdias.

Desculpa

não sabia que meu lugar era tão perto

não queria te distrair

posso ver vc depois

?

Se ele tinha ou não virado um novo homem desde a última vez que ela o vira, o estilo dele de mandar mensagens não havia mudado. Os dedos dela voaram pela tela.

tudo bem

sim, vem pela entrada de artistas. eu te coloco na lista.

ETHAN RESPIROU FUNDO E BATEU NA PORTA DO CAMARIM DE GREY.

— Entra — chamou ela de dentro, a voz abafada.

Quando ele abriu a porta, ela estava de costas para ele, ainda com o figurino, tirando a maquiagem de palco. Encontrou os olhos dele no espelho e parou.

— Oi.

— Oi.

Nenhum dos dois disse nada por um momento. Ela pegou outro lenço de tirar maquiagem do pacote e passou na pálpebra.

— Pode entrar de verdade, se quiser.

Ele pigarreou e fechou a porta atrás de si.

— Você, hã. A peça foi incrível. *Você* foi incrível.

Ela sorriu de leve, baixando os olhos para a bancada.

— Obrigada.

Ela arrancou os grampos do penteado complexo e soltou o cabelo. Estava mais comprido do que ele se lembrava, quase na cintura. Ethan não conseguia decidir se lembrava mais uma princesa de um conto de fadas ou a feiticeira ciumenta que trancava a princesa em uma torre. Pela maneira como o movimento o hipnotizou, junto à expressão perigosa nos olhos dela, ele tendia à feiticeira.

Grey se levantou, mantendo-se de costas para ele, e jogou a cortina de cabelo para a frente por cima do ombro.

— Pode me desabotoar? Esses figurinos são impossíveis.

O coração dele martelou no peito. Ela virou a cabeça e encontrou os olhos de Ethan novamente, em desafio. Ele deu um passo à frente e tateou desajeitado as aparentemente centenas de botõezinhos de pérola que prendiam a parte de trás da blusa dela. Entre o cheiro familiar de suor na pele dela misturado com o xampu e a curva do pescoço à mostra a centímetros da boca dele, foi um milagre ele ter conseguido abrir um único botão.

Quando Ethan terminou, ela o olhou incisivamente, e ele se virou, para ficar de costas enquanto ela se despia.

Toda a aura dela estava diferente do que ele se lembrava; era Grey, mas não era. Indiferente. Gelada. Talvez ela ainda estivesse se livrando dos últimos traços da personagem. Talvez tivesse mudado completamente desde a última vez que ele a vira. Talvez estivesse apenas fechada perto dele. Ethan não podia culpá-la por essa última possibilidade.

— Por que você está aqui?

A pergunta veio enquanto ele ainda estava de costas. Era mais fácil falar com ela assim, embora a imagem dela nua conjurada pelo farfalhar de tecido cancelasse qualquer conforto.

— Depois das ótimas críticas que você recebeu? Eu não podia perder.

Ele escutou o som de um zíper, seguido por um pesado suspiro.

— Não faça isso comigo, Ethan. Se quiser conversar, vamos conversar. Mas, se estiver aqui para foder com a minha cabeça, não estou interessada.

A mão dela parou no ombro dele tão inesperadamente que ele quase saiu do corpo. Virou-se para olhá-la. Ela estava de calça jeans e blusa de gola alta, braços cruzados, blindada dos pés à cabeça.

— Não estou aqui para foder com a sua cabeça. — Ele engoliu em seco. — Podemos ir para algum lugar aqui perto?

— Tem um bar na esquina que em geral é bem tranquilo. Quer ir tomar um drinque?

Ele mudou o peso das pernas.

— Claro. É só que, hum. Eu não faço mais isso. Beber, quer dizer.

Pela primeira vez, ele viu um relance da Grey de que se lembrava, a surpresa e o alívio passando pelo rosto dela.

— *Ah*. Ah, hum. Que ótimo.

— Ainda podemos ir lá, se quiser. Não me incomoda. Só achei que você devesse saber.

Ela olhou para o lado, girando as pontas do cabelo nos dedos.

— Quer ir na minha casa amanhã? É meu dia de folga, a gente pode jantar ou algo assim. Ter um pouco de privacidade. — Ela levantou os olhos para ele de novo, inesperadamente vulnerável. — A não ser que você ache uma má ideia.

O peito dele relaxou.

— Não. Seria perfeito. Eu levo o jantar. Só me diz onde e quando.

Ela fez um aceno de cabeça brusco, depois voltou à bancada para pegar a bolsa e o casaco.

— Acho melhor não sairmos juntos. Quer ir primeiro?

— Claro.

Ele não se mexeu.

Ela vestiu o casaco e olhou para ele com desconfiança. Ethan deu um passo em sua direção. Grey arregalou os olhos um pouco, mas se manteve firme. Ele baixou a cabeça e pressionou a boca na bochecha dela. Ela não conseguiu esconder o arfar. Quando ele se afastou, ela parecia tão nervosa que, por um segundo, Ethan ficou preocupado que tivesse perdido o controle e feito o que queria fazer em primeiro lugar, que era passar o braço pela cintura dela, deitá-la no balcão do camarim e beijá-la tão profundamente que ambos esquecessem que o último ano e meio tinha acontecido.

Mas não tinha feito isso. Não podia. Tinha que merecer. Ele deu mais um passo para trás, colocando a mão na maçaneta da porta.

— Amanhã.

As pálpebras de Grey tremularam.

— Amanhã — ecoou ela.

32

GREY SE PERMITIU DORMIR ATÉ tarde na manhã seguinte; um sono pesado, sem sonhos. Mas, assim que acordou, começou a trabalhar. Entre os dias na ilha de edição e as noites no teatro, sua quitinete de tamanho generoso tinha começado a lembrar um ninho de rato: perfeito para se aconchegar na cama e dormir, nem tanto para andar em uma linha reta ininterrupta.

Kamilah passou lá no início da tarde, depois de Grey terminar de esfregar o banheiro.

— Você vai dar para ele hoje, né? — pensou Kamilah em voz alta, momentos depois de fechar a porta.

— Não vou! — protestou Grey. — Quer dizer, provavelmente não. Ainda não decidi.

Ela limpou as mãos na calça jeans rasgada e se encostou na bancada da cozinha enquanto Kamilah se sentava no sofá, enfiando uma colher em um pote de sorvete de leite de coco com amêndoas, chocolate e café.

Embora vivessem a apenas cinco minutos a pé uma da outra, as duas mal tinham chance de se ver fora do trabalho. Kamilah estava ainda mais ocupada que Grey: quando não estava supervisionando a edição de *A cadeira vazia*, ela e Andromeda se dedicavam ao início da pré-produção de um ambicioso álbum visual para acompanhar as novas composições de Andromeda.

Para garantir que a amizade não girasse completamente ao redor do filme, elas haviam começado a programar encontros duas vezes por mês em que estavam proibidas de falar do assunto. Kamilah ir lá para ficar olhando Grey fazer faxina certamente se classificava como um dos encontros mais tediosos, mas era por uma força maior.

Quando voltassem a Los Angeles, Kamilah e Andromeda planejavam começar a ver casas para comprar.

— É tão bizarro — tinha comentado Kamilah ao dar a Grey a notícia de que ia oficialmente se mudar da casa das duas. — Tipo, eu sou adulta agora?

Grey tinha dado risada.

— Você acabou de dirigir um filme inteiro.

— É, mas isso é diferente. É, tipo, uma parada de primeiro-dia-do-resto-da-minha vida. Além do mais, para o filme eu estava preparada. Para Andromeda… — Ela balançara a cabeça, sorrindo. — Eu mal vi elu chegando.

Grey às vezes sentia uma pontada agridoce por aquela fase da amizade delas estar chegando ao fim, mas era rapidamente sobrepujada por animação pelo futuro da parceria criativa das duas. O processo de fazer *A cadeira vazia* as aproximara ainda mais, e elas já tinham começado a debater possibilidades para o próximo filme juntas. Quer dizer, quando o assunto não estava banido.

Kamilah ofereceu o sorvete a Grey, que aceitou, dando uma colherada pensativa.

— Estou sendo idiota com isto? Será que é melhor a gente ir a um lugar público? Será que eu cancelo?

Kamilah deu de ombros.

— Não posso responder isso por você. — Ela colocou a mão no peito, fingindo seriedade e pronunciando a frase seguinte de forma melodramática: — O que o *seu coração* está te dizendo?

Grey tentou rir, mas saiu mais parecido com um suspiro.

— Sei lá. Quando tento escutar, só ouço aquele som de discagem de modem. Será que é grave?

Kamilah deu uma risadinha.

— Talvez você precise desligar da tomada e ligar de novo.

— Acho que preciso devolver. Obviamente está com defeito.

ETHAN CHEGOU PONTUALMENTE ÀS SETE, COM COMIDA TAILANDESA suficiente para cobrir tanto o balcão minúsculo da cozinha quanto a mesa ainda mais minúscula. A única opção deles era se sentar um em cada ponta do sofá, com pratos cheios demais equilibrados no colo. O braço do sofá machucava as costas de Grey, que tentava colocar o máximo de espaço possível entre eles.

— Eu nunca conseguiria fazer o que você está fazendo. É muito impressionante.

— O quê? Teatro? Você nunca considerou?

Ethan deu de ombros, enfiando um espeto de frango no tubinho plástico de molho de amendoim.

— Já, claro. Sam e eu falamos de fazer aquela peça de Sam Shepard, sabe, com os irmãos? Como chama?

— *Oeste verdadeiro*?

Grey tentou esconder a surpresa por Ethan mencionar o nome de Sam tão casualmente, sem o olhar melancólico e distante que em geral o acompanhava.

— Essa mesma. Mas eu desisti no último minuto. Não ter a rede de segurança do segundo *take*, ter que fazer tudo perfeito noite após noite... dá um medo da porra. — Ele rasgou o frango do espeto de madeira com os dentes e mastigou, pensativo. — Também não acho que na época eu tinha disciplina para isso. Para o estilo de vida que vem junto. Eu teria tido *burnout* e parado de aparecer depois da primeira semana.

— Essa parte com certeza está sendo a mais difícil — concordou Grey. — Estou vivendo que nem uma freira, sem o uniforme divertido. Parece que só trabalho e durmo.

Ethan mudou um pouco de posição.

— Então, você não está saindo com ninguém?

Ela viu quanto ele estava se esforçando para manter o tom casual e tentou, sem sucesso, não se deixar encantar por aquilo.

— Não. E você?

Ele fez que não com a cabeça.

— Só eu mesmo, acho.

— Bom, ouvi dizer que é o maior amor de todos. — Grey tomou um gole de água com gás. — Como está sendo isso?

Ethan reacomodou as pernas, cruzando um tornozelo por cima do joelho. Baixou os olhos para o prato.

— Sinceramente? Foi a porra do ano mais difícil da minha vida. — Ele abriu a boca para dizer outra coisa, mas hesitou. Encontrou os olhos dela com uma intensidade de dar calafrios. — Desculpa, Grey. Você tinha razão. Tudo que você disse naquela noite. Tudo que eu lembro, pelo menos. Tenho uma lista de arrependimentos de um quilômetro a esta altura, mas sair daquele táxi está no topo.

Ela olhou para o colo, sem querer que ele a visse amolecer. Não podia deixar que ele se safasse tão fácil.

— Você podia ter voltado. Sabia onde me encontrar. Eu passei a noite toda no hotel.

Ele balançou a cabeça, resignado.

— Você me viu naquela noite. Eu estava louco pra cacete. Quando fiquei sóbrio o suficiente para pensar direito, era tarde demais. Você tinha ido embora. E bloqueado meu número. O que, bom, era justo.

Grey empurrou um pedaço de camarão no prato com o garfo. Outra memória daquela noite a incomodava.

— Você achava mesmo que... que eu estava com você só pela minha carreira? Depois de tudo?

Ethan se encolheu.

— Eu falei isso?

Ela assentiu, e ele suspirou alto.

— Meu Deus. Desculpa. Era meu medo, claro, mas você nunca fez nada para eu me sentir desse jeito. Era só minha insegurança falando.

Ela levantou o rosto, encontrando de novo o olhar dele.

— Eu não ia embora. Você sabe disso, né? Se você quisesse procurar ajuda... eu teria te apoiado. Eu queria.

Ele passou os dedos pelo cabelo, o rosto contemplativo e sério.

— Não teria sido justo com você. Essa era toda a questão. Eu achei que me apaixonar por você resolveria todos os meus problemas e, quando não resolveu, senti que não havia esperança. Acho que parte de mim até te culpava, o que é muito escroto, eu sei. Se tivéssemos ficado juntos, nunca teria dado certo. Eu estava perdido demais, não conseguia lidar com a pressão. Continuaria te decepcionando, e você ficaria ressentida de mim. Não acho que eu conseguiria ter ficado sóbrio com isso pairando na minha cabeça. Eu precisava me acertar sozinho.

Grey ficou em silêncio por um longo momento. Ela revirou as palavras dele na mente como se fossem conchas na praia, contemplando se deveria levá-las para casa ou jogar de volta no mar.

— Se você está sóbrio há tanto tempo, por que não entrou em contato comigo antes? Por que agora? Por que… assim?

Ethan empilhou algumas das embalagens plásticas na mesa, abrindo espaço para o prato. Esticou as pernas, passando o braço pela lateral do sofá, seu pé a centímetros do joelho dela.

— Assim que cheguei na clínica, a única coisa que eu queria era ligar para você. Só conseguia pensar em você. Mas eles dizem para a gente não ir atrás e tentar remendar os relacionamentos quebrados enquanto está lá. E, quando eu saí, achei que fosse ser pior tentar voltar para a sua vida antes de estar… estável. No fim das contas, é preciso mais que três meses de internação para desemaranhar quarenta anos de merda. Não que eu tenha terminado de desemaranhar. Não sei se um dia vou terminar. Mas… estou tentando. Estou chegando mais perto. — Ele esfregou o queixo. — Não conseguia descobrir o jeito certo de fazer isso, a hora certa, e aí vi que você estava fazendo a peça… pareceu um sinal. Desculpa, eu não devia ter feito uma emboscada dessas para você. Mas tive medo de que, se eu falasse que viria, você me mandasse à merda. Eu só… precisava te ver. Mesmo que depois você se recusasse a falar comigo.

Grey empilhou o prato no dele. Estava tonta tentando processar tudo.

— Então, isto é… como eles chamam? Reparação de danos?

Ele fez que não.

— Não oficialmente, embora eu ainda te deva isso. Não estava pronto da primeira vez. Aparentemente, depois de terminar os doze passos, você continua repetindo eles sem parar para sempre, sabia?

— Não fazia ideia.

Ele deu um sorriso travesso, perdendo a expressão de seriedade.

— Meu terapeuta também me dá lição de casa. Às vezes, parece que estou fazendo faculdade, no fim das contas. Me especializando em como não ser um alcoólatra de merda que se odeia. — Ele levantou as mãos. — Espera, não é mais para eu dizer que sou um merda. Eu estava "fazendo meu melhor com a dor que sentia". — Ethan pronunciou a última parte com um tom cantado irônico.

Grey sorriu de volta, sem conseguir resistir.

— Parece bastante trabalho.

— E é. Mas não é tão ruim. Melhor que a alternativa.

Ela permitiu que seu olhar permanecesse no rosto dele e o absorvesse inteiro. Ele estava mesmo diferente. Nem as melhores versões de Ethan eram livres de uma nuvem que pairava ali, pronta para soltar uma tempestade sem aviso prévio. Mas, pela primeira vez desde que ela o conhecera, a nuvem estava ausente. Era sutil, algo que nunca teria notado se não estivesse tão atenta aos humores dele, mesmo agora. Ele parecia mais leve. Mais calmo. Completamente presente.

— Você realmente não bebe nada há um ano e meio?

— Quase. Dezesseis meses, para ser exato. Tem sido… é. Eu queria poder dizer que cada dia fica mais fácil. Mas hoje tenho mais dias bons do que ruins. E mesmo os ruins não são tão ruins quanto… bom, você sabe.

— Estou muito orgulhosa de você — disse ela baixinho.

Ethan abaixou a cabeça e sorriu, corando. Ela percebeu que nunca o vira corar antes. Era tão charmoso que Grey achou que seu coração fosse explodir.

— Obrigado. — Ele voltou a olhá-la. — Nora te contou que acabamos de refazer o acordo de guarda? Agora eu fico com as meninas metade do tempo.

Grey tentou ignorar o salto que o coração deu. Se Nora tinha concordado com isso, Ethan deveria estar mesmo melhor — não só repetindo o que achava que ela queria ouvir numa tentativa vã de conseguir seu perdão.

— Não, que ótimo. A gente, hum… A gente não fala muito de você.

Ele assentiu devagar.

— Provavelmente é melhor assim.

— É.

Ela notou que o copo dele estava vazio e estendeu a mão. Ele passou a ela, que foi à geladeira encher os dois copos. De costas para ele, ela sentiu uma onda de coragem.

— Posso te perguntar uma coisa? Não relacionada.

Ela terminou uma garrafa de vidro de água mineral e abriu outra.

— Claro. Tentando terminar aquelas perguntas do amor?

— Quê? Ah. Ha. Não, esta é de improviso.

Ela levou os copos para o sofá e entregou o dele. Quando voltou a se sentar, foi mais perto, o joelho firmemente encostado na perna esticada dele. Ela apoiou um cotovelo nas costas do sofá e descansou a cabeça no punho fechado.

— Por que você assinou o contrato, no início? Não acredito que você precisasse de mim para fazer seu retorno. Nem parecia que você queria, para falar a verdade. Você mal mostrou interesse em trabalho o tempo todo que ficamos juntos. Por que você disse sim?

Ethan tomou um longo gole da água com gás, depois ficou olhando o copo como se a resposta estivesse ali.

— Bom, duas coisas, na verdade. Eu fui à reunião porque Audrey basicamente implorou. Acho que foi a forma dela de fazer uma intervenção. Quase nem apareci.

— Ah, eu lembro.

— Meu plano era almoçar de graça, jogar um pouco de conversa fora e me mandar dali. — Ele curvou a boca naquele meio-sorriso tão familiar a Grey quanto o seu próprio. — Mas você meio que estragou tudo. Depois que te conheci, isso não era mais uma opção.

Grey sentiu um frio na barriga.

— Então, o que fechou o negócio? Foi quando eu disse para você ir se foder e morrer?

Ele riu, uma risada de verdade do fundo do peito.

— O que posso dizer? Você sabe como criar uma primeira impressão. — O rosto dele voltou a ficar pensativo. — É difícil descrever. Eu mesmo nem entendo direito. Nunca senti nada assim. Era uma espécie de... puxão. Eu senti da primeira vez que te vi. E só ficou mais forte quanto mais eu te conhecia.

— Tem certeza de que não era só tesão?

Ethan riu de novo.

— Definitivamente também tinha isso. Mas tinha alguma outra coisa. Algo tipo… reconhecimento, talvez? Como se eu já te conhecesse. Mas, ao mesmo tempo, como se as coisas a serem aprendidas nunca fossem acabar.

Grey mordeu o lábio, se forçando a fazer a pergunta seguinte antes de perder a coragem.

— Você ainda sente?

O olhar dele varreu o rosto dela.

— Você não?

A respiração dela ficou presa. Devagar, ele apoiou o copo d'água na mesa, sem desviar os olhos dela. Grey escorregou as pernas de debaixo do corpo e chegou mais perto dele o mais graciosamente possível sem se levantar do sofá, até estar pendurada no colo dele. Estava tentada a se aconchegar no ombro de Ethan, mas, em vez disso, se sentou com as costas retas enquanto ele passava a mão pela canela dela coberta pela calça jeans, depois as coxas, antes de descer de novo.

Algo dentro dela relaxou, algo que nem tinha percebido que estava tenso.

O olhar dele foi para os lábios dela. Quando ele se inclinou, ela colocou uma mão no peito dele.

— Espera. — Ela fechou os olhos por um segundo, tentando organizar seus pensamentos. — Isto é… O que é isto?

Ele deu uma risadinha.

— Achei que estivesse óbvio.

— Me explica. Não estou me sentindo muito inteligente no momento.

Ele pegou as duas mãos dela, beijando o dorso da esquerda, depois da direita. Olhando no fundo dos olhos de Grey, disse:

— Emily Grey Brooks. Eu estou loucamente, perdidamente apaixonado por você. Não parei de pensar em você desde o dia em que a gente se conheceu. Se você me fizer a honra de me dar mais uma chance, juro que vou passar o resto da vida provando que sou capaz de ser o homem que você merece.

Grey estaria mentindo se dissesse que não tinha imaginado aquele momento centenas de vezes durante o último um ano e meio. Talvez milhares.

Mas estava tão concentrada no que ele diria, nas diferentes maneiras como ele imploraria e suplicaria e rastejaria para voltar à vida dela, que nunca tinha parado para pensar em como ela mesma reagiria. Não sabia se conseguiria olhar nos olhos do homem que ela permitira que a magoasse mais profundamente do que qualquer outra pessoa na vida e concordar em lhe dar o poder de fazer isso outra vez. Se conseguiria confiar que ele não o faria.

Quando eles estavam juntos, a necessidade que ele sentia por ela fora tão forte que quase parecia uma coisa viva. Mas havia um lado feio, um lado que a oprimia, a sufocava, a deixava desamparada e agitada na ausência dele. Grey havia aprendido a viver sem ele de novo. Não precisava mais dele. E, naquele momento, não havia nenhum desespero familiar no apelo de Ethan, nenhum olhar desvairado. Ele também já não precisava dela.

Mas eles ainda se desejavam. Ainda se escolheriam, em vez de qualquer outra pessoa na Terra.

E, de certa forma, isso era ainda melhor.

Grey não conseguiu se conter: ela derreteu. Esforçou-se para abafar o sorriso enquanto revirava os olhos.

— Preciso parar de namorar atores. Vocês são *dramáticos* pra caralho.

Antes que Ethan pudesse responder, ela agarrou a camiseta dele e puxou seu rosto. Os dois expiraram suavemente, um suspiro de alívio comum. Beijaram-se como se tivessem todo o tempo do mundo. Suavizando seus antigos medos, suas dúvidas, suas recriminações com as línguas e mãos como um massagista habilidoso tirando os nós de costas doloridas.

Cedo demais, ele se afastou.

— Quase esqueci. Eu tenho uma coisa para te dar.

Ela soltou um gemidinho de protesto quando ele saiu de debaixo dela e foi até a jaqueta. Ethan puxou uma resma de papel enrolada do bolso de dentro e entregou a ela, voltando a se sentar ao seu lado. Ela olhou, confusa. Abrindo as páginas, leu o título: *Pílula amarga*.

— Você terminou?

Os olhos dele se iluminaram.

— Eu reescrevi. Para você.

Ela folheou, depois levantou os olhos para ele.

— Não entendi.

— Você estrela. Eu dirijo. — O olhar dele foi, nervoso, para o rosto dela. — O que acha?

Ela se inclinou e o beijou com suavidade.

— Ethan, eu... eu não sei o que dizer. Obrigada. Eu sei como isso é importante para você. Mal posso esperar para ler.

A hesitação dela deve ter aparecido em sua expressão, porque ele fez cara de decepcionado.

— Mas...

— *Mas...* — Ela hesitou. — Não estou dizendo que não. Mas não tenho certeza se é a coisa certa. Não sei se quero ser encaixada em algo que era seu e de Sam. Eu amaria trabalhar com você. Mas quero ser sua parceira, não sua musa.

Ela analisou o rosto dele, esperando que ele voltasse atrás, que se chateasse. Que retirasse tudo o que tinha dito e saísse bravo. Mas Grey não podia mentir sobre seus sentimentos só para afagar os dele. Nunca havia medido palavras com Ethan, mas sua sinceridade parecia ainda mais arriscada agora do que quando tinha dito um monte naquele primeiro dia no escritório de Audrey.

Ele pegou devagar o roteiro das mãos dela, abaixando a cabeça. Mas, quando voltou a olhá-la, só havia afeto em sua expressão. O coração dela se aliviou.

— Tudo bem — disse ele, simplesmente.

— Tudo bem?

Ele deu de ombros.

— Faz sentido. — Ele passou o polegar pela borda das páginas. — É só um roteiro. Só papel. Não precisa significar nada mais do que isso.

Grey suspirou, depois riu baixinho.

— O que foi?

Ela pegou gentilmente o roteiro da mão dele e deixou no chão antes de passar a perna por cima do quadril de Ethan, se sentando no colo dele.

— Me lembra de mandar um bilhete de agradecimento para o seu terapeuta.

Ele deu uma risada baixa e rouca.

— Acho que eu mereci essa. — Ele a segurou pela cintura. — Ele teria te amado, sabe. Sam.

A respiração dela ficou presa na garganta.

— Eu queria ter conhecido ele.

— Eu também queria que tivesse conhecido. Vocês têm um senso de humor parecido. Você é tão rápida. Vocês dois... vocês me fazem querer ser melhor. Para ser como vocês.

Ela tirou um momento para deixar o peso do elogio se assentar, curvando a boca de leve. Levantou a cabeça e olhou nos olhos dele.

— Você sabe que vai levar tempo, né?

Ele se recostou, descansando as mãos no quadril dela.

— Para quê?

— Para eu voltar a confiar em você. — Ela pausou. — Se eu for totalmente sincera... acho que nunca confiei. Não por completo. Sempre tinha uma parte de mim se segurando.

Ele assentiu devagar.

— Eu entendo. Eu sentia. Mas você não estava errada. Eu não estava agindo como alguém que merecia sua confiança.

— Talvez. Mas não era só você. É... é um problema que eu tenho. Estou trabalhando nisso. Mas não quero que nosso relacionamento seja assim desta vez.

Grey afastou uma mecha de cabelo que tinha caído nos olhos dele, descansando a mão na lateral de seu rosto.

— Isto não devia ser uma tentativa de consertar o que estava quebrado. E sim de criar algo novo. Algo lindo. Juntos.

Ele levou a mão dela à boca e beijou a palma.

— Gosto da ideia.

Ela estava alegre, quase zonza. Precisou lutar para falar as palavras seguintes, já que ele levou a boca de volta à dela, roubando seu fôlego com beijos profundos e entorpecentes.

— Que bom. Ótimo. Porque eu... *mmf*... também te amo pra caralho. Eu já... *mmf*... disse isso? Acho que esqueci... *mmf*... de dizer.

Ele riu, se afastando só o suficiente para apertar a testa contra a dela.

— Deve ter te dado branco.

Depois disso, eles não falaram muito. Passaram o resto da noite se reaproximando, com e sem palavras, mexendo os corpos em perfeita harmonia, descartando as sombras do passado, deleitando-se com a promessa do futuro.

Epílogo

GUARDANDO SEGREDO

Nos primeiros meses de relacionamento, Grey Brooks e Ethan Atkins navegaram por fotos vazadas, chiliques públicos, términos e reconciliações — mas, mais de três anos depois, o casal antes propenso a escândalos virou, francamente, monótono. Em uma rara entrevista conjunta, Atkins e Brooks se abrem sobre sobriedade, o primeiro projeto que estão para lançar juntos e se tornar uma grande família feliz.

POR SUGAR CLARKE

São nove da manhã, e Ethan Atkins e Grey Brooks estão brigando. Não se engane: não é uma briguinha de casal. As armas não são farpas passivas--agressivas sobre ressentimentos antigos, mas uma enxurrada de punhos, pés e cotovelos. Apesar da diferença de tamanho entre os dois, é uma luta justa, a agilidade de Brooks compensando a força de Atkins.

Enfim, uma rasteira bem colocada faz Atkins cair de costas, totalmente à mercê dela. Brooks planta o pé descalço no peito dele e dá um gritinho com a vitória — isto é, até Atkins fazer cócegas na planta do pé dela, levando-a a gritar de indignação antes de desabar em cima dele, morrendo de rir.

Estamos na academia em Santa Monica onde Brooks tem passado seis horas por dia, cinco dias por semana, nos últimos meses, entrando em forma para seu papel como Roxie, membro de uma equipe só de mulheres vigilantes no filme de ação *Sereias*. Atkins, parado à margem para dar apoio moral, tinha cedido ao pedido do treinador de Brooks, Malcolm Davis, para testar as habilidades dela em uma luta improvisada.

"Não é justo", resmunga Brooks, se soltando de Atkins e ficando de pé com um pulo. "Não pode fazer cócegas no dojo!" Mas ela está sorrindo ao ajudar Atkins a ficar de pé. Ele a puxa contra o peito para um abraço de uma fração de segundo antes de soltá-la. Durante meu tempo com os dois, há muito desse tipo de gesto: beijos rápidos, mãos dadas embaixo da mesa, piadas internas comunicadas apenas por um olhar. A linguagem secreta de duas pessoas que inequivocamente se adoram.

Em um longo almoço em um café, dou meu melhor para desvendar o início espinhoso da atual felicidade doméstica. Os dois são evasivos quando pressionados por detalhes de como se conheceram, dizendo só que foram apresentados por uma amiga em comum que ambos parecem reticentes em identificar.

"Fiquei fascinado por ela desde o começo", lembra Atkins, comendo um hambúrguer com salada. Ele dispensou as fritas por respeito a Brooks, que está comendo sua própria refeição cheia de proteínas de uma embalagem de plástico e aprovada pela nutricionista. (Quando expresso compaixão por aquele almoço meio triste, ela só sorri e oferece um bíceps impressionante para eu apertar.)

Atkins continua: "Ela me fez perceber quanto eu tinha que trabalhar em mim antes de estar pronto para ficar com ela. Com qualquer pessoa, aliás".

Fica claro que ele está se referindo a sua bem documentada luta contra o vício das últimas duas décadas. Enquanto Brooks brilha de orgulho ao seu lado, Atkins confirma que acabou de comemorar três anos de sobriedade. Ele resiste ao impulso de culpar as exigências dos holofotes por seu abuso de substâncias. "É algo que me seguiu a vida toda, mesmo antes de eu ser famoso. No fim das contas, é uma batalha interna. Sim, tem mais pressão no que faço, mas isso não me transformou em alcoólatra."

"Mas com certeza pode piorar", completa Brooks.

Eles sabem bem. Os meses iniciais de seu relacionamento foram uma supernova de drama: primeiro, fotos picantes tiradas por paparazzi em um fim de semana em Palm Springs foram publicadas por todas as páginas de fofoca.

Aí, um Atkins visivelmente bêbado saiu do palco durante um debate sobre *Patifes*, o filme que o tornou famoso. Depois disso, os dois não foram mais vistos juntos por um ano. Isto é, até Atkins ser visto em Nova York, entrando de fininho pela porta de artistas após uma apresentação de *Tio Vânia* que por acaso estrelava Brooks. O resto, como dizem, é história.

Hoje em dia, o casal divide o tempo entre as duas costas: a casa de Atkins, em Pacific Palisades, e a casa recém-comprada de Brooks, no West Village. Os dois têm raízes em Nova York; Atkins foi criado no Queens, enquanto Brooks cresceu nos arredores da cidade. E, apesar do início atribulado e cheio de publicidade, nos últimos anos eles quase não apareceram na imprensa.

A não ser, claro, que tenham algo a promover.

Faz nove anos desde a última vez que Atkins apareceu na tela, no drama *St. Paul* — sua quarta e última colaboração com Sam Tanner, que faleceu em um acidente de carro pouco depois do lançamento do filme. Mas, em duas semanas, seu misterioso novo filme *Só uma noite*, coescrito e coestrelado por Brooks, vai ter uma estreia limitada. Recebi acesso a uma exibição inicial, sob a condição de não revelar nenhum detalhe. Sem dar muitos spoilers, só posso dizer que é uma narrativa envolvente de dois protagonistas, com um roteiro redondo e atuações cruas e eletrizantes de ambos. Espectadores que sentiram saudade de ver Atkins em ação não se decepcionarão, e sua química da vida real com Brooks é ainda mais ardente na tela.

Embora Atkins já tenha dirigido bastante, ele surpreendentemente entregou as rédeas de *Só uma noite* a Dee Lockhart, do Programa Tanner para Artistas Emergentes, iniciativa recém-lançada por Atkins que dá bolsas e mentoria a cineastas em ascensão que não têm recursos e conexões na indústria.

Quando pergunto se eles chegaram a considerar a ideia de Atkins dirigir o filme, os dois fazem que não com a cabeça.

"Ela nunca me ouviria", diz Atkins, seco. Brooks ri.

"Eu não estava interessada nessa dinâmica", explica ela, virando o copo d'água. "Queria que estivéssemos em pé de igualdade, dentro do possível, especialmente por ser nossa primeira vez trabalhando juntos."

Pergunto a Atkins o status de *Pílula amarga*, último projeto em que ele e Tanner estavam trabalhando antes da morte de Tanner, e que ficou no purgatório do desenvolvimento desde então. Será que vai ver a luz do dia? Ele faz que não.

"Precisei abrir mão. Tinha virado algo maior do que um filme para mim. Eu nunca conseguiria estar à altura. Mas o que estou fazendo agora, com o programa [Tanner para Artistas Emergentes]... quando Sam e eu nos mudamos para cá, não tínhamos noção de nada. Muito do nosso sucesso no início foi pura sorte, conhecer as pessoas certas na hora certa. Mas, para cada história como a nossa, tem centenas que nunca têm essas oportunidades e merecem igualmente. Fazer o que eu posso para equilibrar o jogo, ajudar pessoas talentosas a começarem... parece a coisa certa. Para, hum, lembrar dele. Homenagear ele. Como quiser chamar. Tentar devolver, alimentar a próxima geração, em vez de lutar para manter o passado vivo."

Brooks, por sua vez, se manteve ocupada. No ano passado, depois de o thriller cult *A cadeira vazia* ir a leilão em Sundance, ela, junto com a diretora, corroteirista e coprotagonista Kamilah Ross, foi muito bem no Independent Spirit Awards, com Ross ganhando o prêmio de Melhor Diretora e Brooks, o de Melhor Atriz Coadjuvante. Os estúdios notaram, chamando Ross para dirigir *Sereias* — sua grande estreia como diretora de estúdio — e contratando as duas para mexer no roteiro, além de estrelar.

No que pode parecer surpreendente a recém-chegados ao universo estendido Atkins-Brooks, a ex-mulher de Atkins, Nora Lind, recentemente assinou contrato para fazer um papel coadjuvante em *Sereias*, ao lado de Ross e Brooks. (Completando o elenco estão a novata Simone Haley e a ex-colega de Brooks em *Paraíso envenenado* Mia Pereira.) Considerando a cobertura do divórcio feio e prolongado, devia ser um ponto sensível, mas nem é a primeira vez que Brooks e Lind trabalham juntas: *A cadeira vazia* foi levado às telas pela produtora de Lind, First Dibs.

Mas como Atkins *realmente* se sente com a namorada trabalhando tão próxima da ex-mulher?

"Ele gosta um pouco até demais", diz Brooks, revirando os olhos com uma irritação bem-humorada. "Brinca que é o Charlie com suas Panteras."

De fato, as fotos divulgadas meses atrás de Atkins e Brooks de férias em Cape May, Nova Jersey, com Lind, o marido de Lind (o câmera Jeff Hernandez) e as duas filhas de Atkins e Lind parecem indicar que a história de família harmônica não é só pose.

Em Cape May, os seis foram fotografados com um casal mais velho que fãs atentos imediatamente identificaram como os pais de Tanner. Quando menciono isso a Atkins, ele dá um sorriso enigmático e muda de assunto. Brooks segura a mão dele, e trocam um olhar íntimo. Nesse momento, fica claro que, por mais segredos que sejam desenterrados e espalhados na primeira página, tem algo perfeito e particular entre os dois que ninguém jamais poderá tocar.

Essa frente unida só fica mais impenetrável quando tento investigar o futuro da união para além da colaboração profissional — se casamento e filhos próprios estão nas cartas.

"Acho que nós dois aprendemos o valor de levar as coisas um dia de cada vez. Além do valor de manter nossa vida íntima para nós, o máximo que nos for permitido." Atkins lança um olhar a Brooks, o tom bem-humorado revelando um relance de algo mais sincero por baixo. "Mas eu não vou a lugar nenhum. E você?"

Brooks bebe um gole e dá de ombros. "Não planejei, não." Ela se recosta na cadeira e sorri brincalhona para ele. "Só se eu receber uma oferta melhor."

Agradecimentos

Gostaria de dizer que ser uma romancista publicada era o sonho de uma vida toda, mas isso implicaria que era algo que eu considerava dentro do reino das possibilidades. Quero expressar minha gratidão sem fim às seguintes pessoas por tornar este sonho impossível realidade:

Minhas incríveis agentes, Jessica Mileo e Claire Friedman. Nada disso teria acontecido sem vocês. Obrigada por seu entusiasmo, seu apoio incansável e sua defesa feroz de mim e meu trabalho.

Minha brilhante editora, Shauna Summers, cuja orientação astuta me ajudou a moldar este livro na melhor versão possível dele. Obrigada por sua paciência, por sua visão e por ver o potencial em Grey e Ethan — e em mim.

A incrível equipe da Ballantine: Mae Martinez, assistente editorial, Melissa Sanford, assessora de imprensa, Taylor Noel, gerente de marketing, Erin Korenko, gerente de produção, e Andy Lefkowitz, editor de produção, assim como Kara Welsh, Jennifer Hershey, Kara Cesare, Bridget Kearney e Kim Hovey. Obrigada à designer Elena Giavaldi e à ilustradora Mercedes deBellard pela belíssima capa da edição americana.

Meus amigos que leram e comentaram este livro em sua primeira encarnação — Victoria Edel, Tim Kov e Grace Critchfield. Seu feedback atencioso o tornou exponencialmente melhor, e seu entusiasmo me deu a coragem de buscar algo mais sério com ele.

Meus pais, por três décadas de encorajamento incondicional de todos os meus variados esforços criativos — por mais equivocados que fossem. Acho que finalmente descobri o certo! Por favor, não me perguntem por que todas as páginas dos seus exemplares foram apagadas, exceto esta; provavelmente foi erro de impressão.

Minha irmã, Isabel, por ser minha melhor amiga, por sempre compreender exatamente de onde venho, e por me fazer rir mais do que ninguém.

Hannah Milligan, por responder prontamente a todas as minhas mensagens tresloucadas sobre vários detalhes de Los Angeles, a qualquer hora.

Meus amigos e minha família, que eu amo por muitos motivos, não menos importante por me aturarem falando só disso durante [censurado] meses.

Os Wholigans, meus camaradas nas trincheiras da cultura pop, que constantemente me inspiram com sua habilidade de se envolver com o circo de fofocas de celebridades através de uma lente hilária, inteligente e complexa. *Crunch crunch.*

Os amigos editoriais que fiz até agora nesta trajetória: embora eu não os conhecesse quando escrevi o livro, acabou que escrevê-lo é apenas o primeiro passo desta viagem bizarra, emocionante e exaustiva. Obrigada por seu apoio, por sua empatia, por compartilhar suas incríveis palavras comigo.

E, por fim, Walker. Nem mesmo abrir e fechar este livro com minha gratidão a você parece ser suficiente. Obrigada por me dar o amor e o apoio para florescer na versão de mim mesma que foi capaz de realizar algo como isto. Eu realmente não teria conseguido sem você.

Este livro foi impresso pela Vozes, em 2022, para a
HarperCollins Brasil. O papel do miolo é pólen natural 70g/m^2
e o da capa é cartão supremo 250g/m^2.